MARLEN SUYAPA BODDEN

Der Himmel über Alabama

Buch

Alabama, 1853. Die junge Sklavin Sarah lebt mit ihrer Schwester und ihrer Mutter, der Haussklavin Emmeline, auf der Plantage der reichen und einflussreichen Familie Allen. Seit sie als kleines Mädchen zum ersten Mal Zeugin der Grausamkeiten der Weißen gegenüber den schwarzen Sklaven wurde, ist in ihr der Entschluss gereift, irgendwann zu fliehen, um an einem anderen Ort ein Leben in Freiheit zu führen. Als Clarissa, die Tochter des Plantagenbesitzers Cornelius Allen, heiratet, erhält sie von ihrem Vater Sarah als Hochzeitsgeschenk. Die beiden Mädchen haben ihre gesamte Kindheit miteinander verbracht; Sarah ist außerdem Clarissas Halbschwester. Nun ziehen sie gemeinsam auf das Anwesen von Clarissas Ehemann, Julius Cromwell.

Als Clarissa jedoch ihr erstes Kind zur Welt bringt, behauptet Julius, nicht der Vater des Neugeborenen zu sein. Clarissa und Sarah werden in Schande zurückgeschickt auf die Plantage der Allens, wo Cornelius Allen vor Wut tobt. Er beschuldigt seine Tochter, den Ruf der Familie zerstört zu haben, und auch seine Frau Theodora kann ihn nicht milder stimmen. Sarah erkennt, dass sie ihren Wunsch zu fliehen rasch in die Tat umsetzen muss, bevor ihr Leben auf der Plantage noch unerträglicher wird. Mit der Hilfe des Sklaven Isaac und des Schneiders Mr. Adams schmiedet sie einen gefährlichen Plan, der ungeahnte Konsequenzen für die gesamte Familie Allen haben wird …

Autorin

Dr. Marlen Suyapa Bodden studierte an der New York University School of Law und der Tufts University Jura und ist als Anwältin für die Legal Aid Society in New York City tätig. Seit über zwanzig Jahren setzt sie sich für die Rechte benachteiligter und unterbezahlter Arbeiter und Immigranten ein. 2012 verlieh die University of Rhode Island ihr den Ehrendoktortitel. *Der Himmel über Alabama* ist Marlen Suyapa Boddens erster Roman.

Weitere Informationen unter: www.marlenbodden.com

Marlen Suyapa Bodden

Der Himmel über Alabama

Roman

Aus dem Amerikanischen
von Carolin Müller

blanvalet

Die Originalausgabe erschien 2013
unter dem Titel *The Wedding Gift* bei St. Martin's Press, New York.

MIX
Papier aus verantwortungsvollen Quellen
FSC www.fsc.org
FSC® C014496

Verlagsgruppe Random House FSC® N001967
Das FSC®-zertifizierte Papier *Holmen Book Cream*
für dieses Buch liefert Holmen Paper, Hallstavik, Schweden.

1. Auflage
Deutsche Erstausgabe August 2014
bei Blanvalet, einem Unternehmen der
Verlagsgruppe Random House GmbH, München

Umschlaggestaltung: Johannes Frick, Neusäß/Augsburg, nach einer
Originalvorlage von Michael Storrings
Umschlagmotiv: Getty Images/Jupiterimages;
Getty Images/Fernando Bueno; Trevillion Images/Mark Owen
Redaktion: Angela Kuepper
Herstellung: sam
Satz: Buch-Werkstatt GmbH, Bad Aibling
Druck und Bindung: GGP Media GmbH, Pößneck
Printed in Germany
ISBN: 978-3-442-38309-2

www.blanvalet.de

Gewidmet meinen Eltern in liebevoller Erinnerung:
Maria Borjas Bodden, die mir die Bedeutsamkeit von Stärke vorgelebt hat, und Hall James Bodden, der mich gelehrt hat, wie man eine Geschichte erzählt.

Lass dir wohlgefallen die Rede meines Mundes und
das Gespräch meines Herzens vor dir, Herr,
mein Hort und mein Erlöser.
PSALM 19:15

Prolog

Sarah Campbell

Es ist Tag, aber der Pfad ist dunkel. Der Gestank von fauligen Pflanzen vermischt sich mit dem Duft der reifen Muskatellertrauben. Rubinkehlkolibris zwitschern. Die kahlen Zypressen und Tupelobäume haben vom Wasser aufgetriebene Stämme, und ihre Äste wirken bleischwer vom grasgrünen Moos. Eine Wassermokassinotter schlängelt sich an mir vorbei, und die Bluthunde – ich weiß nicht, wie viele – umkreisen mich. Mein Blick trübt sich, bis ich nur noch die silbernen Umrisse der Hunde erkennen kann. Während ich mich inmitten der Hunde um mich selbst drehe, höre ich ihr dumpfes Hecheln, und mir schießen Bilder durch den Kopf von stollenförmigen Zähnen, die mir das Gesicht zerfleischen. Schweiß durchtränkt mein Hausmädchengewand. Ich schreie: »Hilfe, bitte, so hilf mir doch einer!« Doch keiner antwortet. Ich frage mich, wann die Hunde anfangen werden, mir das Fleisch zu zerfetzen, und in dem Versuch, meinen rasenden Herzschlag zu beruhigen, denke ich an mein Leben auf der Plantage und bereue es, mich bis an den Rand dieses verwilderten Schlupfwinkels vorgewagt zu haben.

Ich bin hierhergeraten, nachdem ich die Sklavenquartiere hinter mir ließ, und befinde mich nun weit weg von Allen Hall, dem Anwesen meines Herrn und seiner Familie, wo meine Mutter Emmeline, meine Schwester Belle und ich uns plagen. Wir schreiben das Jahr 1852, und ich bin gerade sechzehn geworden. Wir gehören Cornelius Allen, Esquire, Herr über eine zwölfeinhalbtausend Morgen große Plantage namens Allen Estates in Benton County, Alabama, und Besitzer von über vierhundert Feldarbeitern und mehr als zweihundert anderen Sklaven, die sich in den Ställen, der Räucherei, der Meierei, als Tischler, Näherinnen, Gärtner, Schuster und in allerlei anderen Gewerben abmühen. Fünfundzwanzig von uns arbeiten auf Allen Hall, dem Herrenhaus. Meine Mutter führt die Küche und einen Haushalt, der einen Ballsaal, eine Bibliothek, Gästequartiere und die Privatgemächer der Familie umfasst. Die Felder, auf denen die Sklaven schuften, bestehen aus endlosen Reihen von Baumwollstauden, mit Platz für genau einen Feldarbeiter zwischen jeder einzelnen Reihe; alle fünfzig Reihen befindet sich ein Weg, breit genug für einen Karren. Aufseher sitzen oben auf ihren Türmen oder auf Pferderücken, bewaffnet mit Gewehren, Pistolen und Peitschen, und es gibt sogar ein Gefängnis und eine Krankenstation für die Sklaven in diesem Areal.

Langsam trocknen meine Handflächen, mein Atem geht ruhiger, und mein Blick klärt sich. Ein Hund wartet zwei Schritte vor mir und drei weitere ein Stück entfernt am Rande des Sumpfs. Die Viecher sind allesamt schwarzbraun, haben Hängeohren und wiegen an die hundertfünfzig Pfund. Ich mache einen Schritt auf den Sumpf zu, und die Hunde fangen an zu knurren. Also mache ich wieder einen Schritt zurück, woraufhin sie verstummen. Dann weiche ich langsam, Schritt für Schritt zurück, weg vom Rande des Sumpfs. Die Hunde rühren sich nicht. Als ich etwa zwanzig Meter weit gekommen bin, drehe ich mich um und renne los, renne, auch wenn ich nicht höre, dass die Hunde mich verfolgen. Ich renne, bis mein Brustkorb und meine Füße schmerzen, und dann lasse ich mich zu Boden fallen und schnappe nach Luft.

Meine Mutter hat mir gesagt, ich solle niemals zum Sumpf gehen, aber sie hat mir nicht gesagt, diese Warnung sei der Tatsache geschuldet, dass dort Bluthunde lauern, die jegliche Flucht verhindern sollen. In zwei Jahren werde ich neben weiteren Lektionen gelernt haben, dass auch die Sklavenfänger Hunde einsetzen, um entlaufene Sklaven zu ergreifen.

Erstes Kapitel

Sarah Campbell

Meine Aufzeichnungen beginnen mit den Königinnen meines Herzens: meiner Mutter, die mir das Licht der Welt geschenkt hat, und meiner Schwester, an die ich mich in schweren Zeiten klammerte. Beide waren sie schöne Frauen mit feinen Gesichtszügen und dunkler Haut. Ich dagegen bin kräftig und, wie es in der *Alabama Newspaper* einmal über mich hieß, von »gelblichem« Hautton. Abgesehen von den strohblonden Haaren und blauen Augen sehe ich eher aus wie meine andere Schwester, der man mich schenkte, als sie heiratete: Clarissa Allen, die Tochter des Plantagenbesitzers und dessen Frau Theodora. Wie Clarissa und der Mann, der uns zeugte, bin ich groß und habe Grübchen, eine spitze Nase und schmale Lippen. Ich weiß nicht genau, wie alt ich war, als mir klar wurde, dass ich eine Sklavin war, aber ich glaube, ich war sechs. Es war im selben Jahr, in dem ich anfing, beim Kochen, Putzen und bei all den anderen Arbeiten mitzuhelfen, die im Haushalt der Allens anfielen.

Eines Morgens, wir schliefen noch, klopfte jemand an die Tür unserer Hütte. Meine Mutter stand auf, legte sich ein Schultertuch um und befahl uns, es ihr gleichzutun und uns an den Tisch zu setzen. Als sie die Tür öffnete, standen zwei Männer mit Laternen und Pistolen draußen. Ich zitterte, und Belle hielt mich fest bei der Hand.

»Was wollen die hier, Mama?«

»Schscht, Kind. Sei still.«

»Deinen Schlüssel!«, befahl einer.

»Ja, Sir«, antwortete meine Mutter.

Meine Augen reagierten empfindlich auf das Licht ihrer Laternen. Ich hörte sie überall herumgehen, zu den Betten, den Schränken und in den Küchenbereich. Einer der Männer hatte einen hartnäckigen Husten. Ihr ranziger Geruch durchdrang die Hütte. Das Schloss klickte, und der Deckel knarrte, als sie die Truhe öffneten, in der meine Mutter das Geld aufbewahrte, das sie mit dem Verkauf von Backwaren und getrockneten Küchenkräutern in der Stadt verdiente.

Als sie wieder fort waren, setzte sich meine Mutter zu mir an den Tisch und legte die Arme um mich. Sie zitterte.

»Warum waren diese Männer hier, Mama?«

»Mr. Allen hat es ihnen aufgetragen.«

»Aber warum, Mama, warum?«

»Hör auf, Fragen zu stellen, Sarah. Er befiehlt es ihnen, und uns muss niemand erklären, warum er das tut oder sonst was.«

Eines Nachmittags, ich füllte gerade zwei Eimer am Brunnen hinter der Küche, spielten zwei Jungen etwa in meinem Alter mit Tonmurmeln, als ein Aufseher auf sie zukam.

»Was macht ihr kleinen Nigger da?«

Sie antworteten nicht.

»Hört ihr nicht, ihr schwarzen Bastarde?«

Die Jungen schenkten ihm weiter keine Beachtung.

»Ihr verfluchten Nigger! Antwortet gefälligst, wenn ich mit euch rede!«

Er schwang seine Peitsche und traf einen der Jungen am Arm und den anderen am Bein, dann trat er nach beiden, stieß sie zu Boden, und die Jungen und ich fingen an zu schreien. Ich ließ meine Eimer fallen, verschüttete das Wasser. Ich hörte Leute herbeirennen, und dann übertönte die Stimme meiner Mutter den Lärm, die mir zurief, dass sie gleich bei mir sei.

Sie sagte jemandem, er solle die Jungen in ihre Hütte bringen. Mich küsste sie und trug mich heim, aber als sie mich auf dem Bett absetzen wollte, klammerte ich mich am Ärmel ihres Kleids fest.

»Sarah, Kindchen, alles wird gut. Bleib hier. Lass mich nach den Kindern schauen.«

Die Jungen weinten.

»Eure Mama wird gleich hier sein. Jetzt lasst mich mal sehen, wie schwer ihr verletzt seid«, sagte sie zu ihnen. »Ich säubere die Schnitte und tue euch was drauf, damit sie gut heilen. Es wird ein bisschen brennen. Aber ihr seid ja beide schon große Jungs, und ich weiß, dass ihr tapfer sein werdet.«

Als die Mutter der Jungen kam, erkannte ich ihre Stimme. Sie war eine der Wäscherinnen aus Allen Hall.

»Miss Emmeline, danke, dass Sie sich um meine Jungs gekümmert haben. Gott sei Dank, dass Sie da waren und dieser Mann ihnen nicht noch Schlimmeres angetan hat.«

»Nichts zu danken, das ist doch selbstverständlich. Wir müssen ein Auge auf die Kinder der anderen haben. Ich weiß, Sie täten für meine Mädchen dasselbe. Sagen Sie Bescheid, falls es den beiden nicht bald besser geht.«

Die Waschfrau brachte ihre Söhne nach Hause. Ich hatte mich wieder etwas beruhigt, aber vor meinen Augen schien alles zu verschwimmen. Meine Mutter meinte, ich solle im Bett bleiben und mich ausruhen.

»Sarah, ich muss zurück in die Küche, damit ich das Abendessen fertig machen kann. Aber erst lass mich dich ein bisschen waschen. In Ordnung, Kindchen?«

»Nein, Mama, lass mich nicht allein hier. Was, wenn der Mann noch da draußen ist? Warum hat er die Jungen überhaupt geschlagen?«

»Mr. Allen wird es nicht gefallen, wenn er hört, was der Mann getan hat. Aber Sarah, jetzt hör mir gut zu, du musst immer tun, was die Aufseher dir sagen. Du musst ihnen genauso gehorchen, wie wir Mr. und Mrs. Allen gehorchen. Hast du mich verstanden?«

»Ja, Madam. Aber ich habe Angst vor diesem Mann. Was, wenn er zurückkommt?«

»Ich pass schon auf dich auf, Kind, und ich lass dich nirgends mehr alleine hingehen, bis du älter bist. Weißt du, ich kann unsere Hütte von der Küche aus sehen, und ich werde aufpassen, dass niemand reinkommt. Belle und ich werden immer wieder nach dir schauen.«

In diesem Jahr fing ich an, den Worten des Pastors Gehör zu schenken, der jeden Sonntagmorgen in der Küche einen Gottesdienst für die Sklaven und ihre Familien abhielt. Wir gingen nicht mit den Allens in die Kirche in der Stadt, weil wir das Essen vorbereiten mussten. Die Feldarbeiter und die Handwerksleute hatten ihr eigenes Andachtshaus auf der Plantage. Nach seiner Predigt sprach der Pastor mit uns über die Sklavengesetze und unsere Tätigkeiten außerhalb der Plantage.

Eines Nachmittags im Winter, nachdem die Allens und ihre Gäste gegessen hatten, nahm meine Mutter Belle und mich mit in die Stadt, um Einkäufe für Allen Hall zu erledigen. Am Tor begegneten wir einem Aufseher, der dem Fahrer einen Passierschein aushändigte.

Wie zuvor, wenn wir bei anderen Gelegenheiten durch die Stadt gelaufen waren, blieben die Männer oft stehen und starrten meine Mutter an. Doch sie hielt niemals inne und blickte nur starr vor sich hin. An diesem Tag gingen wir zu verschiedenen Läden, um Waren abzuholen, die die Händler für die Allens aus Übersee geordert hatten, und um getrocknete Küchenkräuter aus Indien für meine Mutter zu besorgen. Um sechs Uhr holte uns der Fahrer am letzten Laden ab und half uns mit den Paketen.

»Johnny, ich muss noch was erledigen. Bitte warte hier auf uns.«

Johnny gab meiner Mutter eine Laterne, und als wir auf eine Seitenstraße zugingen, hörte ich plötzlich Leute schreien und sah, wie sie zu dem Platz in der Stadtmitte liefen. Meine Mutter packte mich bei der Hand und steuerte zurück zur Kutsche. Ich hörte wieder jemanden schreien, und sie sagte mir, ich solle mich beeilen.

»Mister, bitte lassen Sie uns gehen. Wir haben nichts Schlimmes getan. Wir haben nur geredet. Bitte peitschen Sie uns nicht aus«, flehte ein Mann.

»Haltet den Mund und stellt euch nacheinander an den Pfosten. Wenn ihr weiter rumdiskutiert, bekommt ihr nur noch mehr Hiebe.«

»Bitte, Mister, nicht. Ich werd's auch nicht wieder tun. Wir haben bloß geredet.«

»Wenn ich noch ein Wort von einem von euch höre, dann bekommt ihr die vollen dreißig Schläge.«

»Mama …«

»Sarah, still. Kein Wort jetzt. Ich erklär dir später alles. Jetzt müssen wir bloß hier weg.«

Wir schwiegen auf dem ganzen Weg zurück nach Allen Estates. Als wir in unserer Hütte ankamen, erklärte mir meine Mutter, dass die Leute, die wir in der Stadt gesehen hatten, ausgepeitscht werden sollten, weil sie etwas getan hatten, wovor uns der Pastor sonntags immer warnte.

»Sarah, ein paar Leute haben sich in der Stadt in einer Gruppe unterhalten. Ich sag dir das nur, damit du nicht das Gleiche tust, wenn du älter bist. Wenn die Kontrolleure der Patrouille eine Gruppe Sklaven ohne einen Aufseher antreffen, dann dürfen sie jeden von ihnen auspeitschen.«

Etwa zur selben Zeit beobachtete ich weitere Eigenheiten meines Lebens und das der Leute auf Allen Hall, die mein kindliches Denken in Unruhe versetzten. Clarissa, die Tochter von Mr. und Mrs. Allen, hatte zu ihrem sechsten Geburtstag eine Feier, die am Donnerstag begann und am Sonntagabend endete. Es kamen um die dreißig Gäste, einschließlich ihrer Familie väterlicherseits aus Montgomery und Macon County und benachbarter Plantagenbesitzer mit ihren Familien. Meine Mutter kochte das ganze Essen und backte Clarissas Kuchen.

Als wir alleine waren, fragte ich meine Mutter nach meinem Geburtstag.

»Du weißt doch noch, als ich dir vor einer Weile den Kuchen gebacken habe und wir ihn nach dem Abendessen zusammen mit den anderen gegessen haben, oder?«

»Aber du hast nicht für mich gesungen und mir nicht gesagt, dass mein Geburtstag ist.«

»Ich weiß, Kind, aber er war's. Mr. Allen meinte, er hätte das Datum in das Buch geschrieben, in dem er die Geburtstage von allen Babys notiert.«

»Wann ist mein Geburtstag?«

»Mr. Allen meinte, er ist am fünfundzwanzigsten Juni. Aber das behalten wir für uns, ja, Kind? Erzähl es lieber nicht den anderen Kindern. Denn nicht alle kennen ihren Geburtstag. Ich weiß meinen und den von Belle, weil Mr. Allens Vater ihn aufgeschrieben hat und Mr. Allen es mir gesagt hat.«

Wenn die Verwandten der Allens die Plantage besuchten, war ich nicht Clarissas Spielkameradin wie sonst, wenn wir unter uns waren, sondern ihre Bedienstete. Und wenn sie mit mir sprach, dann nur, um mir etwas aufzutragen. Während eines dieser Besuche, als wir abends in unserer Hütte waren und ich auf dem Schoß meiner Mutter saß, fragte ich sie nach ihrer Familie, wer sie waren und wo sie jetzt sein mochten.

»Kindchen, das ist etwas, über das ich nicht gern rede. Aber mir ist klar, dass jeder wissen will, woher er kommt. Nur Gott weiß, wo die meinen sind, ob sie noch leben oder nicht. Sie wurden verkauft, hat Mommy mir erzählt. Anscheinend haben sie den Aufsehern immer Ärger gemacht und versucht wegzulaufen, deshalb hat Master Allens Vater sie schon vor langer Zeit verkauft. Kurz vor ihrem Tod hat Mommy zu mir gesagt, dass es nichts bringt, wenn man versucht, die Dinge auf dieser Erde ins Lot zu rücken. Sie hatte recht, es bringt wirklich nix. Sarah, das ist auch der Grund, warum ich dir immer sage, dass du dem Master und Mrs. Allen und den Aufsehern gehorchen sollst. Wenn jemand Probleme macht und nicht arbeitet oder versucht wegzulaufen, dann wird er verkauft, und keiner sagt uns, wohin, und dann sehen wir ihn mit Sicherheit nie wieder. Kind, du weißt, ich hab keine einzige Schwester, nicht einen Bruder, keine Cousine, keine Tante und keinen Onkel, von denen ich wüsste, wo sie sind, niemanden, niemanden außer dich und Belle. Ihr seid alles, was mir auf dieser Erde noch geblieben ist.«

Sie zog mich noch fester an sich. Belle, die uns gegenüber am Tisch saß, schwieg. Ich fragte Mama, ob sie wisse, was mit ihren Eltern und Geschwistern passiert sei.

»Ich weiß nicht, wo mein Pa steckt, weil er verkauft wurde. Ich erinner mich noch, als ich klein war, nachts in unserer Hütte ... Mommy und Pa dachten, ich und meine Geschwister würden schlafen. Da haben sich Mommy und Pa oft ganz leise unterhalten, und Pa hat zu Mommy gesagt, dass er weglaufen wird. Mama hat geweint und Nein gesagt, weil sie Angst hatte, aber Pa hat gesagt, er wird es tun und dann einen Weg finden, uns alle rauszuholen, er meinte, da seien Leute, die ihm helfen könnten, zu fliehen und die ganze Familie rauszuholen. Mommy, ach, meine arme Mutter, wir mussten sie begraben, nachdem der Aufseher sie so schlimm geschlagen hatte. Sie war dazwischengegangen und hatte versucht, ihn davon abzuhalten, Pa zu schlagen, als sie ihn wieder einfingen, nachdem er weggelaufen war. Wir haben Mommy in den Gräbern bei den Feldern begraben.«

Meine Mutter schenkte uns Wasser aus einem Krug ein und schnitt jeder von uns ein Stück Kuchen ab. Wir aßen schweigend, und als wir fertig waren, fuhr meine Mutter fort, uns von unserer Familie zu erzählen.

»Nachdem Mommy tot war, hat Master Allens Vater meine drei Schwestern und zwei Brüder verkauft, wer weiß, wohin, und ich bin bei einer der Großmütter geblieben, die sich um die kleinen Kinder der Arbeiterinnen im Herrenhaus kümmerten. Ich war damals erst ungefähr zehn Jahre alt, und der alte Master Allen sagte zu der Köchin, sie solle mir das Kochen beibringen. Die Großmutter, Miss Thomasina, hat sich immer gut um mich gekümmert, auch als ich dann älter war, aber sie starb ein paar Monate, nachdem Belle geboren wurde.«

Sie küsste mich auf den Scheitel, bevor sie fortfuhr.

»Wenn ihr wollt, nehm ich euch beide am Sonntag mit zu den Gräbern, wo sie uns beerdigen. War seit Jahren nicht mehr da, es fällt mir nicht leicht ... Das letzte Mal war ich dort, als ich mit Belle schwanger war, und alles, was ich an dem Tag tun konnte, war weinen.«

Später in dieser Woche bat meine Mutter einen Tischler, ihr ein neues Kreuz anzufertigen, denn sie ging davon aus, dass das Holzkreuz auf dem Grab meiner Großmutter über die Jahre hinweg zerfallen war, und sie borgte sich von einem der Gärtner eine große Schaufel. Am folgenden Sonntag, nachdem der Pastor uns aus der Bibel vorgelesen hatte und wir das Mittagessen vorbereitet hatten, nahm Mama, die das Kreuz trug, mich und Belle, die die Schaufel trug, mit zu dem Ort, wo die Sklaven der Allens beerdigt wurden. Es war das erste Mal, dass ich die Gräber der Sklaven besuchte, aber ich kannte bereits den Friedhof, wo einige der verstorbenen Allens lagen, ein Ort, der von schmiedeeisernen Zäunen umgeben war und an dem wir auf dem Weg zu den Feldern vorbeikamen. Die Gräber der Allens waren mit kunstvollen, aus Stein gemeißelten Kreuzen geschmückt. Ich brannte darauf, den Friedhof der Sklaven kennenzulernen, aber meine Neugier war getrübt von Mamas Traurigkeit. Sie hielt mich fest bei der Hand, und als wir uns den Gräbern näherten, ließ sie mich los, um ein Taschentuch aus ihrer Schürzentasche zu holen und sich die Tränen vom Gesicht zu wischen. Ich war froh, dass Belle dabei war, denn sie half mir, unsere Mutter zu trösten – Belle, indem sie den Arm um Mamas Schulter legte, und ich, indem ich Mamas Hand küsste.

Die Begräbnisstätte war kein Friedhof, wie man ihn heutzutage kennt; sie bestand einfach nur aus freiem, unebenem Gelände, auf dem nichts als Unkraut wucherte. Wo die Gräber sich befanden, konnten wir bloß an den Kreuzen erkennen, die auf Erdhügeln standen. Wir waren die Einzigen, die an diesem Tag dort waren, und wir gruben an verschiedenen Stellen, um den Sarg meiner Großmutter zu finden, der, wie meine Mutter sagte, mit einer geschnitzten Rose verziert war, Großmutters Lieblingsblume. Doch wir fanden keinen Sarg mit einer Rose. Belle und ich verkniffen uns die Tränen, bis wir auf ein Büschel Haare stießen. Wir begruben es wieder, weil meine Mutter sagte, wenn dies alles sei, was von einem Menschen übrig wäre, würde Gott wollen, dass man es mit so viel Respekt behandelte wie den ganzen Leichnam eines Menschen – selbst wenn man nicht wüsste, wessen Haar es war. Nachdem wir das Holzkreuz dort in die Erde gesteckt hatten, wo wir das Haarbüschel begraben hatten, sprachen wir ein Gebet und dankten dem Herrn dafür, dass wir lebten.

Meine Mutter hatte die Arme um uns gelegt, als wir nach Allen Hall zurückkehrten. Die Traurigkeit, die ich verspürte, nachdem ich erfahren hatte, wie Mr. Allens Vater meine Großeltern und unsereins zu Lebzeiten und im Tod behandelt hatte, ließ mich ängstlich werden, wann immer unsere Mutter Belle und mich abends allein in unserer Hütte ließ. Da kam mir zum ersten Mal der Gedanke, dass meine Mutter ganz bestimmt einverstanden wäre, wenn ich sie fragen würde, ob wir die Plantage der Allens nicht besser verlassen sollten.

In dem Jahr, als ich ungefähr sechs Jahre alt war, fing ich an, Mrs. Allen und Clarissa genauer zu beobachten, wenn sie zusammen waren. Immer wenn Clarissa auf dem Schoß ihrer Mutter saß oder sie umarmte, beneidete ich sie, denn meine Mutter arbeitete den ganzen Tag, und auch die meisten Nächte verbrachte sie nicht in unserer Hütte. Ich vermisste sie, wenn sie nicht bei uns war, und konnte nicht einschlafen, bis sie wie üblich vor Tagesanbruch zurückkehrte. Wenn sich unsere Blicke trafen, an jenen Morgen, nachdem sie fort gewesen war, schien sie beschämt, und das bereitete mir Kummer.

Einmal, als wir unser Frühstück einnahmen, wirkte sie ganz nachdenklich. Ich kitzelte sie unterm Kinn, was sie normalerweise zum Lachen brachte. Diesmal aber gelang ihr kaum ein Lächeln. Ich fragte sie, warum sie so traurig sei.

»Ich bin bloß müde, das ist alles, Kind. Bloß müde.«

Ich fragte sie, warum wir nicht irgendwohin gingen, wo sie nicht so schwer arbeiten müsse, und ihre Antwort fiel unerwartet heftig aus.

»Rede nie, nie wieder von so was! Hör mir jetzt gut zu. Allein so ein Gerede kann dazu führen, dass wir verkauft werden. Weißt du, was es heißt, verkauft zu werden? Es bedeutet, dass wir alle an verschiedene Orte geschickt werden und uns niemals wiedersehen. Vielleicht glaubst du, nur weil Mr. Allen dich immer mit Clarissa spielen lässt, bist du wie sie, aber du bist kein bisschen wie Miss Clarissa. Sie kann sagen, was sie will. Du musst auf jedes Wort, das du sagst, achten. Vergiss nie: Wir haben nur uns.«

Ich wollte nicht, dass meine Mutter immer wegging; ich hatte Angst, dass sie eines Tages nicht zurückkommen würde. An einem Abend hielt ich sie fest.

»Geh nicht weg, Mama! Bleib hier.«

Sie strich mir übers Haar.

»Sag, dass du nicht fortgehst, Mama. Sag, dass du nicht fortgehst.«

»Sarah, ich muss, Kindchen.«

Ich weiß nicht mehr, wie viele Wochen verstrichen, bevor sie meiner Versuche, sie vom Gehen abzuhalten, überdrüssig wurde.

»Belle ist doch hier bei dir. Komm schon, Sarah, hör auf damit.«

Sie übergab mich an Belle, die mich in ihre langen Arme schloss. Ich blickte meine Mutter wütend an. »Ich hasse dich, ich hasse dich! Geh doch! Mir ist egal, ob du jemals wiederkommst.«

Sie setzte sich aufs Bett und weinte. Ich vergrub mein Gesicht im Kissen. Nach einer Weile hörte ich ihre Schritte auf dem Boden der Hütte und wie sie die Tür hinter sich schloss.

Der Kampf zwischen uns ging weiter, und ich lernte, sie mit stillen Vorwürfen zu verletzen. Eines Abends nach unserem Gebet aber fragte ich sie direkt, warum sie uns immer allein lassen musste.

»Sarah, du bist eigentlich zu jung für das, was ich dir jetzt sagen werde, aber du musst es wohl erfahren. Du und Belle, ihr seid kluge Mädchen. Was das betrifft, kann ich mich glücklich schätzen. Ich hatte gehofft, dass ich dieses Gespräch erst mit dir führen müsste, wenn du erwachsen bist. Aber in diesem Leben müssen wir reifer sein, als wir es an Jahren sind. Ich werd dir jetzt was erzählen, das du niemandem weitersagen darfst, nicht mal Miss Clarissa. Das musst du mir versprechen, bevor ich's dir erzähle.«

»Ich versprech es. Ich werde ein großes Mädchen sein und nichts weitersagen.«

»Sarah, ich gehe … ich gehe zu … Mr. Allen. Dorthin gehe ich nachts.«

»Warum?«

»Weil er es sagt.«

»Warum musst du das?«

»Ich hab es dir doch schon erklärt. Wir müssen alles tun, was er, Mrs. Allen, die Aufseher und sogar Miss Clarissa sagen.«

»Warum?«

»Wir … gehören Mr. und Mrs. Allen.«

»Wie meinst du das?«

»Weißt du noch, als uns der Pastor aus der Bibel vorgelesen und uns die Geschichte von den Israeliten erzählt hat, dass sie in Knechtschaft gelebt haben und alles tun mussten, was der Pharao sagte? Dass sie ausgepeitscht wurden, wenn sie zu müde zum Arbeiten waren? Erinnerst du dich an die Geschichte von Moses, der zu Gott gebetet hat, auf dass er sein Volk ziehen lasse? Zuerst wollte der Pharao die Israeliten nicht ziehen lassen, aber dann, nachdem Gott ihm viele Plagen gesandt hatte, musste er es tun, sonst hätte Gott dafür gesorgt, dass ihm und seiner Familie und den Ägyptern weiterhin so schlimme Dinge passieren.«

»Aber warum waren sie in Knecht… Knechtschaft?«

»Weil die meisten Menschen Gott nicht ehren wollen. Das israelitische Volk lebte vierhundertdreißig Jahre in Sklaverei, aber Gott hat zu ihnen gesagt, dass sie nach ihrem Tod frei sein werden, wenn sie nur an ihn glauben. Wir müssen das auch glauben, denn wenn wir das nicht tun, dann ertragen wir dieses Leben auf Erden nicht. Was immer uns passiert, Sarah, falls wir einmal getrennt werden sollten, dann werden wir uns im Himmel wiedersehen. Verstehst du, was ich dir sagen will?«

»Ja, Mama, das versteh ich schon, aber warum will Mr. Allen, dass du zu ihm kommst?«

»Kindchen … hm. Ach, Kind, dafür bist du wirklich noch zu jung. Aber wir werden uns darüber noch mal unterhalten. Wir werden darüber reden, wenn du älter bist.«

Sie strich mir über die Wange, bevor sie zu unserem Besitzer ging. Ich hatte meiner Mutter nicht die ganze Wahrheit gesagt. Das meiste von dem, was sie mir erklärt hatte, hatte ich nämlich nicht verstanden; ich hatte nicht verstanden, wie wir Mr. und Mrs. Allen gehören konnten. Aber ich hatte verstanden, dass wir daran glauben mussten, Gott würde uns nach unserem Tod wieder vereinen, und dieser Glaube linderte die Angst, die mich jedes Mal überkam, wenn sie uns verließ, um zu unserem Herrn zu gehen.

Solange ich noch ein Kind war, blieb meine Wut auf sie bestehen, und ich forderte immer wieder Streit heraus. Einmal spät am Abend setzte sie sich nieder, zog ihre Schuhe aus und rieb sich die Füße, doch sie zog nicht ihr Nachthemd an.

»Warum musst du immer zu ihm gehen? Bleib doch hier bei uns und ruh dich aus.«

»Sarah, hör auf damit. Ich muss tun, was sie mir sagen.«

Ich sprang aus dem Bett, stampfte mit dem Fuß auf und schrie: »Warum gehen wir dann nicht weg von hier?«

Da ohrfeigte sie mich. Ich wischte mir die Tränen aus den Augen.

»Wie oft muss ich dir das noch sagen? Bist du taub? Vielleicht bist du ja gar nicht so klug, wie ich dachte. Also, ein letztes Mal: Wenn ich dich das noch einmal sagen höre oder wenn mir zu Ohren kommen sollte, dass du es zu jemand anderem sagst, dann nehm ich die Rute und versohl dich so fest, dass du in allen Farben schillerst, bloß nicht mehr in Gelb. Verstanden? Ob du mich verstanden hast?«

»Ja, Mama. Ich sag's nie wieder.«

»Du schläfst jetzt.« Sie zeigte auf mich. »Zurück ins Bett! Und, Sarah, das tust du nie wieder!«

»Ja, Madam, ich meine … nein, Madam.«

Später erzählte mir Belle, warum Mama Angst hatte, wenn ich vom Weglaufen redete. »Du musst wissen, was den Leuten passiert, die versuchen wegzulaufen. Sie werden gejagt und zurückgebracht. Dann werden sie geschlagen. Denjenigen, die mehr als einmal weglaufen, werden die Zehen oder ein Fuß abgeschnitten. Alle Sklaven müssen bei der Züchtigung zusehen, sogar Kinder wie wir. Sie treiben uns zusammen, damit wir es alle mitbekommen. Denjenigen, der weglaufen wollte, ziehen sie aus, binden ihn mit den Händen fest und fesseln ihm die Füße. Manche verkaufen sie auch einfach an Sklavenhändler. Für uns ist es besser hier als irgendwo anders, weil wir zusammen sind und nicht auf den Feldern arbeiten müssen.«

Belle war die Tochter eines Hufschmieds, der in Afrika geboren worden war und verkauft wurde, als sie ungefähr ein Jahr alt war. Wenn ich heute an Belle denke, versuche ich sie mir immer nur vorzustellen, wie sie glücklich war, sonst überkommt mich ein Schmerz, der mich all meine Kraft kostet und mich meinem monotonen Alltagsleben gegenüber vollkommen gleichgültig macht. Dass Belle so sehr hat leiden müssen, lässt mich noch immer an Gott zweifeln, denn Belle war ein guter Mensch, stets auf das Wohl anderer bedacht – besonders jener Sklaven, deren Verwandte wie ihr eigener Vater verkauft worden waren und nie mehr gesehen wurden.

In einigen meiner frühesten Erinnerungen an Belle kümmerte sie sich um mich, während unsere Mutter nachts fort war, und brachte mir und den anderen kleinen Mädchen, deren Eltern auch im Herrenhaus arbeiteten, das Nähen, Sticken, Seilspringen und Zöpfeflechten bei. Wenn ein Kind hinfiel, machte Belle ihm einen Umschlag. Wenn Belle einen Älteren sah, der sich beim Laufen schwertat, bot sie ihm ihren Arm als Stütze an. Wenn ein Familienmitglied eines Nachbarn starb, half Belle Mama dabei, während der Trauerzeit Essen für die Familie zu kochen.

Belle hat so viel für mich getan, und dafür bin ich ihr dankbar. Wenn ich nachts nicht schlafen konnte, weil unsere Mutter nicht da war, blieb sie mit mir wach, bis Mama zurückkam oder mir die Augen zufielen, und erzählte mir Geschichten, die Mama teilweise noch von Belles Vater kannte. Wenn ich weinte, weil ich Mama so sehr vermisste oder Angst hatte, dass die Aufseher in unsere Hütte kommen und unsere Habseligkeiten durchsuchen könnten, nahm mich Belle auf den Schoß und hielt mich im Arm. Als ich älter wurde, war es Belle und nicht meine Mutter, die mir Antworten auf all die Fragen gab, die mich bewegten. So wie viele Schwestern erzählten auch Belle und ich uns von Ereignissen in unserem Leben, über die wir mit unserer Mutter nie gesprochen hätten, nicht, weil wir Angst davor gehabt hätten, was sie dazu sagen würde, sondern um sie vor weiterem Schmerz und Leid zu bewahren.

Einmal, als meine Mutter nachts fort war, erzählte mir Belle, wie ihr Vater und die anderen Kinder aus seinem Heimatdorf in einem fernen Land jenseits des Ozeans verschleppt und zu Sklaven gemacht worden waren. Belle erinnerte sich nicht an ihren Vater, den sie »Papa« nannte, aber sie gab häufig wieder, was unsere Mutter ihr von ihm erzählt hatte.

»Als er ein kleiner Junge war, lebte Papa in einem Dorf an einem großen Fluss namens Senegal, wo das ganze Jahr über Vögel in allen Größen und Farben herumfliegen. Während der Trockenzeit kamen die kleinen Jungen ihren Pflichten immer so schnell wie möglich nach, damit sie am Fluss spielen konnten … Eines Nachmittags sind die Männer des Dorfes beim Fischen. Die Frauen und Mädchen sind auf dem Markt, um zu feilschen und zu handeln. Die alten Leute und die Kleinkinder sind in den Hütten geblieben, weil es draußen zu heiß für sie ist. Vielleicht fünfzehn Jungen spielen gerade am Fluss, als sie seltsame Männer in einem großen Boot näher kommen sehen. Die Männer winken den Jungen zu und segeln direkt auf sie zu.

Einer der Männer fragt die Jungen, ob sie aufs Boot wollen. Ein Junge sagt: ›Nein, wir sind noch zu klein, um fischen zu gehen.‹ Der Mann lacht. ›Wir gehen nicht fischen. Wir wollen euch bloß zeigen, wie es auf dem Meer ist. Kommt mit! Das Meer ist viel größer als euer kleiner Fluss hier.‹ Das lassen die kleinen Jungen natürlich nicht auf sich sitzen. Sie sind stolz auf ihren Fluss, auch wenn sie große Angst haben. Die Männer steigen aus dem Boot. Einer der Jungen ruft den anderen etwas zu, und sie rennen weg. In dem Moment kommen einige alte Leute aus den Hütten gelaufen und schreien, dass Fremde im Dorf sind. Doch als die Alten ans Flussufer gelangen, haben die Männer bereits einige der Jungen erwischt und stellen den anderen nach. Sie haben Waffen, die keiner im Dorf je zuvor gesehen hat. Die Alten versuchen die Fremden davon abzuhalten, ihre Kinder mitzunehmen, aber einer der Männer richtet die Pistole auf sie und schießt. Als ein alter Mann blutüberströmt zusammenbricht, bleiben die Leute aus dem Dorf stehen und starren ihn an, während die Fremden sich fast alle Jungen schnappen und sie in Ketten legen.

Sie bringen die Jungen auf das Boot und segeln davon. Die Dorfbewohner rufen: ›Halt, halt! Bitte, nehmt uns nicht unsere Kinder!‹, aber schon nach kurzer Zeit kann Papa die Leute nicht mehr hören.

In dieser Nacht ist Vollmond, und das schwarze Meer wirkt wie aus Glas gemacht. Es ist so kalt, dass die Jungen zusammengedrängt sitzen, um sich gegenseitig zu wärmen. Von Zeit zu Zeit sehen sie einen großen Fisch durch die Luft fliegen und wieder im Wasser verschwinden.

Die Sterne sind so groß und hell, dass man meint, sich einen vom Himmel pflücken zu können. Papa sagt zu einem der Jungen, der nicht aufhören kann zu weinen, er soll hinaufschauen. Er erklärt ihm, dass es noch immer dieselben

Sterne wie zu Hause sind, also könnten sie nicht allzu weit von ihrem Dorf entfernt sein.

Am nächsten Morgen kommen sie zu einer Insel, auf der alle Häuser rosa, pfirsichfarben, gelb oder blau sind. Die Männer bringen die Jungen vom Boot. Am Strand laufen Leute herum. Einer der Jungen sagt zu ihnen: ›Seht ihr nicht, was sie mit uns machen? Helft uns doch!‹, aber die Leute blicken bloß starr vor sich hin.

Dann sehen die Jungen zum ersten Mal in ihrem Leben einen Mann mit rosa Haut im Gesicht und an den Händen. Sie starren ihn an. Die Männer, die sie hergebracht haben, zerren an den Ketten. »Weiter, weiter, ihr Bauernlümmel«, rufen sie.

Sie kommen an ein rosa Haus und werden in einen Raum gebracht, der schon voll mit anderen Jungen ist. In dem Raum stinkt es, weil sie sich nicht waschen und nur einmal am Tag den Abort benutzen dürfen. Was sie nicht erwartet haben, ist, dass die Männer, die sie verschleppt haben, ihnen viel zu essen und zu trinken geben. Aber in dem rosa Haus befindet sich ein Loch, in das man gesteckt wird, wenn man versucht wegzulaufen. Dort muss man zwei Tage lang ohne Essen und Trinken bleiben.

Als sie ungefähr drei Wochen dort sind, werden einige der Jungen aus dem Raum geholt. Dann holen sie noch mehr. Keiner dieser Jungen kommt zurück. Eine Gruppe, zu der auch Papa gehört, wird in einen anderen Teil des Hauses gebracht. Papa riecht etwas Scheußliches.

Als sie zu einem Raum kommen, müssen die Jungen vor der geschlossenen Tür warten. Dort ist der Gestank noch schlimmer. Die Jungen draußen hören nichts. Sie holen einen Jungen nach dem anderen herein, und keiner von ihnen kommt wieder heraus.

Sie holen auch Papa in den Raum, schließen die Tür und sagen ihm, er soll sein Hemd ausziehen. Ein Mann kniet mit dem Rücken zu den anderen vor einer Feuerstelle. Zwei Männer legen Papa mit dem Gesicht nach oben auf einen Tisch; dann halten sie ihn fest, der eine links, der andere rechts. Ein Mann presst Papa die Hand auf den Mund. Obwohl es sehr heiß ist, zittert Papa, als wäre es eiskalt. Der Mann, der vor dem Feuer gekniet hat, steht auf und dreht sich um. Er hat ein dampfendes Eisen in der Hand, wie es Landarbeiter für Lämmer oder Kühe verwenden.

Papa versucht die Männer abzuschütteln, aber sie lassen ihn nicht los und halten ihm weiter den Mund zu. Der Mann mit dem Eisen drückt es ihm auf die Brust, und Papa verliert das Bewusstsein. Als er wieder zu sich kommt, hat er vergessen, wo er ist, und blickt sich suchend nach seiner Mutter um. Aber es sind bloß die Männer da. Papa schaut an sich herab, und es sieht aus wie angebratenes Fleisch.

Sie richten ihn auf und bringen ihn durch eine weitere Tür in einen anderen Raum, wo sich die übrigen Jungen befinden. Sie starren apathisch an die Wand, als sähen sie dort etwas, was gar nicht da ist. Als alle Jungen gebrandmarkt sind, werden sie zurück in den ersten Raum gebracht. Von Zeit zu Zeit sehen die Männer nach den Jungen, um sich zu vergewissern, dass die Wunden gut verheilen.

Ungefähr einen Monat nach ihrer Ankunft werden sie wieder ans Wasser und auf ein größeres Boot gebracht als das, mit dem sie hergekommen sind. Als das Boot ablegt, starrt Papa so lange zurück zu der Insel, bis keine Punkte mehr zu sehen sind, weder rosa … noch pfirsichfarbene … noch gelbe … noch blaue.«

Zweites Kapitel

Sarah Campbell

Mein Leben war von Geburt an eng mit Clarissas verbunden. Ich wurde drei Tage vor ihr geboren, und meine Mutter war ihre Amme. Wir waren vom ersten Lebensjahr an Spielkameradinnen, erzählte mir meine Mutter. Als ich mit ungefähr sechs Jahren zu arbeiten begann, war es mir in meinen Pausen erlaubt, weiterhin Zeit mit Clarissa zu verbringen. Hinter der Küche gab es einen Gemüsegarten, in den wir manchmal gingen, angezogen von dem würzigen Duft. Lachend und uns an den Händen haltend, stürzten wir uns kopfüber in ein Kräuterbeet und sogen den erdigen Geruch tief ein.

Eine Aufgabe, die ich mochte, war das Möbelpolieren und das Saubermachen der Bibliothek. Während ich die Bücher abstaubte, stellte ich mir vor, sie enthielten Bilder ähnlich denen an den Wänden. Ich wagte es nicht, sie aufzuschlagen, aber ich streichelte ihre Einbände aus Leder und Leinen. Einmal fragte ich meine Mutter, was in den Büchern sei. Da legte meine Mutter zitternd den Finger auf die Lippen, um mir zu signalisieren, ich solle schweigen. Dann ging sie zur Tür der Bibliothek und schloss sie.

»Was in Büchern ist, davon brauchst du nix zu wissen. Wenn sie dich dabei erwischen, wie du in eins reinschaust, bestrafen sie dich.«

»Wer bestraft mich, Mama?«

»Warum stellst du so viele Fragen, Kind? Mr. und Mrs. Allen, die bestrafen dich. Sarah, es ist gegen das Gesetz, lesen zu lernen.«

»Was ist das Gesetz?«

»Das Gesetz sagt einem, was man tun darf und was nicht, wie zum Beispiel in Bücher schauen. Dafür kannst du von einem Aufseher ausgepeitscht werden.«

»Aber warum dürfen Mr. und Mrs. Allen dann Bücher lesen?«

»Sarah, das Gesetz gegen das Lesen gilt nur für uns.«

»Warum?«

»Du stellst zu viele Fragen. Hör ... jetzt ... auf damit, und lass uns hier weiter sauber machen.«

»Ist es auch gegen das Gesetz, wenn Clarissa liest?«

»Sarah ... es gibt kein Gesetz dagegen, dass Clarissa liest. Genug jetzt. Staub die unteren Regale zu Ende ab.«

Clarissa und ich spielten zusammen in der Kinderstube, wo es zahlreiche Bücher gab – allesamt mit bunten Einbänden –, kleine Tische und Stühle, eine Schreibtafel, eine Landkarte an der Wand und einen Globus. Wenn wir dort waren, kamen Mrs. Allen oder meine Mutter von Zeit zu Zeit vorbei, um nach uns zu sehen. Eines Nachmittags, als Clarissa und ich gerade allein waren, zeigte ich auf ein Buch und fragte sie, ob das ein Spielzeug sei.

»Nein, das ist ein Buch. Du weißt schon, zum Lesen.«

»Was ist Lesen?«

»Na ja, da stehen Wörter drin, und man ... ich weiß auch nicht, aber mein Papa, meine Mama und meine Brüder lesen, und ich werde es lernen, wenn Mama mich darin unterrichtet. Sie sagt, jede Dame muss lesen und schreiben können und die Zahlen lernen.«

Clarissa verlor das Interesse an diesem Thema, und wir zogen stattdessen ihre Puppen an. An einem der folgenden Tage bat ich sie, ein Buch aufzuschlagen.

»Das hier mag ich«, sagte sie. »Mama liest mir oft daraus vor. Es ist die Geschichte von Little Goody Two Shoes oder so.«

Wir betrachteten die Bilder.

»Wovon handelt es?«

»Äh … mal sehen, es handelt von einem kleinen Waisenmädchen, das sehr arm war. Sie besaß nur einen Schuh, bis ihr ein netter Herr zwei schenkte. Sie war ein guter Mensch, und später unterrichtete sie kleine Kinder. Am Ende wird sie glücklich, weil sie einen reichen Mann heiratet.«

Ich wünschte, ich hätte lesen können, was unter den Bildern stand.

»Miss Clarissa, könnten Sie mir noch mehr Bücher zeigen?«

Sie wählte eines aus dem Regal aus. »Das sind alles Kinderreime«, erklärte sie.

»Was ist ein Reim?«

»Das ist, wenn die Wörter gleich klingen. Ich kann es nicht wirklich erklären.«

»Miss Clarissa, ich wünschte, Sie könnten mir die Reime vorlesen. Klingen sie schön, wie wenn jemand ein Lied singt?«

Eines Tages blieb Mrs. Allen bei uns im Kinderzimmer und erzählte uns Fabeln von Äsop und las uns aus einem Buch über seltsame Tiere vor. Eines nannte sich Quagga und sah aus wie ein Pferd mit schwarz-weißen Streifen. Danach bat Clarissa ihre Mutter, uns jedes Mal, wenn sie nach uns sah, etwas vorzulesen. Ich freute mich so darüber, ihre Geschichten zu hören, dass ich manchmal vor Begeisterung in die Hände klatschte, was Mrs. Allen immer zum Schmunzeln brachte. Einmal kam meine Mutter herein und war wie erstarrt, als sie sah, dass Mrs. Allen uns vorlas. Der Ausdruck auf ihrem Gesicht war eine Mischung aus Schock und Angst. Schließlich fragte sie Mrs. Allen, ob sie etwas für sie oder Clarissa tun könnte.

»Nein, Emmeline, ich bleibe hier bei den Mädchen, du kannst dich wieder den Vorbereitungen fürs Abendessen widmen.«

Einmal sprangen Clarissa und ich vor der Küche Seil, als zwei andere Mädchen, die Töchter von Hausmädchen im Herrenhaus, fragten, ob sie mit uns spielen könnten. Wir wechselten uns mit Springen und Seilspannen ab. Als wir müde waren, brachte Belle Clarissa zurück ins Herrenhaus, und ich ging, um meiner Mutter in der Küche zu helfen. Ich wusch gerade grüne Bohnen, als sie mich bat, in ihren Gemüsegarten zu gehen, um mehr Zwiebeln zu holen. Zwei Jungen kamen vorbei und fingen an, mich zu hänseln. ›Sarah ist ein Gelbgesicht. Sarah ist ein Gelbgesicht.‹«

An diesem Abend erzählte ich meiner Mutter, was die Jungen gerufen hatten. »Warum haben sie denn das gesagt, Mama?«

»Das liegt bloß daran, weil du hellhäutiger bist, Baby. Das ist alles. Sie haben nix Bestimmtes damit gemeint, so sind Jungs halt.«

»Aber Mama, warum hat meine Haut eine andere Farbe als deine und die von Belle?«

»So ist das halt, Sarah. Siehst du nicht, dass niemand die gleiche Hautfarbe hat wie die anderen?«

»Miss Clarissa hat aber die gleiche Farbe wie Mr. und Mrs. Allen.«

»So hat Gott sie eben geschaffen. Sie sehen zufälligerweise gleich aus, aber wir sind alle verschieden.«

Von meinem sechsten Lebensjahr an bis ich ungefähr acht war, verbrachte ich die meiste Zeit damit, meiner Mutter und Belle im Herrenhaus und in der Küche zu helfen, die sich in einem Nebengebäude des Anwesens befand. Während dieser Jahre spielte ich weiterhin mit Clarissa in der Kinderstube, und Mrs. Allen las uns oft vor. Als Clarissa acht wurde, begann Mrs. Allen damit, Clarissa in Arithmetik, im Lesen, im Schreiben, in Geschichte, Geografie und Aquarellmalerei zu unterrichten, und ich durfte nicht mehr in der Stube sein, wenn Clarissa ihre Lehrstunden bekam.

Als ich acht wurde, etwa zu der Zeit, als Clarissa mit ihrem Unterricht begann, zeigte mir Mama ihre Kräuter und Blumen und brachte mir ihre Namen bei. Sie erklärte mir, welche von ihnen giftig sein könnten und wo in unserer Hütte sie die getrockneten Kräuter lagerte.

»Sarah, ich werde dir, so wie ich es auch bei Belle getan habe, beibringen, wie du dich selbst versorgen kannst, wenn du krank wirst. Wenn es etwas Ernstes ist, kann Mrs. Allen zwar für uns den Arzt aus der Stadt rufen lassen, aber bis es so weit ist, kann es schon zu spät sein. Und manchmal wissen diese Ärzte auch nicht wirklich, was sie tun, oder es liegt ihnen nicht viel daran, wenn es um uns geht. Also hör mir jetzt gut zu. Was ich dir beibringen werde, muss unter uns bleiben, verstanden? Erzähl nie jemandem davon.«

»Warum, Mama?«

»Weil wir von einigen dieser Kräuter eigentlich gar nichts wissen dürften, denn manche von ihnen sind … Gift.«

Sie holte sechs Behälter herunter, nannte mir die Namen der Kräuterpflanzen und ließ mich daran riechen. Dann musste ich die Augen schließen und jedes Kraut allein am

Geruch erkennen. Als ich mir alle Kräuter gemerkt hatte, brachte sie mir bei, wie man Aufgüsse daraus bereitete.

»Blutwurz wird dafür hergenommen, um die Lunge zu reinigen, bei Erkältungen im Winter. Aber Blutwurz kann auch als Gift verwendet werden. Der Grund, warum du so lange gebraucht hast, um sie zu erkennen, ist, dass sie nach nix riecht. Aber die Wirkung ist stark, also nimmt man immer nur ein kleines bisschen davon. Dann schmeckt man sie nicht heraus. Man kann sie zum Beispiel in ein Getränk mischen. Stechapfel hat eine Blüte, die dir so gefällt. Manche Leute nennen ihn auch ›Teufelsapfel‹. Er ist genauso giftig, aber er wirkt auch gegen Schmerzen und Lungenbeschwerden, zum Beispiel wenn jemand nicht mehr gut Luft bekommt.«

An diesem Tag zeigte mir Mama, wie man diese sechs Kräuter anwendete, aber ihre Lektionen dauerten noch Jahre an, bis sie sicher war, dass ich insgesamt zwölf Kräuter ohne ihre Hilfe zubereiten konnte.

Alles, was mir Mama beibrachte, machte mir Freude, aber ich beneidete Clarissa um ihre Lehrstunden. Ich interessierte mich viel mehr für ihren Unterricht als für ihre hübschen Kleider und Zierbänder. Während ich in der Küche werkelte, dachte ich die ganze Zeit darüber nach, wie ich einen Weg finden könnte, an ihrem Unterricht teilzunehmen. Schließlich war es Clarissa selbst, die mir die Gelegenheit dazu verschaffte, denn ihre Eltern gaben all ihren Wünschen nach, weil sie ihre einzige Tochter war. Als ich eines Tages in ihren Räumen war, erzählte mir Clarissa, dass ihre Mutter sie gelobt habe, weil sie so schnell lernte, doch sie sagte auch, dass sie es vermisse, mit mir zu spielen. Obwohl ich wusste, dass es durchtrieben von mir war, beschloss ich, mir ihre Einsamkeit zunutze zu machen. Clarissa war nicht nur das einzige Mädchen in ihrer Familie, sondern auch das einzige Kind, das noch zu Hause lebte, da ihre älteren Brüder bereits höhere Schulen besuchten.

»Vielleicht könnte ich Ihnen ja beim Unterricht Gesellschaft leisten, Miss Clarissa, so wie damals, als wir noch zusammen im Kinderzimmer gespielt haben und Mrs. Allen uns vorlas«, sagte ich.

Sie lachte. »Das geht nicht, das war was anderes, weil wir da bloß gespielt haben. Meine Mutter hat gesagt, wir können zwar miteinander spielen, aber wenn wir mal älter sind und ich eine verheiratete Frau bin, dann muss ich lesen und mit Zahlen umgehen können. Meine Mutter meinte, dass alle jungen Damen Unterricht haben müssen, aber sie hat nicht davon geredet, dass Hausmädchen das brauchen.«

Ungefähr einen Monat später erzählte sie mir, dass sie Langeweile hätte. »Willst du nicht mit mir Puppen spielen?«

»Meine Mama sagt, dass ich alles machen muss, was Sie wollen, Miss Clarissa.«

Dann spielten wir mit ihren Puppen und ihrem neuen Puppenhaus, aber ich tat bloß so, als sei ich bei der Sache, und sie bemerkte es wohl.

»Magst du nicht mehr mit mir spielen?«

Ich zuckte mit den Schultern. »Wie meine Mama gesagt hat, ich muss tun, was immer Sie mir auftragen, Miss Clarissa.«

Clarissa schlug mich, und ich weinte. Sie hielt mir den Zeigefinger drohend vors Gesicht.

»Du bist doch bloß neidisch, weil ich meine Mutter nicht gebeten habe, dass du bei meinen Unterrichtsstunden dabei sein darfst. Ich hab's dir gesagt. Du kannst keinen Unterricht bekommen, weil du mein Hausmädchen bist. Und jetzt geh. Ich will dein schmutziges, dummes Gesicht nicht mehr sehen.«

Ich war verletzt, aber ich erzählte niemandem, nicht einmal Belle, dass Clarissa mich geschlagen hatte, denn ich war wild entschlossen, meinen Plan durchzusetzen und an ihren Lehrstunden teilzunehmen. Dabei war ich zuversichtlich, denn schließlich hatte Mrs. Allen mir schon zuvor erlaubt, mit Clarissa in ihrer Stube zu spielen, und es sogar geduldet, dass ich blieb, als sie Clarissa laut vorgelesen hatte. Mein raffinierter Plan würde sich bestimmt verwirklichen lassen, denn ich wusste, dass Clarissa sich nicht nur nach einer Spielkameradin sehnte, sondern dass sie jeden wachen Moment mit Spielen verbringen wollte und mich deshalb zu sich bestellte. Es war Clarissas Schwäche für alberne Zerstreuungen, denen sie nachging, ohne einen Gedanken an die Konsequenzen ihres Verhaltens zu verschwenden oder daran, welche Auswirkungen ihr Handeln auf andere Menschen hatte. Und es war die Nachsicht ihrer Eltern gegenüber ihrer Selbstsucht, die, als wir älter wurden, noch katastrophale Folgen haben würde. Eines Tages, während ich die Möbel in ihrem Zimmer polierte, spielte sie mit ihren Puppen und ihrem Hund King.

»Sarah, wenn du wieder wie früher mit mir spielst, bitte ich Mama nachher, dass du während meiner Unterrichtsstunden mit in der Stube bleiben darfst.«

Ich strahlte.

Wir spielten eines unserer Lieblingsspiele, bei dem wir uns gegenseitig, auf einem Bein hüpfend, fangen mussten. Und wir spielten noch andere Spiele, von denen wir manche bereits gespielt hatten, als wir erst zwei oder drei Jahre alt waren.

Clarissa hielt ihr Versprechen und bestand darauf, dass

ihre Mutter mir erlaubte, mit im Zimmer zu bleiben, während sie unterrichtet wurde. Auch King saß ein paar Minuten bei uns, verlor aber bald das Interesse an seiner Rolle als Schüler und trottete davon, um sich abzuschlecken und zu kratzen. Ich aber saß still da und achtete auf jedes Wort. Mrs. Allen rief Clarissa an die Tafel, und ich beobachtete, wie sie schrieb, und verfolgte aufmerksam Mrs. Allens Verbesserungen. Am Ende sagte Mrs. Allen, dass ich jederzeit wiederkommen dürfe, wenn ich wollte, und dass sie mich bei meiner Mutter von der Arbeit entschuldigen würde. Einige Monate, nachdem ich begonnen hatte, an Clarissas Unterricht teilzunehmen, wollte Mrs. Allen, dass sie das Wort »Temperatur« buchstabierte.

»T-e-m-p-e-r-a-t-u-r«, sagte ich.

Clarissa schwieg, und auch Mrs. Allen sagte zunächst nichts, schloss dann aber rasch die Tür und reichte mir eine Lesefibel. Mit sanfter Stimme sagte sie zu mir:

»Kennst du die Buchstaben, Sarah?«

»Ja, ja, Madam.«

»Kannst du lesen?«

»Ja, Madam.«

»Dann lies den ersten Satz vor«, sagte sie zu mir.

Ich las ihn laut vor.

»Hier ist die Kreide. Schreib den Satz.« Ich schrieb ihn, aber nicht ganz richtig. Mrs. Allens Gesicht war gerötet. Sie flüsterte: »Kinder, es ist sehr, sehr wichtig, dass ihr niemandem erzählt – auch nicht Mr. Allen, Emmeline oder Belle, niemandem –, dass Sarah lesen und schreiben gelernt hat. Wenn ihr es jemandem verratet, dürft ihr nie wieder miteinander spielen oder zusammen Unterricht haben. Habt ihr verstanden?«

»Ja, Madam«, sagten wir einmütig.

Mrs. Allen starrte mich an, aber ich hatte keine Angst, denn sie war nicht wütend. Ich konnte kaum glauben, dass ich lesen und schreiben gelernt hatte, und sie sagte auch nicht, dass sie mich nicht weiter unterrichten würde.

Am nächsten Tag, als ich wieder zu Clarissas Unterricht kam, sperrte Mrs. Allen die Tür hinter uns ab.

»Kinder, ich werde Sarah unterrichten, aber ihr müsst mir beide noch einmal versprechen, dass ihr niemandem sagen werdet, dass sie lesen und schreiben gelernt hat. Sarah, du darfst es nicht einmal Emmeline oder deiner Schwester verraten. Wenn ihr es irgendjemandem erzählt, wird das für Sarah, ihre Mutter und ihre Schwester schreckliche Folgen haben. Sie werden Allen Estates verlassen müssen, und Clarissa, dann siehst du Sarah niemals wieder. Habt ihr das beide verstanden?«

»Ja, Madam«, sagte ich.

»Ja, Mama. Wir haben es verstanden. Wir werden es niemandem erzählen. Versprochen«, sagte Clarissa, und wir blickten beide feierlich und ernst drein.

Unser Unterricht wurde fortgesetzt. Für mich waren es wundervolle Tage, denn ich wurde in eine Welt versetzt, deren Existenz ich bis zu jenem Zeitpunkt nicht einmal erahnt hatte. In den ersten beiden Unterrichtsjahren machten Clarissa und ich beide bedeutende Fortschritte. Wir lernten Arithmetik und Schreiben, und Mrs. Allen, die eine talentierte Lehrerin war und ihr umfassendes Wissen gern mit uns teilte – und das zu einer Zeit, in der es Frauen noch nicht erlaubt war, die Universität zu besuchen –, überraschte uns mit Farben, Pinseln und speziellem Papier und zeigte uns, wie man Aquarelle malte.

Damals kam mir noch nicht in den Sinn, was für ein außerordentlicher Segen es war, dass Mrs. Allen das enorme

Risiko auf sich nahm, mir Lesen und Schreiben beizubringen. Aber ich war dankbar für die Güte, die mir Mrs. Allen entgegenbrachte. Als ich schließlich noch in jungen Jahren erfuhr, dass meine Mutter nicht die einzige Frau war, die Mr. Allen schlecht behandelte, hatte ich Mitgefühl mit Mrs. Allen.

Als Hausmädchen wurde von mir erwartet, dass ich mich sofort zu meiner Herrin begab, wenn sie nach mir verlangte oder die Glocke läutete. Gleichzeitig sollte ich jedoch keine Gespräche oder Geschehnisse mitbekommen, die nicht für meine Augen oder Ohren bestimmt waren. Als ich acht Jahre alt war und Clarissas Mädchen wurde, fragte ich Bessie, warum Mrs. Allen so häufig weinte, und sie sagte, dass Mr. Allen seine Frau nicht anständig behandele. Daraufhin erzählte ich meiner Mutter, was Bessie gesagt hatte.

»Warum hat sie dir das erzählt? Grundgütiger! Sie sollte es eigentlich besser wissen. Du bist zu jung für solche Dinge, und wenn Mr. Allen wüsste, dass sie dir das gesagt hat, dann … ich will nicht mal dran denken, was er dann tun würde.«

»Aber Mrs. Allen hat geweint, Mama. Sie hat mir leidgetan.«

»Ich weiß, Kind. Mich macht das auch traurig. Gott weiß, sie hat kein' Grund, gut zu dir zu sein, doch sie ist es. Aber Bessie und ich, wir versuchen ihr zu helfen. Sarah, du hast doch Clarissa nix davon erzählt, oder?« Dann sah sie mich eindringlich an, als wolle sie meine Gedanken lesen. »Sarah, du hast mit Clarissa darüber gesprochen, nicht wahr?«

»Mama, wir waren in der Stube, als Mrs. Allen zu weinen anfing. Clarissa hat sich auf ihren Schoß gesetzt und ihr die Tränen mit einem Taschentuch abgewischt. Danach hat sie aufgehört zu weinen und uns was vorgelesen.«

Wenn ich nicht mit Clarissa beim Unterricht war, war ich Bessie unterstellt, die mir beibrachte, wie man ein richtiges Hausmädchen wird, und als ich elf Jahre alt war, fing ich an, Mr. Allens Büro sauber zu machen. Wenn ich dort war und die Regale abstaubte, schloss ich die Tür. Ich erinnerte mich nur zu gut, wie Mrs. Allen Clarissa und mich davor gewarnt hatte, irgendwem zu erzählen, dass ich lesen und schreiben gelernt hatte, und auch meine Mutter hatte mir eingebläut, ich könnte ausgepeitscht werden oder Schlimmeres, wenn man mich dabei erwischte, wie ich einen Blick in ein Buch warf. Doch während ich in Mr. Allens Büro sauber machte, konnte ich nicht anders, als die Papiere und Schreibgeräte auf Mr. Allens Pult in Augenschein zu nehmen. Eines Tages las ich aufgeregt ein Dokument, mit dem Sklaven Bewegungsfreiheit gewährt wurde, und merkte, dass es dem ganz ähnlich war, welches der Aufseher dem Kutscher Johnny gab, bevor wir die Plantage mit dem Wagen durch das Haupttor verlassen durften, um in die Stadt zu fahren. Nachdem ich den Passierschein gelesen hatte, ertappte ich mich mehrere Tage dabei, wie ich herumhopste und immer grinsen musste, wenn ich daran dachte, bis mich meine Mutter fragte, ob ich mein Geheimnis nicht mit ihr und Belle teilen wolle.

»Nein, Mama«, sagte ich und rieb mir den Bauch. »Ich habe kein Geheimnis, aber dieser Pfirsichkuchen, den du letzten Sonntag für uns gebacken hast, war einfach so lecker, dass ich sicher noch 'nen Happen davon vertragen könnte.«

Mama und Belle lachten, und Mama schüttelte den Kopf.

»Ach Kind, du bist wirklich albern. Ich weiß sehr wohl, dass das nicht der Grund ist, warum du so glücklich bist, aber gut, behalt deine kleinen Geheimnisse ruhig für dich, solang es sich bloß um Harmlosigkeiten handelt«, sagte Mama, kniff mir in die Wange und küsste mich.

Nach diesem Vorfall beschloss ich, mit dem Gegrinse aufzuhören und meine Freude nicht mehr offen zu zeigen, denn ich wollte nicht, dass irgendjemand dahinterkam, was ich vorhatte – ich wollte lernen, einen Passierschein auszustellen, indem ich Mr. Allens kopierte. Ich hatte Angst, aber allein der Gedanke an meinen Plan versetzte mich in Aufregung. Obwohl ich noch zu jung war, um mir darüber im Klaren zu sein, wie ich dieses Wissen nutzen konnte, war mir dennoch bewusst, dass ein Sklave mit einem solchen von Mr. Allen geschriebenen Schein die Plantage verlassen konnte. In meiner naiven Art bildete ich mir ein, dass meine Mutter und Belle vielleicht nur deshalb solche Angst vor dem Weglaufen hatten, weil sie nicht ahnten, wie leicht es war, aber jetzt, da ich wusste, wie man einen Passierschein schrieb, konnte ich einen für uns drei in Mr. Allens Handschrift ausstellen. Erst als ich älter war, begriff ich, dass die größte Schwierigkeit gar nicht darin bestand, von Allen Estates zu fliehen, sondern vielmehr darin, seine Freiheit auch nach der Flucht zu behaupten.

Als ich das nächste Mal in Mr. Allens Büro sauber machte, pochte mein Herz wie wild, und meine Hände zitterten, als ich allen Mut zusammennahm, um einen Schein zu kopieren. Es gestaltete sich schwierig, weil mir der Federhalter mehrmals aus den zitternden Fingern glitt und ich jedes Mal innehielt, wenn ich jemand draußen auf dem Flur hörte und fürchtete, dass er hineinkommen könnte. Ich nahm einen leeren Bogen aus der Lade mit dem Schreibpapier und übte Mr. Allens Handschrift so lange, bis ich keinen Unterschied zwischen seiner und meiner mehr erkennen konnte. Dann riss ich meine Kopien in kleine Schnipsel, die ich später in das Loch des Aborts warf. Stolz auf meine Leistung und von der Angst befreit, dass mir jemand auf die Schliche kommen könnte, zeigte ich meine Freude wieder offen, indem ich meine Mutter und Belle während der Arbeit küsste und umarmte, bis sie meiner überdrüssig wurden und mich lachend von sich schoben.

Ich erinnere mich noch heute an den Passierschein, den ich damals kopiert habe:

Dieser Passierschein gilt für die folgenden Sklaven, die sich alle im Besitz von Herrn Cornelius F. Allen von der Allen-Estates-Plantage in Benton County befinden. Der Fahrer des Wagens ist Johnny, der ca. einen Meter achtundsiebzig groß ist, schwarze Hautfarbe hat und kräftig gebaut ist. Johnny trägt das Brandzeichen von Allen Estates auf seiner Brust. Missy, ca. eins siebenundfünfzig groß, mit schwarzer Hautfarbe und einem kleinen, schmalen Gesicht, ist eine Näherin, die Stoff bei Russell & Strong's kaufen soll. Sammy ist ein Mulatte mit hellerer Hautfarbe, ca. eins dreiundachtzig groß, der Lederwaren zu Fielding's bringt, um sie dort zu verkaufen. Sollte einer dieser Sklaven außerhalb des Verwaltungsbereichs Benton County aufgegriffen werden oder des Nachts innerhalb von Benton County, ist eine Belohnung von jeweils dreihundert Dollar auf ihre Rücküberstellung an ihren Besitzer angesetzt.

Als ich zwölf Jahre alt war, ging meine Mutter immer noch nachts zu Mr. Allen, aber ich gewöhnte mich langsam an ihre Abwesenheit. Belle erzählte mir nicht mehr so viele Geschichten wie früher, aber sie lehrte mich weiterhin das Stricken, und ich arbeitete bedächtig an Schultertüchern für sie und meine Mutter. Belle und ich vertrieben uns die Zeit damit, indem wir die Ereignisse des Tages besprachen.

»Erinnerst du dich noch, als ich geweint habe, weil mich

diese Jungen Gelbgesicht genannt haben, und Mama meinte, es hätte nichts zu bedeuten?«

»Ja.«

»Nun ja, neulich nannten mich ein paar Mädchen wieder so und wollten nicht mit Clarissa und mir seilspringen. Heute war Clarissa nicht dabei, und sie wollten immer noch nicht mit mir seilspringen. Als ich sie gefragt habe, warum, sagten sie, ich soll doch mit meiner Schwester Rosarot spielen. Was haben sie denn damit gemeint?«

Belle schwieg eine Weile und sagte schließlich: »Ich denke, das sollte Mama dir sagen.«

»Sie hat mir auf solche Dingen schon früher nicht geantwortet, also warum glaubst du, sollte sie es jetzt tun?«

»Na ja, weil du älter bist.«

»Was für einen Unterschied macht das denn?«

»Mama meinte, dass du eines Tages solche Fragen stellen wirst, und sie meinte auch, dass ich dann sagen soll, ich wüsste es nicht. Aber ich will dich nicht anlügen. Wenn sie nicht hier ist, dann gibt es bloß dich und mich, und ich möchte, dass wir uns auch weiterhin immer die Wahrheit sagen.«

»Belle, ich kenne die Wahrheit. Ich kenne sie schon seit letztem Jahr, als Clarissas Cousinen aus Montgomery da waren. Als sie wieder abgereist waren, konnte Clarissa es nämlich gar nicht erwarten, mir zu berichten, was sie ihr darüber erzählt hatten, wo die Babys herkommen. Und dann kombinierte ich das damit, wohin Mama nachts geht – zu Mr. Allen. Ich will nur, dass mir jemand sagt, ob ich recht habe.«

»Warum, Sarah? Warum kümmert es dich, ob er dein Vater ist?«

»Ich will es bloß wissen, so wie du weißt, wer dein Vater war. Ich will einfach ganz sicher wissen, wer meiner ist.

Nicht, dass ich Mr. Allen deshalb mögen würde. Ich hasse ihn und wie er uns behandelt … und weil er Mama zwingt, zu ihm zu kommen und uns nachts allein zu lassen.«

»Also, was weißt du denn, Sarah?«

»Ich weiß, dass … na ja, du redest immer von ›mein Papa‹, und ich sehe eher aus wie Miss Clarissa, als dass ich dir und Mama ähnlich sehe, und Mama ist immer bei Mr. Allen. Jeder, sogar die anderen Kinder, können sich denken, dass Mr. Allen mein Vater ist.«

Belle sah traurig aus.

»Es tut mir leid, Sarah, es tut mir leid. Ich wünschte, es wäre nicht so. Ich wünschte ehrlich, du und ich hätten denselben Vater. Aber ich könnte dich nicht mehr lieb haben, als ich es sowieso schon tue. Du bist meine echte Schwester. Und hör nicht auf diese Kinder, wenn sie dir irgendetwas von Miss Clarissa erzählen. Sie ist keine Schwester für dich.«

Belle musste mir nicht sagen, dass Clarissa mir keine Schwester war; Clarissa war überhaupt nicht wie Belle, die mich liebte und sich um mich kümmerte. Ich war damals schon alt genug, um zu wissen, dass ich Clarissas Hausmädchen war und sie meine Besitzerin. Ich bin mir nicht sicher, was ich für Clarissa empfand, gewiss keine Zuneigung, aber sie hatte es mir ermöglicht, lesen und schreiben zu lernen – und das war der Schlüssel dazu, eines Tages für meine Mutter, meine Schwester und mich die Freiheit zu erlangen.

In dieser Nacht schlief ich nicht gut und wachte auf, bevor meine Mutter zurückkehrte.

»Kind, warum bist du noch wach?«, fragte sie, als sie hereinkam. Ich saß am Tisch, und Belle war im Bett.

»Ich habe auf dich gewartet.«

»Schscht … Du weckst Belle noch auf.«

»Ich bin wach, Mama«, sagte Belle.

»Also, warum seid ihr denn alle wach? Lasst uns noch ein paar Stunden schlafen, bevor wir wieder in die Küche müssen.« Mama zog sich ihr Nachtgewand an.

»Ich habe Belle erzählt, dass ich das mit Mr. Allen weiß.«

Mama hielt mitten in der Bewegung inne und setzte sich zu mir, aber sie sagte nichts.

»Ich habe ihr gesagt, dass ich über ihn Bescheid weiß, Mama.«

»Sarah … ich wollte dich bloß schützen, Kind. Wollte nicht, dass du's weißt, weil ich nicht will, dass du's Miss Clarissa sagst und sie dann mit Mrs. Allen darüber redet. Das ist eine ernste Sache, Kind. Meistens werden diese Damen so wütend, wenn die Herren Kinder mit uns haben, dass sie den Kindern schaden wollen oder vom Herrn verlangen, die Kinder zu verkaufen.«

Ich sprang vom Stuhl auf und umarmte Mama. Ich hatte das Gefühl, gleich weinen zu müssen.

»Mama, du glaubst doch nicht, Mrs. Allen will, dass Mr. Allen mich verkauft, oder?«

»Nein, Kind, nein, da musst du dir keine Sorgen machen. Mr. Allen hat mir versprochen, dass das nicht passieren wird, und abgesehen davon weiß Mrs. Allen, dass Clarissa gern mit dir spielt, und … ich habe ein paar Sachen gemacht, Frauensachen, um Mrs. Allen zu helfen, und ich glaube nicht, dass sie danach noch wütend war, weil ich dich bekommen habe.« Sie tätschelte mir den Rücken. Ich war beruhigt, weil sie gesagt hatte, dass sie Mrs. Allen bei etwas Wichtigem geholfen hatte, und außerdem musste ich daran denken, wie gut Mrs. Allen mich immer behandelt und mir auf ihr eigenes Risiko Lesen, Schreiben und Rechnen beigebracht hatte.

»Aber Sarah, auch wenn jeder weiß, dass er dein Vater ist, weil du genauso aussiehst wie er und Miss Clarissa, so sag es ihr nicht, falls sie es noch nicht weiß. Sonst ist sie ihrem Vater vielleicht böse, weil er mit mir ein Kind hat.«

»Was ist mit Mr. Allen? Weiß er es?«

Sie stieß mich weg, höchst erzürnt, und sah mich an.

»Wie, ob er's weiß? Natürlich weiß er's, aber das ändert rein gar nix an deinem Leben, hörst du? Also, glaub bloß nicht, dass das irgendetwas ändert. Für uns macht es keinen Unterschied, wer unser Vater ist, nur unsere Mutter zählt.« Für eine Weile schwiegen wir.

»Mama? Mama, da gibt es noch was anderes, was ich dich fragen wollte, wegen etwas, das du gerade gesagt hast.« Ich musste ihr eine Frage stellen, hatte aber Angst vor der Antwort.

»Sarah, Mädchen, bitte, du musst damit aufhören. Jetzt weißt du doch alles, was es zu wissen gibt, ich hab dir doch eben gesagt, dass Mr. Allen dein Vater ist, und das ändert rein gar nix an deinem Leben oder meinem. Seit deiner Geburt wurdest du genauso behandelt wie Belle, und ihr Vater ist er sicher nicht.«

Ich nahm all meinen Mut zusammen, um die Frage zu stellen, und legte meine Arme wieder um ihre Taille. Sie rieb mir den Rücken, während ich aussprach, was mir auf dem Herzen lag. »Nein, Mama, nein, das ist es nicht, was ich dich fragen wollte. Ich meine, es hat schon etwas damit zu tun … aber anders. Wie kommt es … wie kommt es, dass du nicht noch mehr Kinder mit Mr. Allen bekommen hast?«

»Kind, du bist zu erwachsen für dein Alter. Ich weiß wirklich nicht, was ich mit dir anfangen soll, wenn du erst mal eine erwachsene Frau bist. Ich kenn dich, wie du bist, wenn du dir erst mal was in den Kopf gesetzt hast, dann lässt du nicht locker … Wie bist du überhaupt draufgekommen, dass Mr. Allen dein Vater ist?«

»Miss Clarissas Cousine hat ihr gesagt, woher die Babys kommen, und sie hat es dann mir erzählt, und du hast mir gesagt, wohin du nachts immer gehst, dass du bei ihm im Herrenhaus bist.«

»Wie ich gesagt habe, du bist einfach zu erwachsen. Ich schätze, ich sollte dieses Gespräch sowieso bald mit dir führen, aber nicht heute, weil du noch zu jung bist, um manche Dinge zu wissen, Dinge, für die wir, wenn Mr. Allen davon wüsste, bestraft oder verkauft werden könnten. Dinge, die wir tun, na ja, das ist etwas, was einige von uns schon seit langer Zeit machen, was wir von unseren Müttern gelernt haben und von anderen älteren Frauen. Aber davon musst du jetzt noch nichts wissen, und ich hab sowieso schon zu viel gesagt. Erzähl bloß nichts davon weiter, hörst du? Und ich hoffe, du musst niemals etwas davon wissen, denn ich bete, dass du eines Tages mit einem Mann zusammen sein wirst, den du magst, und nicht mit … jemandem … einem Mann, der … dich zwingt, mit ihm zu sein.« Ich dachte eine Weile über das nach, was sie gesagt hatte, und plötzlich überkam mich Kummer.

»Mama? … Hast du das, was auch immer erwachsene Frauen tun, um keine Kinder zu bekommen … auch gemacht, um zu versuchen, mich nicht zu bekommen?«

Ihr traten die Tränen in die Augen, und sie hielt mich fester und küsste mein Gesicht, meine Ohren und meinen Scheitel.

»Kind, nein, nein, du bist mein süßes kleines Mädchen, und ich liebe dich und Belle gleich viel. Hast du nicht gehört, was ich gesagt habe? Mir ist ganz gleich, wer dein Vater ist, du bist mein Kind, nur meins, und kein Gesetz und kein Stück Papier könnte dich weniger meins machen. Ich habe dich ausgetragen und mich um dich gekümmert, noch bevor du überhaupt geboren warst. Ich kann's nicht oft genug sagen, Belle und du, ihr seid alles, was ich auf dieser Welt habe. Ihr beide seid der einzige Grund dafür, dass ich überhaupt glücklich bin. Ich lebe nur für euch, und alles, was ich tue, tue ich, damit wir immer zusammen sein können. Ich würde mein Leben für dich und Belle geben, hörst du? Mein Leben.«

Nach einer Weile gingen meine Mutter und ich zu Belle. Mama nahm ihr Taschentuch und wischte uns die Tränen aus den Gesichtern und lächelte dann. Sie faltete die Hände und hob den Blick zur Decke.

»Nur eine Nacht, gütiger Herr, eine Nacht ist alles, worum ich dich bitte, in der ich heimkomm und einfach schlafen kann, ohne dass Sarah mir Fragen stellt und uns alle zum Weinen bringt.«

Die Worte meiner Mutter ließen uns schmunzeln. Sie bewirkten aber auch, dass ich noch mehr von Mrs. Allen und aus ihren Büchern über die Welt außerhalb von Allen Estates lernen wollte und von anderen Menschen, die nicht an diesem Ort hier lebten.

Im Jahr darauf, als Clarissa und ich dreizehn Jahre alt waren, eröffnete mir meine Mutter, Mrs. Allen hätte zu ihr gesagt, dass ich nicht länger mit Clarissa an den Schulstunden teilnehmen dürfe. Sie meinte, ich hätte genug Arbeit, um mich zu beschäftigen, und dass Clarissa bald eine Hauslehrerin bekäme. Mir wurde schwer ums Herz, und meine Glieder fühlten sich schwach an. Nur wegen dieser Lehrstunden hatte ich mein Leben ertragen und von Freiheit für meine Mutter, Belle und mich träumen können. Von da an bestand mein einziger Trost darin, Bücher, in saubere

Lumpen gehüllt, in meinem Putzeimer zu verstecken. Des Nachts, wenn meine Mutter gegangen und Belle eingeschlafen war, las ich am Tisch bei Kerzenschein.

Clarissas Hauslehrerin, Mrs. Ellsworth, fing etwa einen Monat, nachdem ich aufgehört hatte, am Unterricht teilzunehmen, auf Allen Estates an. Sie war außerdem Clarissas Anstandsdame, und Clarissa durfte nun öfter ohne ihre Eltern benachbarte Plantagen besuchen. Als Clarissas Mädchen begleitete ich sie auf ihren Ausflügen. Ungefähr zu der Zeit, als Clarissas Unterricht mit der Hauslehrerin begann, veränderte sich mein Leben noch auf andere Weise. Ich bat meine Mutter, nicht mehr zu Mr. Allen zu gehen, und zu meiner Überraschung war sie einverstanden.

»Hört zu, Mädchen. Ihr sollt wissen, dass ich Mr. Allen die ganze Zeit immer wieder darum gebeten hab, uns oder zumindest euch zwei freizulassen, aber er wird's nie tun. Er meint, es wär zu unserem eigenen Besten. Solange wir ihm gehören, meint er, kann er sich um uns kümmern, und uns wird es an nix fehlen. Deshalb gehe ich nicht mehr zu ihm.«

Belle und ich umarmten sie. Wir waren glücklich darüber, dass sie bei uns war, nachts und tagsüber, wenn wir in der Küche arbeiteten. Meine Mutter lachte jetzt auch über die Geschichten, die die anderen Sklaven erzählten.

Eines Nachmittags, ungefähr einen Monat, nachdem meine Mutter aufgehört hatte, zu Mr. Allen zu gehen, war ich gerade in Clarissas Zimmer und half ihr, sich einzurichten, nachdem wir von einem Besuch auf einer benachbarten Plantage am Abend zuvor zurückgekehrt waren. Clarissa verlangte nach Tee. Schon als ich in die Nähe der Küche kam, hörte ich meine Mutter weinen. Ich rannte hinein und sah sie zusammengekrümmt am Boden, umringt von anderen Bediensteten. Mit klopfendem Herzen eilte ich zu ihr und hielt sie einen Moment lang in den Armen, dann legte ich ihr die Hände auf die Schultern und zwang sie, mich anzusehen.

»Sie haben Belle geholt! Sie haben Belle geholt! Sie haben mein kleines Mädchen geholt!«, war alles, was sie sagen konnte.

»Was? Was redest du da? Mama, wo ist Belle? Mama, antworte mir, bitte, wer hat Belle geholt?«

Sie antwortete nicht. Tränen benetzten ihre Wangen. Ihre Miene war wie versteinert. Ich wischte ihr mit meinem Taschentuch die Tränen ab und wandte mich an die Person, die mir am nächsten stand.

»Was ist mit Belle passiert?«

»Äh … äh … zwei Männer sind in die Küche gekommen und meinten: Wer von euch ist Belle?, und Belle hat gesagt, sie wäre das. Und dann sind sie auf sie zu, und ich und Jonah, wir haben uns noch vor sie gestellt, aber die Männer riefen: ›Weg da, ihr Nigger!‹ Sie hatten Pistolen. Es tut mir so leid, sie haben mich weggestoßen und … sie haben Belle gepackt und sind mit ihr weg. Miss Emmeline war nicht hier, als sie Belle mitgenommen haben, sie hat gerade Bettwäsche aus der Waschküche geholt.«

»Was für zwei Männer? Waren sie von hier? Wer waren sie? Wie lange ist das her?«

»Es war heute am späten Vormittag, sie waren nicht von hier. Miss Emmeline weint schon die ganze Zeit.«

»Ist Mr. Allen im Haus?«

»Nein, er ist seit gestern nicht hier gewesen.«

In diesem Moment zwang ich mich zu denken, aber nicht an mich, Mama oder irgendwen sonst, nur an Belle, dass sie in Gefahr war und dass ich herausfinden musste, wohin diese Männer sie gebracht hatten, damit ich Mama sagen konnte, sie solle Mr. Allen bitten, er möge sie zurückbringen lassen. Ich verspürte weder Angst noch Wut noch Trauer, ich hatte keinerlei Empfindungen mehr, ich fragte mich nicht einmal, warum Belle fortgebracht worden war. Alles, woran ich zu diesem Zeitpunkt denken konnte, war meine Entschlossenheit, meine Schwester zu finden und unsere Familie zusammenzuhalten. Ich rannte aus der Küche, und obwohl ich wusste, dass Belle fort war, glaubte ich noch immer, dass ich sie und die Männer, die sie mitgenommen hatten, irgendwo finden würde. Ich rannte weiter bis zum Haupttor, das von vier Aufsehern bewacht wurde. Einer von ihnen, ein Mann mit rosigem Gesicht und einem Gewehr in der Hand, befahl mir, zurück zum Herrenhaus zu gehen. Er stupste mich erst mit dem Gewehr am Arm an, dann schlug er mir mit der Faust in den Bauch und stieß mich zu Boden. Ich rieb mir die schmerzende Stelle und schrie:

»Wo ist meine Schwester? Wo ist meine Schwester? Sagt schon, was habt ihr mit meiner Schwester gemacht?«

Er grunzte bloß, antwortete aber nicht, und ein zweiter Mann kam hinzu.

»Steh auf, du Miststück … aufstehen, hab ich gesagt!«, rief der zweite Mann.

Ich rührte mich nicht und starrte sie an.

»Sagt mir, wo meine Schwester ist! Wo ist sie, wohin habt ihr sie gebracht?«

»Du hast überhaupt kein Recht, hier irgendwelche Fragen zu stellen, Miststück. Wir müssen dir gar nichts sagen. Aufstehen, hab ich gesagt, und wenn du dich weigerst, dann mach ich dir Beine, du jämmerliches gelbes Luder.«

Ich gehorchte ihm nicht, und er riss mir die Haube vom Kopf, packte mich an meinem Haar, wickelte es sich um seine Faust und schleifte mich ein gutes Stück über den Boden. Ich hielt meinen Körper ganz steif und gab keinen Laut von mir. Sie warfen mich auf einen Wagen und fuhren mich zurück zur Küche. Dort saß ich dann neben meiner Mutter auf dem Boden. So blieben wir und hielten uns wortlos in den Armen, bis die beiden Herrenhaus-Aufseher kamen. Einer von ihnen packte meine Mutter an den Armen, zerrte sie hoch auf die Beine und stieß sie gegen die Wand. Er drohte ihr mit dem Finger.

»Hast du nichts zu tun, zu kochen oder zu putzen? Du machst dich jetzt wieder an die Arbeit, oder du wirst auch noch dein anderes kleines Luder vermissen.«

Er ließ sie los, und meine Mutter ging mit ausdruckslosem Gesicht zum Wasserbottich, wusch sich die Hände und gab den anderen die Anweisung, ihr bei den Vorbereitungen fürs Abendessen zu helfen. Einer der Aufseher wandte sich an mich.

»Was stehst du da und glotzt? Geh zu Miss Clarissa und sieh nach, ob sie was braucht! Und ich soll dir von Mr. Allen ausrichten, dass du nichts von dem, was heute passiert ist, Mrs. Allen oder Clarissa sagen sollst, sonst blüht dir das Gleiche.«

Ich stand auf und fing an, Tee für Clarissa zuzubereiten.

»Hast du nicht gehört? Geh und schau nach Miss Clarissa.«

»Ich mache ihr Tee.«

Er wandte sich an meine Mutter. »Du machst besser keine Probleme mehr. Mr. Allen wird erfahren, dass du den ganzen Tag nicht gearbeitet hast.«

Er ging, und ich stellte den Tee, als er so weit war, auf ein Tablett und brachte ihn zu Miss Clarissa, die mich missbilligend ansah und mich, als sie meine zerzausten Haare bemerkte, mit zusammengekniffenen Augen musterte.

»Was ist denn mit dir passiert? Dein Gesicht ist ja ganz rot und verschwitzt, und wo ist deine Haube? Und dein Haar … das ist ja ganz zerzaust. Hm … ich habe deine Haare noch nie gesehen … sind sie so lang und überhaupt nicht wie die Haare von den anderen Negern. Bist du gerannt oder was? Weinst du? Setz dich mal auf den Stuhl da. Was ist passiert?«

Ich versuchte, meine Stimme zu kontrollieren, damit sie normal klang, aber ich bin sicher, sie war tiefer, so wie immer dann, auch heute noch, wenn ich wütend oder traurig bin.

»Ich kann es nicht sagen.«

»Warum?«

Ich hatte Tränen in den Augen, aber ich zwang mich, nicht vor Clarissa zu weinen, sonst hätte ich mich nicht zurückhalten können, ihr zu erzählen, was mit Belle passiert war. Ich wusste, ich konnte mich dem Aufseher nicht widersetzen, indem ich Clarissa die Wahrheit sagte. Meine Mutter hatte mir immer wieder eingebläut, den Aufsehern zu gehorchen, und ich wusste sehr wohl, dass seine Drohung keine leere war. Wenn ich Clarissa erzählt hätte, was mit Belle geschehen war, und Mr. Allen es herausgefunden hätte, dann hätte er meine Mutter und mich vermutlich beide verkauft oder zumindest eine von uns, und dann hätte keine Möglichkeit mehr bestanden, dass wir wieder mit Belle vereint würden.

»Ich bin bloß traurig, das ist alles, weil ich nicht mehr im Unterricht mit Ihnen sein kann.«

»Darüber weinst du jetzt, Sarah? Das ist doch jetzt schon lange so. Und ich leihe dir ohnehin immer meine Lehrbücher, sobald ich mit ihnen durch bin. Der Unterricht ist so langweilig, du solltest froh sein, dass du nicht mehr dabei bist. Warum gehst du nicht in deine Hütte und machst dich frisch? Himmel, man könnte ja meinen, es sei jemand gestorben.«

Am Abend, sobald meine Mutter und ich in unserer Hütte waren, erzählte sie mir, warum man uns Belle genommen hatte. Ihre Augen waren rot. »Er hat mich gewarnt, dass etwas passieren wird, wenn ich nicht mehr zu ihm komme, aber ich hätte nie gedacht, dass er das tun würde, nein, nicht nachdem er mir versprochen hat, mich nie von meinen Kindern zu trennen. Aber jetzt weiß ich, wie dumm das von mir war.«

Einige Minuten lang schwieg sie. Als sie wieder das Wort ergriff, sagte sie mehr, als ich sie seit Langem sagen gehört hatte.

»Meine Mama hat mir erzählt, wie schwer es ist, wenn sie einem den Sohn nehmen. Sie hat gesagt, man glaubt, man würde sterben vor Schmerz. Als meine Brüder und Schwestern verkauft wurden, dachten Mama und ich, wir könnten nicht weiterleben. Aber wie Mama gesagt hat, ist es noch viel schlimmer, wenn sie dir die Tochter nehmen. Belles Vater hat zu mir gesagt: ›Wenn sie mich verkaufen, dann komme ich schon klar. Aber nicht unser Mädchen. Tu, was immer du tun musst, damit sie nicht verkauft wird.‹ Wenn sie dir deinen Mann oder deinen Sohn nehmen, dann weißt du, dass er geschlagen wird. Aber mit deinem Mann oder deinem Sohn machen sie nicht das, was sie deiner Tochter antun.« Sie wiegte sich ein paar Minuten vor und zurück.

»Nachdem du geboren wurdest, bin ich weiter zu ihm gegangen, nicht nur, weil er's mir befohlen hat, sondern auch, weil ich mir gedacht hab: ›So behalte ich meine beiden Mädchen bei mir.‹ Aber dann hat er gesagt, er würde uns nicht freilassen, und du warst so traurig, dass du nicht mehr mit Miss Clarissa in den Unterricht durftest.«

Zum ersten Mal, seit ich sie in der Küche gesehen hatte, nachdem sie Belle geholt hatten, sah sie mir in die Augen, und da wirkte sie nicht länger traurig, und ich wusste, das lag daran, dass sie einen Plan hatte, um Belle zu uns zurückzuholen. So erinnere ich mich an meine Mutter: tapfer auch dann noch, wenn ihre größte Angst, dass eins ihrer Kinder verkauft würde, Wirklichkeit geworden war.

»Sarah, von jetzt an darfst du nicht mehr traurig sein, wenn ich dich nachts allein lasse. Hast du mich verstanden? Für mich wird es nun noch schlimmer sein, weil ich ihn noch mehr hasse als zuvor.«

Sie legte den Arm um mich und sagte mir, ich solle die Augen schließen. Wir knieten uns hin.

»Herr, ich weiß nicht, wie man richtig betet, und ich weiß, dass eine Sünderin wie ich nicht das Recht hat, dich um was zu bitten. Aber Herr, bitte beschütz mein Mädchen.

Herr, wo immer sie ist, bitte mach, dass man ihr nicht wehtut. Herr, bring sie zu uns zurück und bestrafe sie nicht für meine Sünden. Und Herr, bitte sorg dafür, dass Sarah sicher hier bei mir bleibt. Danke, Herr. Amen.«

Dann hielten wir uns in den Armen, hielten uns fest, bis wir einschliefen, für ein paar Stunden, bevor wir wieder aufstehen mussten für einen weiteren Arbeitstag.

Belles Abwesenheit traf alle Bediensteten. Jeder liebte sie wegen ihrer Güte und ihrer heiteren Gelassenheit, aber es gab noch einen weiteren Grund dafür, dass sie bedrückt waren: Belles Verkauf rührte an ihrer schlimmsten Angst, von ihren Familien getrennt zu werden. Am Tag, nachdem sie Belle geholt hatten, schickte mich meine Mutter zu den Feldern, um Miss Mary, die Hebamme der Sklaven, um Kräuter gegen Fieber zu bitten. Sie hatte auch Belle und mich entbunden, und sie war wie eine Tante für uns. Sie war so erfolgreich in dem, was sie tat, dass sie noch nie ein Baby oder eine Mutter verloren hatte. Sobald eine der Sklavinnen guter Hoffnung war, kümmerte sie sich um sie und begleitete sie bis mindestens zwei Wochen nach der Geburt. Weil sie so viele der Frauen unter uns kannte und manchmal bei Schwangerschaften auf anderen Plantagen aushalf, war Miss Mary in sämtliche Neuigkeiten auf unserer Plantage und darüber hinaus eingeweiht. Als Miss Mary an diesem Nachmittag zu uns in die Küche kam, gingen sie, meine Mutter und ich in unsere Hütte, um zu reden. Während wir sprachen, falteten meine Mutter und Miss Mary die Hände. Mamas Schultern hingen kraftlos herunter, und ich beugte mich erwartungsvoll vor, in der Hoffnung, Miss Mary könnte etwas darüber wissen, wohin man Belle gebracht hatte.

»Mr. Allen hat Belle und zwei andere verkauft. Es tut mir leid, aber ich weiß nicht, wohin, mehr konnte ich nicht herausfinden«, sagte Miss Mary. Ich lehnte mich enttäuscht zurück.

»Aber irgendjemand muss doch etwas wissen. Hat niemand erzählt, dass er die Mädchen zu einer anderen Plantage fahren musste? Was ist mit den Familien der anderen beiden Mädchen? Haben die etwas gesagt?« Mama schaute finster drein.

»Nein, Miss Emmeline. Es tut mir leid. Ich hab mit jedem gesprochen, dem ich traue und der etwas darüber wissen könnte. Ich hab nix gehört.«

»Miss Mary, wenn Mr. Allen Sie an andere Plantagen verleiht, dann fragen Sie doch bitte nach. Vielleicht weiß irgendwer, ob Belle dorthin verkauft wurde.«

Miss Mary tätschelte Mama die Hand. »Darum brauchen Sie mich doch gar nicht erst zu bitten. Ich hab schon den Feldarbeitern und den Kutschern gesagt, dass sie, wenn sie verliehen werden oder Dinge zu anderen Plantagen bringen, versuchen sollen herauszufinden, wohin sie und die anderen Mädchen gebracht wurden. Aber, und das hab ich auch denen klargemacht, wir müssen sehr vorsichtig sein, was wir sagen und wen wir fragen. Auch ihr beide. Wir wissen alle, dass wir Mr. Allens Entscheidungen nicht infrage stellen dürfen.«

»Ja, Sie haben recht, und wir wissen auch, dass Sie tun, was Sie können. Vielen Dank, Miss Mary.« Mama legte die Hand auf Miss Marys Schulter.

»Sie müssen mir nicht danken, das wissen Sie doch. Ihre Mädchen sind wie Töchter für mich, ich werd nicht aufgeben, bis wir herausgefunden haben, wo Belle ist. Also, ich komme zu Ihnen, sobald ich etwas höre, und Sie kommen rüber zu den Feldern, wenn Sie was rausfinden. Passt gut auf euch auf, und vergesst mir beide nicht, vorsichtig zu sein, wem ihr Fragen stellt, hört ihr?«

»Ich habe einen Kuchen und eine Pastete für Sie und Ihre Familie gebacken, Miss Mary«, sagte ich.

»Komm her und lass dich drücken, mein Herzchen.«

Ungefähr einen Monat lang, nachdem Belle verkauft worden war, konnte ich mich zu nichts aufraffen, außer Schlafen und Lesen. Meine Mutter musste mich jeden Morgen schütteln, damit ich aufwachte, und sie musste mich zum Essen zwingen. Auch wenn ich meine Arbeiten weiter verrichtete, merkte ich manchmal gar nicht, wenn ein Topf überkochte, oder dass ich überhaupt nicht vorankam, wenn ich das englische Wachs in die Holzmaserung rieb. Ich fühlte mich einsam ohne Belle. Clarissa und ich waren nunmehr zu alt, um kindische Spiele miteinander zu spielen, und somit waren wir nichts anderes mehr als Herrin und Hausmädchen. Meine Gedanken drehten sich ständig um Belle. Warum Belle? Warum nicht ich? Ich war doch diejenige, die immer fliehen wollte. Ich war diejenige, die ihre zunehmende Wut auf Mr. Allen kaum verbarg. Ich wünschte mir, ich hätte gewusst, wohin sie meine Schwester gebracht hatten. Aber selbst wenn ich es gewusst hätte, was hätte ich schon ausrichten können? Ich konnte rein gar nichts tun, um sie zu retten.

Belle und meine Mutter hatten mich gewarnt: *Wenn du wegläufst, werden sie dich jagen. Sie werden dich finden und zurückbringen. Noch jeder, der weggelaufen ist, wurde erwischt. Wenn sie dich zurückbringen, schlagen sie dich. Wenn du wieder wegläufst, schneiden sie dir was ab, bevor sie dich verkaufen.*

Und meine Mutter? Sie hatte jetzt nur noch ein Kind. Wenn ich weglaufen würde, um Belle zu suchen, wäre es unwahrscheinlich, dass ich sie finden würde, und dann wäre meine arme Mutter ganz allein. Ich musste darauf vertrauen, dass Mama Belle zurückholen würde. All die Jahre lang war es ihr gelungen, uns drei beisammenzuhalten. Das war alles, woran ich in meinen wachen Stunden denken konnte.

Meine Mutter ging wieder zu Mr. Allen, nachdem Belle verkauft worden war, und das bedeutete, dass ich in unserer Hütte ungestört lesen konnte. Eines Nachts las ich die Gedichte von Wordsworth und stieß dabei zufällig auf ein Sonnet, das anders war als seine restlichen Werke. Es erzählte von einem Mann namens Toussaint L'Ouverture. Aber für mich handelte dieses Gedicht von meinem eigenen Leben.

An Toussaint l'Ouverture

Toussaint, Dein Unglück geht uns allen nahe!
Ob nun Dein Ohr erreicht des Pflügers Ruf,
ob man im tiefsten Kerker Dich vergrub,
Napoleons Rache Du mit Fassung trage
und harre aus, nicht mit dem Schicksal hadre:

Verzweifle nicht am Leben, selbst in Ketten,
selbst jetzt, wo nur ein Wunder kann Dich retten,
sei zuversichtlich, denk an künft'ge Tage:
Dein Beispiel ist's, das eine Kraft gespeist,
die für Dich wirkt, die wie des Windes Hauch,
zum Sturm vereint, geht über Meere weit!
Verbündet ist die Zukunft Dir, die Zeit,
wenn aus der Qual und wie im Rausch steht auf,
bezwingbar nicht, der Menschen Freiheitsgeist.

Wer war dieser Toussaint L'Ouverture? Wie konnte ich mehr über ihn erfahren? Warum befand er sich im »tiefsten Kerker« vergraben? Ich musste nach Antworten suchen, am nächsten Tag, wenn ich wieder in der Bibliothek arbeitete. Ich blätterte zurück zu den ersten Seiten des Buches und las, dass einige Sonette aus dieser Gedichtsammlung, auch das über Toussaint L'Ouverture, 1803 in der Londoner *Morning Post* erschienen waren.

Am nächsten Morgen sah ich in der Bibliothek nach, konnte aber keinen Verweis auf Toussaint L'Ouverture oder die *Morning Post* finden. Dabei fiel mir auf, dass es in der Bibliothek nie Zeitungen gab, obwohl ich Mr. und Mrs. Allen manchmal im Salon welche lesen sah. Ich hatte keine Ahnung, wohin sie sie nach dem Lesen taten. Am selben Abend fragte ich meine Mutter, bevor sie ging, was mit den Zeitungen passierte, nachdem die Allens sie gelesen hatten. Sie antwortete flüsternd:

»Was hab ich dir gesagt? Du sollst nicht mit mir und auch mit niemandem sonst über Bücher oder Zeitungen oder solche Dinge reden. Und der Aufseher hat sich beschwert, dass du zu lange brauchst, um die Bibliothek zu putzen. Ich weiß, warum das so ist, weil ich weiß, dass du klug bist, aber ich werde nicht darüber reden, was passiert ist, als du bei Miss Clarissas Unterrichtsstunden dabei warst. Sarah, bitte. Ich hab Angst um dich. Ich mach mir schon genug Sorgen um Belle, da will ich mich nicht auch noch um dich sorgen müssen.«

Tags drauf fragte ich meine Mutter, als sie Tee machte, ob ich ihn zu den Allens auf die Veranda bringen sollte. Als ich den Tee serviert hatte, lobte mich Mrs. Allen.

»Sarah, du hast den Tisch so hübsch gedeckt. Sag deiner Mutter, dass das Gebäck ganz köstlich ist.«

»Danke, Madam. Ich komme dann wieder, um abzuräumen. Darf ich Ihnen sonst noch etwas bringen, Madam?«

»Für mich nicht. Mr. Allen? Clarissa?«

»Sag ihr, sie soll mir ein Glas Brandy bringen. Diese Teegeschichten sind bloß was für Damen«, ließ Mr. Allen hinter seiner Zeitung verlauten.

Ich knickste. »Ja, Sir. Ja, Madam.«

Als ich wieder in die Küche kam, schickte mich meine Mutter zu dem Aufseher, damit er den Schrank mit den Spirituosen aufschließen konnte. Nachdem er ihr eine Flasche Brandy gegeben hatte, goss sie etwas davon in ein Glas, und ich trug es auf einem Tablett zu Mr. Allen. Ich räumte den Tisch ab und schlich so lange herum, bis sie mit dem Tee fertig waren. Als sie schließlich in den Salon gingen, machte ich die Veranda sauber und versteckte die Zeitungen unter den Lappen in meinem Eimer, den ich in der Waschküche in der Nähe unserer Hütte ließ, wo wir die Schrubber, Besen und andere Haushaltsutensilien aufbewahrten. Ich beschloss, fortan dort auch meine Bücher aufzubewahren. In dieser Nacht wartete ich, bis meine Mutter eine Weile fort war, bevor ich die Zeitungen lesen ging, von denen eine in Anniston und die andere in Mobile erschienen war. Beide berichteten von lokalen Geschehnissen und enthielten zahlreiche Inserate über den Verkauf und den Erwerb von Sklaven und die Ergreifung von solchen, die entlaufen waren. Das *Anniston Journal* enthielt einen Artikel über »feuerspuckende Abolitionisten«. Der Verfasser mahnte die Kongressabgeordneten, den Rufen von »Redenschwingern« aus dem Norden zu widerstehen, die danach trachteten, die Sklaverei abzuschaffen. Die *Mobile Gazette* warnte die Leser davor, dass Abolitionisten ihre Sklaven aufwiegelten und ihnen dabei halfen, in den Norden zu flüchten.

Am nächsten Tag bei der Küchenarbeit fragte einer der Aufseher meine Mutter, was sie mit den Zeitungen gemacht hatte, die Mr. und Mrs. Allen auf der Veranda zurückgelassen hatten. Meine Mutter faltete die Hände, was ihre Angewohnheit war, wenn sie verhindern wollte, dass sie zitterten.

»Sir … ich …«, sagte meine Mutter, doch ich wollte nicht, dass meine Mutter den Kopf für etwas hinhielt, was ich getan hatte.

»Sir, ich habe gestern die Veranda sauber gemacht«, sagte ich also. »Ich habe die Zeitungen in meinen Eimer getan und sie dann dort vergessen. Sie sind noch in der Waschküche. Ich hole sie gleich.«

»Warum hast du ihr nicht gesagt, dass ich die Zeitungen einsammle und entsorge?«

»Entschuldigung, Sir. Ich hab's vergessen. Es kommt nicht wieder vor«, sagte meine Mutter.

»Das rat ich dir auch. Warum stehst du noch hier herum? Los, hol die Zeitungen!«

Für einige Wochen verlief unser Leben wieder in normalen, geregelten Bahnen. Ich half beim Saubermachen und Kochen und kümmerte mich um Clarissa. Sie und ich hatten beide in diesem Jahr angefangen zu menstruieren. Wir hatten gewusst, dass das einmal passieren würde, denn ich hatte von Belle und Clarissa von ihrer älteren Cousine von diesem delikaten Thema erfahren. Wenn Clarissa und ich darüber redeten, kicherten wir nervös, wie es vermutlich alle Mädchen taten, doch die Veränderungen in meinem Körper verfestigten meine niedrige Stellung im Leben nur noch mehr. Bessie zeigte mir, wie ich für Clarissa jeden Monat neue Binden zurechtschnitt, und obwohl Clarissa und ich beide unter schweren Menstruationsbeschwerden litten, schlief ich, wenn sie ihre hatte, auf einem Klappbett in einer Ecke vor ihrem Schlafzimmer und stand regelmäßig auf, um ihr eine Wärmflasche oder Tee zu bereiten, die ihre Schmerzen lindern sollten.

Mama und ich gingen ungefähr einmal im Monat in die Sklavenquartiere, um Miss Mary zu treffen. Auf dem Weg dorthin konnte ich den Anblick der sich plackenden Männer, Frauen und Kinder kaum ertragen. Selbst zur Erntezeit brannte die Sonne noch immer so heiß herunter, dass ich mich vollkommen geschwächt fühlte, doch die Feldarbeiter blickten kaum jemals auf. Sie zupften und zupften nur immer weiter an den Baumwollpflanzen. Bei jedem unserer Besuche, nachdem Belle verkauft worden war, fragte Mama Miss Mary, ob sie etwas von ihr und den anderen Mädchen gehört hatte. Die Antwort war immer die gleiche.

»Nein, Miss Emmeline. Es tut mir leid. Ich hab jeden gefragt, den ich fragen konnte. Immer wenn jemand zurückkommt, nachdem er an eine andere Plantage verliehen wurde, frag ich ihn, ob es dort neue Mädchen gibt. Aber niemand weiß etwas, oder niemand redet. Aber ich werd mich weiter erkundigen. Und, Miss Emmeline, vertrauen Sie darauf, dass der Herr Belle beschützen wird, und vergessen

Sie nicht, was in der Bibel geschrieben steht: ›Sei stark und mutig! Hab keine Angst und verzweifle nicht; denn ich, der Herr, dein Gott, bin bei dir, wohin du auch gehst!‹«

Nachts las und studierte ich weiterhin Clarissas Lehrbücher. Eines Tages eröffnete mir meine Mutter, dass Mrs. Allen einen Brief erhalten hatte, in dem stand, ihr Vater sei krank, und dass sie und Clarissa für einen Monat nach Georgia reisen würden. Außerdem überraschte sie mich damit, dass sie und ich Mr. Allen nach Mobile begleiten sollten.

Drittes Kapitel

Sarah Campbell

Wir gingen an Bord der *Coosa Belle* in Talladega. Mr. Allen reiste in seiner privaten Kabine auf dem Kesseldeck, und meine Mutter, Mr. Allens Leibdiener Eddie und ich blieben auf dem Hauptdeck. Wir fanden einen Platz, wo wir unsere Pritschen aufstellen konnten, und schliefen zwischen Baumwollballen, doch in der ersten Nacht schlug mir der Dampf auf den Magen. Ich schlief nicht gut, was mir jedoch nicht viel ausmachte, denn wenn ich schlief, träumte ich nur von Belle, davon, dass sie in Gefahr war. Ich war froh, dass meine Mutter, während wir an Bord waren, bei mir blieb und Mr. Allen sie nicht zu sich in die Kabine rief.

Am nächsten Morgen ging Eddie früh von Deck, um Mr. Allen Frühstück zu besorgen. Als er zurückkam, war Essenszeit für die Passagiere auf dem Hauptdeck, und wir bekamen Teller mit Essen vom Koch in der Kombüse. Eddie sagte uns, dass Mr. Allen es sich anders überlegt habe und wir den Zwischenstopp in Montgomery, der neuen Hauptstadt, bereits auf dem Hinweg nach Mobile einlegen würden, anstatt erst auf dem Rückweg. Mama mochte Montgomery überhaupt nicht.

»Sarah, vielleicht erinnerst du dich nicht mehr so genau, weil du noch ganz klein warst, als wir das letzte Mal da waren, aber das Schlimmste dort ist der Sklavenmarkt. Da müssen die Leute draußen auf Bänken herumsitzen und darauf warten, dass jemand sie kauft. Und alle gehen vorbei und tun so, als sei das ganz normal. Außerdem gibt es in Montgomery von allem zu viel, zu viele Menschen und zu viele Gebäude und angemalte Damen, die Tabak kauen.«

Als wir dort haltmachten, war meine Mutter froh, dass wir bloß ungefähr vier Stunden bleiben würden, nur so lange, wie die Baumwolle auf das Schiff geladen wurde. Eine Kutsche brachte uns zu einem Hotel, wo wir in den Dienstbotenquartieren auf Mr. Allen warteten, während er mit einem Händler sprach. Montgomery hatte, wie es meine Mutter beschrieben hatte, viele Einwohner und war hektisch, aber ich bewunderte das neue Parlamentsgebäude. Als wir aufs Schiff zurückkehrten, wurde der hauptsächliche Zweck der Flussschifffahrt offenbar, der Transport von Baumwollballen nämlich, der sogar nachts stattfand, wenn alles von Fackeln erleuchtet war. Die meisten Plantagenbesitzer errichteten ihre eigenen Lagerhäuser nahe den Anlegestellen am Fluss, von denen einige mehrere Stockwerke hoch und fast hundert Meter lang waren, und bewahrten dort ihre Baumwolle auf, bis sie auf die Dampfer geladen werden konnte. An den Stellen, an denen das Ufer steil war, ließen sie Rutschen aus Brettern bauen. Mithilfe von Eisenhaken luden Sklaven die Ballen aus den Lagerhäusern auf die Rutschen und schoben sie hinunter. Alle mussten sehr aufpassen, selbst wir, die wir an Bord waren, da die Ballen immer schneller wurden, wenn sie hinuntersausten und auf dem Hauptdeck auftrafen. Die Anlegestelle in Claiborne mit ihrem Steilufer hatte die längste Beladungsrutsche am ganzen Alabama River. Passagiere und Mannschaftsmitglieder, die von Bord gehen wollten, mussten eine gut hundertzwanzig Meter hohe Holztreppe erklimmen, um ans Ufer zu gelangen.

Wir gingen in der niedrigeren Bucht von Mobile Point vor Anker, wo die Baumwollballen von Sklaven auf Hochseeschiffe umgeladen wurden, die laut meiner Mutter nach New York oder England unterwegs waren. Als wir auf dem Kai standen, legte meine Mutter den Arm um mich und hielt mich fest. Sheriffs waren gerade dabei, gut vierzig Neger in Ketten zu legen, deren Papiere nicht ausreichten. Meine Mutter meinte, sie würden ins nahe gelegene Gefängnis gebracht, bis ein Richter bestätigte, dass ihre Reisedokumente oder Freibriefe echt waren.

»Wie macht der Richter das?«

»Er schreibt einen Brief an den Besitzer der Person oder an das Gericht in dem Bezirk, wo der Sklave herkommt. Aber das kann über einen Monat dauern, und so lang müssen sie im Gefängnis bleiben.«

»Was, wenn der Richter keine Antwort erhält?«

»Dann gehören sie dem Bezirk hier, und der Sheriff kann sie auf einer Auktion verkaufen.«

Ein Karren wartete auf uns; Mr. Allen war bereits in einer Kutsche vorausgefahren. Wir hatten Unterkünfte in einem Hotel in einem belebten Teil der Stadt, und als wir dort ankamen, half ich meiner Mutter und Eddie beim Auspacken von Mr. Allens Gepäck, bevor wir in die Dienstbotenquartiere gingen. Das Hotel verfügte über einen Bereich in der Küche, in dem die Sklaven, die ihre Herrschaften begleiteten, essen konnten. Nach dem Abendessen sagte mir meine Mutter, dass sie zu Mr. Allen gehen würde.

»Sperr die Tür ab und leg die Kette vor. Lass niemanden rein, ganz egal, wer sie behaupten zu sein.«

Sie kehrte kurz vor Tagesanbruch zurück und schlief noch ein paar Stunden. Später am Morgen teilte uns Eddie mit, dass Mr. Allen ihn beauftragt habe, uns in die Stadt zu begleiten, und dass das Hotel dafür ein Fuhrwerk bereitgestellt hatte. Zuerst war ich ganz aufgeregt, da ich Mobile zu Gesicht bekommen sollte, denn es war eine große Stadt, größer als Talladega, aber dann bekam ich Schuldgefühle, weil ich zeitweise nicht an Belle gedacht hatte. Eddie und meine Mutter, die beide schon oft in Mobile gewesen waren, wollten mir verschiedene Plätze zeigen, und meine Begeisterung kehrte zurück. Als wir auf die Royal Street kamen, zwischen der St. Louis und der St. Anthony Street, dort, wo sich der Sklavenmarkt befand, wurden wir von einem Wachmann aufgehalten.

»Wo ist euer Passierschein?«

Eddie zeigte ihn vor.

»Vergesst nicht, dass hier ab sechs Ausgangssperre für euch herrscht. Die Abendglocke läutet um halb sechs.«

»Ja, Sir«, erwiderte Eddie.

»Das gilt auch für euch.«

»Ja, Sir«, sagten meine Mutter und ich gleichzeitig.

Ich sah zwar Reklame für Sklaven aus North und South Carolina und Virginia an den Hauswänden, aber an diesem Tag fand kein Sklavenmarkt statt. Wir kamen an einem dreistöckigen Ziegelgebäude vorbei, das aussah wie ein Gefängnis. Menschen schauten durch vergitterte Fenster hinaus. Eddie fuhr uns aus dem Geschäftsviertel heraus und zu dem Haus einer Frau namens Miss Adeline. Meine Mutter erzählte, dass Miss Adeline auf Allen Estates geboren worden war und dort gelebt hatte, bis sie mit sechzehn Jahren an eine Familie in Mobile verkauft worden war. Ein paar Jahre darauf waren sie und ihre Kinder von ihrem neuen Besitzer freigelassen worden.

»Emmeline, wie schön, dich zu sehen! Und das ist wohl deine Kleine. Eddie, wie geht es dir? Und wo ist Belle?«

Meine Mutter ließ sich schluchzend in Miss Adelines Arme sinken. Die versuchte Mama zu trösten, konnte sie jedoch nicht zum Reden bringen.

»Master Allen hat Belle verkauft, und Miss Emmeline versucht herauszufinden, wohin und ob sie vielleicht hierher verkauft wurde«, erklärte Eddie.

»Ich gehe in letzter Zeit nicht viel raus. Tagsüber bin ich immer hier und passe auf meine Enkelkinder auf. Wenn meine Söhne heute Abend von der Arbeit kommen, rede ich mit ihnen und sehe zu, was ich herausfinden kann. Morgen lasse ich es euch dann wissen.«

Sie trat nah an meine Mutter heran und flüsterte ihr etwas zu, aber ich verstand trotzdem, was sie sagte. »Emmeline, hör zu. Du musst ihn irgendwie dazu bringen, dass er zumindest Sarah freilässt. Ich hab dir schon beim letzten Mal, als du hier warst, gesagt, dass du ihn dazu bewegen musst, die beiden Mädchen freizulassen.«

»Ich hab's versucht, aber er weigert sich.«

»Weiß er, dass du immer noch nach Belles Vater suchst?«

»Ja. Er hat mir gesagt … Er hat gesagt, ein Grund, warum er Belle verkauft hat, ist, dass ich noch immer nach ihrem Vater suche. Also suche ich nicht mehr nach ihm. Jetzt muss ich einfach nur mein Kind wiederfinden.«

»Warum kauft er sie dann nicht zurück?«

»Er hat gesagt, dass er das vielleicht tut, wenn ich mich richtig verhalte.«

»Was soll das heißen?«

»Das heißt, wenn ich alles tue, was er von mir verlangt, und wenn ich aufhöre, an Belles Vater zu denken. Aber ich kann nicht warten. Ich habe ihn angefleht, sie mir zurückzubringen, aber er hat nur gesagt, dass er nichts mehr davon hören will und dass er sie nie zurückkaufen wird, wenn ich weiter von ihr rede. Doch ich mach mir solche Sorgen um mein Kind. Ich muss zumindest herausfinden, wo sie ist, und sie wissen lassen, dass ich alles tue, was ich kann, um sie zurückzuholen.«

Am Abend beim Essen im Hotel sagte Eddie zu meiner Mutter, dass Mr. Allen ins Theater gehe und dass sie um zwei Uhr morgens in sein Zimmer kommen solle. Am nächsten Morgen fuhren wir wieder zu Miss Adelines Haus, und sie sagte, ihre Söhne wollten sich noch bei Leuten erkundigen, die an die größten Plantagen außerhalb von Mobile ausgeliehen wurden. Sie meinte, wir sollten uns von Mr. Allen eine Erlaubnis schreiben lassen, an der Sonntagsmesse in der First Baptist Church von Crichton teilnehmen zu dürfen, dem Gotteshaus, das ihre Familie besuchte. Dort könnte meine Mutter den Pastor und die Gemeindemitglieder fragen, ob sie gehört hätten, dass Sklaven von Allen Estates an Plantagen hier in der Gegend verkauft worden wären. Dann wollte sie meine Mutter noch im Raum nebenan unter vier Augen sprechen.

Als wir am Abend wieder auf unser Zimmer zurückgekehrt waren, fragte ich meine Mutter, was Miss Adeline ihr erzählt hatte.

»Es ist besser, wenn du nicht weißt, was sie gesagt hat, Kleines.«

»Mama, wenn es mit Belle zu tun hat, will ich es wissen. Bitte, Mama.«

»Es hatte nicht direkt mit Belle zu tun. Es ging bloß um Leute, die uns vielleicht helfen können.« Dann schwieg meine Mutter, doch bevor ich weiter nachhaken konnte, sagte sie: »Also gut, ich sag es dir, aber versprich mir, dass du mit niemandem drüber sprechen wirst. Das ist eine ernste Sache, Sarah. Eine von den Sachen, die Menschenleben kosten können.«

»Ja, Mutter. Ich verspreche, dass ich nicht darüber reden werde.«

»Der Pastor und einige Mitglieder der Kirche, in die wir gehen werden, Miss Adelines Kirche, arbeiten am Hafen wie Miss Adelines Söhne, und sie kennen die Kapitäne der Schiffe. Einige der Kapitäne sind gottesfürchtige Menschen aus England, die nichts von der Sklaverei halten und die versuchen, Sklaven in die freien Staaten zu schaffen. Sie kennen Leute, die zu Kirchen im Norden und im Süden gehören und die wissen, was in den verschiedensten Plantagen so vor sich geht. Also haben sie vielleicht auch was von Belle und den anderen beiden Mädchen gehört.«

»Was sind freie Staaten?«

»Orte, wo es keine Sklaven gibt.«

»Und wo sollen die sein?«

»Oben im Norden.«

»Du hast erzählt, dass es im Norden, in New York, wo du mit Mr. Allen warst, keine Plantagen gibt wie hier.«

»Ja, aber Sklaverei gibt's dort trotzdem. Wenn man ein Sklave aus einem anderen Staat ist und mit seinem Besitzer dorthin kommt, ist man immer noch ein Sklave. Und wenn man ein entflohener Sklave aus einem anderen Staat ist, können Sklavenfänger einen dort einfangen und zurück in die Sklaverei bringen. Ich hatte Angst, als wir dort waren. Wir durften das Hotel nicht verlassen, weil die Fänger einen einfach von der Straße wegholen und in einen anderen Staat verkaufen konnten, selbst wenn man frei war.«

»Mama, wenn diese guten Menschen den Sklaven bei der Flucht helfen, wie können die Sklaven dann wissen, dass sie am Ende auch wirklich frei sein werden?«

»Das musst du die Leute fragen, denen zur Flucht verholfen wurde. Wir wissen es nicht, Sarah, wir wissen nicht, wo die Menschen am Ende wirklich landen. Aber manche Leute glauben, dass es den Versuch wert ist.«

»Hat Miss Adeline erzählt, wie vielen Leuten sie schon zur Flucht verholfen haben?«

»Nein, und Sarah, kein Wort davon zu ihr oder irgendwem sonst, wenn wir in die Kirche gehen, verstanden?«

Am Samstag eröffnete uns Eddie beim Frühstück, Mr. Allen wolle, dass wir ihn auf den Sklavenmarkt begleiteten. Als wir uns der Royal Street näherten, sahen wir sie bereits, gefesselte Männer, Frauen und Kinder, aneinandergekettet, die von Bewaffneten zum Versteigerungspodest geführt wurden. Wir stellten uns zusammen mit Mr. Allen und seinem Vermittler in die erste Reihe. Der Auktionator führte zwei große junge Männer vor, die zwar Hosen trugen, aber keine Hemden anhatten. Sie blickten starr vor sich hin, auf einen entfernten Punkt jenseits der Leute vor ihnen. Der Auktionator zeigte auf sie und befahl ihnen, sich zu drehen. Sie wiesen weder Peitschenstriemen noch Narben auf.

»Wie Sie sehen können, sind diese siebzehnjährigen Kerle gehorsam. Sie sind gesund, kräftig und in der Blüte ihrer Jugend. Sie geben hervorragende Feldarbeiter ab. Welches Angebot höre ich für die beiden zusammen?«

Männer riefen so lange Geldbeträge, bis der Auktionator sich zufriedengab und keine höheren Gebote mehr zu erwarten waren. Es wurden immer mehr Sklaven vorgeführt, gruppenweise, manchmal bis zu sechs auf einmal. Als eine Gruppe von vier jungen Frauen, ebenfalls halb nackt, an die Kante des Podests trat, zeigte der Auktionator mit einem Stock auf ihre Brüste. Auch ihnen befahl er, sich umzudrehen und ihre Rücken zu zeigen, die keine Narben trugen.

»Wer möchte heraufkommen und ihre Bäuche befühlen? Jede von ihnen kann Ihnen zehn oder zwölf zukünftige Feldarbeiter schenken.«

Ich war froh, dass keiner sie berührte. Mr. Allen fragte meine Mutter, was sie von den vier Sklavinnen als Hausangestellte halte, aber ihre Antwort war kaum zu verstehen. Ihre Augen füllten sich mit Tränen.

»Sprich lauter, Emmeline. Ich kann dich nicht hören.«

»Ja, Sir, sie wären sicher gute Hausangestellte.«

Die Auktion ging weiter, und Mr. Allen oder der Vermittler fragten meine Mutter immer wieder nach ihrer Meinung, was die Tauglichkeit bestimmter Sklavinnen für verschiedene Arbeiten betraf. Die Auktion wurde fortgesetzt, bis alle Sklaven verkauft waren, im Ganzen ungefähr sechshundert. Nachdem Mr. Allen zwanzig Feldarbeiter und die Mädchen gekauft hatte, kehrten wir ins Hotel zurück.

In dieser Nacht ging meine Mutter nicht zu Mr. Allen, und wir lagen lange wach. Um sich vom Weinen abzuhalten, erzählte mir meine Mutter meine Lieblingsgeschichten, von denen sie viele bereits von ihrer Mutter gehört hatte. Eine handelte von einer Frau namens Lela, deren Mann gestorben war und sie mit einer kleinen Tochter zurückgelassen hatte. Die Frau pflückte Früchte und Blumen und tauschte sie bei ihren Nachbarn gegen Fleisch und Milch ein. An einem Tag im Sommer suchte Lela nach Beeren am Fluss, fand aber keine einzige, als sie ein Zischen hörte. Um einen Baumstamm gewunden, erblickte sie eine riesige blaugrüne Schlange. Das gefräßige Reptil wiegte den Kopf hin und her.

»Mr. Snake, Sie fressen alle Beeren. Wie soll ich da noch welche finden, um sie bei meinen Nachbarn einzutauschen, damit meine Tochter und ich etwas zu essen haben?«

Doch Mr. Snake schenkte Lela keine Beachtung, als er vom Baum glitt. Sie wollte davonlaufen, aber sie hatte kein

Essen mehr zu Hause. Mr. Snake hob den Kopf und sagte zu Lela:

»Was würdest du mir im Tausch für ein paar Beeren geben? Würdest du mir deine Tochter schenken?«

»Ja, ich überlasse dir meine Tochter für einen Korb voller Früchte.«

Mr. Snake nickte, und Lela füllte ihren Korb, bis er beinahe überquoll. Als sie nach Hause ging, bekam sie Schuldgefühle und beschloss einen Umweg einzuschlagen, damit die Schlange nicht herausfand, wo sie wohnte. Sie blickte sich immer wieder um, sah sie aber nirgends. Doch sie hatte nicht bemerkt, dass ihr Rock zerrissen war und sich ein Fetzen Stoff in den Dornen eines Strauchs verfangen hatte. Sie watete ein Stück durch den Fluss und hoffte, dass dort keine Krokodile lauerten. Doch sie merkte nicht, dass eine der Beeren aus dem Korb gefallen war und nun hinter ihr im Wasser trieb. Sie verließ den Fluss und ging weiter am Ufer entlang. Dabei stolperte sie über einen Stein und merkte nicht, dass sich einige Perlen aus ihrem Fußkettchen gelöst hatten. Schließlich erreichte sie, ohne ein Zeichen von Mr. Snake weit und breit, ihr Haus. Sie ging hinein und umarmte ihre Tochter. Lela wusste, dass sie ihr die Wahrheit sagen musste.

»Meine geliebte Tochter, es tut mir so leid. Ich habe den schwersten Fehler meines Lebens begangen. Ich schäme mich so.«

»Mutter, was ist geschehen? Was hast du getan?«

Lela weinte. Sie schüttelte den Kopf, doch schließlich erzählte sie ihrer Tochter, was geschehen war. »Ich … ich … ich habe etwas Schreckliches getan. Ich habe dich Mr. Snake versprochen. Aber ich werde dich ihm nicht überlassen.«

In der Zwischenzeit war Mr. Snake Lela gefolgt, indem

er zuerst das abgerissene Stück Stoff von Lelas Rock gefunden hatte, dann die Beere, die aus ihrem Korb gefallen war, und schließlich die Perlen, die sich aus ihrem Fußkettchen gelöst hatten. Als Mr. Snake vor Lelas Tür ankam, zischte er und schlüpfte hinein. Lela sprang vom Stuhl auf, wo sie gerade den Riss in ihrem Rock flickte, und stellte sich vor ihre Tochter.

»Ich habe nicht gemeint, was ich gesagt habe, Mr. Snake. Ich habe einen Fehler gemacht. Sie können Ihre Beeren zurückhaben. Sehen Sie, wir haben sie kaum angerührt. Nein, ich werde Ihnen meine Tochter nicht überlassen. Niemals.«

Lelas Tochter war ein tapferes Mädchen. »Mutter, seit ich ein kleines Kind war, hast du mir beigebracht, dass man seine Versprechen einhalten muss. Mr. Snake hat dir einen ganzen Korb Beeren überlassen. Jetzt gehöre ich ihm.«

Lelas Tochter trat hinter ihrer Mutter hervor, die noch versuchte, sie zurückzuhalten, und ging zu der Schlange. Sie berührte ihre schuppige Haut. Sie gab ihr eine Kürbisflasche voll Milch und machte ihr das Bett in einem Weidenkorb. In dieser Nacht erwachte Lela vom Klang sanfter Stimmen. Dort neben ihrer Tochter saß ein gut aussehender junger Mann in farbenfrohen Kleidern. Ihre Tochter fertigte ihm gerade eine Perlenkette. Lela fuhr aus dem Bett hoch und blickte zu dem Korb hinüber, wo sich Mr. Snake zum Schlafen zusammengerollt hatte. Dort lag nur noch eine lange blaugrüne Haut. Lela nahm die Haut und warf sie ins Feuer. Da sprach der junge Häuptling:

»Endlich, wie seit vielen Generationen vorhergesagt, wurde der Zauber gebrochen von einem klugen Mädchen, das Mitleid mit mir hatte, und einer törichten alten Frau, die meine Haut verbrannt hat.«

Der junge Häuptling heiratete Lelas Tochter bei einer

Feier, zu der alle Dorfbewohner geladen waren, die entlang des Flussufers wohnten.

Am Sonntag gingen wir zu Miss Adelines Kirche. Die Mehrheit der Mitglieder waren befreite Sklaven. Miss Adeline saß mit ihrer Familie in einer der vorderen Bänke, und sie hatten uns Plätze freigehalten. Der Gottesdienst hatte noch nicht begonnen, aber der Chor sang bereits. Ich erinnere mich nicht an die Predigt an diesem Tag, vermutlich weil ich die ganze Zeit die anderen Gemeindemitglieder betrachtete, die besser gekleidet waren als wir alle auf Allen Estates. Darunter waren auch vier junge Männer in Matrosenuniformen ähnlich denen, die ich am Kai gesehen hatte.

Als der Gottesdienst vorbei war, stellte uns Miss Adeline im Pfarrbüro dem Pastor und einigen der Kirchenälteren vor. »Brüder und Schwestern, das sind Miss Emmeline, ihre Tochter Sarah und Mr. Eddie. Sie stammen von der Allen-Plantage oben in Benton County. Miss Emmeline hat ein Anliegen.«

Die Kirchenälteren begrüßten uns in ihrer Gemeinde.

Meine Mutter sagte: »Danke, dass Sie uns hier willkommen heißen. Wir sind hergekommen, weil meine Tochter … also, mein Herr hat meine Tochter und zwei andere Mädchen verkauft, und ich wollt bloß fragen, ob jemand davon gehört hat, dass Mädchen aus Benton County hierher verkauft worden sind. Weil Mr. Allen einen Bruder in dieser Gegend hat, dem auch eine Plantage gehört, dachte ich, er hätt sie vielleicht ihm verkauft.«

»Nein, Miss Emmeline, ich habe nichts gehört«, sagte einer der Männer.

»Ich ebenso wenig«, erklärte auch der Pastor. »Aber warum machen wir es nicht folgendermaßen? Bruder Samuel arbeitet gerade für Mr. Charles Allen, und er wird noch etwa zwei Wochen lang dort sein. Wenn er zurückkommt, können wir ihn fragen, ob er irgendetwas weiß.«

»Oh … aber wir reisen schon morgen wieder ab.«

»Miss Emmeline, wir würden Ihnen wirklich gerne helfen. Vielleicht können wir es so machen, dass wir Sie benachrichtigen, wenn jemand von uns nach Benton County kommt und wir etwas von Ihrer Tochter gehört haben. Ich wünschte wirklich, wir könnten mehr für Sie tun. Wir werden weiterhin dafür beten, dass uns der Herr bald von diesem Frevel erlöst.«

»Ja, Pastor. Danke.«

Wir kehrten genauso niedergeschlagen in unser Hotel zurück, wie wir in Mobile angekommen waren. Am nächsten Tag kamen die männlichen Sklaven, die Mr. Allen auf der Auktion erworben hatte, mit auf das Dampfschiff, das uns zur Plantage zurückbrachte. Sie wurden in einen speziellen Bereich des Schiffes geführt, zusammen mit weiteren Sklaven, die von anderen Plantagenbesitzern gekauft worden waren. Die Mädchen, die Mr. Allen gekauft hatte, waren nicht darunter. Ich fragte meine Mutter, wo sie seien, und sie sagte, er hätte sie seinem Bruder geschenkt. Eddie sah, dass ich die jungen Männer anstarrte.

»Sie kommen von weit her, aus Virginia, Kalifornien und Maryland. Schon gut, Sarah. Wein nicht. Wie der Pastor gesagt hat: Eines Tages wird uns der Herr von diesem Unheil erlösen.«

Mrs. Allen und Clarissa waren noch immer in Georgia, als wir nach Allen Estates zurückkehrten, aber wir hatten trotzdem viel zu tun, denn Mr. Allen lud weiterhin benachbarte Plantagenbesitzer und ihre Ehefrauen ein. Da Clarissa nicht da war, trug mir meine Mutter auf, den anderen beim

Servieren zu helfen. In der Woche, als wir aus Mobile zurückkehrten, hatte Mr. Allen ganz besondere Gäste, einen Gentleman und seine Frau aus England, die er den Worten meiner Mutter zufolge in London kennengelernt hatte. Sie bereisten die Staaten und hatten bereits Boston, New York und Philadelphia besucht. Die Arbeit und die exotischen Gäste waren mir eine willkommene Abwechslung und lenkten mich von meiner ständigen Sorge um Belle ab.

Wenn jemand einen Ausdruck verwendete, mit dem er nicht vertraut war, fragte der Engländer, was er bedeutete, und notierte ihn sich in sein Tagebuch, das er immer bei sich hatte, selbst bei den Mahlzeiten. Er zeigte sich erstaunt darüber, dass alle Bediensteten sauber und gut gekleidet waren, und seine Frau besichtigte die Küche und lobte meine Mutter für ihre Kochkünste. Mr. Allen nahm sie mit zu den Feldern, und einmal beim Abendessen äußerten sie sich über die Effizienz der Plantage und bemerkten, dass die Sklaven durchweg gesund und gut genährt wirkten. Sie sagten, dass ihre Beobachtungen überhaupt nicht dem entsprächen, was sie aufgrund der Berichte von Nordstaatlern erwartet hätten.

Etwa zwei Wochen, nachdem wir aus Mobile zurückgekehrt waren, eröffnete mir meine Mutter, als sie morgens in unsere Hütte zurückkehrte, dass Belle wieder nach Hause kommen würde.

»Mama, glaubst du, das ist wirklich wahr?«

»Ja. Mr. Allen hat es gesagt.«

Ich konnte nicht glauben, dass Belle tatsächlich heimkommen würde, aber allein die Möglichkeit versetzte mich in einen Taumel. Ich sprang aus dem Bett. Zum ersten Mal, seit Mr. Allen Belle verkauft hatte, konnten meine Mutter und ich wieder lächeln.

»Wann, Mama? Wann glaubst du, wird sie wieder zu Hause sein?«

»Ich weiß nicht genau, wann, aber sie wird bald wieder hier sein. Der gütige Gott hat unsere Gebete erhört, und wir müssen ihm danken.«

Wir knieten uns hin. »Herr, wir danken dir. Herr, du hast die Gebete einer armen Unglücklichen erhört und Mr. Allens Herz erweicht und bringst sie uns zurück. Herr, ich weiß, dass ich dir unrecht getan habe, weil ich nicht öfter gebetet habe, bevor sie mir mein Kind genommen haben. Aber jetzt weiß ich es besser, Herr. Amen.«

Etwa zwei Wochen später, wir bereiteten gerade das Abendessen vor, hörten wir Leute draußen vor der Küche. Wir gingen hinaus, und da war Belle mit einem dicken Bauch und einem schmutzigen, zerfetzten Kleid. Aber Belle sah nicht wie meine Schwester aus. Die Belle, die da zurückgekehrt war, hatte eine Narbe an der Oberlippe, trockene graue Haut, und ihre Haare waren kurz geschnitten worden wie die eines Mannes. Diese Belle hielt den Kopf gesenkt. Meine Mutter und ich führten sie in unsere Hütte. Sie setzte sich an den Tisch, und wir brachten ihr etwas zu essen und zu trinken, aber sie nahm nur ein paar Happen.

»Bloß Schlaf, Mama. Ich brauche bloß etwas Schlaf«, sagte sie.

Meine Mutter sagte mir, ich solle zurück in die Küche gehen und weiter bei den Essensvorbereitungen helfen, obwohl ich eigentlich lieber bleiben wollte.

»Du kannst später am Abend noch genug Zeit mit ihr verbringen.«

Als wir mit dem Kochen fertig waren und die Allens aßen, kam meine Mutter wieder in die Küche und sagte uns, dass Belle eingeschlafen sei. Als es Zeit für unser Abendbrot wurde, kehrten wir in unsere Hütte zurück, und ich sah, dass sie Belle gewaschen und ihr ein Nachthemd angezogen hatte. Belle schwieg während der Mahlzeit. Ich konnte nicht aufhören, ihre rauen Ellbogen und Hände anzustarren. Nach dem Essen massierte Mama Belle die Schultern und den Rücken, und ich legte das Ohr an ihren Bauch, in der Hoffnung, das Baby zu hören. Da fing Belle an zu weinen. Meine Mutter nahm sie in den Arm.

»Schscht, mein Liebling. Schscht, mein Kind. Schscht.«

Ich wollte wissen, was mit Belle passiert war, aber ich spürte, dass sie, was es auch war, noch nicht bereit war, darüber zu sprechen.

Nach dem Essen holte ich auf Anweisung meiner Mutter zwei Eimer Wasser vom Brunnen und brachte sie in unsere Hütte, wo ich das Wasser erwärmte und in den Bottich schüttete. Als wir sie wuschen, sahen wir Narben, Striemen und Wundschorf auf ihrem Rücken, den Armen, Beinen und sogar an ihrem Bauch. Wir ölten ihr das Haar, und meine Mutter flocht es in winzige, hübsche Zöpfchen. Nachdem sie eingeschlafen war, fragte ich meine Mutter, was mit Belle passiert war.

»Es ist gut. Sie ist jetzt wieder bei uns. Das ist alles, was zählt.«

Mit Miss Marys Hilfe bereitete meine Mutter spezielle Kräuter für Belle während der letzten Wochen ihrer Schwangerschaft zu. Sie sah bald wieder besser aus, und ihr Haar wurde länger als vor ihrem Verkauf. Mrs. Allen gab meiner Mutter die Erlaubnis, Belles Arbeitspensum zu reduzieren, nachdem Miss Mary zu dem Schluss gekommen war, dass Belle Zwillinge bekäme.

Belle brachte ihre Kinder in unserer Hütte zur Welt, und Miss Mary half meiner Mutter bei der Entbindung. Meine

Aufgabe bestand darin, dafür zu sorgen, dass immer genug heißes Wasser bereitstand. Nachdem Emmie geboren war, wischte Mama ihr das Gesicht ab und legte sie an Belles Brust, aber Belle wandte sich ab.

»Komm, Liebes. Sieh dein Kind an. Halte sie.«

Belle reagierte nicht. Meine Mutter wickelte Emmie in ein Tuch und hielt sie auf dem Arm. Sie rieb ihr den Rücken, bis sie zu schreien anfing und rot anlief.

»Da kommt das Nächste«, sagte Miss Mary.

Als Ruby geboren war, versuchte Miss Mary erst gar nicht, sie Belle zu geben. Die Babys hatten helle Haut, und sie sahen eher aus wie ich als Belle oder meine Mutter.

»Belle, Liebes, ich weiß, was du durchmachst, aber du musst …«

Belle zog ein finsteres Gesicht und erhob ihre Stimme. »Weißt du das, Mama? Weißt du, was ich durchmache?« Tränen liefen ihr übers Gesicht. »Es tut mir leid, Mama, Miss Mary, Sarah, ich wollte nicht wütend werden.« Belles Stimme klang jetzt ganz matt.

»Du musst dich für nichts entschuldigen, Kind.«

»Doch, Mama. Ihr versucht ja nur, mir zu helfen.«

Meine Mutter bat Miss Mary, Emmie zu halten, und nahm mich beiseite.

»Sarah, geh, lauf zu Mr. Davis. Sag ihm, dass Belle die Babys geboren hat und noch keine Milch hat, aber sag ihm nicht, dass sie die Kinder nicht trinken lässt. Sag ihm, er soll nach Edwina unten beim Waschhaus schicken und ihr sagen, dass wir ihre Hilfe brauchen.«

Ich befolgte die Anweisungen meiner Mutter. Keine Stunde später erschien Edwina mit ihrem Neugeborenen.

»Edwina, Belle braucht noch etwas Zeit, bis sie ihre Babys stillen kann. Könntest du uns aushelfen, bis sie so weit ist?«

»Miss Emmeline, Sie wissen doch, nach all dem, was Sie für mich und meinen Mann getan haben, würde ich alles für Sie und Ihre Töchter tun und jetzt natürlich auch für Ihre Enkelinnen.«

Als Edwina ihren Säugling aufs Bett legte, sagte meine Mutter zu mir, dass wir wieder in die Küche müssten, um die nächste Mahlzeit vorzubereiten. Miss Mary kümmerte sich um Belle, und Edwina setzte sich in den Schaukelstuhl, um Emmie und Ruby zu stillen. In der Küche fragte ich meine Mutter, warum Belle ihre Babys zurückgewiesen hatte.

»Sie fühlt sich noch nicht bereit dafür, eine Mutter zu sein. Das liegt an dem, was ihr bei Master Reynolds zugestoßen ist. Miss Mary hat das schon oft erlebt. Es kommt viel öfter vor, als du denkst, dass Mütter ihre Kinder nicht trinken lassen, besonders unter den Feldarbeiterinnen. Und es gibt da was, das du tun könntest. Ich möchte, dass du mit Belle darüber redest, was ihr passiert ist, als man sie weggeholt hat. Ich hab's versucht, aber sie will es mir nicht sagen.«

Nachdem das Nachtmahl im Herrenhaus serviert war, packten wir genug Essen für alle ein, die bei uns zu Hause waren. Emmie und Ruby schliefen, Miss Mary strickte, Edwina stillte ihr Baby, und Belle lag noch immer im Bett und starrte durch die offenen Fensterläden nach draußen zu einem Kardinalvogel, der auf dem Ast eines Apfelbaums hockte. Meine Mutter machte uns Tee, und alle außer Belle aßen zu Abend. Nachdem wir gegessen hatten, fragte meine Mutter Miss Mary und Edwina, ob sie sie in die Küche begleiten würden, wo sie das Essen für den nächsten Tag vorbereiten musste. Sie nahmen alle Babys mit, und ich blieb bei Belle und überredete sie, etwas zu essen.

»Belle, worüber denkst du nach? Warum magst du deine Babys nicht?«

Sie antwortete nicht.

»Belle, willst du nicht mit mir reden? Bitte! Wir machen uns Sorgen um dich.«

»Hör zu, mir geht es bald wieder gut. Einfach gut. Und, was die Babys betrifft, weiß ich sowieso nicht, was mit ihnen passieren wird. Mr. Allen macht mit ihnen, was er will.«

»Belle, bitte sag das nicht. Das meinst du doch gar nicht so, oder?«

»Doch, das meine ich genau so.«

Miss Mary und Edwina kamen etwa zwei Stunden später zurück und meinten, dass mich meine Mutter in der Küche benötige. Ich ging hinüber und erzählte ihr, was Belle gesagt hatte. Sie schloss die Augen.

»Guter Gott, bitte nimm ihr ihren Schmerz, damit sie ihre Kinder lieben kann. Ich kann mich nicht um sie kümmern und meine Arbeit machen, Herr, und er wird sie verkaufen, wenn sie sie nicht will.«

Am nächsten Tag ließen wir Belle mit Miss Mary allein. Wir funktionierten eine Kammer neben der Küche in ein Kinderzimmer um und brachten die drei Säuglinge dort unter. Meine Mutter und ich sahen abwechselnd nach Belle und brachten ihr und Miss Mary zu essen. Das erste Mal, dass Belle ihre Töchter an diesem Tag sah, war, als wir spät am Abend in unsere Hütte zurückkehrten. Edwina hatte bereits ihr eigenes Kind gestillt, und als sie dann auch Emmie und Ruby anlegen wollte, sagte Belle, sie könne versuchen, eine der beiden selbst zu stillen. Niemand sagte etwas. Miss Mary gab ihr Ruby, die ein Armband trug, das meine Mutter aus grünem Garn angefertigt hatte. Als Ruby zu saugen anfing, lächelte Belle. Emmie fing an zu weinen, und meine Mutter legte sie in Belles Arme. Wir beobachteten Belle mit ihren beiden Mädchen, bis sie sich beruhigt hatten. Miss

Mary und Edwina blieben noch über Nacht, verabschiedeten sich dann aber nach dem Frühstück am nächsten Morgen, nachdem Miss Mary erklärt hatte, dass Belle nun ausreichend geübt sei, um sich um ihre Töchter zu kümmern. Belle sagte zwar nie, dass sie ihre Meinung über ihre Mädchen geändert hätte, aber nachdem sie es offensichtlich doch getan hatte, sahen Mama und ich keine Veranlassung, sie nach den Gründen dafür zu fragen.

Meine Mutter erhielt für Belle die Erlaubnis von Mr. Allen, dass sie sich nach der Geburt einen Monat lang schonen durfte. Die Mädchen waren zwei Wochen alt, als Mr. Davis, der Aufseher, Geschenke von Mr. und Mrs. Allen brachte: einen großen Ballen Stoff mit Blumenmuster, zwei Ferkel für unseren Pferch, ein schlachtreifes Schwein, sechs große Gefäße mit Honig und jeweils zwei Säcke Mehl, Zucker und Reis. Als Belle wieder zu arbeiten anfing, übernahm eine Frau, die sich um die Kinder der anderen Hausangestellten von Allen Hall kümmerte, auch Emmie und Ruby.

Eines Nachts, als meine Mutter bei Mr. Allen war, erzählte mir Belle, was ihr widerfahren war, nachdem man sie verkauft hatte. Es kam mir gar nicht in den Sinn, sie zu fragen, warum sie schließlich doch über ihre schrecklichen Erfahrungen reden wollte. Rückblickend bin ich zu dem Schluss gekommen, dass sie irgendjemandem erklären musste, warum sie ihre Töchter zunächst abgelehnt hatte – wegen des Vaters der Mädchen nämlich –, und sie wählte mich dafür, weil wir uns als Schwestern ausgesprochen nahestanden.

»Ich weiß, dass ich eines Tages weitgehend vergessen haben werde, was sie getan haben. Ich weiß das, weil ich es vergessen muss. Seit dem Tag, als sie mich von hier fortgeholt haben, habe ich keine Nacht mehr durchschlafen können. Du weißt ja, dass ich hin und wieder im Schlaf schreie und dich aufwecke … Manchmal liegt das daran, dass ich im Schlaf denke, ich sei wieder dort. Sarah, ich werde niemals dieses kleine Mädchen vergessen und wie sie schrie. Nicht, solange ich lebe. Manchmal, wenn ich dich aufwecke und du siehst, wie ich mir die Ohren zuhalte, dann geschieht das, weil ich träume, dass ich wieder an diesem Ort bin, in dieser Hütte, in die sie uns gesteckt haben, mich und die anderen Mädchen von hier, als wir auf Master Reynolds' Plantage ankamen. In meinen Träumen versuche ich, das Mädchen dazu zu bringen, mit dem Schreien aufzuhören, aber manchmal bin auch ich es, die schreit, und ich will, dass wir beide aufhören.«

»Welches kleine Mädchen, Belle? Was ist mit ihr passiert?«

»Sarah, du darfst Mama nichts davon erzählen, hörst du? Ich will nicht, dass sie sich noch schlimmer fühlt, als sie es sowieso schon tut. Sie haben mich und zwei Feldarbeiterinnen auf Master Reynolds' Plantage gebracht. Die beiden waren ungefähr in deinem Alter. Eine war groß und sah dir sehr ähnlich. Ihr Name war Billie, aber das andere Mädchen, Sippie, war ein kleines, dünnes Ding. Sie sah aus, als sei sie gerade mal zehn oder zwölf. Zwei Aufseher von Master Reynolds holten uns hier ab. Einer von ihnen wollte einfach nur tun, was ihm aufgetragen worden war, nämlich uns zu Master Reynolds' Plantage bringen. Aber der andere starrte uns die ganze Zeit an, besonders Sippie.

Wir fuhren auf einem Wagen. Sie hatten etwas Essen und Töpfe dabei, und ich und die Mädchen mussten kochen. Wir schliefen draußen, in Decken gehüllt auf dem Boden. Wir Mädchen legten unsere Decken nebeneinander, damit wir uns nah waren, und Sippie ließen wir in der Mitte von uns schlafen. Wenn eine von uns nachts aufstehen musste, gingen wir immer alle zusammen. Wir waren ungefähr zwei

Wochen unterwegs. Als wir auf Master Reynolds' Plantage ankamen, brachten uns die Aufseher in eine Hütte. Da gab es drei Betten und Kochgeschirr und einen Kamin, und sie gaben uns Essen zum Kochen. Zwei Tage lang ließen sie uns allein. Dann brachte ein Aufseher neue Kleider für mich und Billie und sagte, wir sollten baden und uns umziehen. Wir taten, was er gesagt hatte. An diesem Abend bei Sonnenuntergang tauchten ein Aufseher und zwei junge Herren auf. Der Aufseher nahm Sippie mit nach draußen und schloss die Tür hinter sich.

Ich und Billie, wir haben versucht, uns gegen sie zu wehren. Sie schauten ganz überrascht, als hätten sie nicht damit gerechnet, dass wir uns wehren würden, als würden sie sich sogar darüber freuen. Als er sich in mich stieß, schmerzte es mehr als die Schläge. Er meinte: ›Oh, eine Jungfrau. Strammer als eine Trommel.‹ Dann gab ich einfach auf, mich zu wehren, und weinte bloß noch und redete mir ein, dass er das nicht mir antat, sondern jemand anderem. Er roch nach Holz und Erde, und sein Geruch ließ mich würgen. Als er fertig war, blieb er einfach liegen und stand nicht gleich auf. Ich sah hinüber zu Billie. Der andere Mann hatte noch immer nicht von ihr abgelassen. Sie war ganz still, starrte bloß vor sich hin, es sah aus, als würde sie nicht mal blinzeln.

Dann tauschten sie die Plätze. Der Zweite hatte einen anderen Geruch, nach Gewürzen oder so. Diesmal wehrten ich und Billie uns nicht, denn wir wussten, dass es nichts nützte. Plötzlich hörte ich Sippie schreien. Da versuchte ich, ihn von mir zu stoßen, und Billie versuchte das Gleiche mit dem anderen Mann. Aber sie ließen uns nicht gehen. Sie schlugen uns einfach wieder. Sippie schrie immer weiter, und je mehr sie schrie, umso fester stieß der Mann auf mir zu.

Als sie mit uns fertig waren und gingen, zogen Billie und

ich unsere Kleider an und rannten hinaus. Wir fanden Sippie zusammengerollt unter einem Baum. Wir brachten sie in die Hütte, wuschen sie und legten sie auf das Bett, das nicht voll mit unserem Blut war. Ich sagte Billie, sie solle die Laken abziehen und dafür die Decken auf die Betten legen. Ich nahm eine Laterne und ging hinaus in den Garten hinter der Hütte. Dort fand ich Heilkräuter, die ich aufbrühte. Als sie abgekühlt waren, tranken wir alle den Tee. Dann tunkte ich ein sauberes Tuch hinein, legte es Sippie zwischen die Beine und hoffte, dass es ihre Schmerzen lindern würde.

Sie ließen uns noch einen Tag allein in der Hütte, dann sagte man uns, dass es Zeit wurde zu arbeiten. Auf einem Karren brachten sie uns hinaus auf die Felder. Billie und ich sollten absteigen. Ich fragte, was mit der Kleinen wäre. Sie meinten nur: ›Das geht dich nichts an. Wofür hältst du dich? Für den Master?‹ Ich wollte zu Sippie, aber einer der Männer stieß mich weg. Sie weinte nicht und sagte kein Wort.

An diesem ersten Tag auf den Feldern arbeiteten Billie und ich in einer Truppe, die die Baumwollpflanzen wässerte und Unkraut auf Wagen lud, das die anderen Arbeiter gezupft hatten. Am Ende des ersten Tages hatte ich ganz blutige Hände, weil das Unkraut so spitze Verästelungen hatte.

Am Abend brachte uns ein Aufseher zurück in die Hütte, und dort warteten wieder neue Kleider auf uns. Er sagte uns, dass wir uns diesmal besser waschen sollten, weil sich der junge Master und sein Freund beschwert hätten, dass wir stinken. ›Und macht auch die Hütte sauber. Hier sind neue Laken für die Betten. Und kommt bloß nicht auf dumme Gedanken. Wir haben euch im Auge.‹

Am nächsten Tag kamen die beiden Männer wieder in unsere Hütte und wechselten sich bei uns ab. Als der zweite auf mir lag, kam mir von seinem Geruch das Essen hoch, aber ich hielt es zurück. ›Was ist los mit dir, Miststück? Antworte!‹, rief er.

Ich machte den Mund auf, und die Kotze lief heraus. Er schlug mich. ›Geh und mach dich sauber, du widerliche Fotze.‹

Ich ging zum Wasserkrug, und er trat an das Bett, wo der andere Mann auf Billie lag. Er … sagte: ›Leg sie nach oben.‹ Der eine schob Billie auf sich, und dann stieß der andere von hinten in sie hinein. Billie brüllte so, als würde sie den Schmerz nicht überleben, also schubste ich ihn mit aller Kraft, die ich aufbringen konnte, von ihr weg. Da schlugen sie uns wieder, diesmal so heftig, dass meine Lippe aufplatzte und mein Auge zuschwoll. Arme Billie, ihr Gesicht war ganz schwarz und blau, und auch ihre Arme und Beine waren voller Blutergüsse.

Nachdem sie gegangen waren, waren wir so geschwächt, dass uns auch kein Tee mehr helfen konnte. Wir lagen einfach nur da, bis sie am nächsten Morgen kamen, um uns zu holen. Sie hatten uns so zugerichtet, dass wir an diesem Tag nicht aufs Feld gehen mussten und ein Arzt geholt wurde. Er säuberte die Platzwunden und verband uns. Sie schickten uns eine Hausangestellte, die zwei Tage lang bei uns blieb.

Dann kamen sie und holten Billie. Sie tat alles, um nicht mit ihnen zu gehen, sagte, sie wolle bei mir bleiben. Sie meinten: ›Komm mit uns und mach kein Theater. Dir passiert nichts.‹ Sie nahmen Billie mit, und seitdem habe ich sie nicht mehr gesehen. Sie brachten mich in eine andere Hütte bei den Sklavenquartieren. Dort war ich allein, auch nachts sah ich niemanden. Ich wollte nicht hinausgehen, obwohl ich draußen Leute hören konnte. Zuerst wurde ich auf die Felder gebracht, wo ich in der Trashgang arbeitete, einer Truppe, die hauptsächlich aus Kindern, Jugendlichen und älteren Sklaven bestand, welche Handlangeraufgaben übernahmen. Es war schrecklich heiß da draußen in der prallen Sonne, und eine der anderen Feldarbeiterinnen sagte, ich solle mir einen Hut vom Aufseher holen.

Ich war schon drei Monate lang in dieser Truppe, und meine Periode war drei Monate hintereinander ausgeblieben. Ich fing an, unter Übelkeit zu leiden, und eines Tages wurde ich mitten auf dem Feld ohnmächtig. Sie brachten mich in meine Hütte und holten die Hebamme. Sie fragte mich, ob meine Monatsblutung ausgeblieben sei. Ich sagte Nein, dass gestern gerade der letzte Tag gewesen sei. Sie meinte, ich würde vielleicht nicht ordentlich essen. Sie sagte dem Aufseher, dass man mir mehr zu essen geben und mich einen Tag lang ausruhen lassen solle. Sie wollte wieder nach mir sehen und trug mir auf, nach ihr zu schicken, wenn es mir schlechter ginge.«

»Warum hast du ihr nicht gesagt, dass deine Monatsblutung überfällig war?«

»Ich hab versucht, mich daran zu erinnern, was Mama gesagt hat – welche Pflanzen die Blutung herbeiführen können. Am Abend, nachdem die Hebamme bei mir war, ging ich in den Garten, aber ich konnte keine der Pflanzen finden. Und Mama hatte mir eingebläut, mit niemandem über diese Kräuter zu reden, weil wir eigentlich nichts darüber wissen dürfen, also konnte ich auch die Hebamme nicht fragen. Sie ließen mich einen Tag lang ausruhen, und danach arbeitete ich wieder zwei Wochen lang in der Trashgang. Dann war Erntezeit, und ich musste Baumwolle pflücken. Ich und die anderen Arbeiter wurden um halb sechs Uhr früh auf die Felder gebracht. Der Fahrer gab mir einen Sack mit einem Riemen, den ich um die Schultern hängen konnte, und Nadeln, mit denen ich den Rocksaum hochstecken konnte, damit er nicht dreckig wurde. Obwohl wir das hier auch machen müssen, wenn wir die Böden wischen und bohnern, wollte ich dort meinen Rock nicht hochstecken, weil meine Beine dann zu sehen waren, aber ich hatte Angst, dass mich die Aufseher schlagen würden, wenn ich nicht täte, was sie mir sagten.

Sarah, ich hoffe, du musst nie am eigenen Leib erfahren, wie es ist, Baumwolle zu pflücken. Die Borsten sind messerscharf, also habe ich mich ständig daran geschnitten. Mein Rücken tat mir weh, weil ich mich die ganze Zeit bücken musste, um die Baumwolle von den Samenkapseln zu pflücken und dann in den Sack zu stecken. Aber die Baumwolle blieb immer in der Öffnung des Sacks hängen, also musste ich den Sack schütteln, damit die Baumwolle nach unten durchfiel. Gegen Mittag ließen sie uns zwanzig Minuten Pause machen, damit wir einen Zwieback und etwas Speck oder Schinken essen konnten. Ein Junge ging herum und verteilte Wasser an die Pflücker. Dann arbeiteten wir weiter bis Sonnenuntergang.

Eines Tages wurde mir schwindelig, und ich kippte wieder um. Sie brachten mich in die Hütte und ließen die Hebamme nach mir sehen. Sie sagte, dass ich ein Kind bekäme. Sie gab mir Kräuter für einen Tee, und ich fragte sie, ob sie wüsste, was mit den beiden Mädchen passiert war, die mit mir hergekommen waren, und ob sie irgendjemanden auf Allen Estates kannte.

›Nein, Kind. Tut mir leid. Ich weiß nicht, was mit den Mädchen passiert ist, und Allen Estates ist sehr weit weg. So weit weg werd ich nicht ausgeliehen. Schon seit drei Jahren lässt der Master zu, dass sein Sohn das macht. Red mit niemandem darüber. Master Reynolds' Sohn geht aufs College oben im Norden, hab ich gehört, und seine Freunde kommen ihn hier besuchen. Die letzten zwei Jahre sind immer zwei Freunde von ihm mitgekommen, und Master Reynolds sagt den Aufsehern, dass sie Mädchen besorgen sollen, die hübschesten, damit der junge Master und seine Freunde eine gute Zeit haben, bevor sie wieder zurück zum Studieren müssen. Dieses Jahr ist bloß ein Freund mitgekommen. Aber diesmal haben sie euch so schwer verletzt, ich wette, es wird aufhören.‹

Von diesem Tag an behandelten sie mich besser. Ein Fahrer gab mir eine Henne für Eier und Küken zur Aufzucht, und ich bekam mehr Essen als vorher. Sie sagten, dass ich bloß noch von morgens bis zum späten Nachmittag Baumwolle pflücken müsse. Das war mein Leben, bis Mama Mr. Allen dazu gebracht hat, mich zurückzukaufen.«

Ich vergoss keine einzige Träne, während Belle redete, denn ich wollte ihr zeigen, dass ich aufmerksam zuhörte, was sie über das Grauen zu erzählen hatte, das sie hatte erdulden müssen. Als sie fertig war, umarmte ich sie, und wir beide schwiegen eine Weile. Ich war wütend, aber ruhig, als ich nachdachte und sich langsam der Plan in mir festigte, dass ich Mr. Allen für diesen brutalen Übergriff auf meine Schwester und die anderen Mädchen bestrafen und meine Familie aus diesem Loch befreien würde.

»Belle, du und Mama, ihr sagt immer, ich soll nicht übers Weglaufen reden, also sag ich das jetzt zum letzten Mal. Ich werde Mr. Allen nicht bloß heimzahlen, was er dir und diesen Mädchen angetan hat und was er uns allen antut, sondern ich werde uns hier rausholen. Ich weiß noch nicht, wie oder wann das sein wird, aber ich werde einen Weg finden.«

Belle schüttelte den Kopf, aber diesmal erwiderte sie nichts darauf.

Viertes Kapitel

Theodora Allen

Von dem Augenblick an, als ich das erste Mal Luft holte, so erzählte sie es mir oft, war ich der Mittelpunkt im Leben meiner Mutter. Ihr Ziel war es, mich mit Harmonie zu umfangen und mich vor allen Abscheulichkeiten zu bewahren. Sie brachte mir das Aquarellmalen bei, noch bevor ich Lesen lernte, und schon mit fünf erhielt ich Musikunterricht. Ich durfte nur frühmorgens nach draußen, wenn keine Gefahr bestand, dass ich mir meinen hellen Teint ruinierte.

Mit zehn bekam ich mein eigenes Hausmädchen, Bessie. Sie war zwölf, als sie zu uns kam, und bevor sie meine Bedienstete wurde, arbeitete sie zusammen mit ihren Eltern und Geschwistern auf den Feldern. Bessie erzählte mir, dass sie ihre Familie vermisste, weil sie sie nur von Samstagnachmittag bis Montagmorgen sah. Ich erzählte es Mutter, und sie fragte Papa, ob er für sie eine Hütte bauen lassen könnte, die näher bei unserem Haus stand. Papa war einverstanden, und Bessie und ihre Familie waren froh und dankbar dafür.

Mutter nannte diejenigen, die für uns arbeiteten, »Bedienstete«, und sie sagte mir, ich solle sie immer gut behandeln. Sie sprach nie in grobem Ton mit ihnen und überließ Papa die Disziplinierungsmaßnahmen. Von klein auf unterwies mich Mutter in den Prinzipien der Haushaltsführung.

»Die Aufgaben der Hausherrin bestehen darin, die Bediensteten darin zu unterweisen, wie sie ihre Arbeiten zu verrichten haben, und deshalb werde ich dir zeigen, wie man kocht, sauber macht, näht, bügelt, Silber poliert, wie man Gäste empfängt und unterhält und noch weitere Haushaltskünste.«

Papa nahm mich manchmal mit auf unseren Gutshof, wo ich etwa fünfzig Leute – Männer, Frauen und Kinder – beim Arbeiten auf den Feldern sah. Ich wusste nicht, dass unsere Bediensteten und die Feldarbeiter Sklaven waren, bis ich ungefähr dreizehn Jahre alt war und meine Cousine Eliza mir erzählte, dass sie bei einer Auktion in Atlanta gewesen sei. Eliza wusste nicht viel mehr, als dass die Bediensteten Sklaven waren und dass ihr Vater sich über die exorbitanten Preise beschwert hatte, die er für sie zahlen musste.

Als ich sechzehn wurde, überzeugte Mutter Papa, der Professor an der Universität von Georgia in Athens war, mich zu Hause auf demselben Niveau zu unterrichten wie seine Studenten. Also gab Papa mir Unterricht in höherer Mathematik, Wissenschaft, Literatur und europäischer Geschichte. Er stellte einen Musiklehrer an und einen Maler und ermunterte mich, Briefe zu schreiben.

»Wenn du verheiratet bist, wird dein Gemahl dich oft für längere Zeit verlassen und auf Geschäftsreisen gehen müssen. Du wirst dich weniger einsam fühlen, wenn du ihm von allen Ereignissen, die deine Familie und deinen Haushalt betreffen, schreibst.«

Papa lachte, als ich ihm erzählte, dass ich die Ambition hätte, Schriftstellerin zu werden, und dass ich, wenn mein Ehemann verreist wäre, Bücher schreiben würde.

»Nein, nein, Schatz, die Männer finden Damen, die Bücher schreiben, nicht weiblich. Doch du solltest ein Tagebuch führen, das ich dann lesen werde. Aber wo wir gerade von deinem zukünftigen Ehemann sprechen …«

»Papa, nein. Ich bin noch zu jung für die Ehe.«

»Das bist du nicht. Deine Mutter war sechzehn, als sie heiratete.«

Weil Mutter so besorgt war, dass ich nicht heiraten würde, stellte mir Papa im selben Jahr, noch vor meinem offiziellen Debüt, sechs oder sieben Herren vor, von denen ich jedoch keinen leiden mochte. Papa reagierte geduldig auf meine Zurückweisung dieser Herren, aber Mutter fürchtete, dass keiner bei mir Anklang finden könnte. Eines Abends beim Essen erinnerte sie mich daran, dass Damen der feinen Gesellschaft, die keine Ehe eingingen und keine eigene Familie gründeten, auch über keinerlei gesellschaftlichen Rang oder Bedeutung verfügten.

»Das macht mir nichts aus. Dann lebe ich einfach hier mit dir und Papa und schreibe meinen Roman, den ich dann an Verlage in New York und London schicken werde.«

Mutter wich die Farbe aus dem Gesicht, und Papa riet mir, sie nicht aufzuziehen.

»Theodora, bedenke, dass dich deine Mutter wahrhaftig nicht vor den Altar zerren will.«

»Es war bloß ein Scherz, Mutter. Ich werde mir Pfeil und Bogen besorgen und einen Ehemann mit deinem Grad an Ernsthaftigkeit jagen.«

Papa schrieb an Bekannte in Alabama und erhielt Antwort von Mr. Cornelius Allen, dem ältesten Sohn einer angesehenen Familie. Meine Eltern waren erfreut, als er Interesse an mir zeigte. Papa meinte, er müsse von meinen sagenhaft blauen Augen und meiner Porzellanhaut gehört haben. Noch am Abend meines Debüts fing Mr. Allen an, mir den Hof zu machen. Er war elegant und, was noch wichtiger war, gewinnend, weil er mir von seinen Reisen in die Nordstaaten, auf den europäischen Kontinent und zu den Nordwestterritorien erzählte.

Mutter bereitete mich darauf vor, was mich in meiner Hochzeitsnacht erwartete. Sie sagte, Mr. Allen würde mich in meinem Schlafzimmer besuchen kommen, bis ich schwanger wäre, und danach nur, um weitere Kinder zu zeugen. Mutter meinte, dass ein echter Gentleman sich Bediensteter bedienen würde, um seine vulgären Bedürfnisse zu befriedigen. Angesichts dessen, was meine Cousine Eliza von ihrer ersten Nacht mit ihrem Ehemann berichtet hatte, war ich froh, dass sich die Intimitäten mit Mr. Allen auf ein minimales Maß beschränken würden.

Unsere Hochzeitsfeier war herrlich. Papa schenkte mir Dottie, meine Näherin, und er sagte mir, dass auch Bessie von nun an mir gehören würde. Die beiden konnten zwar nicht meine Eltern ersetzen, aber ich wusste, dass mir ihre vertrauten Gesichter in meinem neuen Zuhause Trost schenken würden. Unseren Flittermonat verbrachten mein Gemahl und ich im Haus der Allens in Orange Beach. Das Verlangen, das ich verspürte, als wir unsere Ehe vollzogen, überraschte mich. Ich hatte gedacht, dass ich die Härte eines Mannes nicht erdulden könnte, aber sein leidenschaftliches Spiel war vollendet, und meine Sehnsucht nach unserer Vereinigung ließ auch nicht nach, als er mich mit in unser neues Zuhause nahm.

Emmeline lernte ich an dem Tag kennen, als ich auf Allen Hall ankam. Die Aufseher hatten die Hausangestellten im Salon versammelt, um sie mir vorzustellen, und sie fiel mir auf, weil ich noch nie zuvor eine Negerin gesehen hatte, die so attraktiv war. Die Bediensteten, die an diesem Tage verschiedene, gut geschnittene Uniformen trugen, je nach der

Art der Aufgaben, die sie im Haus erfüllten, knicksten und verbeugten sich vor mir. Sie schwiegen, bis der Oberaufseher sie mir vorstellte, dann brachten sie alle auf eine offenbar gut einstudierte Weise zum Ausdruck, wie sehr sie sich freuten, mir von nun an zu Diensten zu sein. Keiner der Bediensteten sah mir in die Augen, nicht einmal, als sie mich begrüßten. Alle hielten den Kopf gesenkt, während sie mir vorgestellt wurden. Mein Gemahl sagte mir später, dass Emmeline zur Oberhaushälterin ernannt worden war, nachdem seine Eltern die Plantage verlassen hatten, um sich in Montgomery niederzulassen, und er als Hausherr zurückgeblieben war. In der ersten Woche nahm mich mein Gemahl mit in sein Büro, wo er sich regelmäßig mit den Oberaufsehern der Plantage und des Herrenhauses beriet, um mir meine Pflichten als neue Hausherrin zu erklären. Dort ging er auch die Geschäftsbücher und Berichtshefte mit mir durch, zeigte mir, wie man Warenbestellungen aufgab und die Rechnungen bezahlte, und erklärte mir meine weiteren Pflichten als Hausherrin über Allen Hall.

»Emmeline müssen Sie nichts beibringen, denn sie ist eine hervorragende Haushälterin und Köchin. Sie treffen sich mindestens einmal am Tag mit den Hausaufsehern und mit Emmeline, um ihnen Anweisungen zu geben und ihre Meldungen über alle Belange des Haushalts entgegenzunehmen.

Die Disziplinierung von Bediensteten genauso wie die Maßnahmen gegen Diebstahl fallen in den Aufgabenbereich der Aufseher, die auch dafür zuständig sind, regelmäßig das Silberbesteck und andere wertvolle Gegenstände zu zählen und Nahrungsmittel und Spirituosen verschlossen zu halten«, sagte er.

»Ich bin froh, dass ich die Bediensteten nicht bestrafen

muss, Mr. Allen. Im Übrigen wäre es mir ein Anliegen, wenn die Aufseher die Züchtigungen nicht im Haus oder in dessen Nähe durchführten. Denn das erscheint mir doch ausgesprochen unerfreulich.«

»Falls einer der Hausangestellten einer Züchtigung bedarf, werden sie zum Auspeitschplatz bei den Feldern gebracht. Wenn sie ihr Verhalten nach der ersten Züchtigung nicht verbessern sollten, werden sie außerdem zur Arbeit aufs Feld geschickt. Falls sie weitere Verstöße begehen, werden sie verkauft. Aber Sie werden feststellen, dass unsere Bediensteten wohlerzogen sind und nur selten der Züchtigung bedürfen.«

In meiner zweiten Woche auf Allen Estates nahm mich mein Gemahl zu einer Besichtigung seines Besitzes, der Plantage, mit. Wir brauchten mehr als eine Stunde, um von unserem Haus bis zur äußeren Begrenzung der Felder zu gelangen. Wir besichtigten auch die Quartiere der Sklaven, die in zwanzig auf vierzig Reihen gitterförmig angelegt waren und aus einräumigen Blockhütten bestanden. Die Kutsche hielt vor einer alten Frau und sechs kleinen Kindern, die Hemden und Kleider aus Negertuch trugen. Sie saßen auf den Stufen vor der Hütte. Als wir aus der Kutsche stiegen, begrüßte uns die alte Frau und sagte den Kindern, sie sollten sich verbeugen oder einen Knicks machen.

»Kinder, Tante Cissy, das ist meine Braut und eure neue Herrin. Gewiss werdet ihr Mrs. Allen gegenüber genauso gehorsam sein wie bei mir. Also, was meint ihr? Ist sie nicht eine Schönheit?«

Die Kinder kicherten.

»Ja, Master Allen. Sie ist wirklich hübsch«, sagte Tante Cissy.

Ein Junge fragte meinen Ehemann, ob er Süßigkeiten

hätte. Mein Mann tätschelte ihm den Kopf. »Sam, denkst du an nichts anderes? Bist du denn auch brav gewesen?«

»Ja, Herr.«

»Tantchen, war Sam ein braver Junge?«

»Ja, Master Allen.«

Die anderen Kinder schwiegen.

»Tante Cissy, was ist mit den anderen Kindern, waren die auch folgsam?«

»Ja, Master Allen. Sie waren alle brav.«

»Na, dann haben sie auch alle eine Leckerei verdient.«

Er holte Bonbons aus seiner Tasche und verteilte sie.

»Tante Cissy, geht es dir schon besser?«

»Ja, Master Allen. Danke sehr, Herr.«

»Und wie geht es deiner Tochter? Sie kommt bald nieder, richtig?«

»Ja, Herr. Es geht ihr gut, und nächsten Monat ist es so weit. Danke, Herr.«

Ich fragte meinen Gemahl, ob wir uns eine der Hütten von innen ansehen könnten. Er und der Aufseher führten mich zu einer Hütte ganz in der Nähe, die etwa fünf auf sechs Meter groß war und in der Mitte über eine Kochstelle verfügte. Der Aufseher öffnete zwei hölzerne Fensterläden, damit ich sehen konnte, dass sie sauber war und dass die Sklaven Kochgeschirr und richtige Möbel hatten. In einem Schrank befand sich die Kleidung der Familie für besondere Anlässe und für den Kirchbesuch am Sonntag. In der Kutsche auf dem Weg nach Hause bedankte ich mich bei meinem Ehemann für die Besichtigungstour.

»Was Sie gesehen haben, ist das Resultat der langjährigen Arbeit meines Vaters. Von ihm und aus Fachzeitschriften über Plantagenführung habe ich auch gelernt, dass Sklaven eher produktiv arbeiten und nicht zu fliehen versuchen, wenn man sie gut behandelt. Ich verlasse mich nicht auf die Berichte der Aufseher, wenn es um das Wohl meiner Leute geht. Ich besichtige stichprobenartig ihre Hütten, damit ich mich selbst davon überzeugen kann, dass sie sauber sind. In schmutzigen Hütten werden Krankheiten herangezüchtet, die zu langfristigen Leiden oder sogar zum Tod führen können. Obwohl wir noch immer ein paar Importe aus Mobile bekommen, müssen wir aufgrund des internationalen Importverbots für Sklaven von 1808 unsere eigenen aufziehen. Deshalb ermuntere ich meine Leute auch, zu heiraten und Kinder zu bekommen, denn das ist der beste Weg, billig die Zahl unserer Feldarbeiter zu erhöhen. Ich versorge sie mit allem, was sie brauchen: mit Ärzten, Geistlichen, Kleidung, Schuhen, ausreichend Nahrung. Von Samstagnachmittag bis Montagfrüh können sie sich erholen. Mein Vater hat mich gelehrt, mich an allen Aspekten ihres Lebens zu beteiligen. Ich bezahle ihre Hochzeiten und Beerdigungen und lasse Hütten für die Frischvermählten errichten. Ich führe Buch über alle Geburten und Todesfälle, und ich allein gebe den Neugeborenen Namen. Gehorsamen Sklaven erlaube ich, einen Garten zu unterhalten, wo sie Gemüse anbauen und Hühner und Schweine züchten können. Ich betreibe sogar Handel mit ihnen; das, was sie anbauen oder züchten, gegen das, was sie darüber hinaus noch brauchen.«

Allen Estates lag ländlich und abgelegen, und mir wurde bewusst, dass ich Wege finden musste, mich – und später meine Kinder – bei Laune zu halten. Drei Wochen nach meiner Ankunft gaben wir ein Abendessen für die Plantagenbesitzer und deren Frauen aus Benton County und der näheren Umgebung. Mein Gemahl lud nur diejenigen ein, die mindestens fünfzig Sklaven besaßen, aber trotz alledem waren unsere Nachbarn ungebildete, provinzielle Leute. Die

Frauen sprachen lediglich über häusliche Angelegenheiten, und einige waren Analphabeten und noch niemals jenseits der Grenzen ihres Countys gewesen. Als ich meinem Gemahl zu bedenken gab, dass ich nichts zu tun hätte, wenn er fort wäre, bot er mir an, ihn auf seinen Reisen zu begleiten.

Eine der Nachbarinnen, Mrs. Faith Tutwiler, war anders als die anderen Frauen der Plantagenbesitzer. Sie hatte in Montgomery, wo sie aufgewachsen war, eine Mädchenschule besucht. Und Mrs. Tutwiler, deren Mann über hundert Sklaven besaß, lehrte mich auch, wie man sich als Herrin einer Plantage bewährte. Ich lernte von ihr, dass man so manch lästige Aufgaben, wie den Sklaven ihre Weihnachtsgeschenke zu übergeben, nicht den Aufsehern anvertrauen sollte, und dass die Hauptaufgabe einer Herrin im Hinblick auf die Hausangestellten darin bestand, ihr Fürsprecher beim Hausherrn zu sein.

Wie Mrs. Tutwiler vorausgesagt hatte, lernten alle Hausangestellten – außer Emmeline – schnell, dass sie bei Mr. Allen Beschwerden einreichen oder Bitten vorbringen konnten, indem sie um ein Gespräch mit mir baten. Die meisten Beschwerden richteten sich gegen die Aufseher. Die Bediensteten protestierten gegen Disziplinarmaßnahmen und die in ihren Augen übermäßige Arbeitsbelastung. Ich ging allen Fällen nach und gab den Bediensteten manches Mal recht.

In meinem ersten Monat auf Allen Estates führte ich eine Bestandsaufnahme der großen Bibliothek durch und widmete mich der Aufgabe, sie in eine anständige Sammlung zu verwandeln. Mein Gemahl erstand Mahagoni aus Honduras, und ich ließ von den Tischlern der Plantage, allesamt fachkundige Möbelbauer, Regale und Lesetische anfertigen. Ich bestellte Bücher und abonnierte Zeitschriften und Zeitungen, darunter den *Daily National Intelligencer*, bei J.S Kellogg & Co., einem Buchhändler in Mobile.

Im September, drei Monate nach meiner Heirat, hatte ich die Vermutung, schwanger zu sein. Mein Mann ließ einen Arzt rufen, der mir von Mrs. Tutwiler empfohlen worden war. Dr. Robert Atlas traf noch am selben Abend ein und untersuchte mich im Beisein von Bessie.

»Wenn Sie wieder angekleidet sind, Mrs. Allen, dann spreche ich mit Ihnen und Mr. Allen und teile Ihnen meine Ergebnisse mit.«

Als er fort war, half mir Bessie beim Anziehen, und anschließend begab ich mich in den Salon. Mein Gemahl und Dr. Atlas lachten und tranken Brandy.

»Liebste, Dr. Atlas hat mir mitgeteilt, dass Sie schwanger sind. Warum weinen Sie denn? Ich dachte, Sie wären glücklich darüber.«

»Mr. Allen, ich versichere Ihnen, das ist ganz normal für eine Dame in ihrem Zustand. Es werden noch viele Momente wie dieser folgen, in denen Mrs. Allen aus keinem ersichtlichen Grunde weinen wird. Sie müssen jetzt alle Geduld mit ihr haben und nichts tun, was sie aufregen könnte.«

Mein Ehemann fragte Dr. Atlas, was sonst noch während meiner Schwangerschaft für mich getan werden müsse.

»Da Damen sehr empfindlich sind, sollten sie alle Aktivitäten im Freien unterlassen, Gartenarbeit eingeschlossen. Mrs. Allen kann mit der Kutsche fahren, aber sie muss Mittagsschlaf halten. Ich werde sie bis zum sechsten Monat alle vier Wochen untersuchen, und von da an werde ich einmal pro Woche nach ihr sehen. Wenn Sie wünschen, stehe ich den letzten Monat über auch komplett hier vor Ort zur Verfügung.«

»Ja, diese Maßnahmen erscheinen mir angemessen.«

Als Dr. Atlas gegangen war, stimmte mein Gemahl meiner Bitte zu, meine Eltern nach Allen Estates einzuladen. Ich erzählte Bessie und Dottie, dass sie Tanten würden. Sie waren begeistert, und da sie selbst Mütter waren, hatten sie so manchen guten Rat für mich. In diesem Monat fühlte ich mich ganz und gar nicht indisponiert. Meine Eltern schrieben, dass sie Anfang November eintreffen würden. Von dem Tag an, als Dr. Atlas meine Schwangerschaft festgestellt hatte, sah ich meinen Ehemann nur noch beim Abendessen, denn er stellte umgehend seine nächtlichen Besuche bei mir ein. Ende September fragte ich ihn, als wir einmal alleine waren, warum er nicht mehr zu mir ins Schlafzimmer käme.

»Dr. Atlas hat mir gesagt, das wäre zu riskant und dass wir erst wieder zusammen sein können, wenn Sie sich von der Geburt erholt haben.«

»Aber ich bin nicht krank. Genau genommen fühle ich mich ganz hervorragend.«

»Theodora, ich werde das Kind nicht gefährden. Wir müssen auf Dr. Atlas' Wissen und Erfahrung vertrauen.«

»Aber … es wird lange dauern, bis wir …«

Cornelius stampfte mit dem Fuß auf und richtete drohend den Zeigefinger auf mich.

»Warum hinterfragen Sie, was ich eben gesagt habe? Ich habe Nein gesagt. Das ist meine Entscheidung, und da gibt es auch keine weitere Diskussion.«

Ich war schockiert darüber, wie er mit mir sprach, aber ich dachte, seine harsche Reaktion rühre vielleicht daher, dass er besorgt war. Ich stimmte zu, dass der Arzt vermutlich wusste, was das Beste für das Kind war, und verschwieg Cornelius, dass ich noch mehr nach ihm verlangte als vor meiner Schwangerschaft. Von da an verbrachte ich meine Nächte allein mit meinen Büchern und meinem Tagebuch, und meine Tage verliefen monoton. Ich beauftragte den Aufseher, zwei Jungen abzustellen, die mir im Garten helfen konnten.

Eines Nachmittags kurze Zeit darauf, als ich gerade auf einer Bank saß und die Gartengehilfen einwies, übergab mir ein Bediensteter einen Brief meines Vaters. Ich las ihn immer und immer wieder und konnte dennoch nicht glauben, was darin geschrieben stand. Wie konnte Mutter tot sein? Bei meiner Hochzeit hatte sie sich noch bester Gesundheit erfreut. Ich schickte nach meinem Gemahl, der sich auf den Feldern befand, und als er eintraf, zeigte ich ihm den Brief.

»Meine Liebe, es tut mir sehr leid. Das ist ja schrecklich.«

Ich schwieg.

»Sie müssen akzeptieren, dass Ihre Mutter von uns gegangen ist. Kommen Sie, ich bringe Sie nach oben, damit Sie sich ausruhen können.«

»Nein, ich habe noch im Garten zu tun.«

»Nein, Sie werden jetzt nicht im Garten arbeiten. Sie müssen berücksichtigen, was passiert ist.«

»Dottie und ich haben noch allerlei Näharbeiten zu erledigen.«

»Theodora … hören Sie auf damit. Kommen Sie jetzt mit mir, oder ich muss Sie tragen. Sie wissen doch, dass Erntezeit ist und ich auf die Felder zurückkehren muss. Ich kann nicht den ganzen Nachmittag bei Ihnen bleiben.«

»Nein, bitte, lassen Sie mich jetzt nicht allein. Bitte bleiben Sie hier bei mir. Ich kann jetzt nicht allein sein.«

»Ich bleibe noch eine Weile bei Ihnen, aber ich muss sicherstellen, dass die Baumwollernte im Zeitplan bleibt, damit das Datum der Schiffslieferung eingehalten werden kann.«

Wir gingen ins Schlafzimmer, und er blieb etwa eine Stunde bei mir, doch dann übergab er mich in Bessies und

Dotties Obhut. Es wühlte mich auf, dass ich nicht bei Mutters Beerdigung gewesen war. In dieser Nacht erwachte ich mit Unterleibsschmerzen und schwitzte stark. Meine Stirn und meine Kehle brannten. Ich klingelte nach Bessie und trug ihr auf, zum Haus des Aufsehers zu gehen und nach Dr. Atlas schicken zu lassen. Der Arzt kam in den frühen Morgenstunden.

»Mrs. Allen, Sie haben hohes Fieber.«

»Was soll ich tun?«

»Aber, aber, machen Sie sich mal keine Gedanken. Ich habe schon Hunderten von Damen in Ihrem Zustand beigestanden, und meine Methoden haben sich noch immer als wirksam erwiesen. Darf ich Sie bitten aufzustehen? Ihr Mädchen sollte sich neben Sie stellen, für den Fall, dass Ihnen während der Prozedur schwindelig wird.«

»Welche Prozedur?«

Er antwortete nicht und holte ein Instrument aus seiner Westentasche.

»Antworten Sie mir sofort. Was haben Sie vor?«

»Madam, bitte verausgaben Sie sich nicht unnötig. Das ist gängige Praxis. Ich werde einen Aderlass durchführen, damit das Fieber und der Druck in Ihrem Uterus nachlassen.«

Ich hatte Angst und wollte meinen Ehemann rufen lassen, aber er war erst spät von den Feldern zurückgekehrt, und ich wollte seinen Schlaf nicht stören. Also stand ich auf. Dr. Atlas sagte Bessie, sie solle mir den Ärmel meines Nachthemds hochschieben. Dann band er meinen Arm oberhalb des Ellbogens fest mit einem Tuch ab. Er erklärte mir, dass es sich bei dem spitzen Instrument, das er aus seiner Westentasche geholt hatte, um eine Lanzette handelte.

»Rühren Sie sich nicht, wenn ich mit dem Eingriff beginne. Wenn Sie nicht still stehen, kann ich mit der Klinge eine Sehne verletzen oder sogar eine Arterie durchtrennen. Die meisten Damen wenden an diesem Punkt lieber den Blick ab, Madam.«

Ich schloss die Augen. Der Schmerz, den die Klinge verursachte, als sie in meinen Arm eindrang, war gar nicht so schlimm, wie ich erwartet hatte, also öffnete ich wieder die Augen und sah zu, wie der Arzt das herausspritzende Blut in einer kleinen Schale auffing.

»Ich denke, das ist genug. Sie sollten sich jetzt wieder hinlegen und schlafen. Nach dem Aufwachen werden Sie sich besser fühlen. Ich werde vor Ort bleiben, damit ich Sie später noch einmal untersuchen kann.«

Ich befolgte seine Instruktionen, doch als ich erwachte, fühlte ich mich keinesfalls besser. Er meinte, er müsse noch mehr Blut ablassen, bis das Fieber gesunken sei. Er führte den Eingriff noch einmal an diesem Tag und noch dreimal über die nächsten zwei Tage durch. Ich fühlte mich schwach. Er verordnete mir weitere Bettruhe.

Papa schrieb mir, dass er und meine Tante Lucretia sowie meine Cousine Eliza uns besuchen kämen und in der darauffolgenden Woche in Allen Estates einträfen. Ich war glücklich, als sie ankamen, auch wenn Papa dünner geworden war und müde wirkte. Er küsste mich auf die Stirn und strich mir eine Haarsträhne zurück, die sich gelöst hatte. Ich weinte nicht, bis ich schließlich meine Tante Lucretia umarmte, denn da fiel mir zum ersten Mal auf, dass sie und meine Mutter die gleiche Stirn und die gleichen Wangenknochen hatten. Während die Bediensteten meinen Vater und meine Tante auf ihre Zimmer brachten, zogen sich Eliza und ich in meine Privaträume zurück.

»Eliza, mein Mann hat unser Ehebett verlassen, und … ich vermisse ihn.«

»Meine liebe Theo, wenn eine Dame in guter Hoffnung ist, besonders mit ihrem ersten Kind, dann ist es nicht nur angemessen, sondern sogar von den Ärzten empfohlen, dass ihr Gemahl sie nicht in ihrem Ehebett aufsucht. Wenn deine Schwangerschaft weiter fortgeschritten ist, wirst du feststellen, dass du ganz froh bist, allein zu sein.«

»Vielleicht hast du recht. Oh Eliza, ich danke dir so, dass du mich besuchen gekommen bist. Meine geliebte Familie ist mir jetzt ein ungeheurer Trost.«

Wir unternahmen Kutschfahrten hinaus auf die Felder und zu den benachbarten Plantagen. Wenn wir zu Hause weilten, spielten Papa und ich Schach, wir lasen, und ich führte weiterhin mein Tagebuch. Meine Tante und meine Cousine halfen Dottie und mir beim Nähen und Stricken. Meinen Gemahl sahen wir für gewöhnlich beim Abendessen, da ihn die Vorbereitungen des Schiffstransports voll und ganz in Anspruch nahmen.

Eines Nachts erwachte ich mit Schmerzen im Unterleib. Ich rief Bessie, die herbeieilte und Kerzen anzündete. Als wir die Laken lüfteten und sahen, dass mein Nachthemd und das Betttuch blutig waren, ließ ich sie meine Tante rufen, die auch Eliza mitbrachte, und Bessie weckte Dottie. Sie alle versicherten, dass das bei einer ersten Schwangerschaft nichts Ungewöhnliches und nicht immer ein Zeichen dafür sei, dass etwas nicht in Ordnung war. Tante Lucretia sagte Bessie, sie solle zu einem der Aufseher laufen, damit er nach dem Arzt in der Stadt schickte. Ich verließ das Bett, damit Dottie das Bettzeug wechseln konnte, und Tante Lucretia und Eliza halfen mir dabei, mich zu waschen und die Kleider zu wechseln.

»Tantchen, wurde Mr. Allen schon unterrichtet?«

»Nein, Liebes. Vielleicht sollten wir deinen Papa bitten, das zu übernehmen?«

»Nein, ich werde selbst zu ihm gehen.«

»Nicht, Theodora. Du musst im Bett bleiben.«

»Nein, ich fühle mich schon besser, und die Blutung hat aufgehört. Ich möchte jetzt bei meinem Ehemann sein.«

Sie versuchten nicht, mich aufzuhalten. Ich nahm eine Kerze und begab mich zu den Privaträumen meines Mannes. Ich öffnete die Tür zu seinem Schlafzimmer. Die Fenster waren geöffnet, und das Mondlicht fiel auf zwei nackte Gestalten, so reg- und makellos wie Statuen.

Fünftes Kapitel

Theodora Allen

Ihre Kleider, die Decke und ein Kissen lagen am Boden verstreut. Auf dem Tisch standen eine leere Flasche Wein und zwei Gläser. Ich konnte nicht aufhören, sie anzustarren: seine geöffnete Hand auf ihrem Kreuz und sein Gesicht an ihre Schulter gebettet. Mein Gemahl und Emmeline erwachten, da ich einen Aufschrei nicht unterdrücken konnte. Als sie bemerkte, dass ich es war, zog Emmeline das Laken über ihren nackten Körper, setzte sich, fest in das Betttuch gehüllt, auf und senkte den Kopf. Mein Ehemann hob den Kopf nicht vom Kissen und schob das Laken wieder zur Seite, um seine Blöße zur Schau zu stellen. Mit den Fingern strich er sich das lange, offene Haar aus dem Gesicht und sagte mit ruhiger Stimme zu mir:

»Theodora, gehen Sie wieder in Ihr Zimmer … jetzt. Ich komme gleich zu Ihnen.«

Ich rührte mich nicht und schloss die Augen, in der Hoffnung, ich hätte mir bloß eingebildet, was ich gerade gesehen hatte, und dass Emmeline nicht mehr da sein würde, wenn ich sie wieder aufmachte. Aber nach ein paar Sekunden öffnete ich sie, da er wieder mit mir sprach. Diesmal klang seine Stimme streng.

»Ich habe gesagt … gehen Sie … sofort.«

Er setzte sich auf und starrte mich an, als fände er es aufschlussreich, dass ich seinen Befehl missachtet hatte. Mein Kopf befahl mir zu flüchten, aber meine Füße rührten sich nicht. Er grinste, möglicherweise amüsiert. Und die ganze Zeit über war Emmeline ganz still und hielt den Kopf gesenkt. Ich schlug die Hände vors Gesicht, damit er meine Tränen nicht sehen konnte. Er lachte.

»Möchten Sie wirklich, dass ich aufstehe und Sie so, wie ich bin, in Ihr Zimmer zurückbringe?«

Als ich noch immer reglos verharrte und nichts erwiderte, schlug seine Heiterkeit mit einem Male in Zorn um, und nachdem er die Füße aus dem Bett auf den Boden geschwungen hatte, richtete er den Finger auf mich.

»Sie gehen jetzt besser auf der Stelle, oder ich komme aus dem Bett und eskortiere Sie.«

Es gelang mir schließlich, mich abzuwenden, und ich kehrte in mein Schlafzimmer zurück, wo ich Dottie entließ und nach Tante Lucretia und Eliza schickte. Als sie kamen, erzählte ich ihnen, was geschehen war. Meine Tante umarmte mich und gab beruhigende Laute von sich, so wie Mutter, als ich noch ein Kind war und mir etwas wehtat. Eliza wischte mir die Tränen aus dem Gesicht.

»Meine Süße, Mr. Allen ist nur mit ihr zusammen, um dich und das Kind zu schützen«, meinte meine Tante.

Ich sagte ihnen, dass ich allein sein wolle.

»Bist du sicher, Liebes?«

Ich legte mich ins Bett und schloss die Augen. Eine Stunde später hörte ich Schritte, und mein Ehemann trat ein.

»Theodora, Liebe, sehen Sie mich an.«

Ich würdigte ihn keines Blickes.

»Meine Liebe, es tut mir leid, dass ich Ihnen das nicht schon früher gesagt habe. Meine Mutter hat zwei Kinder noch vor der Geburt verloren. Ich möchte nicht, dass Ihnen das Gleiche widerfährt. Ich verspreche Ihnen, wenn unser Kind da ist und Sie wieder wohlauf sind, dann komme ich zu Ihnen zurück.«

Ich reagierte nicht.

»Theodora, Sie benehmen sich wie ein kleines Kind und nicht wie die Herrin über eine Plantage. Ich bitte Sie, antworten Sie mir. Sagen Sie mir, dass Sie verstehen, dass ich das nur für Sie tue.«

Ich weinte, und er nahm mich in den Arm. Er roch nach Seife und Eau de Cologne.

»Ich bin in Ihr Zimmer gekommen, um Ihnen zu sagen, dass ich Schmerzen im Unterleib hatte und geblutet habe«, sagte ich schließlich.

»Was? Hat jemand Dr. Atlas gerufen?«

»Ich habe die Aufseher instruieren lassen, den Doktor zu holen.«

Es klopfte an die Tür. Es war Bessie, die uns mitteilte, dass Davis sich auf den Weg in die Stadt gemacht hatte, um Dr. Atlas zu holen. Mein Mann schickte sie weg, nachdem er ihr gesagt hatte, sie solle heute auf einem Klappbett im Nebenzimmer schlafen, für den Fall, dass ich sie im Laufe der Nacht noch brauchen sollte. Er schloss die Tür.

»Ich lege mich zu Ihnen, bis Dr. Atlas hier ist«, sagte er.

Er kam zu mir ins Bett.

»Wenn Sie wieder in der Lage sind zu reisen, nachdem das Kind geboren ist, können wir Ihre Familie bitten, sich darum zu kümmern, und ich nehme Sie mit nach Charleston und New York.«

Ich stieß ihn von mir weg. »Denken Sie etwa, bloß weil Sie mir eine Reise versprechen, sehe ich stillschweigend darüber hinweg, was Sie treiben? Meinen Sie wirklich, ich glaube, dass Sie bloß zu meinem Besten mit ihr zusammen sind?«

»Theodora, ich bin der Hausherr, nicht Sie und auch sonst niemand. Ich entscheide, was das Beste für Sie und für alle anderen hier ist. Und Sie behalten solche aufsässigen Gedanken künftig für sich. Wenn Sie sich nicht an meine Regeln halten können, werden Sie meinen Sohn, wenn er geboren ist, hierlassen und zu Ihrer Familie zurückkehren.«

Ich schwieg. Er legte mir nachdrücklich die Hand auf die Schulter.

»Haben Sie mich verstanden?«

»Ja.«

Der Arzt kam am frühen Morgen, und mein Ehemann kehrte in seine Gemächer zurück. Dr. Atlas führte in der Anwesenheit von Bessie eine Untersuchung an mir durch.

»Madam, ich spreche mit Ihnen und Mr. Allen, sobald Sie fertig sind.«

»Nein, das werden Sie nicht. Sie sprechen zuerst mit mir. Wie lautet Ihr Befund?«

»Mr. Allen hat mich angewiesen, zuerst mit ihm zu sprechen …«

»Mir ist egal, was er zu Ihnen gesagt hat. Wenn Sie mir Ihren Befund nicht sofort mitteilen, sorge ich dafür, dass wir künftig einen Arzt aus Montgomery oder Talladega bemühen.«

»Mrs. Allen, es sieht so aus, als sei alles normal. Dennoch verordne ich Bettruhe. Wenn Mr. Allen einverstanden ist, beziehe ich hier Quartier, bis ich sicher bin, dass mit Ihnen alles in Ordnung ist.«

Die täglichen Untersuchungen waren mir unangenehm, aber ich nahm an, dass er wusste, was er tat. Eines Tages während meines Mittagsschlafs verspürte ich Schmerzen, die schlimmer waren als beim letzten Mal, und ließ Bessie den Arzt rufen. Als er kam, hatte ich zwei dicke Klumpen

Blut ausgeschieden. Er wies Bessie an, heißes Wasser und Tücher zu besorgen, und ließ den Aufseher meinen Mann holen, der auf den Feldern war. Dr. Atlas sagte, er könne nichts für mich tun, da er erst warten müsse, bis die Blutung aufhöre, bevor er mich untersuchen könne. Am Abend sah Cornelius nach mir.

»Ich mache mir Sorgen um Sie. Kann ich etwas für Sie tun, meine Liebe?«

Auf meine Bitte hin las er mir Keats vor, bis ich eingeschlafen war. Als ich am Morgen erwachte, sah ich, dass er bei mir geblieben war. Erst am nächsten Tag hörte die Blutung auf. Als es so weit war, schloss ich die Augen und sprach ein kurzes Gebet. Dann ließ ich Dr. Atlas rufen.

»Offenkundig habe ich mein Kind verloren. Können Sie das bestätigen?«

»Ja, Mrs. Allen.«

»Warum haben Sie es mir nicht schon vorher gesagt?«

»Ich wollte erst ganz sicher sein, indem ich Sie untersuche.«

»Oder Sie wollten bloß weiterhin das Honorar beanspruchen.«

»Madam, das ist nicht wahr. Ich sorge mich allein um Ihr Wohlbefinden.«

»Das glaube ich Ihnen nicht, aber wie dem auch sei, das wäre dann alles. Ihre Dienste werden hier nicht länger gebraucht. Bitte gehen Sie, und über Ihre Entlohnung sprechen Sie mit meinem Mann.«

»Mrs. Allen, Sie machen gerade Schreckliches durch und können keinen klaren Gedanken mehr fassen …«

»Mein Kopf funktioniert gut, und ich möchte nicht länger mit Ihnen diskutieren. Guten Tag.«

»Mrs. Allen, vielleicht …«

»Ich habe gesagt, gehen Sie, Dr. Atlas.«

Als er fort war, fragte Bessie, ob sie meinen Ehemann holen solle.

»Nein, nicht um diese Zeit. Mr. Allen ist auf den Feldern, und ich möchte nicht, dass er gestört wird. Bessie, vertrauen die Feldarbeiter und die Hausangestellten Mary, der Hebamme?«

»Ja, Madam. Sie sagen, sie hat noch nie ein Baby oder eine Mutter verloren.«

»Ich möchte, dass du zu den Feldern gehst und Mary mitteilst, ich müsse sie sehen, aber sag niemandem, dass du sie für mich holen sollst. Falls dich ein Aufseher fragt, sag ihm, dass wir Arzneien für eine der Bediensteten brauchen. Dottie kann so lange hier bei mir bleiben.«

»Ja, Madam. Aber Madam, darf ich etwas sagen?«

»Natürlich.«

»Madam, Miss ... äh ... Emmeline ... alle sagen, sie weiß viel über Frauenleiden. Miss ... äh Mary hat ihr alles über Heilkunde und all das beigebracht. Da es eine Weile dauern wird, bis ich mit Miss Mary zurückkomme, könnten Sie vielleicht in der Zwischenzeit mit Miss Emmeline sprechen.«

Als Bessie mir sagte, ich könne mit Emmeline über meine Notlage sprechen, verspürte ich einen Anflug von Groll, denn ich nahm an, dass alle auf Allen Hall von meinem Gemahl und Emmeline wussten und dass Bessie mich verriet, indem sie mich drängte, ihren Beistand zu suchen. Doch ich kannte Bessie schon von Kindheit an, sie war immer loyal zu mir gestanden und kannte mich mindestens so gut wie meine Familienmitglieder. Ich musste auch an meine Mutter denken und an ihre Belehrungen darüber, wie sich Damen verhalten sollten, wenn sie den gesellschaftlichen Regeln entsprechen wollten. Meine Mutter hatte mich immer ermahnt, dass ich eine eigene Familie haben müsse, und das bedeutete auch, Kinder zu bekommen, oder ich würde meine wichtigste Pflicht als Ehefrau verletzen. Wenn ich nicht wollte, dass mein Gemahl die Ehe annullieren ließ, musste ich ihm Nachkommen gebären. Der Schmerz, den ich jedes Mal verspürte, wenn ich mir das Bild meines Mannes, der mit Emmeline im Bett lag, in Erinnerung rief, war nichts im Vergleich zu dem Kummer und der Scham, die ich meinem Vater bereiten würde, wenn mein Ehemann bei Gericht die Scheidung einreichen würde. Deshalb beschloss ich, Bessies Rat zu befolgen und stillschweigend über das illegitime Verhältnis meines Mannes mit Emmeline hinwegzusehen.

»Ja, Bessie, das ist ein guter Gedanke. Dottie kann Emmeline rufen, und du gehst zu den Feldern hinaus und holst Mary her.«

Meine Schlafzimmertür stand offen, als Dottie mit Emmeline zurückkam. Emmeline trug ihre übliche Uniform der Oberhaushälterin, ein langes, robustes marineblaues Kleid mit einem weißen Kragen und langen Bündchenärmeln, und um den Kopf hatte sie ein passendes Tuch geschlungen. Die beiden Bediensteten standen vor mir am Fuße des Bettes, Emmeline mit ineinander verschränkten Händen, und so wie es von ihnen erwartet wurde, sah mir keine der beiden ins Gesicht. »Emmeline, Bessie hat mir gesagt, dass du dich mit Frauenleiden auskennst und dass Mary, die Hebamme, dich die Kräuterheilkunde gelehrt hat. Stimmt das?«

»Ja, Madam, sie hat mir einiges beigebracht, Madam.«

»Ich habe mein Kind verloren. Dr. Atlas hat mir geraten, Rainfarn zu nehmen, um das restliche Blut auszustoßen. Was meinst du?«

»Madam, das kann ich nicht sagen, ich weiß nicht annähernd so viel wie der Doktor oder Miss Mary, und ich möchte ihm nicht widersprechen.«

»Ich fordere dich aber auf, es zu tun.«

»Ja, Madam. Rainfarn ist zu stark. Und es greift Ihren Magen an, sodass Sie keinen Appetit mehr haben. Miss Mary hat mir beigebracht, das Wichtigste, was Frauen, die ihr Kind verloren haben, tun müssen, ist, ordentlich zu essen, weil sie so viel Blut verloren haben. Ordentlich zu essen hilft ihnen dabei, wieder zu Kräften zu kommen.«

»Gibt es sonst etwas, was ich deiner Meinung nach einnehmen sollte?«

»Ja, Madam, Sie können einen Tee aus Klapperschlangenkraut und Frauenwurzel trinken.«

»Warum?«

»Madam, das treibt das restliche Blut heraus und stärkt die Gebärmutter. Aber Sie müssen den Tee sieben Tage lang mehrmals tagsüber und nachts trinken. Und Madam, Sie können auch noch Ingwertee trinken, der beruhigt den Magen und fördert den Appetit. Nach den sieben Tagen nehmen Sie noch andere Tees zur Stärkung der Gebärmutter zu sich, wie Himbeerblätter, Lanzen-Verbene, Löwenzahnwurzel und Hagebutte.«

Von all den Heilkräutern, die Emmeline mir empfahl, hatte ich bereits durch die Frauen in meiner Familie gehört, denn auch wir verwendeten sie bei den verschiedensten Beschwerden, wenn wir es nicht für nötig befanden, einen Arzt zurate zu ziehen. Falls Emmeline mir Heilkräuter empfohlen hätte, mit denen ich nicht vertraut gewesen wäre, hätte ich sie bestimmt nicht genommen.

»Woher bekomme ich diese Heilkräuter?«

»Madam, ich habe sie getrocknet.«

»Dann hätte ich diese Tees gerne, Emmeline.«

»Ja, Madam. Ich bereite sie Ihnen gleich zu.«

»Danke, Emmeline.«

Sie machte einen Knicks und ging. Dottie half mir, mich zu waschen und das Bettzeug zu wechseln. Bald darauf kehrte Emmeline mit den Tees zurück, und nun war keine von uns beiden mehr so befangen, wie wir es zuvor noch gewesen waren. Ich trank die Heilkräutertees, sobald sie abgekühlt waren, und sie sagte, sie würde regelmäßig nach mir sehen. Ich bat Dottie, Eliza und meine Tante zu holen, und nachdem sie gekommen waren und Dottie das Zimmer verlassen hatte, erzählte ich ihnen, was ich getan hatte, und berichtete von meinem Gespräch mit Emmeline.

»Engelchen, meinst du wirklich, dass es klug war, sich bei ihr Rat zu holen?«

»Ich habe von den Frauen zweier Plantagenbesitzer gehört, dass Hebammen sich recht gut mit solchen Dingen auskennen. Und Bessie hat mir bestätigt, dass die hiesige Hebamme Emmeline in der Pflanzenheilkunde unterrichtet hat. Wenn sie hier ist, lasse ich mir Emmelines Rat noch einmal bestätigen.«

Tante Lucretia und Eliza blieben bei mir, und etwa zwei Stunden später kam Bessie mit Mary zurück.

»Wie viele Kinder hast du bereits zur Welt geholt?«, fragte ich sie.

»Manchmal drei am Tag, Madam.«

»Wie lange bist du schon als Hebamme tätig, und wie hast du dein Handwerk gelernt?«

»Madam, mir wurde gesagt, dass wir schon von jeher Hebammen waren. Meine Großmutter und meine Mutter haben mir alles beigebracht.«

»Ich habe gehört, du leistest kostbare Dienste für uns, sodass du noch niemals ein Kind verloren hast.«

»Nein, Madam, noch kein einziges.«

Ich berichtete Mary, was Emmeline mir geraten hatte, und sie sagte mir, dass Emmelines Ratschläge die richtigen wären.

»Mary, ich werde mit meinem Ehemann sprechen, damit du mir bei meiner nächsten Schwangerschaft beistehst.«

»Ja, Madam. Wenn Sie und Mr. Allen meine Dienste wünschen, dann helfe ich gerne. Aber, Madam, da Emmeline hier bei Ihnen wohnt, denke ich, dass auch sie Ihnen helfen kann.«

»Dann machen wir es so. Ich werde mich euch beiden anvertrauen.«

Ich musste das Bett hüten, hatte aber keine Langeweile, weil Eliza, Papa, meine Tante und manchmal auch mein Gemahl sich darin abwechselten, an meinem Bett zu sitzen und mir vorzulesen. Papa gab mir Zeichenunterricht, was ich als willkommene Herausforderung empfand. Meine Familie blieb noch einen Monat bei uns, um sich zu vergewissern, dass ich vollständig genesen war. Bessie behandelte mich nicht länger wie eine Invalidin, und nachdem meine Familie wieder abgereist war, fragte mich mein Mann, ob ich mich gesund genug fühle, ihn nach Mobile, Charleston und New York zu begleiten.

»Wir haben den größten Teil der diesjährigen Baumwollernte bereits verschifft, aber ich muss in die Städte reisen, um die Preise fürs nächste Jahr auszuhandeln und mich noch um weitere Angelegenheiten zu kümmern«, meinte er.

»Wie lange wird die Reise dauern?«

»Ungefähr drei Monate.«

»Kann ich Bessie mitnehmen?«

»Natürlich. Wir nehmen auch meinen Leibdiener und Emmeline mit.«

Ich fragte ihn lieber nicht, warum wir Emmeline mitnehmen mussten, und war überzeugt, dass er sie auch dann mitnähme, wenn ich es ablehnen würde zu reisen. Obgleich ich mich dazu entschlossen hatte, in gesundheitlichen Fragen Emmelines Hilfe in Anspruch zu nehmen, kränkten mich der Verrat meines Mannes und das unmoralische Tun der beiden noch immer.

»Ja, ich würde Sie gerne begleiten.«

»Gut. Emmeline und Eddie haben diese Reise schon mit mir unternommen und wissen, was alles vorher zu erledigen ist. Mein Sekretär hat bereits Transport- und Unterkunftsarrangements getroffen. Sie und Bessie müssten Mitte des nächsten Monats bereit für die Abreise sein.«

Die nächsten zwei Wochen bereiteten Bessie und Dottie mein Gepäck vor. Mein Mann wies mich an, meine Maße nehmen zu lassen, genauso wie die von Bessie, Emmeline und ihrer Tochter Belle, die Emmeline nicht allein zurücklassen wollte. Cornelius' Sekretär schickte die Angaben an einen Schneider in New York, damit die Winterbekleidung bereits im Hotel auf uns warten würde, wenn wir dort ankämen. Weitere Dinge und Kleidung, die wir darüber hinaus brauchten, würden wir in Mobile und Charleston erwerben. Wir reisten an einem kalten, bewölkten Novembermorgen ab, in der größten Kutsche, gezogen von einem Gespann aus braunen Cleveland-Bay-Pferden. Bessie half mir, meinen Platz einzunehmen, und deckte mich mit einer Reisedecke aus Fell zu. Sie setzte sich vorne zum Kutscher und zu Eddie, und Emmeline und Belle folgten in einer weiteren Kutsche, in der auch unser Gepäck transportiert wurde. Bei Tagesanbruch hatten einige Aufseher die Plantage bereits auf Fuhrwerken verlassen, die mit Baumwollballen beladen waren, welche hauptsächlich als Muster für den New

Yorker Markt dienten. Der größte Teil der Ernte war schon Wochen zuvor auf Schiffe nach England oder Frankreich verladen worden, die den Tennessee River und den Mississippi passierten und anschließend über New Orleans fuhren.

Die Kutsche brachte uns zu der Anlegestelle meines Mannes am Coosa River bei Talladega, wo es so kurz nach der Ernte überfüllt, chaotisch und laut war. Aufseher überwachten die Sklaven verschiedener Plantagen beim Beladen von Dampfern mit Baumwollballen. Der Boden war matschig, und ich war froh, dass ich zum Reisen Stiefel trug. Mein Mann und ich begaben uns auf das Kesseldeck der *General Brown*, und unsere Bediensteten nahmen ihre Plätze auf dem Hauptdeck unter uns ein. Ich fürchtete mich vor Dampfschiffen, denn in den Zeitungen wurde immer wieder von Unfällen wie Bränden, herabstürzenden Bäumen, Untiefen und Kesselexplosionen berichtet. Bessie brachte mich in meine Kabine, und Eddie half meinem Gemahl, sich in seiner einzurichten, die an meine angrenzte.

Ich blieb die meiste Zeit in meiner Kabine, da ich keinen Wert auf die Gesellschaft der lauten Männer im Gemeinschaftsraum legte, von denen einige professionelle Glücksspieler waren. Die Herren im Gemeinschaftsraum rauchten, spielten Karten, kauten Tabak und spuckten in Näpfe. Doch mein Mann genoss Schiffsreisen, da er an Bord andere Plantagenbesitzer traf und mit ihnen hauptsächlich über Sklaven und Baumwollpreise fachsimpeln konnte. Ich unterhielt mich mit Lesen und damit, die Aussicht zu betrachten, wann immer wir am Ufer anlegten. Die Sklaven verluden sogar nachts Baumwolle, bei Fackelschein.

Es ging nur langsam voran, denn wir hielten an den Anlegestellen eines jeden Plantagenbesitzers, um weitere Baumwolle aufzunehmen. Wir brauchten sechs Tage von

Talladega nach Montgomery, wo wir eine Nacht im Hause meiner Schwiegereltern verbrachten, und erreichten Mobile zehn Tage später, an einem freundlichen, milden Tag, ganz anders als das Wetter bei uns zu Hause. Wir stiegen in einem Hotel ab, das günstig zum Geschäftsviertel gelegen war, sodass mein Mann sich mit Vertretern von Firmen aus dem Norden treffen konnte, die einen Vertriebsservice für Baumwolle anboten, und mit Vertretern der *Bank of Mobile.* Weihnachten verbrachten wir noch dort mit Bekannten meines Mannes und brachen schließlich am achtundzwanzigsten Dezember nach Charleston auf. Am Neujahrstag speisten wir natürlich Meeresfrüchte, und der Kapitän und seine Matrosen musizierten zu unserer Unterhaltung.

Ich hatte mir Charleston zwar etwas größer als Mobile vorgestellt, aber ich war absolut nicht darauf vorbereitet, was mich erwartete, als wir dort von Bord gingen. In Charleston gab es so viele Neger, dass man den Eindruck bekam, als wären sie dort vorherrschend. Ich drängte mich dicht an meinen Mann, und er legte den Arm um mich, als wir zur Kutsche gingen. Mr. Peabody, ein Geschäftspartner meines Mannes von der *Second Bank of the United States,* erwartete uns bereits, um uns zum Anwesen von Mr. und Mrs. Ezekiel Heywood zu begleiten, unseren Gastgebern. Auf dem Weg dorthin bemerkte ich Mr. Peabody gegenüber, dass ich überrascht sei, in dieser Stadt so viele Neger zu sehen.

»Ja, Madam. Es sind ungefähr dreimal so viele an der Zahl wie wir, aber seien Sie unbesorgt. Sie werden feststellen, dass wir überall in der Stadt bewaffnete Wachleute haben.«

Ich bemerkte Andachtshäuser, die ich so noch nirgends gesehen hatte, und Mr. Peabody erklärte mir, dass die Stadt auch Papisten beherbergte, die eine römisch-katholische Kirche gebaut hatten, und Juden, die in ihrer Synagoge beteten.

Mrs. Heywood plante Aktivitäten für mich, tagsüber, wenn die Männer ihren Geschäften nachgingen. Am Morgen nach unserer Ankunft nahm sie mich mit zu einem Park und einem Säuglingsheim in der King und der Meeting Street. Am Nachmittag kehrten wir zum Tee in ihr Haus zurück. Sie riet mir, mich für den Rest des Tages auszuruhen. Die gesellschaftliche Saison sei recht hektisch, meinte sie, weil sich alle Plantagenbesitzer mit ihren Familien in der Stadt aufhielten und ein jeder Abendgesellschaften und Bälle gab. Wenn wir während unseres Aufenthalts in Charleston einmal keinem Ball beiwohnten, gingen wir zu Konzerten oder ins Theater. An den Samstagnachmittagen besuchten wir Pferderennen, und die Herren spielten Golf auf dem ersten Golfplatz der Vereinigten Staaten, dem Harleston Green. Eines Nachmittags besichtigte ich zusammen mit Mrs. Heywood das Waisenhaus der Stadt und spendete Essen und Kleidung für bedürftige Kinder.

Anstatt mich anschließend bei den Haywoods hinzulegen, beschloss ich, in der Bibliothek des Hauses zu lesen, die direkt an den Salon angrenzte. Ich schlief auf einem Sofa ein und erwachte, als ich hörte, wie sich mein Gemahl, Mr. Haywood, Mr. Peabody und ein weiterer Gentleman im Salon unterhielten.

»Mr. Heath schrieb, dass er und seine Partner bereit wären, fünfzig Prozent in das Projekt zu investieren, wenn wir die andere Hälfte aufbringen«, sagte Mr. Peabody.

»Ich bin nicht sicher, ob ich so ein hohes Risiko ohne eine schriftliche Vereinbarung eingehen möchte«, erwiderte mein Ehemann.

»Ich habe ihm Ihre Bedenken mitgeteilt, aber er meinte, wir könnten es nicht schriftlich festhalten, da die Behörden berechtigt seien, jeden zu belangen, der sich an solchen

Unternehmungen beteiligt. Immerhin handelt es sich dabei um ein Kapitalverbrechen, das mit der Todesstrafe geahndet wird. Er meinte, wenn Sie in New York sind, werden Sie und er den Captain treffen, um ihm seine Anzahlung zu übergeben. Sie beide und Mr. DeWolf werden anschließend die Differenz der Geldmittel darauf verwenden, gemeinsam das Schiff zu erwerben. Alle Vertragsklauseln können ausschließlich mündlich festgesetzt werden, und ich weiß, dass Mr. Heath und seine Partner vertrauenswürdig sind, weil ich bereits eine Reihe solcher Transaktionen mit ihnen durchgeführt habe«, sagte Mr. Peabody.

»Ich ebenso, und ich habe sie auch als achtbare Geschäftsmänner kennengelernt.«

»Also gut, dann lassen Sie uns mit den Vorbereitungen fortfahren«, erwiderte mein Ehemann.

Nach drei Wochen verließen wir Charleston und kamen eines späten Vormittags an der Anlegestelle Fulton Street in New York an. Am Kai drängten sich die Schiffe und Boote. Männer luden Kisten voller Güter auf und ab, und andere boten Waren aller Art feil. Als wir von der Landungsbrücke traten, wurden wir bereits von einem Herrn namens Mr. Merritt und seinen beiden Dienern in Empfang genommen. Die Diener reichten uns Mäntel, Hüte und Handschuhe. Bessie half mir mit meiner Kleidung, und Eddie ging meinem Mann beim Anziehen zur Hand. In der Water Street stand eine Kutsche für uns bereit, die wir bestiegen und die erst losfahren konnte, nachdem der Kutscher den Matsch unter den Rädern weggeschaufelt hatte. Als wir schließlich losfuhren, fiel mir ein hübscher Junge mit rosa Wangen auf, der einem Ferkel hinterherjagte. An mehreren Stellen der Straße lungerten Bettler herum und streckten den Leuten in den Kutschen ihre schmutzigen Hände entgegen. Ein Mann stand hinter einem großen Holzklotz und warf Innereien und Fischköpfe in einen Eimer, woraufhin ein schmuddeliges Kind die entsorgten Eingeweide in eine Schale füllte. Hühner pickten im Morast herum.

Wir fuhren über die Pearl Street, die matschig war und voller Fischhändler, Matrosen und zahlloser Leute unterschiedlichster Herkunft. Dann überquerten wir weitere kleinere Straßen, bis wir zu einem Wunderwerk kamen, das es so weder in Mobile noch in Charleston gab, einer Straße, die gepflastert und gut dreißig Meter breit war. Zu beiden Seiten des Broadway gab es befestigte Fußwege und Laternen, die aber gerade nicht brannten und über die Mr. Merritt sagte, sie funktionierten mit Gas. Der Broadway wurde, wohin das Auge reichte, von Läden gesäumt: Buchhandlungen, Druckereien und Musikalienhandlungen, Juweliere und Silberschmiede, Kutschenbauer, Kaffeehäuser und Hutmacher. Die Kutsche brachte uns zum *City Hotel*, in dessen Erdgeschoss sich elegante Läden befanden. Man führte uns zu einem Appartement im ersten Stock, und der Hotelier besprach sich mit meinem Gemahl und mir im Wohnzimmer, während Bessie meine Habseligkeiten verstaute.

»Bitte lassen Sie Ihre Bediensteten das Hotel nicht ohne Ihre Aufsicht verlassen; das ist zu unsicher. Wenn Sie etwas brauchen, aber nicht selbst zu gehen wünschen, wird unser Personal jemanden schicken, um Ihnen alles Notwendige zu besorgen. Der Grund für diese Vorsichtsmaßnahme besteht darin, dass sich die Entführungen von Negern häufen, die dann in den Nordwestgebieten und anderswo wiederverkauft werden.«

Wir hinterfragten seinen Rat nicht. Er verabschiedete sich, und ein Hotelangestellter kam, um Bessie in die

Quartiere der Bediensteten zu begleiten. Ich fragte meinen Mann, warum sein Gepäck noch nicht angekommen sei.

»Ich habe ein separates Appartement in einem anderen Stockwerk gemietet. Eddie ist gerade dort und packt meine Sachen aus.«

An diesem Nachmittag musste sich mein Mann seinen Geschäften widmen und sagte mir, ich solle mich nach dem Mittagessen ausruhen. »Wir werden bei den DeWolfs zu Abend essen. Dort werden Sie einige Damen kennenlernen, die Ihnen die Stadt zeigen werden, solange wir hier sind.«

Tags darauf nahmen mich Mrs. DeWolf und ihre Freundinnen mit zur Besichtigung der *St. Paul's Chapel* und der *Trinity Church* mit den jeweils angrenzenden Friedhöfen. Sie zeigten mir Parks voller Ulmen, Weiden und Pappeln, deren Kieswege von Sträuchern gesäumt waren. Abends nahmen wir zusammen mit unseren Ehemännern an einer Tanzveranstaltung im Hotel teil.

New York verfügte über zwanzig Zeitungen, Wochenzeitschriften und Monatsmagazine, eine öffentliche Bibliothek in der Nassau Street und öffentliche Lesesäle. Ich fühlte mich wie im Himmel, so viel gab es zu lesen. Mrs. DeWolf nahm mich mit zu Lesungen über Moralphilosophie und Botanik, und ich erstand weitere Bücher für meine Bibliothek. Ich kam nicht umhin, die vielen Ausländer anzustarren, die überall zu sehen waren und sich untereinander in den verschiedensten Sprachen unterhielten. New York war aber auch eine lärmende Stadt, besonders weil es ständig irgendwo brannte und die Löschwagen einen schrecklichen Krach machten.

Eines Nachmittags kurz nach unserer Ankunft ging ich nach unten ins Erdgeschoss des Hotels, um mir eine *New York Evening Post* und andere Zeitungen zu besorgen. Als ich auf dem Weg zurück zur Treppe war, kam eine gut gekleidete Dame auf mich zu, die das Haar nach europäischer Mode frisiert hatte.

»Guten Tag, Madam. Ich bin Mrs. Oldwick aus Boston, Massachusetts.«

»Sehr erfreut. Ich bin Mrs. Allen.«

»Angenehm, Mrs. Allen. Mir ist aufgefallen, dass Sie Lesematerial gekauft haben. Dürfte ich Ihnen auch noch diese kostenlose Zeitung überreichen? Darin finden Sie die Ankündigung einer Sitzung der Amerikanischen Anti-Sklaverei-Gesellschaft, die morgen um vier Uhr nachmittags in der Pearl Street 83 stattfinden wird. Ich lade Sie zu dieser Versammlung ein und hoffe, Sie dort anzutreffen.«

Sie überreichte mir die zusammengefaltete Zeitung und strebte dann eilig auf den Ausgang zu. Ein Angestellter des Hotels stand neben der Treppe und beobachtete uns. Als die Dame fort war, sprach er mich an.

»Mrs. Allen, ist alles in Ordnung?«

»Ja, warum fragen Sie?«

»Ich dachte bloß, dass diese Frau Sie vielleicht belästigt haben könnte.«

Ich sagte ihm, dass sie bloß freundlich gewesen war, und er wandte sich wieder anderen Dingen zu. Als ich in mein Zimmer zurückgekehrt war, öffnete ich die gefaltete Zeitung namens *The Liberator* und entdeckte ein Pamphlet mit dem Titel »Die Schilderungen des amerikanischen Sklaven James Ezekiel, der viele Jahre Baumwollfahrer auf einer Plantage in Alabama war«. Ich las die Zeitung und das Pamphlet in einem Rutsch.

Als Bessie an meine Tür klopfte, um mir beim Ankleiden fürs Abendessen zu helfen, legte ich die Zeitung in die Reisekiste mit den Büchern, die ich in Charleston und New

York erworben hatte. Ich ließ Bessie ein, und wir wählten meine Kleider für diesen Abend aus. Sie hatte bereits heißes Wasser bestellt, und als es kam, richtete sie mir das Bad. Ich konnte nicht aufhören, an das zu denken, was ich gerade gelesen hatte. Dies waren also die Unruhestifter, die danach strebten, die Sklaverei abzuschaffen, und über die sich mein Gemahl und die anderen Plantagenbesitzer in Alabama, Georgia und South Carolina beklagten. Offensichtlich waren sie nie auf unseren Plantagen gewesen. Die Plantagenbesitzer, die ich kannte, kümmerten sich gut um ihre Feldarbeiter und Hausangestellten und disziplinierten sie lediglich, wenn sie die Arbeit verweigerten oder einen Fluchtversuch unternahmen.

Der Vorschlag, die Sklaven sollten freigelassen werden, war unsinnig, denn sie wären schließlich gar nicht in der Lage, für sich selbst zu sorgen. Die Herausgeber des Pamphlets behaupteten zwar, dass einer von James Ezekiels Brüdern des Lesens und Schreibens mächtig sei, aber ich hatte noch nie von einem Neger gehört, der das konnte, auch wenn ich wusste, dass Nordstaatler schon Bücher veröffentlicht hatten, von denen sie behaupteten, sie seien von Negern geschrieben worden. Doch Papa hatte mir, als ich jünger war, erklärt, es gebe wissenschaftliche Beweise dafür, dass die Sklavenrasse über eingeschränkte geistige Fähigkeiten verfüge und dass ihre Gehirne kleiner wären als unsere. Selbst Präsident Thomas Jefferson schrieb in seinen *Betrachtungen über den Staat Virginia,* dass die Gehirne der Neger den unseren unterlegen waren. Die Schilderungen, die Mrs. Oldwick mir gegeben hatte, erzählten von der grausamen Behandlung von Feldarbeitern durch einen Aufseher, der angeblich einen Jungen von Bluthunden hatte zerfleischen lassen und der schwangere Frauen ausgepeitscht haben sollte, woraufhin eine nach der Bestrafung gestorben sei und eine andere eine Totgeburt erlitten habe.

Ich dachte nicht ernsthaft daran, die Veranstaltung der Anti-Sklaverei-Gesellschaft zu besuchen, aber ich war neugierig geworden, und Mrs. Oldwick schien eine höfliche, gebildete Dame zu sein. Ich konnte mir vorstellen, dass es faszinierend wäre, mit ihr zu reden und eine offene Unterhaltung mit ihr darüber zu führen, wie das Leben der Sklaven auf einer Plantage wirklich war. Ich könnte ihr erklären, dass ihre Auffassung der Sklaverei unzutreffend war, und ihr Beispiele nennen, wie gut unsere Hausangestellten und Feldarbeiter behandelt wurden.

»Alles in Ordnung, Mrs. Allen?«

»Ja, Bessie. Danke. Mir gehen nur ein paar Dinge durch den Kopf.«

Als ich mich angekleidet hatte, kam mein Gemahl ins Zimmer, um mich zum Abendessen abzuholen, und schickte Bessie weg.

»Wo ist die Zeitung, die Ihnen diese Frau gegeben hat?«

»Woher wissen Sie denn davon?«

»Das lassen Sie mal meine Sorge sein. Wo ist sie?«

»Ich habe sie im Kamin verbrannt.«

»Haben Sie sie gelesen?«

»Zum Teil. Es war Unsinn.«

»Gut. Diese Frau hat von nun an Hausverbot in diesem Hotel. Sie ist eine Aufwieglerin. Was hat sie zu Ihnen gesagt?«

»Sie hat mir gesagt, ich solle die Zeitung lesen.«

»Sollten Sie sie irgendwo wiedertreffen, sprechen Sie nicht mit ihr. Manche dieser Nordstaatler sind irregeleitet und wollen einfach nicht anerkennen, dass unsere Baumwolle das Rückgrat der amerikanischen Wirtschaft ist. Sie wollen versuchen, einige von uns auf ihre Seite zu ziehen, aber das werden wir nicht zulassen, nicht wahr? Und … was ist denn das? Warum lesen Sie die *Evening Post?*«

Als er meine Lektürewahl infrage stellte, wurde ich wütend und beschloss, zum ersten Mal für mich selbst einzutreten, nicht nur weil er sein Ehegelübde gebrochen und sich eine Konkubine genommen hatte, die er sogar mit auf unsere Reisen nahm, sondern auch, weil er mir vorschreiben wollte, was ich zu lesen hatte, obwohl Lesen noch niemandem geschadet hat. »Warum denn bitte nicht?«

»Weil der Herausgeber dieser liberale Sklavereigegner William Cullen Bryant ist.«

»Er ist ein Dichter und ein hoch angesehener noch dazu.«

»Was kümmert mich seine Poesie? Wissen Sie denn nicht, dass er die Vernichtung der Südstaaten fordert?«

»Ist das nicht etwas übertrieben?«

»Was haben Sie da eben zu mir gesagt?« Cornelius packte mich am Arm und verdrehte ihn, bis ich vor Schmerz aufschrie. Ich versuchte, mich loszumachen, aber sein Griff wurde nur noch fester. Zwischen seinen Brauen hatte sich eine Furche gebildet, und sein Gesicht war meinem so nahe, dass ich den Whiskey in seinem Atem riechen konnte.

»Sprechen Sie nie wieder so mit mir. Haben Sie mich verstanden? Das nächste Mal, wenn ich Sie zurechtweise, werde ich keine Widerrede von Ihnen dulden.«

»Sie tun mir weh. Hören Sie auf.« Mich hatte noch nie jemand so grob behandelt. Ich war in einem Hause aufgewachsen, in dem meine Eltern gütig mit mir und miteinander umgingen. Ich war von seinem Übergriff nicht bloß schockiert, sondern schämte mich dafür, dass mich jemand so behandelte. Er brüllte mich an.

»Ich tu Ihnen noch viel mehr weh, wenn Sie es noch einmal wagen, sich mir gegenüber respektlos zu verhalten. Und hören Sie mir zu, wenn ich versuche, Ihnen etwas beizubringen. Sie werden diesen Unsinn nicht mehr lesen, und mir kommt besser nicht zu Ohren, dass Sie noch eine Ausgabe von diesem Schmierblatt gekauft haben.« Er schleuderte die Zeitung in den offenen Kamin.

Am Freitag darauf fuhren wir mit dem Boot zum Landhaus der Heaths, das sich auf dem nordöstlichen Teil der Insel befand. Am Samstagnachmittag widmete ich mich nach einem Waldspaziergang mit Mrs. Heath gerade der Lektüre im Salon, als mein Mann, Mr. Heath, Mr. DeWolf und zwei andere Herren vom Reiten zurückkamen. Bevor sie sich in die Bibliothek auf der anderen Seite des Flurs zurückzogen, stellten sie mir einen Mann vor, der ein Handelskapitän aus Maine war. Sie schlossen die Tür zur Bibliothek nicht, also konnte ich ihre komplette Unterredung hören.

»Wir müssen die restlichen fünfundzwanzig Prozent selbst finanzieren, da die Bank nicht bereit ist, ein größeres Risiko als die bereits geleisteten fünfundzwanzig Prozent einzugehen.«

»Aber in Charleston hatte man mir gesagt, dass wir hier auf fünfzig Prozent Finanzierung durch die Bank zählen können«, erwiderte mein Mann.

»Mr. Allen, vielleicht wäre es eine Lösung, einen Investor zu finden. Ich könnte Sie mit einem Herrn bekannt machen, der vielleicht daran interessiert wäre, sich an dem Projekt zu beteiligen«, sagte der Handelskapitän.

»Nein, es wäre zu riskant, noch mehr Leute in dieses Geschäft einzubeziehen. Auch wenn das Piratariegesetz nicht oft zur Anwendung kommt, so gilt der internationale Sklavenhandel doch als Kapitalverbrechen«, gab Mr. Heath zu bedenken.

»Dann bleibt uns wohl nichts anderes übrig, als die restlichen fünfundzwanzig Prozent selbst aufzubringen. Ich kann zusätzliche zehn Prozent beisteuern«, sagte mein Mann.

»Ich lege weitere zehn drauf«, schaltete Mr. DeWolf sich ein.

»Und ich werde die übrigen fünf übernehmen. Also dann, die Anwälte werden bis Montag einen weiteren Schwung an Dokumenten vorbereiten mit falschen Namen für den Kapitän und seine Mannschaft, für den Fall, dass bei der Rückfahrt des Schiffes Marineoffiziere an Bord gehen. Captain, wie lange dauert es noch, bis das Schiff so weit ist und Sie Ihre Mannschaft zusammenstellen können?«

»Ich gehe von zwei Wochen aus.«

»So lange kann ich nicht mehr in New York bleiben, weil wir mit dem Auspflanzen der Baumwollsetzlinge beginnen müssen«, erklärte mein Mann.

»Sie müssen bei der Abwicklung nicht vor Ort sein. Wenn sich alle Parteien erst einmal über den Vertrag einig geworden sind, können Sie abreisen. Wir werden Ihre Bestellung über hundert Kinder und fünfzig Erwachsene dann nach Mobile liefern lassen.«

Wir blieben noch fünf weitere Tage in New York. Während dieser Zeit musste ich im Auftrag meines Mannes in großen Mengen Negerbekleidung und noch andere Dinge kaufen, die bei uns im Süden nicht verfügbar waren. Dann fuhren wir mit dem Schiff wie schon auf dem Hinweg über Charleston und Mobile zurück. Ich freute mich auf zu Hause, denn mein Mann hatte mir versprochen, dass wir, sobald wir wieder daheim wären, versuchen würden, Nachwuchs zu bekommen, was mich zuversichtlich in eine Zukunft mit Kindern blicken ließ, in der ich mich nicht länger allein in meinem ehelichen Zuhause fühlen musste.

Sechstes Kapitel

Theodora Allen

Die Jahre im Anschluss an unsere Reise nach New York waren gekennzeichnet durch das zunehmend launenhafte Verhalten meines Ehemannes, das oft mit dem exzessiven Konsum von Spirituosen und Wein verbunden war, und den Geburten meiner drei Kinder: Paul, Robert und Clarissa. Der gütige Gott hatte mir Mary, die Hebamme der Sklaven, und Emmeline geschickt, die mir dabei halfen, sie gesund zur Welt zu bringen, und ich nahm nach der Fehlgeburt und während meiner Schwangerschaften nie wieder den Beistand eines Arztes in Anspruch.

Nach unserer Reise in die Nordstaaten herrschte zwischen meinem Mann und mir ein unausgesprochener Waffenstillstand. Ich betrat nie wieder sein Schlafzimmer, und er verbrachte mehr Zeit mit mir in meinen Privaträumen. Ich widmete mich der Erziehung meiner Kinder, erfüllte meine Pflichten als Hausherrin und begleitete meinen Mann nur noch selten auf Reisen außerhalb von Alabama oder Georgia. Cornelius legte noch immer dasselbe aufbrausende Verhalten an den Tag wie damals in New York, als er mich wegen der Sklavereigegnerin zur Rede gestellt hatte, doch seine Wut, die von Zeitungsberichten darüber angefacht zu werden schien, dass die Nordstaatler mit ihren Protesten gegen die Sklaverei in Washington immer lauter wurden, war nie von Dauer, und Jahre verstrichen, ohne dass er mich erneut misshandelt hätte. Seine Grobheiten waren vornehmlich verbaler Art, doch wenn er getrunken hatte, kam es häufiger vor als sonst, dass er mich auch schlug oder mir den Arm verdrehte, wie er es in New York getan hatte. Ich erzählte niemandem von seiner Grausamkeit, weil ich mich dafür schämte, aber auch weil es von einem Mann als dem Familienoberhaupt erwartet wurde, dass er seine Kinder und seine Frau züchtigte. Ich redete nicht einmal mit Mrs. Tutwiler darüber, denn ich hatte Angst, sie würde es ihrem Mann sagen, und der könnte es wiederum Cornelius erzählen. Ich war mir sicher, dass das meine Bestrafungen nur deutlich verschlimmert hätte. Ich wusste außerdem, dass ich mich keinesfalls dazu entscheiden könnte, ihn zu verlassen, denn er hätte mir niemals erlaubt, meine Kinder mitzunehmen, und ich hätte sie doch niemals bei ihm zurücklassen können, obwohl er sie nie schlecht behandelt hatte – das heißt, bis dahin.

Ich fing an, meine Söhne zu unterrichten, als sie beide sechs Jahre alt waren, doch als Paul zwölf war und Robert zehn, schickte mein Mann sie entgegen meiner Einwände auf die Wilton-Akademie für junge Männer nach Georgia. Im Anschluss an die Wilton-Akademie gingen sie dann auf die Universität nach Athens. Paul heiratete eine Schönheit aus Georgia und blieb in diesem Bundesstaat, wo er bei der Bank arbeitete. Zwei Jahre später heiratete auch Robert eine junge Dame aus Charleston und zog dorthin, um ebenfalls im Bankwesen zu arbeiten.

Dass Emmeline schwanger war, erfuhr ich eines Morgens, als ich in die Küche ging, um das Abendessen mit ihr zu besprechen, und ihren Bauch sah. Ich fühlte mich beklommen, und mein Herz schlug schnell bei dem Gedanken, dass sie wahrscheinlich das Kind meines Mannes in sich trug. Wie es sich für die Bediensteten geziemte, sah sie mich nicht an, als ich mit ihr sprach. Ich zwang mich, eine freundliche Bemerkung zu machen. Doch warum ich schließlich just Folgendes sagte, weiß ich nicht:

»Emmeline, du bist bestimmt überglücklich, guter Hoffnung zu sein.«

Einige Sekunden lang herrschte Schweigen in der Küche, doch mir kam es vor wie Minuten.

»Ja, Madam.«

Nachdem wir unsere Vorbereitungen getroffen hatten, wandte ich mich beschämt über mein Unbehagen und das der anderen zum Gehen. Ich sah Sarah erst, als sie ein paar Monate alt war und Emmeline gerade in ihrem Kräutergarten arbeitete. Sarah, die hellbraunes Haar hatte, war auf den Rücken ihrer Mutter gebunden. Als Emmeline bemerkte, dass ich da war, richtete sie sich auf und beugte den Kopf. Sarah lächelte, und mir fiel auf, dass sie genau wie mein Mann und Clarissa Grübchen hatte. Die Wut und die Eifersucht, die ich Jahre zuvor verspürt hatte, als ich Cornelius und Emmeline zusammen im Bett vorgefunden hatte, kehrten zurück, und ich musste mich zusammennehmen, um mich daran zu erinnern, warum ich Emmeline aufgesucht hatte.

»Guten Morgen, Mrs. Allen. Kann ich etwas für Sie tun, Madam?«

»Ja, wir werden heute Abend zwei Gäste mehr haben.«

Nachdem ich mit ihr gesprochen hatte, rannte ich fast zu meinem Mann, der mit einem Buchhalter in seinem Büro arbeitete, und riss die Tür auf, ohne anzuklopfen.

»Ja, Theodora. Was kann ich für Sie tun?«

»Kann ich Sie unter vier Augen sprechen?«

»Handelt es sich um eine dringende Angelegenheit? Wir sind ziemlich beschäftigt, wie Sie sehen.«

»Ja, es ist dringend.«

Er schickte Clark hinaus.

»Ich dachte, Sie sind nicht mehr mit Emmeline zusammen?«

Erst heute kann ich mir eingestehen, dass ich nie wirklich geglaubt hatte, er hätte aufgehört, Emmeline in sein Zimmer zu bestellen, auch wenn er fast jede Nacht bei mir verbrachte, seit wir von unserer Reise in den Norden zurückgekehrt waren. Die Wahrheit ist, dass ich ihn, nachdem ich Sarah zum ersten Mal gesehen hatte, einfach mit seinem Tun konfrontieren musste und dass ich bis zu jener ersten Begegnung mit ihr nur zu feige gewesen war, etwas in Bezug auf Emmeline zu sagen.

Er starrte mich an und klopfte mit dem Füller auf seine Papiere, dass die Tinte spritzte und die Zahlen darauf unleserlich machte.

»Theodora, Sie haben die Gründe, aus denen Sie hier sind, falsch dargestellt. Sie haben behauptet, es sei eine dringende Angelegenheit.«

»Ich habe gerade erfahren, dass Sie ein Kind mit einer Hausangestellten gezeugt haben. Ist das vielleicht kein dringendes Anliegen?«

»Ich habe Schiffsladungen zu verrechnen, die nach Europa und in den Nordosten gehen, ich habe eine Plantage zu führen, und Sie glauben, solche Weibersachen seien wichtig? Und wirklich, Sie wissen von Emmeline nun schon seit ... seit wie vielen Jahren? Außerdem habe ich nie behauptet, dass ich nicht mehr mit ihr zusammen bin. Also, genug jetzt. Seien Sie so nett und gehen Sie, und bestellen Sie Clark, er möge wieder hereinkommen. Haben Sie nicht gehört? Sie können gehen.«

An diesem Abend hatten wir zwölf Gäste, darunter die Tutwilers. Mrs. Tutwiler war meine engste Freundin geworden, und sie und ihr Mann leisteten mir oftmals Gesellschaft, wenn mein Gemahl auf Reisen war. Als wir für einen Moment im Garten unter uns waren, erzählte ich ihr, dass mein Mann ein Kind mit Emmeline gezeugt hatte.

»Meine Liebe, diese Männer sind solche Gauner, und ich fürchte, dass ihre Dekadenz noch einmal unser aller Verderben sein wird. Aber was sollen wir schon tun? Wir können sie bitten, sich zu ändern, um ihrer unsterblichen Seelen willen, und wir können an ihr Pflichtgefühl appellieren, aber denken Sie nicht auch, dass ein Mann von Natur aus ein ganz anderes Wesen ist als eine Frau? Wir haben schließlich nicht derart unkontrollierbare Triebe. Wir sind hauptsächlich daran interessiert, nach dem Schönen und dem Himmlischen zu streben, nicht nach Körperlichem und Grobem. Liebste Theo, Ihr Mann ist da kein Einzelfall. Mr. Tutwiler hat meiner Schätzung nach nicht weniger als acht Kinder mit Feldarbeiterinnen. Aber wenn man bedenkt, welche Preise man auf Auktionen mit ihnen erzielt, dient es am Ende doch unserem Profit, nicht wahr?«

»Ich schätze, ich habe eine recht romantische Vorstellung von der Ehe und finde, dass so etwas eine Sache zwischen einem Mann und seiner Frau sein sollte. Aber ich fürchte, solch innige Verbindungen existieren lediglich auf den Seiten fantasievoller Romane, die von feinsinnigen Damen geschrieben werden.«

Dass harmonische Ehen lediglich in romantischen Büchern existierten, war ein bitteres Fazit, zu dem ich erst nach vielen Jahren des Betrugs durch meinen Mann gelangt war, doch diese Gedanken teilte ich nicht mit Mrs. Tutwiler, die es offenbar für einen Segen hielt, dass ihr Gemahl sich Konkubinen hielt und Kinder mit ihnen hatte.

»Theodora, halten Sie sich nicht lange mit diesen Dingen auf. Ihre Tochter ist Ihre wahre Gefährtin. Lehren Sie sie alles, was Sie wissen, damit aus ihr eine tugendhafte und anmutige junge Dame wird.«

Ich nahm Mrs. Tutwilers Rat an und widmete mich fortan meiner Tochter. Bessie wählte eine Bedienstete aus, die mir dabei half. Clarissa war ein sensibles Kind, und ich stellte fest, dass es ihr von klein auf Freude machte, wenn Sarah bei ihr war. Ich sagte Emmeline, sie solle Sarah erlauben, mit Clarissa in der Kinderstube zu spielen. Als die beiden Mädchen zu laufen anfingen, durften sie auf mein Geheiß im Garten herumtollen, und Emmeline ließ sie im Hof vor der Küche spielen. Nachdem Clarissa mit zwei Jahren entwöhnt worden war, verbrachten wir fast die ganze Zeit miteinander, und ich unternahm keine Reisen mehr mit meinem Mann.

Das Mädchen, das sich um die Kinder kümmerte, brachte ihnen dieselben Spiele bei, die meine Cousine Eliza und ich gespielt hatten, als wir noch Kinder waren: Verstecken, Himmel und Hölle, Seilspringen.

An Weihnachten machten mein Mann und ich den Bediensteten besondere Geschenke: Stoffballen, Schuhe, Schweinefleisch, Säcke voll Reis, Zucker und andere Nahrungsmittel. Sarah schenkten wir jedes Jahr neues Spielzeug, weil Clarissa so gern zusammen mit ihrer kleinen Kameradin mit den Puppen spielte.

Ich brachte Sarah bei, sich um diejenigen zu sorgen, die weniger Glück hatten. Als sie sechs Jahre alt war, nahm ich sie mit, wenn ich Essen und andere Dinge des täglichen Bedarfs an die Familien der Aufseher verteilte, die auf unserer Plantage arbeiteten. Sie begleitete meinen Mann und mich zu den Quartieren der Sklaven, wenn wir ihnen an Weihnachten neue Kleidung, Schuhe und Schinken überbrachten. Zuerst befürchtete ich, sie hätte Angst, dorthin zu gehen, doch sie half uns dabei, Süßigkeiten an die Kinder zu verteilen. Als Clarissa und Sarah acht Jahre alt wurden, trug ich Bessie auf, Sarah zu Clarissas Hausmädchen zu erziehen, und ich fing an, Clarissa zu unterrichten.

Von der ersten Woche an beklagte sie sich immer wieder, dass Sarah nicht bei ihr war, und wir machten keine Fortschritte. Ich unterrichtete sie nur drei Stunden am Tag, und trotzdem zappelte Clarissa die ganze Zeit herum, bis ich sie entließ. Dann machte sie sich sofort auf die Suche nach Sarah, ob diese nun gerade ihrer Mutter oder Bessie bei der Arbeit half, und nahm sie mit in den Garten oder in ihr Zimmer zum Spielen. Beim Abendessen erkundigte sich mein Mann, wie sich Clarissa im Unterricht mache.

»Ich fürchte, gar nicht gut. Sie passt nicht auf und spielt lieber mit ihrem Mädchen.«

»Papa, der Unterricht ist langweilig. Warum kann ich nicht stattdessen lieber mit Sarah spielen?«

»Weil du, junges Fräulein, einmal die Hausherrin in deinem eigenen Anwesen sein wirst, und dazu musst du lesen, schreiben und rechnen können. Alle Damen und Herren müssen gebildet sein. Du wirst auf deine Mutter hören und aufpassen, wenn sie dich unterrichtet, oder ich werde dein Lehrer sein. Und das, da bin ich mir sicher, wird dir nicht gefallen.«

»Nein, Papa, bitte komm nicht in meinen Unterricht. Das wäre doppelt so langweilig. Aber Papa, warum kann Sarah nicht bei meinen Schulstunden dabei sein? Mama, du lässt sie doch auch bleiben, wenn du uns vorliest.«

Mein Mann und ich sahen uns an, und er antwortete ihr.

»Sarah muss nicht lesen und schreiben können, um dein Hausmädchen zu sein, Liebes.«

»Aber sie soll mir doch bloß Gesellschaft leisten, Papa.«

Wir dachten schon, Clarissa hätte den Einfall, dass Sarah ihr beim Lernen Gesellschaft leisten solle, wieder vergessen, aber sie brachte das Thema erneut zur Sprache, als ich sie unterrichtete. Ich war so verärgert darüber, dass ich ihr drohte, ihrem Vater zu erzählen, sie sei ungehorsam.

»Ist mir egal, wenn du ihm das sagst. Ich werde nichts lernen, wenn Sarah nicht dabei ist.«

Ich sprach mit meinem Mann, und er erteilte die Erlaubnis, dass Sarah bei Clarissas Lehrstunden anwesend sein durfte. »Aber, Theodora, Sie unterrichten nur Clarissa. Ist das klar? Unter keinen Umständen werden Sie versuchen, Sarah Lesen oder Schreiben beizubringen. Das ist ungesetzlich, und ich bin überzeugt, Sie wissen, warum es gefährlich ist, wenn auch nur ein Sklave alphabetisiert wird.«

»Glauben Sie denn, es wäre überhaupt möglich, dass sie es lernt?«

»Nein, aber es gibt Berichte aus dem Norden, in denen es heißt, dass einige Neger es können. Ich denke zwar, dass das nur so ein Ammenmärchen der Sklavereigegner ist, aber man kann nie vorsichtig genug sein.«

Ich wusste, dass ich etwas unternehmen musste, damit Clarissa dem Unterricht folgte. Doch merkwürdigerweise war ich auch neugierig, ob es möglich war, dass Neger Lesen und Schreiben lernten, und so sagte ich Emmeline und Bessie, sie sollten Sarah von ihren Pflichten entbinden. Unerwartet äußerte sich Emmeline dazu.

»Bitte, Madam, darf ich etwas sagen?«

»Ja, natürlich, Emmeline.«

»Danke, Madam. Madam, ich brauch Sarah, damit sie

mir beim Saubermachen hilft, und Bessie muss ihr beibringen, Miss Clarissas Mädchen zu sein, also ist es, glaub ich, besser, wenn sie einfach weiter ihre Arbeit macht, Madam, wenn's recht ist.«

»Der Unterricht findet nur am Vormittag statt. Mein Mann und ich haben die Angelegenheit bereits besprochen, und das ist, was wir beide wünschen.«

»Danke, Madam.«

In der Anwesenheit von Sarah machte Clarissa beachtliche Fortschritte. Das Lesen lernte sie so gut, dass sie Sarah und mir schon bald im Schulzimmer sämtliche Bücher vorlas. In all den Jahren des Unterrichts verpasste Sarah nur dann eine Stunde, wenn es viel Arbeit zu tun gab, so etwa, wenn wir eine große Anzahl von Gästen erwarteten.

Als Clarissa dreizehn war, waren mein Mann und ich uns einig, dass ich ihr alles, was ich konnte, beigebracht hatte, und er beauftragte Mrs. Ellsworth als Hauslehrerin für sie. Ich setzte Emmeline in Kenntnis davon, dass Sarah von nun an nicht mehr am Unterricht mit Clarissa teilnehmen würde. Diesmal beschwerte sich Clarissa nicht darüber, denn sie hatte mittlerweile eingesehen, dass sie sich bilden musste, um eine echte junge Lady zu werden. Zusätzlich zu ihrer theoretischen Ausbildung brachte die Hauslehrerin ihr Violine und Klavier bei. Auch was das Aquarellmalen betraf, machte Clarissa Fortschritte.

In dem Jahr, als Clarissa sechzehn Jahre alt wurde, zeigte sie ein Interesse daran, den jungen Damen auf den umliegenden Plantagen Besuche abzustatten, und begleitete mich, wenn ich zu Mrs. Tutwiler fuhr, die eine Tochter und zwei Söhne etwa in Clarissas Alter hatte. Ich bat meinen Mann, eine Näherin für Clarissa aufzutun, da sie mehr Kleider benötigte für die Bälle und Partys, die wir bei uns zu Hause gaben und die wir in Talladega, Montgomery und in den Wintermonaten auch in Mobile besuchten. Ihre Einführung in die Gesellschaft fand im Hause ihrer Großeltern in Montgomery statt. Clarissa musste ihre Tanzkarte um eine zweite Seite erweitern, da mein Gemahl Plantagenbesitzer und ihre Familien aus Georgia, North und South Carolina, Virginia und Louisiana eingeladen hatte. Am Ballabend blieben wir alle lange wach und fragten Clarissa, welche jungen Männer sie favorisierte. Doch sie weigerte sich, es uns zu sagen, und lachte nur, wenn wir ihr die jungen Männer aufzählten, mit denen sie mehr als einmal getanzt hatte.

Im selben Jahr befand mein Mann, es sei an der Zeit, dass Clarissa Schießen lernte.

»Papa, ich brauche doch nicht auf die Jagd zu gehen.«

»Du sollst das Schießen ja auch nicht lernen, um jagen zu gehen. Jetzt, da du eine junge Dame bist und weitere Reisen auch ohne mich unternehmen wirst, um die Familien deiner Freier zu besuchen, würde ich ruhiger schlafen, wenn ich wüsste, dass du mit einer Waffe umzugehen verstehst.«

»Was für ein schrecklicher Gedanke. Warum schickst du nicht einfach einen Aufseher, der mich begleitet?«

»Ich vertraue nicht auf die Aufseher, wenn es darum geht, dich und deine Mutter vor den Sklaven zu beschützen. Abgesehen davon musst du nicht nur mit Waffen umgehen können, um zu reisen. Du musst schießen können, damit du dich selbst verteidigen kannst, wann immer ich auf Reisen bin. Und wenn du erst verheiratet bist, und dein Mann ist auf Reisen, während du zu Hause bleibst, dann solltest du dich ebenso zur Wehr setzen können. Deine Mutter kann auch schießen.«

»Ja, mein Vater hat es mich gelehrt, als ich sechzehn war. Mindestens zweimal im Jahr nimmt mich dein Vater zu

Übungszwecken mit auf die Jagd, und ich bin froh, dass ich mit einer Waffe umzugehen weiß. Clarissa, wir bewahren immer eine Pistole in der kleinen Truhe auf, die wir in jeder Kutsche dabeihaben. Verrate das aber niemandem. Übrigens weiß auch deine Hauslehrerin, wie man mit einer Waffe umgeht.«

Mein Mann nahm Clarissa mit auf ein Gelände unweit der Felder und lehrte sie im Zuge einer Woche das Schießen. Er sagte, sie sei so gut darin, dass es ihr sogar gelang, Ziele vom Pferderücken aus zu treffen.

Wir gaben mindestens einmal pro Monat einen Ball oder eine Abendgesellschaft, damit Clarissa mehr Zeit mit den jungen Herren von den größten benachbarten Plantagen verbringen konnte. Als sie und ich nach Montgomery reisten, um ihre Großeltern zu besuchen, fasste Clarissa dort Zuneigung zu einem jungen Mann namens Mr. Evans, der im Norden und in England erzogen worden war. Er war gerade zu Hause, um die Leitung der Plantage seines Vaters zu erlernen. Ich ermahnte Clarissa, dass sie noch zu jung sei, sich nur einem Freier zu verschreiben, aber sie hörte nicht auf mich. Sie verbrachte eine Woche im Elternhaus des jungen Mannes, während ich bei meinen Schwiegereltern weilte. Ich konnte Mrs. Tutwiler überreden, zu mir nach Montgomery zu kommen. Gemeinsam nahmen wir an Damenteestunden im Lesesaal von Miss Whitefields *Akademie für Junge Damen* teil, wo gerade eine Dichterin aus Charleston residierte. Nachdem wir nach Hause zurückgekehrt waren, gab Clarissa weiter Partys und unternahm Besuche auf den benachbarten Plantagen. Eines Tages erhielt mein Gemahl einen Brief von Mr. Jebediah Cromwell aus Talladega, der darum ersuchte, Clarissa seinen Sohn, Mr. Julius Cromwell, vorstellen zu dürfen.

»Theodora, er ist ungefähr fünfzehn Jahre älter als Clarissa, und bedauerlicherweise hat er seine Ausbildung nicht abgeschlossen. Er war an der Militärakademie in West Point, wurde aber aus irgendeinem Grunde entlassen.«

»Warum ist er noch nicht verheiratet?«

»Das war er, aber seine Frau ist bei einem Unfall ums Leben gekommen. Er wollte ihr das Schießen beibringen, eine Aufgabe, die ihr Vater wohl vernachlässigt hatte, und sie starb an einer Verletzung, die sie sich, wie es heißt, selbst zugefügt hat.«

»Oh nein. Ich möchte nicht, dass er bei Clarissa vorstellig wird, nicht bei seiner Geschichte.«

»Aber eine gerichtliche Untersuchung der Todesursache hat ergeben, dass es nicht sein Verschulden war. Andere Anwesende, darunter auch ihre Brüder, haben bestätigt, dass ihr Tod ein Unfall war, und bekräftigten seine Version der Geschichte. Abgesehen davon gab es kein Motiv für ein Vergehen. Allen Berichten zufolge war sie eine Schönheit, und sie waren noch kein Jahr verheiratet. Sie erwartete ihr gemeinsames Kind.«

»Wie lange ist das her?«

»Ungefähr acht Jahre. Jetzt will sein Vater, dass er wieder heiratet.«

»Aber Clarissa hat so viele geeignete Anwärter, und sie ist sehr angetan von Mr. Evans.«

»Keiner ihrer Freier ist wie dieser. Das Vermögen seines Vaters ist beinahe so groß wie meines, und seine Mutter stammt aus einer ebenso wohlhabenden Reederfamilie aus South Carolina. Ich möchte, dass Clarissa ihn kennenlernt. Lass uns die Cromwells für ein paar Tage hierher einladen. Bereite einen Ball und andere Zerstreuungen für sie vor. Ich werde ihm schreiben. Wie lange brauchst du für Clarissas

Garderobe? Und sie kann den Schmuck tragen, den ihr meine Mutter geschenkt hat.«

»Sie hat eine große Auswahl an Kleidern aus dieser Saison, die wir aus New York bestellt haben.«

»Nein, lass Davis neue Kleider aus Mobile oder New Orleans bestellen, wo immer du sie am schnellsten herbekommst. Sagen wir, wir laden sie für Ende November ein.«

Als ich Clarissa von Julius Cromwell erzählte, erkundigte sie sich nach seinem Alter und weigerte sich, ihn kennenzulernen.

»Herzchen, dein Vater hat entschieden, dass dir Mr. Cromwell vorgestellt wird. Wenn du ihn nicht ansprechend findest, wird dein Vater das in seine Überlegungen, ob du ihn heiraten sollst oder nicht, mit einbeziehen.«

»Das ist mir egal. Warum kann ich nicht weiterhin Herren treffen, die jünger sind als er? Grundgütiger, er ist alt genug, um mein Vater zu sein.«

»Clarissa. Du sollst den Namen des Herrn nicht missbrauchen, und bitte vermeide solche Übertreibungen.«

»Entschuldige, Mama. Ich werde ein zusätzliches Gebet sprechen und den Herrn um Verzeihung bitten. Und was meine Übertreibung betrifft, wirst du mich wohl bestrafen müssen. Aber Mama, bitte Papa doch, seine Entscheidung noch einmal zu überdenken.«

»Ich werde deinen Vater um nichts bitten; sein Entschluss steht fest. Wir müssen neue Kleider und Schuhe für dich in Auftrag geben.«

»Warum hast du mir nicht gleich gesagt, dass ich neue Kleider bekomme?«

»Dummes Ding. Was soll ich bloß mit dir machen?«

Am Tag, an dem die Cromwells eintrafen, bat ich Mrs. Ellsworth, Clarissa zu beschäftigen und das Mittagessen mit ihr im früheren Kinderzimmer einzunehmen, das ich in ein Studierzimmer unfunktioniert hatte. Als ich am Abend in Clarissas Zimmer ging, weigerte sie sich noch immer, Mr. Cromwell zu treffen. Ich befahl ihr, sich fürs Abendessen zurechtzumachen, und trug Sarah auf, Clarissas Gesicht mit Lavendelcreme einzureiben, um die Schwellungen und die Rötungen vom Weinen zu lindern. Schließlich drohte ich Clarissa, ihren Vater zu ihr zu schicken. Als sie schließlich angekleidet war, ging ich wieder in ihr Zimmer und half ihr dabei, den Schmuck anzulegen, den sie von ihrer Großmutter geschenkt bekommen hatte. Bessie befestigte ein Diadem aus Saphiren und Diamanten in ihrem Haar. Als wir in den Salon kamen, wo man gerade vor dem Essen Champagner und Likör zu sich nahm, verstummten alle und starrten sie an. Mr. Julius Cromwell sah viel jünger aus, als er war, und hatte noch immer volles blondes Haar.

»Sie sind noch viel schöner, als mir erzählt wurde«, sagte er zu ihr.

Wir gestatteten Clarissa und Julius, gemeinsam Zeit zu verbringen. Ich platzierte sie beim Abendessen nebeneinander, und er unterhielt sie mit seinen Reisegeschichten. In der Woche darauf besuchte Clarissa die Cromwells. Sarah und Isaac begleiteten sie als Anstandspersonen, da Mrs. Ellsworth ihrer Familie in Montgomery einen Besuch abstatten musste. Clarissa schrieb meinem Mann und mir aus Talladega, dass sie noch eine weitere Woche bleiben würden. Mein Gemahl zeigte sich zufrieden und schlug vor, dass wir gleich nach Clarissas achtzehntem Geburtstag mit den Cromwells einen Hochzeitstermin vereinbaren sollten. Während Clarissa fort war, erhielt sie einen Brief von Mr. Evans, ihrem Verehrer aus Montgomery. Als sie wieder zu

Hause war, sprachen wir mit ihr über eine Verlobung mit Julius, gaben ihr jedoch nicht den Brief von Mr. Evans.

»Mama, Papa, ich möchte noch niemandem die Ehe versprechen. So sehr ich die Zeit mit Mr. Cromwell auch genossen habe, ich ziehe Mr. Evans vor. Ich würde ihn gerne besuchen.«

»Du stellst unsere Geduld auf die Probe, aber du wirst nicht nach Montgomery fahren, und du hast auch nicht meine Erlaubnis, dir weiter von Mr. Evans den Hof machen zu lassen«, stellte mein Ehemann klar.

Clarissa weinte und ballte die Fäuste, so wie sie es schon als kleines Mädchen getan hatte, wenn wir ihr eine Bitte abschlugen. Mr. Cromwell schrieb ihr einmal pro Woche, und sie antwortete ihm, doch sie erzählte uns nicht, was sie sich gegenseitig zu sagen hatten. Sie sprach nicht mehr von Mr. Evans, aber als wir über die Feiertage meine Schwiegereltern besuchten, sah Clarissa den jungen Mann bei den ständigen Bällen und Partys wieder. Sie beteuerte uns jedoch, dass er kein ernsthafter Anwärter auf ihre Zuneigung sei. Julius kam uns besuchen, und mein Gemahl gab seine Zustimmung zu seinem Ersuchen, unsere Tochter zu heiraten.

»Ich denke, in zwei Jahren bin ich bereit, eine verheiratete Frau zu sein«, sagte Clarissa.

Ich ahnte, dass für sie zwei Jahre in weiter Zukunft zu liegen schienen. Sie besuchte Julius weiterhin in Talladega und ihre Großeltern in Montgomery.

Eines Abends waren wir allein in ihrem Zimmer, und ich kämmte ihr vor dem Zubettgehen die Haare.

»Mama, findest du es nicht befremdlich, dass Mr. Cromwells erste Frau sich erschossen hat?«

»Woher weißt du das?«

»David Tutwiler hat es seiner Schwester und mir erzählt.«

»Ja, es gab mir zu denken, als ich es hörte.«

»Warum hast du es mir nicht erzählt?«

»Weil ich nicht wollte, dass du ihm gegenüber voreingenommen bist. Dein Vater begnügt sich im Übrigen mit den Erklärungen der Umstände. Er sagt, es habe eine gerichtliche Untersuchung gegeben, und Zeugen hätten bestätigt, dass es sich um einen Unfall handelte.«

»Aber als Papa mir das Schießen beigebracht hat, war das Erste, was er mir zeigte, wie ich die Pistole zu halten habe und wie ich sie sichere.«

»Vielleicht war Mr. Cromwell kein so guter Lehrer wie dein Vater.«

»Aber er war doch auf der Militärakademie in West Point.«

»Liebling, das war nicht der erste Schießunfall, den es je gegeben hat. Und dein Vater meint, man hätte ihm gesagt, dass Mr. Cromwell seine erste Frau geliebt hat. Aber du hast beträchtlich mehr Zeit mit ihm verbracht. Hat er dir etwa Anlass zu Unbehagen gegeben?«

»Na ja … nein. Ich kann es nicht erklären, aber manchmal scheint er mir ein wenig … wie soll ich das sagen … unstet.«

Siebtes Kapitel

Sarah Campbell

Eines Nachmittags im Januar 1853, ich war siebzehn Jahre alt, befand ich mich allein in der Küche und bereitete Gewürzkräuter zum Trocknen in der Speisekammer vor, als ich draußen ein Pferd zum Stehen kommen hörte. Ich ging hinaus, um nachzusehen, und entdeckte einen großen Fremden, der die marineblaue und mit goldenen Litzen verzierte Uniform eines Kutschers trug. Meine Manieren vergessend, starrte ich den gut aussehenden Mann an, der da vor mir stand. Er war größer als ich und hatte lockiges goldbraunes Haar und graue Augen. Er nahm seinen Hut ab, und ich bemerkte seine Grübchen, als er mich anlächelte.

»Morgen, Madam. Mein Name ist Isaac, und ich bin hier der neue Kutscher. Hab letzten Montag erst angefangen. Sind Sie vielleicht Miss Sarah? Ich wollte Sie nicht aufschrecken«, sagte er.

Ich musste mich erst aus meinem Tagtraum reißen, um ihm antworten zu können.

»Woher kennen Sie mich?«

»Miss Emmeline. Ich habe sie vor dem Herrenhaus getroffen, und sie sagte mir, ich könnte Sie um etwas Kaltes zu trinken bitten.«

»Bitte kommen Sie herein, ich bringe Ihnen Wasser. Oder wollen Sie lieber gesüßten Tee und Pfirsichkuchen?«

»Süßer Tee und Pfirsichkuchen klingt gut, Miss Sarah.«

Ich nahm Mrs. Allens Kristallgläser, Silberbesteck und Porzellan und stellte zwei Gläser Tee und zwei Kuchenteller bereit. Dann setzte ich mich zu ihm an den Tisch, und wir mussten lachen, als wir beide gleichzeitig etwas sagten. Ich hatte ihn fragen wollen, wie ihm seine neue Aufgabe gefiel, und er fing genau in dem Augenblick an zu sprechen.

»Ihre Augen strahlen wie das Sonnenlicht, wenn Sie lachen«, sagte er.

Durch sein Kompliment ermutigt und neugierig, warum er sich so gut auszudrücken wusste, fragte ich ihn, wann er nach Allen Estates gekommen war und wo er vorher gelebt hatte.

»Ich bin in der Nähe von Mobile geboren und aufgewachsen auf einer Plantage, die Mr. Allens Bruder gehört, Mr. Charles Allen. Master Allen war gut zu mir, und als ich noch ein kleiner Junge von gerade mal elf Jahren war, stellte er einen Engländer ein, der mich lehrte, mit Pferden umzugehen. Als ich achtzehn war, wurde ich dann Stallmeister. Mr. Allen hat mich oft an andere Plantagen ausgeliehen, damit ich den dortigen Kutschern das Reiten beibrachte und ihnen zeigte, wie sie ihre Pferde zu versorgen haben. Ich war in Florida, Mississippi und Georgia, habe auf verschiedenen Plantagen gearbeitet, und Mr. Allen hat mich immer etwas von dem Geld, das ich dort verdient habe, behalten lassen.«

»Hat er Sie allein reisen lassen?«

»Ja, er händigte mir einen Passierschein aus, und ich ritt nur tagsüber. Ich bin hergekommen, weil Mr. Allen Master Charles gesagt hat, dass er einen Stallmeister braucht.«

Ich behielt meine Hände im Schoß, denn ich wollte nicht, dass er sah, wie ich zitterte. Ich wusste nicht, was ich weiter sagen sollte, denn ich musste die ganze Zeit daran denken, dass er die Umgebung und die Straßen außerhalb von Allen Estates kannte. Wir schwiegen eine Weile.

»Ich muss wieder zurück zu den Ställen. Darf ich Sie wieder besuchen kommen, Miss Sarah?«

»Ja«, sagte ich, vielleicht mit etwas zu viel Eifer.

Am selben Abend, als wir das Essen vorbereiteten, zog mich meine Mutter wegen Isaac auf.

»Warum nimmst du nicht einen Korb mit Essen und deinen jungen Mann und isst mit ihm in der anderen Küche zu Abend?«

»Mama, bitte. Er ist nicht mein junger Mann.«

Meine Mutter lachte. »Geh schon, Belle und ich machen hier weiter.«

Als das Abendessen fertig war, bereitete ich ein paar Teller mit genug Essen für mich und Isaac vor. Meine Mutter gab mir ein großes Gefäß voll Tee mit Deckel und zwei Gläser mit, und ich legte alles in einen Korb. Ich machte mich in unserer Hütte zurecht und fragte meine Mutter, ob ich mein Kopftuch abnehmen dürfe.

»Nein, noch nicht, Kleines. Alles zu seiner Zeit. Setz einfach das Kopftuch mit den Blumen auf. Damit siehst du wirklich hübsch aus.«

Isaac war weder in der Küche noch dem Essraum der Sklaven, die in den verschiedenen Gewerben und den Ställen arbeiteten. Eine der Köchinnen schickte einen kleinen Jungen nach ihm. Als er hereinkam, sah er noch überwältigender aus als in meiner Erinnerung.

»Meine Mutter schickt Ihnen Abendessen.«

»Danke, Miss Sarah.«

Ich richtete das Essen her. Bald kamen weitere Sklaven hinzu und setzten sich mit uns an den langen Tisch. Die

Männer sahen uns an und grinsten. Es machte mir nichts aus. Ich fragte Isaac, was er heute gemacht hatte und ob er unterwegs gewesen sei. Er sagte, er sei bloß zur benachbarten Greystone-Plantage gefahren, um dort zwei Pferden zu helfen, die krank waren. Eines hatte ein gebrochenes Vorderbein gehabt und musste getötet werden. Wir aßen alle schnell, denn nach dem Essen mussten wir wieder an die Arbeit. Isaac sagte, er müsse sich die ganze Nacht um eines der Tiere im Stall kümmern, und meinte, er würde mich am nächsten Tag besuchen kommen. Nach dem Essen mit ihm kehrte ich ins Herrenhaus zurück, weil ich Clarissa das Bad richten musste.

In dieser Nacht konnte ich mich nicht auf meine Lektüre der Gedichte von Wordsworth konzentrieren. Meine Gedanken drehten sich die ganze Zeit um Isaac, der nicht so aussah wie die anderen Sklaven. Die Haut seiner Hände war glatt, und er hatte saubere Fingernägel. Isaacs Kutscheruniformen waren aus edlem Material und seine Stiefel aus Kalbsleder. Ich war unruhig, vielleicht weil mein Interesse an Isaac teilweise der Möglichkeit geschuldet war, mit ihm von Allen Estates zu fliehen. Erschöpft von meinen Gedanken, klappte ich mein Buch zu, versteckte es in der Waschküche und ging wieder in unsere Hütte, um zu schlafen.

Am Nachmittag des nächsten Tages, als ich nach dem Mittagessen gerade die Küche aufräumte, kam Isaac mich besuchen. »Gibt es hier vielleicht etwas Tee und Pfirsichkuchen für einen müden Kutscher?«

Ich stellte die Getränke und den Kuchen auf den Tisch, und wir verbrachten eine Weile schweigend miteinander und ließen uns einfach nur die süßen Sachen schmecken.

»Woran denken Sie gerade?«, fragte er mich.

»Ach, an nichts. Na ja, bloß an all die Reisen, die Sie allein unternommen haben. Haben Sie nie daran gedacht, nicht zurückzukommen?«

Seine Reaktion war beängstigend. Er blickte sich in der Küche um, als hielte sich dort jemand versteckt. »Nein, niemals. Hören Sie, vielleicht liegt es daran, dass Sie noch so jung sind, aber ich hatte gedacht, dass Miss Emmeline es Ihnen besser beigebracht hätte. Sie können nicht über solche Dinge sprechen. Und nein, ich habe ein gutes Leben. Ich habe Geld gespart aus meiner Zeit bei Master Charles. Als er mich an Mr. Allen verkauft hat, war vorgesehen, dass Mr. Allen mich weiterhin ausleiht und mich Teile des Verdienstes behalten lässt. Ich habe vor, mich eines Tages freizukaufen. Falls ich dann eine Frau und Kinder haben sollte, werde ich sie natürlich auch freikaufen. Wenn ich es auf irgendeinem anderen Weg versuchen würde, könnte ich verletzt werden und als Feldarbeiter enden. Sarah, seien Sie nicht so arglos. Sagen Sie solche Dinge niemals zu Leuten, die Sie gerade erst kennengelernt haben. Sie könnten Mr. Allen berichten, was Sie sie gefragt haben.«

Ich fing an zu weinen, aber er lächelte und meinte, wir sollten es gut sein lassen und dieses Gespräch einfach nie wieder erwähnen. Er aß seinen Kuchen auf und kehrte in die Ställe zurück. Danach sah ich ihn fast einen Monat lang nicht mehr, weil er nicht vorbeikam und weil wir damit beschäftigt waren, den Besuch von Mrs. Allens Familie aus Georgia vorzubereiten. Von meiner Mutter erfuhr ich, dass Mr. Allen Isaac an die Greystone-Plantage verliehen hatte. Sie gab mir auch Bescheid, als er wieder zurück war, und sagte mir, ich solle ihn nach unserem Mittagessen besuchen gehen. In den Ställen sah ich Isaac beim Striegeln eines Pferdes, eines enormen Tieres, aber Isaac ging ganz behutsam mit ihm um, und das riesige Vieh schien es zu genießen, von ihm gebürstet zu werden.

»Ich wollte Sie schon besuchen kommen, aber ich musste ein paar Jungen anlernen, die Mr. Allen gekauft hat, bevor er mich wieder verleiht, diesmal nach Georgia.«

Isaac musste meine Enttäuschung bemerkt haben.

»Ist schon gut, Kleines. Ich lege Geld für uns zurück.«

Ich lächelte. »Kommen Sie zum Essen vorbei, bevor Sie wieder losgeschickt werden.«

»Mach ich.«

Ich hüpfte beinahe nach Allen Hall zurück. In der Küche herrschte Aufruhr. Meine Mutter befahl mir, eine Schürze umzubinden und ihr beim Kochen zur Hand zu gehen, bevor ich Clarissa dabei half, sich fürs Abendessen anzukleiden. Mama sagte mir, dass die Allens einen Gast hätten, einen Herrn, der Clarissa den Hof machte. Nachdem mich meine Mutter entlassen hatte, ging ich ins Herrenhaus hinüber und fand Clarissa weinend auf ihrem Bett vor. Ihre Mutter stand vor ihr.

»Püppchen, dein Vater hat in Mr. Cromwells Antrag, dich zu heiraten, eingewilligt. Die Entscheidung ist endgültig.«

»Das ist mir egal, und ich habe dir schon gesagt, dass ich Mr. Cromwell nicht mag. Er ist ein alter Mann. Ich werde nicht zum Essen hinunterkommen. Nein.«

»Clarissa, hör auf, dich wie ein Kind zu benehmen. Du musst tun, was von dir als junge Dame erwartet wird. Es wird Zeit, deine Hochzeit zu planen. Du kannst schließlich nicht den Rest deines Lebens damit verbringen, auf Bälle zu gehen und verschiedene Herren zu besuchen.«

»Ist mir egal. Ich werde ihn nicht heiraten.«

»Schätzchen, wenn du erst verheiratet bist, wirst du nicht weit von hier sein und kannst uns besuchen kommen und wir dich, und ich bin mir sicher, Püppchen, dass dein Papa dir erlauben wird, Sarah als dein Mädchen mitzunehmen.«

So erfuhr ich, wie meine Zukunft aussehen würde, und mein einziger Gedanke war, dass meine Pläne zu fliehen reine Hirngespinste gewesen waren. Meine absurde Vorstellung, davonzulaufen oder von Isaac freigekauft zu werden, entpuppte sich als das, was sie war: nichts als ein Traum, gehegt von einer Sklavin.

»Sarah, weinst du?«

Ich antwortete nicht.

»Antworte mir, wenn ich mit dir rede«, sagte Mrs. Allen.

»Nein, Madam. Entschuldigen Sie, Madam.«

»Sarah, du bist Clarissa kein gutes Hausmädchen. Ich werde Emmeline auffordern müssen, dir ins Gewissen zu reden. Bereite jetzt Clarissas Bad vor und mache sie fürs Abendessen zurecht.«

Mrs. Allen verließ das Zimmer, und ich blieb wie angewurzelt stehen, unfähig, mich zu rühren.

»Sarah, warum kannst du nicht so sein wie Bessie? Mama hat ein gehorsames Mädchen, die mit ihr aus Georgia herkam, aber du fängst an zu weinen, wenn du hörst, dass du bei mir leben wirst, sobald ich heirate. Wenn du nicht mitkommen willst, sage ich Papa, er soll mir ein anderes Mädchen besorgen und dich stattdessen zum Arbeiten auf die Felder schicken.«

Ich half Clarissa beim Baden und Ankleiden und tröstete mich mit dem Gedanken, dass mir diese Wendung in meinem Leben vielleicht doch noch eine Möglichkeit bescheren würde zu fliehen. Als Clarissa nach dem Essen in ihre Gemächer zurückkehrte, half ich ihr beim Zubettgehen, und sie wirkte glücklich. Sie erzählte mir, dass alle ihr gesagt hätten, wie schön sie sei, und dass sie ihre Meinung über Mr.

Cromwell geändert hätte, einem Plantagenbesitzer aus Talladega, der aus einer Familie stammte, die schon seit vielen Generationen prosperierte. Die Cromwells, sagte Clarissa, seien fast genauso wohlhabend wie die Allens.

»Sein Vater besitzt eine Schiffsbauwerft in Mobile und betreibt weltweit Handel.«

»Was ist mit Mr. Evans?«

»Ich werde ihn weiterhin sehen, wenn ich Großmama und Großpapa in Montgomery besuche. Aber Papa würde mir sowieso nie erlauben, Mr. Evans zu heiraten, weil sein Vater bloß etwa fünfzig Sklaven besitzt und seine Plantage zu klein ist.«

Ich musste unablässig an die drohende Veränderung in meinem Leben denken. Ich wollte nicht weit weg von meiner Mutter und Belle leben, und ich fragte mich, was dann aus mir und Isaac werden würde. Wenn ich und Isaac ein Paar werden würden, so wie es meine Mutter angedeutet hatte, würde er dann auch an Julius Cromwell verkauft oder verschenkt werden? Ich hoffte, dass meine Mutter Rat wusste, und am nächsten Morgen fragte ich sie wegen Isaac.

»Kleines, das weiß ich nicht. Glaubst du, Mr. Allen würde mir verraten, was er vorhat? Aber er hat gesagt, dass ich dich mit Isaac verheiraten soll.«

»Wann wolltest du mir das sagen, Mama?«

»Ich wollt erst sehen, wie du ihn findest.«

»Aber Mama, wird Mr. Allen Isaac mit mir gehen lassen, wenn Clarissa verheiratet ist?«

»Miss Clarissa, Sarah.«

»Ja, Madam.«

»Ich denke schon, Kleines. Deshalb hat er ja gesagt, dass du ihn heiraten sollst. Und er will, dass du und Belle Familien gründet. Aber du musst mir da bei Belle helfen. Sie will einfach nicht auf mich hören. Mr. Allen will sie mit einem Mann von außerhalb zusammenbringen, aber sie hat gesagt, dass sie nie wieder was mit irgendeinem Mann zu tun haben will. Nicht, dass ich meine Kleine dafür verantwortlich machen würde, nach allem, was sie durchgemacht hat. Mr. Allen meinte, er hätte mit Mr. Atkins gesprochen, und Mr. Atkins wird ihm einen seiner Schmiede leihen, damit Belle und er sich kennenlernen können. Mehr konnt ich nicht tun.«

»Was, wenn Belle ihn nicht mag?«

»Mr. Allen meinte, er würde einen weiteren Versuch starten und Mr. Atkins jemand anderen schicken lassen, aber das wär's dann. Er hat gesagt, sonst bleibt ihr nur noch die Möglichkeit, unter den Feldarbeitern einen Mann zu finden. Er sagt, es ist jetzt schon zwei Jahre her, dass sie die Mädchen bekommen hat, und es wird Zeit, dass sie Söhne kriegt.«

»Arme Belle. Ich bin sicher, du hast versucht, ihn davon abzubringen.«

»Nein, nicht wirklich. Ich muss aufpassen, was ich zu ihm sage, besonders wenn es darum geht, wann seine Sklaven Kinder kriegen sollen.«

Als ich mit Belle darüber redete, hatte sie sich schon damit abgefunden, dass sie einen Mann von außerhalb bekommen sollte.

»Sarah, es ist kein Geheimnis, Mr. Allen will, dass wir alle Kinder bekommen. Zumindest hat Mama ihn dazu bringen können, dass ich erst mal schauen darf, ob ich den Mann auch mag, und wenn nicht, kann ich Nein sagen und einen anderen treffen.«

Der Schmied Zeke kam in der Woche darauf, und am Samstagabend begleitete er Belle zu einem geselligen Beisammensein in den Sklavenquartieren. Danach lud Belle ihn zum Essen in die Küche ein, und er lernte ihre Mädchen kennen. Er blieb einen Monat lang auf Allen Estates. Als er die Plantage wieder verließ, sagte Belle Mama, dass sie mit ihm als ihrem Mann einverstanden sei. Meine Mutter informierte Mr. Allen darüber, der sogleich die Aufseher beauftragte, eine eigene möblierte Hütte für Belle und ihre Töchter bauen zu lassen. Als Belle die Hütte bezogen hatte, kehrte Zeke zurück und verbrachte als ihr Auswärtsgatte von nun an immer die Samstage und Sonntage mit ihr und kehrte an den Montagen in aller Frühe auf die Plantage der Atkins zurück. Wenn Zeke bei Belle war, blieben die Mädchen bei Mama und mir.

Zwei Monate, nachdem Zeke Belles Auswärtsgatte geworden war, traf meine Mutter Vorkehrungen für meine Hochzeit mit Isaac. Sie erhielt die Erlaubnis von Mr. Allen, eine Feier im Esssaal abzuhalten, wo Isaac und die anderen gelernten Sklaven aßen. Er erklärte sich bereit, alle Kosten zu übernehmen. Dottie, Mrs. Allens Schneiderin, nähte mein Hochzeitskleid. Meine Mutter und der Rest von uns, die wir in der Küche von Allen Hall arbeiteten, kochten und backten am Morgen der Hochzeit. Es kamen noch einige Köchinnen aus den anderen Küchen, um uns zu helfen, da wir ja auch die Mahlzeiten für die Allens an diesem Tag zubereiten mussten.

Mr. Allen erlaubte Bessie, Dottie, einem Großteil der Hausangestellten sowie Miss Mary und ihrer Familie, an den Hochzeitsfeierlichkeiten teilzunehmen. Meine Mutter sagte mir, ich müsse mein Haar nicht bedecken. Sie machte mir zwei Zöpfe mit eingeflochtenen Blausternen aus ihrem Garten und wand sie zu einem Dutt auf meinem Kopf. Ihr Lächeln sagte mir, dass ich eine akzeptable Braut abgab.

Wir hatten keine offizielle Zeremonie, denn der Pastor durfte uns nicht vermählen, da Ehen von Sklaven laut Gesetz nicht vorgesehen waren. Nachdem wir gegessen hatten, gingen Isaac und ich zu seiner Hütte, die jetzt unsere war. Ich war ängstlich, was mich in dieser Nacht erwarten würde, doch als Isaac mich küsste, vergaß ich meine Bedenken. Als er meine Zöpfe löste, fielen die Blumen zu Boden. Dann half er mir mit den Knöpfen hinten an meinem Kleid. Als er sich auszog, wandte ich erst den Blick ab, aber dann sah ich, dass sein Körper so schön war wie sein Gesicht. Er legte sich neben mich, küsste mich auf den Mund, den Hals und jeden Zentimeter meiner Haut. Als er in mir war, konnte ich den Schmerz gar nicht von dem außerordentlich süßen Gefühl unterscheiden, das sich in meinem Körper breitmachte.

Abgesehen von unseren nächtlichen Vereinigungen nahm unser Leben seinen routinierten Gang aus Arbeit von früh bis spät. Wie jede junge Braut wollte ich es uns in unserer Hütte schön machen. Mrs. Allen wies die Näherinnen an, neues Bettzeug für uns anzufertigen, und die Möbelbauer schreinerten einen Tisch, Stühle, Schränke und ein neues Bett. Ich pflanzte Gemüse in unserem kleinen Garten an, und schon bald hatte ich für meinen Mann und mich ein richtiges Zuhause geschaffen.

Meine Monatsblutung blieb aus, als Isaac und ich zwei Monate verheiratet waren. Als ich erkannte, dass ich in anderen Umständen war, arbeitete Isaac gerade auf einer anderen Plantage und war noch eine Woche fort. Ich weinte die ganze Nacht. Als ich am Morgen in die Küche kam, fragte mich meine Mutter, warum meine Augen geschwollen wären.

»Weil Isaac mir fehlt.«

Sie schien sich mit meiner Antwort zufriedenzugeben.

Am Ende des Tages fragte ich meine Mutter und Belle, ob Belle diese Nacht bei mir in der Hütte schlafen könnte, weil ich nicht allein sein wollte.

»Ja, und Emmie und Ruby können bei mir bleiben. Ich muss nicht zu Mr. Allen«, sagte meine Mutter.

Sobald wir in meiner Hütte waren, erzählte ich Belle, dass meine Blutung ausgeblieben war. »Belle, ich habe Mama angelogen. Ich glaube, ich bekomme ein Baby, aber das will ich nicht, denn wenn es so ist, dann kann ich niemals weglaufen.«

Belle nahm meine Hand und sprach nachdrücklich zu mir.

»Sarah, du bist jetzt eine erwachsene, verheiratete Frau, und noch immer redest du wie ein kleines Kind vom Weglaufen. Ich dachte, du wärst glücklich mit Isaac. Also, warum willst du weglaufen?«

»Ich bin auch glücklich mit ihm, aber ich bin nicht glücklich hier. Nur weil ich verheiratet bin, heißt das doch nicht, alles hätte sich geändert. Wir leben noch immer in der Angst, dass Mr. Allen mit uns tut, was er will, dass er Mama vielleicht eines Tages leid wird und uns alle verkauft. Hast du darüber jemals nachgedacht, Belle? Was, wenn er den Verkauf von … nein, ich kann es nicht mal aussprechen. Aber im Ernst, was, wenn er Mama irgendwann satthat? Was geschieht dann mit uns allen?«

»Sarah, was geschehen soll, geschieht. Da können wir nix machen. Und ja, ich denke schon darüber nach, die ganze Zeit, aber alles, was wir tun können, ist, zu gehorchen und zu hoffen, dass er das, was er mit mir getan hat, nie mehr wieder tut. Und überhaupt, selbst wenn du kein Kind hast, kannst du nicht weglaufen. Schau, was mit meinem Vater passiert ist. Schau, was mit mir passiert ist. Du kannst nicht fliehen, das ist bloß ein Traum. Abgesehen davon, wenn du versuchst, das Baby wegzumachen, könntest du sterben.«

»Was? Was meinst du damit, das Baby wegmachen?«

»Nichts. Vergiss es. Ich rede nur dummes Zeug.«

»Belle, was hast du mit ›das Baby wegmachen‹ gemeint?«

Sie antwortete nicht.

»Sag's mir … Belle.«

»Na gut, aber erzähl's niemandem. Als ich bei Master Reynolds war, habe ich gehört, dass eine Feldarbeiterin gestorben ist, nachdem ihr eine andere Frau bei dem Versuch geholfen hat, das Baby wegzumachen.«

»Aber was soll das heißen, das Baby wegmachen?«

»Es hieß, sie hätten ihr eine Stricknadel oder so etwas hineingestoßen, um sie zum Bluten zu bringen, und das hätte das Baby abgehen lassen.«

»Das klingt, als würde es furchtbar wehtun. Das könnte ich nicht. Das Einzige, was ich tun kann, ist … ach, egal.«

»Das Einzige, was du tun kannst, ist was, Sarah?«

»Mich umbringen. Ich werde den Rest meines Lebens nicht so verbringen.«

»Sarah, so was darfst du nicht sagen.«

»Warum denn nicht? Weil es ein Verbrechen ist, wenn ein Sklave davon spricht, sich umzubringen? Wenn du mal darüber nachdenkst, ist das die einzige Macht, die wir über Mr. Allen haben, und deshalb ist es ein Verbrechen. Wenn ich mich umbringen will, dann tue ich es, weil es mein Leben ist und nicht das von Mr. Allen.«

»Sarah, ich weiß nicht, was Mama und ich ohne dich tun sollen. Bitte sag so etwas nicht mehr, bitte. Wir lieben dich so sehr. Kleines, versprich mir, dass du das nicht tun wirst.«

»Also gut, ich verspreche es. Ich glaube sowieso nicht, dass ich den Mut dazu hätte. Und es ist eine Sünde. Dann würde ich dich, Mama und die Mädchen nicht im Himmel wiedersehen. Aber ich muss irgendetwas tun.«

»Weißt du, was? Ich geh morgen zu den Feldern und spreche mit Miss Mary. Ich weiß, sie wird es niemandem erzählen, wenn ich sie frage, ob sie etwas hat, mit dem man die Blutung hervorrufen kann … Sarah, du weißt aber schon, dass jemand, der nach so was fragt, geschlagen und verkauft werden kann, wenn Mr. Allen es herausfindet, oder? Miss Mary wird nix sagen, weil sie wie unsere eigene Tante ist.«

Am nächsten Tag erzählte mir Belle, dass Miss Mary ihr vier Kräuter gegeben hätte, von denen sie drei bereits kannte. Sie flüsterte, obwohl wir alleine waren, denn sie wollte wohl vermeiden, dass man uns zufällig reden hörte. Ich erinnerte mich an Mamas Warnung, als sie mich die Wirkung von Kräutern lehrte, die wir eigentlich nicht kennen durften, weil einige davon giftig waren. Belle öffnete die Fensterläden und sah hinaus, um sicherzugehen, dass wirklich niemand in der Nähe war, der uns hören könnte. Ein Junge lief pfeifend den Weg entlang, der vor unserer Hütte vorbeiführte, drehte dann aber um und schlug eine andere Richtung ein. Belle schloss die Läden wieder und sagte, dass Miss Mary ihr das vierte Kraut gezeigt und ihr erklärt habe, wie man alle vier zusammen zubereitete. Belle hatte die Kräuter unten in ihren Korb gelegt und sie mit einem Tuch zugedeckt. Darauf hatte sie gewöhnliche Küchenkräuter gelegt, die Miss Mary ihr für unsere Mutter mitgegeben hatte. Wir erzählten Mama, dass ich auch in dieser Nacht Belles Gesellschaft brauchte.

»Macht ihr nur. Mr. Allen ist noch nicht zurück«, sagte Mama.

An diesem Abend, nachdem unsere Arbeit erledigt war, gingen wir in meine Hütte. Wir zündeten ein Feuer an, und

Belle brühte verschiedene Tees aus den ersten drei Kräutern auf: Goldsiegelwurzel, Polei-Minze, Baumwollwurzelrinde. Das vierte Kraut, die Frauenwurzel, gab sie in einen Becher und schüttete etwas von dem Rum darüber, den ich zum Kochen in der Küche aufbewahrte. Sie verschloss den Becher und versteckte ihn hinter meinem Kochgeschirr. Die Frauenwurzel, sagte Belle, müsse bis zum nächsten Abend ziehen. Nachdem die Tees abgekühlt waren, trank ich sie nacheinander und verzog angesichts ihres bitteren Geschmacks das Gesicht. Danach verspürte ich gar nichts, außer einem schrecklichen Geschmack, der sich auf meiner Zunge festsetzte.

Am nächsten Morgen erfuhren wir, dass Mr. Allen zurückgekehrt war, und Mr. Davis, einer der Aufseher im Herrenhaus, richtete meiner Mutter aus, sie solle am Abend wieder zu ihm gehen. Belle erklärte mir, dass ich die Tränke noch zwei Nächte lang zu mir nehmen müsse, sagte aber, sie könne nicht mehr bei mir in der Hütte schlafen, weil sie sich wieder um die Mädchen kümmern müsse. Sie schlug vor, ich solle die Kräuter und den Becher mit Frauenwurz mitnehmen und in ihrer Hütte übernachten.

Die nächsten beiden Tage lang spürte ich noch immer nichts, und die Zeit verstrich ereignislos, doch am dritten Abend, als wir gerade die Küche putzten, fühlte ich plötzlich stechende Schmerzen im Unterleib. Ich sagte meiner Mutter und Belle, ich müsse den Abort aufsuchen. Dort angekommen, sah ich nach, aber es war kein Blut in meinem Untergewand. Also kehrte ich in die Küche zurück und arbeitete weiter. Als ich gerade dabei war, einen Topf abzuwaschen, verspürte ich einen so heftigen Stich, dass ich zu Boden sank. Meine Mutter und Belle brachten mich in Mamas Hütte. Ich sagte ihnen, ich würde etwas an meinen Beinen spüren, und hob mein Kleid. Blut war durch mein Untergewand gesickert und meine Knie hinuntergelaufen. Der stechende Schmerz in meinem Unterleib verschlimmerte sich noch. Meine Mutter fragte mich, warum meine Blutung so stark sei und ob meine letzte Periode ausgeblieben sei.

»Ja, Madam. Letzten Monat hatte ich sie nicht.«

Ich versuchte, nicht zu weinen, als der Schmerz immer schlimmer wurde, obwohl die Blutung nachzulassen schien. Meine Mutter setzte sich zu mir aufs Bett und befühlte in regelmäßigen Abständen meine Stirn und meinen Hals. Sie bat Belle, einen Kampfertee aufzubrühen. Nach einer Weile befühlte meine Mutter wieder meine Stirn und trug Belle auf, sie solle Mr. Davis bitten, sie zu den Sklavenquartieren fahren zu lassen, um Miss Mary herzuholen.

»Sag ihr, was passiert ist, und dass die Blutung aufgehört hat. Aber sie hat noch große Schmerzen und Fieber.«

Belle wandte sich zum Gehen, und meine Mutter versuchte, mich zu beruhigen. Ich hatte hämmernde Schmerzen und schrie von Zeit zu Zeit auf, wenn ich glaubte, den Schmerz keinen Augenblick länger aushalten zu können. Schließlich kehrte Belle mit Miss Mary zurück, die eine Umhängetasche dabeihatte. Sie befühlte meine Stirn und meinen Hals.

»Sie glüht. Ich muss ihr etwas gegen das Fieber geben.«

»Können Sie ihr etwas geben, damit das ganze Blut abfließt?«

Miss Mary warf mir und dann Belle einen Blick zu. »Ich dachte, dass du Belle neulich zu mir geschickt hättest. Ich habe ihr Kräuter gegeben, um die Blutung auszulösen, aber ich dachte, sie seien für Belle. Wenn ich Sarah jetzt noch mehr davon gebe, könnte sie das umbringen, wie Gift.«

»Aber wenn nicht alles herauskommt, wird sie auch sterben. Das, was noch in ihr drin ist, wird in ihr faulen. Bitte tun Sie, was nötig ist, damit alles rauskommt.«

»Das kann ich hier nicht machen. Sie wird vor Schmerz laut schreien, und ich brauche die Mädchen, die mir sonst bei diesen Dingen helfen. Wir müssen sie rüber in eine Hütte bei den Feldern bringen. Wenn Mr. Davis nach dem Grund fragt, müssen wir ihm sagen, dass sie krank ist, aber dass sie mit mir kommen muss, weil ich mich außer um sie auch noch um ein paar andere Frauen kümmern muss, die jeden Moment ihre Kinder bekommen können. Macht sie fertig und dann los. Und nehmt alle sauberen Lappen mit, die ihr finden könnt.«

Sie halfen mir auf ein Fuhrwerk, und ein Sklave brachte Miss Mary, meine Mutter und mich zu den Sklavenquartieren. Ich hatte quälende Schmerzen, die jedes Mal aufflammten, wenn die Räder des Fuhrwerks auch nur über einen kleinen Stein ratterten. Endlich erreichten wir eine gut instand gehaltene Hütte, wo, wie ich später erfuhr, die Feldarbeiterinnen niederkamen. Dort ließ uns Miss Mary allein und kehrte etwa eine halbe Stunde später mit drei anderen Sklavinnen zurück. Meine Mutter half ihnen, mich auszuziehen, und eine von ihnen reichte mir einen Becher Whiskey und hieß mich, ihn auszutrinken. Ich erstickte beinahe an der Flüssigkeit, doch nach dem ersten Becher zwangen sie mich, noch einen zweiten zu trinken. Ich wurde ganz benommen. Jemand steckte mir einen in Tee getauchten Lappen in den Mund. Miss Mary sagte mir, ich solle an dem Stoff saugen und hineinbeißen, weil es die Schmerzen lindere. Sobald ich den Tee aus dem Lappen gesaugt hatte, gaben sie mir einen neuen. Nachdem ich den zweiten ausgesaugt hatte, war es, als schwebe ich über den anderen. Ich hörte, wie Miss Mary meiner Mutter und den anderen Frauen Anweisungen gab.

»Gut, Miss Emmeline und Cissy halten sie an den Schultern und der Taille fest. Diana und Fanny, ihr wisst ja, was zu tun ist, haltet sie an den Knien und Füßen fest. Sie wird euch bitten, sie loszulassen, aber das dürft ihr nicht. Wenn sie sich bewegt, kann sie von der Nadel durchbohrt werden.«

Angst übermannte mich, und ich fing an zu flehen. »Bitte nicht. Lasst mich los. Steckt keine Nadel in mich rein. Lasst mich los. Lasst mich, bitte. Lasst mich.«

Doch sie ließen mich nicht los, sondern schoben mir ein gefaltetes Tuch unters Gesäß und spreizten meine Beine weit.

»Sarah, Miss Mary wird dir jetzt eine Stricknadel einführen. Beweg dich nicht, Sarah. Du darfst dich kein bisschen rühren, verstanden?«

»Mama, mach, dass sie aufhört. Lass sie das nicht tun, bitte. Ich bitte dich – lass sie nicht! Ich hab es mir anders überlegt. Ich will das nicht.«

»Schscht, mein Liebling. Es ist gleich vorbei. Sie muss das machen, Sarah. Wenn das Blut in dir bleibt, wirst du sterben.«

Als die Nadelspitze in mein Inneres drang, wollte mein Körper sich zusammenkrümmen, aber die Frauen hielten mich fest. Der Lappen rutschte mir aus dem Mund, und ich schrie so laut, dass ich sicher war, man konnte es bis ins Herrenhaus hören. Ich hatte noch nie einen so intensiven Schmerz verspürt. Ich verlor vorübergehend das Bewusstsein, als Miss Mary anfing, die Nadel kreisend in mir zu bewegen. Als ich wieder zu mir kam, konnte ich nicht sprechen, nicht einmal um Gnade flehen. Ich konnte auch nicht weinen, weil ich keine Tränen mehr in mir hatte.

Als Miss Mary die Nadel endlich herauszog, war ihre Hand voller Blut. Nachdem sie mich abgewischt hatte, bat sie um einen weiteren in Tee getränkten Lappen, den sie wie zu einem Schlauch zusammendrehte und in mich einführte. Jemand rieb mich mit kühlen Tüchern ab und zog mir eine lange Bluse an. Miss Mary sagte Cissy, Diana und Fanny, sie könnten gehen. Meine Mutter bedankte sich bei ihnen für ihre Hilfe. Im Laufe der Nacht musste ich mich mehrmals übergeben, und meine Mutter flößte mir Ingwer- und Zimttees ein, um meine Übelkeit zu lindern.

Am frühen Morgen, noch vor Sonnenaufgang, fuhr uns einer der Sklaven zurück in die Hütte meiner Mutter. Belle brachte uns Essen und blieb dann bei mir, damit meine Mutter nach Allen Hall gehen und arbeiten konnte. Während der nächsten paar Tage wechselten sich Belle und meine Mutter dabei ab, sich um mich zu kümmern. Mama erklärte dem Aufseher im Herrenhaus meine Abwesenheit damit, dass ich hohes Fieber hätte. Belle übernahm meine Aufgaben als Clarissas Mädchen. Als ich wieder kräftig genug war, um nach Allen Hall zurückzukehren, hatte ich noch immer Schmerzen und von Zeit zu Zeit starke Blutungen.

Ich übernahm meine Pflichten, mich um Clarissa zu kümmern, die nun behauptete, sie wolle Mr. Cromwell heiraten, und ständig von Kleidern, Schuhen und Handschuhen plapperte. Ihr unablässiges Geschnatter weckte in mir den Drang, sie zu schlagen, so wie sie es mit mir gemacht hatte, als wir noch Kinder waren. Sie war seitdem nicht viel reifer geworden; sie tat weiterhin, was immer sie wollte, und vertrieb sich ihre Zeit, indem sie Vergnügungen nachjagte, auf Bällen, bei Banketten und überall, wo junge Männer zugegen waren.

Als Isaac in der Woche nach meinem Martyrium wieder zu Hause war, erzählte ich ihm, dass ich ein Kind verloren hatte. Er stellte mir keine Fragen, sondern sagte mir nur, ich solle mir keine Gedanken machen, da es beim nächsten Mal schon klappen werde. Er erzählte mir, der Stallaufseher habe ihn darüber informiert, dass er von nun an Clarissas Kutscher sein würde, zusätzlich zu seiner Aufgabe als Stallmeister von Allen Hall.

Isaacs erste Reise mit Clarissa und mir ging zu ihren Großeltern nach Montgomery. An dem Tag, als wir dort ankamen, eröffnete mir Clarissa, die allein im Gästetrakt untergebracht war, dass sie mich abends nicht brauchen würde, und traf Vorkehrungen, damit Isaac und ich in einer Hütte in der Nähe der Häuser der Dienerschaft unterkommen konnten. Isaac sagte mir, ich solle am ersten Abend nicht auf ihn warten, da eines der Pferde krank sei und er sich bis spät in die Nacht darum kümmern müsse.

Wir blieben länger in Montgomery, als ich erwartet hatte, etwa drei Wochen. Tagsüber hatte Clarissa gesellschaftliche Verpflichtungen. Nachts war ich allein, weil Isaac meinte, die Pferde seien sehr erschöpft von der langen Reise und er müsse sicherstellen, dass es ihnen an nichts fehle und sie sich ausruhten. Ich lieh mir Bücher aus der Sammlung von Clarissas Großeltern aus und las viel, da Isaac nie vor vier Uhr morgens aus dem Stall kam.

Indem sie Clarissa erlaubten, mit Isaac und mir als Anstandspersonen nach Montgomery und Macon County zu reisen, verkannten Mr. und Mrs. Allen mein Vermögen, Clarissas gedankenlose Missachtung aller moralischen Grundsätze vorherzusehen oder diese gar zu verhindern.

Achtes Kapitel

Theodora Allen

Mein Vater verstarb in dem Jahr, als Clarissa sechzehn wurde. Mein Mann war mit Emmeline und Sarah nach Mobile gereist und lehnte es ab, uns nach Athens zu begleiten, um meinen kränkelnden Vater zu besuchen. Ich unterstützte die Frau meines Vaters und den Arzt, wo ich konnte, aber es war nichts mehr zu machen. Wäre meine Tochter nicht gewesen, hätte ich mich nach seinem Tode gänzlich allein gefühlt. Doch ich hatte keine Zeit zu trauern, denn sein Tod nahm Clarissa mehr mit, als ich erwartet hatte, obwohl ich es eigentlich hätte vorhersehen sollen, da sie miteinander korrespondiert hatten, seit Clarissa lesen und schreiben konnte. Anfangs hatte ich ihr noch bei ihren Briefen geholfen, doch als sie älter wurde, teilte sie das, was sie sich schrieben, nicht länger mit mir.

In dem Jahr, als mein Vater starb, verlor ich den letzten Funken Eifersucht, was Emmeline und meinen Mann betraf. Ich hatte immer geglaubt, sie hätte sein Bett freiwillig geteilt, doch als Bessie mir erzählte, dass er Belle verkauft hatte, empfand ich nur noch Mitleid mit Emmeline, die in seiner Gegenwart seitdem demütig, fast furchtsam geworden war. Wenn sie uns Tee servierte, zitterten ihre Hände, sobald sie ihm eine Tasse reichte. Nachdem Belle zurückgekehrt war, wirkten beide Frauen labil, während Sarah immer stärker wurde und, da bin ich mir sicher, einen tiefen Hass gegen Cornelius entwickelte.

Als Mr. Cromwell anfing, Clarissa den Hof zu machen, sagte ich ihr, es wäre an der Zeit, ihre Habseligkeiten der Kindheit auszusortieren, damit wir einige in einer Truhe für ihre Kinder verwahren und andere den Bediensteten schenken konnten. Wir wählten uns einen regnerischen Tag dafür aus, um noch einmal in ihre Kindertage einzutauchen, nur sie und ich. Wir fanden die Briefe, die Papa ihr geschrieben hatte, und sie sagte, sie wolle sie alle aufbewahren. Ich las sie am selben Abend und war überrascht, dass Clarissa offenbar mehr wahrnahm, als ich geahnt hatte. In einem der Briefe – geschrieben, als Clarissa zwölf war – legte mein Vater seine Bedenken meinem Gemahl gegenüber offen.

Liebste Clarissa, meine Lieblingsenkelin,
ich schicke dir die innigsten Grüße und hoffe, dass du dich jeden Tag mit Eifer deinen Studien widmest. Jetzt ist die Zeit, in der du einen lebenslangen freudigen Wissensdurst entwickeln solltest.
Vergiss nie, dass du deinen Eltern der größte Schatz bist und dass dich dein Vater liebt, trotz seiner häufigen Abwesenheit. Er muss dich und deine Mutter oft verlassen, da seine geschäftlichen Belange mühsam und kompliziert sind. Aber mach dir keine Sorgen um deine Mutter, denn sie verfügt über einen Intellekt, der jedem Herren ebenbürtig ist. Sie unterhält sich mit ihrer Literatur und mit dem Führen ihres Tagebuchs, wofür du, wie ich höre, kein Interesse hegst. Aber bitte, Liebes, hör auf deine Mutter. Schreiben ist eine Freude und gewährt eine Zuflucht vor den Kümmernissen des Lebens.
Genauso wenig solltest du dich um deinen Vater sorgen. Es

ist bedauerlich, dass die jungen Herren heutzutage nicht in allen Dingen Mäßigung üben. Ich habe schon gesehen, wie Leben zerstört wurden durch den exzessiven Konsum von alkoholischen Getränken, aber ich vertraue darauf, dass dein Vater von seiner Krankheit genesen wird, wenn er sich der ihm von seinem Arzt verordneten Behandlung unterzieht. Mein süßes Kind, es beunruhigt mich, dass du glaubst, zufällig mit angehört zu haben, wie dein Vater in grobem Ton mit deiner Mutter sprach, und dass du meinst, er habe sie geschlagen. Das kann nicht wahr sein, denn deine Mutter hat mir gegenüber nie dergleichen erwähnt, und dein Vater ist zu sehr Ehrenmann, als dass er jemals einer Dame Schaden zufügen würde.

Ich hatte meinem Vater niemals von diesen Vorfällen erzählt und ihm gesagt, dass die Krankheit meines Mannes auf seine Erschöpfung zurückzuführen sei. Es war eine Erleichterung für mich, dass er nicht geglaubt hatte, was Clarissa ihm erzählte. Wenn er gewusst hätte, dass mein Mann mich schlug, seit Clarissa ein Kleinkind war, hätte ihn das tief erschüttert, und er hätte sich große Vorwürfe gemacht, weil er mich ermuntert hatte, Cornelius zu heiraten. Das erste Mal, dass mein Mann mich schlug, war, nachdem ich ihn zur Rede gestellt hatte, weil er Sarah gezeugt hatte. Er kam in mein Schlafzimmer, als Bessie mir gerade dabei half, mich fürs Abendessen fertig zu machen, und schickte sie weg. Ich konnte den Whiskey in seinem Atem riechen, und sein Gesicht war gerötet.

»Unterbrich mich nie wieder, wenn ich arbeite.«

»Aber Cornelius …«

»Mr. Allen …«

»Ich wollte doch nur …«

»Ich habe gesagt, du sollst mich mit Mr. Allen ansprechen!« Dann schlug er mich, sodass meine Lippen aufplatzten. Ich schmeckte Eisen, aber ich weinte nicht. Einen Moment lang dachte ich, ich würde schlafen und hätte einen schlechten Traum.

»Und hinterfrag mich nie wieder. Ich bin hier der Herr, und ich tue, was mir gefällt.«

Danach war es nicht immer so, dass er mich schlug oder trat, wenn er wütend war. Manchmal schubste er mich auch gegen die Wand und drückte mir die Kehle zu. Hinterher schmeichelte er mir entweder, oder er schikanierte mich weiter mit Worten.

»Theodora, Sie sollten diese Farbe wirklich nicht tragen, sie lässt Sie älter aussehen«, sagte er gerne.

Schlimmer als die körperlichen Schmerzen waren jedoch seine Drohungen wegen vermeintlicher Verstöße. Wenn er solche Kommentare in Clarissas Gegenwart abgab, als sie noch klein war, fing sie an zu weinen, was ihn wütend machte. Einmal drohte er damit, sie zu schlagen, weil sie mich umarmt und auf die Wange geküsst hatte.

In einem Jahr kam er mindestens zweimal im Monat in mein Schlafzimmer und bedrängte mich auf eine Weise, die sich jeder Beschreibung entzieht. Ich war nicht im Geringsten darauf vorbereitet, das irgendjemand, und schon gar nicht ein Ehrenmann, solche Grausamkeiten begehen konnte. Ich lernte, Bessie in meinem Zimmer schlafen zu lassen, wenn er wütend war und ich fürchten musste, dass er mich nach dem Nachtmahl aufsuchen würde. Mit dem Alter, vielleicht aufgrund seiner Tagesration an Whiskey und Brandy, wurde seine Haut fahl, seine Augen traten tiefer in die Höhlen und waren von dunklen Ringen umgeben. Eddie, sein Leibdiener, musste ihm fast jeden Abend in sein Schlafzimmer helfen. Ich war dankbar für diese Nächte, denn dann belästigte er mich nicht.

Als Sarah den Kutscher heiratete, ordnete mein Mann an, dass ich Mrs. Ellsworth entließ.

»Clarissa wurde ausreichend unterrichtet, und Sarah kann jetzt zusammen mit Isaac als Kutscher ihre Anstandsdame sein.«

»Mr. Allen, denken Sie, dass Sarah als Anstandsperson genügt, in Anbetracht der Tatsache, dass sie und Sarah gleich alt sind?«

»Wenn ich nicht davon überzeugt wäre, hätte ich mich nicht dafür entschieden. Und ich möchte, dass Sie die Vorkehrungen für einen Verlobungsball in zwei Monaten treffen.«

Clarissa war nicht begeistert von dem Ball und zeigte keinerlei Interesse, sich an den Vorbereitungen zu beteiligen. Sie verbrachte lieber mehrere Wochen in Montgomery bei ihren Großeltern. An dem Ball nahmen die Familie meines Mannes aus Montgomery sowie sein Bruder Charles und dessen Frau Emily aus Mobile teil. Emily und ich hatten am Tag des Balls Gelegenheit, uns in meiner Wohnstube unter vier Augen zu unterhalten, und sie überbrachte mir Neuigkeiten aus der Mobiler Gesellschaft und von den Damen, mit denen ich während unserer Besuche dort über die Jahre hinweg Bekanntschaft gemacht hatte.

»Liebste Theo, ich war überrascht zu hören, dass unser früherer Kutscher die Tochter Ihrer Haushälterin geheiratet hat.«

»Warum sagen Sie das?«

»Oh, ich bitte um Verzeihung. Ich dachte, Sie wüssten, dass Isaac und Sarah Cousins ersten Grades sind.«

Zunächst war ich überrascht zu erfahren, dass die beiden

miteinander verwandt waren, aber dann ergab alles plötzlich einen Sinn, denn sie sahen sich nicht nur gegenseitig ähnlich, sondern auch Clarissa. Es war interessant, dass Cornelius keinen Einspruch gegen Sarahs und Isaacs Hochzeit erhoben hatte, wo ich doch die Abneigung seiner Familie gegen Hochzeiten zwischen Blutsverwandten kannte. Das war auch der Grund, warum sein Vater ihn, wie er sagte, dazu gedrängt hatte, sich außerhalb von Alabama eine Braut zu suchen.

»Nein, das wusste ich nicht. Wie genau sind sie verwandt?«

»Mein Mann hatte eine … Konkubine, ein Hausmädchen, eine Mulattin, und sie war Isaacs Mutter. Nachdem Isaac geboren wurde, fand ich es heraus und verlangte von meinem Mann, dass er sie verkaufte, aber er bestand darauf, Isaac auf der Plantage zu behalten. Bitte sagen Sie Cornelius nichts davon, denn vielleicht weiß er gar nicht, dass Isaac der Sohn seines Bruders ist.«

»Nein, sicher, ich werde nichts sagen, aber ich habe das Gefühl, dass er es weiß, es ihm aber egal ist, weil sie Sklaven sind. Wie dem auch sei, über solche Dinge rede ich mit Cornelius nicht. Er … wäre nur … wütend, wenn ich es erwähnen würde. Ich habe ihn ein einziges Mal auf Sarah angesprochen, und wie Sie sich vorstellen können, war er überaus verärgert. Sagen Sie, war es nur diese eine … Mätresse, die … Sklavin war, oder hatte Charles noch andere?«

»Ich wünschte, ich könnte sagen, es wäre bloß diese eine gewesen, aber unsere Plantage ist nicht annähernd so groß wie Ihre, also bekommt man sämtliche Dinge mit.«

»Aber waren es Hausangestellte … das heißt, hat sich Ihr Mann jemals unter Ihrem eigenen Dach ungebührlich verhalten?«

»Ich weiß nicht. Ich habe unsere Hausangestellten immer selbst ausgesucht, unter unseren Feldarbeiterinnen und auf Auktionen, die ich zusammen mit meinem Mann besucht habe. Dabei habe ich immer darauf geachtet, dass keine Hübsche dabei war.«

»Als wir heirateten, hat mein Mann gesagt, ich müsste mich nicht um die Beschaffung von Hausangestellten kümmern, aber selbst wenn dies in meiner Verantwortung gelegen hätte, hätte es nichts an meinem Dilemma geändert, da Emmeline schon vor mir hier war.«

Emily senkte den Kopf und starrte zu Boden, während sie sprach. »Tut mir leid, Theo, aber wir sind nicht die Einzigen, die das erdulden, wissen Sie. Es ist bloß so, dass es nichts ist, worüber wir uns beklagen sollten.«

Ich erwiderte nichts, denn es gab wirklich keine Silbe über Dinge zu sagen, auf die sie und ich keinerlei Einfluss hatten. In dem Versuch, unsere trübe Stimmung aufzuheitern, fragte ich sie, ob sie nach unten gehen und sich des Balls erfreuen wolle. Sie war einverstanden.

Clarissa war während ihres Verlobungsballs ungewöhnlich still. Es war später Nachmittag, und etwa siebzig der zweihundert Gäste feierten vor dem Abendessen ausgelassen in unserem Garten. Die anderen hielten sich drinnen auf, wo sie vor der noch immer brennenden Sonne verschont blieben. Ich saß unweit von Clarissa und Julius, die von vielleicht zwanzig Leuten umringt wurden. Alle tranken Emmelines besondere Bowle oder den Wein, den mein Mann aus Frankreich importiert hatte. Ein Streichquartett spielte auf der Veranda. Die kleineren Kinder, Clarissas Nichten und Neffen, waren vertieft in irgendein Spiel, bei dem es darum ging, die Karpfen zu drangsalieren, die ich in chinesischen Keramikschalen im Garten hielt.

Die Gruppe, die Julius und Clarissa umgab, war vollkommen auf ihn konzentriert und schenkte ihr keinerlei Beachtung, obwohl sie wunderschön aussah in ihrem Kleid aus Alençon-Spitze. Julius war eine eindrucksvolle Erscheinung, und er erfreute die Gäste mit seinen Geschichten. Die Narbe in seinem Gesicht, die nur schwach zu sehen war, wenn er sich drinnen aufhielt, trat draußen auffallend zutage. Das Sonnenlicht hob die glatte rosige Haut hervor, die die verheilte Wunde bedeckte. Eine Frau fragte Julius, ob das die Wunde sei, die er sich bei seinem berüchtigten Duell zugezogen hatte. Zuerst schien er von ihrer Frage irritiert, doch dann lächelte er, berührte sein Gesicht und sagte, er hätte sie sich zugezogen, als er einen Schurken bezwang, der ihn zu einem Schwertkampf herausgefordert hätte. Während ich diese Geschichte noch nie gehört hatte, war einigen Gästen diese Schilderung offenbar bekannt.

»Ich hatte gerade Urlaub von der Militärakademie in West Point, als ein Kamerad, den ich schon seit der Kindheit kannte, mir unterstellte, ich hätte seinen Ruf beleidigt, und mich zum Duell forderte. Er versetzte meinem Gesicht einen Schnitt, doch ich durchbohrte geradewegs sein Herz. Natürlich war ich nach diesem Zwischenfall in West Point nicht mehr willkommen, doch das enttäuschte meinen Vater nicht sonderlich, denn er brauchte mich ohnehin zu Hause, um seine geschäftlichen Belange zu verantworten.«

Während Julius erzählte, beobachtete ich Clarissa. Sie erschauderte, als er sagte, er habe einen Mann getötet. Am liebsten hätte ich meinen Liebling in den Arm genommen, aber ich wollte keine Aufmerksamkeit auf ihr Unbehagen lenken. Die Tochter meiner Cousine Eliza, die Clarissas Bestürzung offenbar auch bemerkte, flüsterte ihr etwas zu, das sie ein wenig aufheiterte. Julius sah Clarissa auf eine Weise an, die mich erschreckte, und plötzlich fühlte ich mich, anstatt glücklich über die Verlobung meiner Tochter zu sein, auf unerklärliche Weise schuldig. Hätte ich mich der Entscheidung meines Mannes, in die Heirat mit Julius Cromwell einzuwilligen, entgegenstellen müssen?

Nach dem Ball verbrachte Sarah nicht viel Zeit zu Hause. Mit Sarah als Anstandsdame und Isaac als Kutscher besuchte sie regelmäßig ihre Freunde auf benachbarten Plantagen, ihre Großeltern in Montgomery und Mr. Cromwell in Talladega. Mein Gemahl hielt es für gebührend, dass sie ihren Zukünftigen ohne unsere Begleitung besuchte, da er im Hause seiner Eltern lebte, bis sein neues Haus fertiggestellt war. Wenn Clarissa fort war, war ich die meiste Zeit allein. Mein Ehemann störte mich auch an den Abenden nicht, die er mit Emmeline verbrachte.

Eines Tages erhielt ich einen Brief mit niederschmetternden Nachrichten von meiner Cousine Eliza, die bereits seit zwei Wochen unter schwerem Fieber litt. Ich sagte meinem Mann, dass ich nach Georgia reisen müsse, um ihr beizustehen, wogegen er nichts einzuwenden hatte. Zu dieser Zeit hielt sich Clarissa in Montgomery auf, und ich setzte sie brieflich über die jüngsten Entwicklungen in Kenntnis. An Elizas Krankenbett angekommen, nahm ich sie in die Arme, obwohl der Arzt mir davon abriet, ihr zu nahe zu kommen. Als Elizas Mann Abraham das Zimmer kurz verließ, teilte mir der Doktor mit, dass ihre Genesung unwahrscheinlich sei.

Abrahams Familie liebte Eliza, und auch sein Bruder Kenneth war angereist, den ich auf Elizas Kochzeit kennengelernt, aber nicht mehr gesehen hatte, seit ich in New York gewesen war. Damals war er frisch verwitwet gewesen und mit seinen Kindern nach New York gezogen, um dort an der Universität zu lehren. Er hatte einmal mit uns zu Abend gegessen, doch es war kein erfreuliches Erlebnis gewesen, da mein Mann sich rüpelhaft benommen hatte. Als ich in New York war, hatte ich Kenneth nie unter romantischen Aspekten betrachtet, obwohl ich mich von seiner eleganten Erscheinung und seinem Interesse für Literarisches angezogen fühlte. Damals war ich eine junge Braut gewesen und liebte meinen Mann noch, auch wenn ich ihn bereits im Bett mit Emmeline erwischt hatte. Zu dem Zeitpunkt, als ich Kenneth an Elizas Krankenbett wiedersah, waren all meine liebevollen Gefühle für Cornelius erloschen. Genau genommen gestand ich mir nun erst meinen Hass gegen ihn ein, denn ich hatte zuvor niemals an mein eigenes Glück gedacht.

»Er redet von nichts anderem als Poesie und Romanen«, hatte mein Mann gesagt, als wir nach dem Dinner mit Kenneth in unser New Yorker Hotel zurückgekehrt waren.

Ich sagte ihm, dass mich Kenneth zu einem literarischen Salon eingeladen hätte, um einen Londoner Dichter zu hören, der sich gerade in New York aufhielt.

»Da gehen Sie nicht hin. Es schickt sich nicht, dass Sie eine Einladung annehmen, bei der Sie allein mit einem Witwer gesehen werden.«

»Aber …«

»Sie gehen nicht hin, und ich dulde keine weitere Diskussion darüber.«

»Ich werde jemanden bitten, ihm eine Nachricht zu überbringen, dass ich …«

»Nein, das werden Sie nicht. Ich werde ihn von meiner Entscheidung in Kenntnis setzen.«

Zwanzig Jahre später war Kenneth noch immer Professor an der New Yorker Universität und hatte nicht wieder geheiratet. Mittlerweile war er selbst ein durchaus angesehener Dichter. Wir unterhielten uns, nachdem wir Elizas Krankenbett verlassen hatten.

»Und Sie, Mrs. Allen, schreiben Sie noch?«

»Ich führe Tagebuch, aber ich würde es nicht Schreiben nennen.«

»Natürlich ist es das. Haben Sie es dabei?«

»Ja, ich habe es immer bei mir.«

»Ausgezeichnet. Wenn Sie mir den Gefallen erweisen, werde ich Ihnen einige meiner Gedichte vortragen, und Sie könnten mir eine Auswahl Ihrer Arbeit vorlesen.«

»Ich würde mich sehr freuen, Ihre Gedichte zu hören, aber mein bescheidenes Tagebuch ist es nicht wert, vorgetragen zu werden.«

»Unsinn. Bitte, Mrs. Allen, nichts würde mir mehr Freude bereiten, als Sie für mich lesen zu hören.«

Die nächsten fünf Tage verbrachten wir entweder mit Elizas Mann und ihren Kindern oder indem wir uns gegenseitig im Salon vorlasen. Am fünften Abend unserer Anwesenheit bat Eliza Kenneth, ihr seine Gedichte vorzulesen. In dieser Nacht fand keiner im Hause Schlaf. Meine liebe Eliza ging in den frühen Morgenstunden von uns, aber es tröstete mich, dass sie in ihrer letzten Stunde noch einmal das Schöne in Form von Kenneths kunstvoll gewobenen Worten erfahren durfte.

Ich war erleichtert, als ich, wieder zu Hause angekommen, erfuhr, dass mein Mann nach Mobile gefahren war. Drei Wochen nach meiner Rückkehr erhielt ich einen Brief von Kenneth. Er hatte ein neues Gedicht geschrieben und es mir gewidmet. Ich schrieb ihm ebenfalls und bedankte mich für sein wundervolles Geschenk, bat ihn aber, mir nicht mehr zu schreiben, da es meinem Mann sicher nicht angemessen erscheinen würde. Das nächste Mal, als mich Mrs. Tutwiler besuchte, zeigte ich ihr Kenneths Gedicht und sagte ihr, dass ich ihn gebeten hätte, mir nicht mehr zu schreiben.

Offensichtlich perplex, fragte sie mich, wieso ich das getan hätte. »Aber warum denn, Theodora? An dem Brief oder dem Gedicht ist doch nichts Ungehöriges.« Ich erzählte ihr von dem Vorfall vor zwanzig Jahren in New York. »Vielleicht war das bloß die Eifersucht eines frisch Vermählten?«

»Nein, das glaube ich nicht.«

»Öffnet Mr. Allen … Ihre Korrespondenz?«

»Ja.« Ich schämte mich sehr dafür, dass mein Mann mich behandelte wie ein Kind.

»Mr. Tutwiler sieht die Post nicht, wenn sie eintrifft; ich sortiere sie und verteile sie an meinen Mann und die Kinder. Und meine behalte ich ein. Warum bitten Sie den Professor nicht, dass er die Briefe an mich adressiert?«

»Sie sind so eine gute Freundin. Aber was, wenn Ihr Mann dahinterkommt?«

»Er wird es nicht herausfinden, aber selbst wenn dem so wäre, würde er wohl denken, dass der Professor mit mir korrespondiert, und der Gedanke, dass mir ein Herr Gedichte schreibt, würde ihn bloß amüsieren.«

So erlegte ich meiner Freundin auf, Kenneths Briefe an mich zu empfangen, und ich bin froh, es getan zu haben, denn ich glaube nicht, dass ich die bevorstehenden Ereignisse durchgestanden hätte, wären Kenneths weise Ratschläge und seine Erinnerungen nicht gewesen, dass man trotz aller Scheußlichkeiten des Lebens in der Schönheit Beistand finden kann.

Als Clarissa verlobt war, sagte ich ihr, es schicke sich nicht, dass sie so häufig verreise und dass sie lieber zu Hause bleiben solle, um mir bei den Hochzeitsvorbereitungen zur Hand zu gehen.

»Mama, bitte. Warum müssen wir schon jetzt so viel erledigen? Die Hochzeit ist doch erst in knapp zwei Jahren.«

»Es mag dir erscheinen, als läge das in weiter Zukunft, aber ich versichere dir, dem ist nicht so, und du hast schon zu viel Zeit außer Haus verbracht. Weiß dein Zukünftiger von deinen ständigen Besuchen in Montgomery? Außerdem glaube ich, deinem Vater würde der wahre Grund für deine Besuche dort missfallen. Ich möchte dein Wort, dass du das nächste Mal, wenn du nach Montgomery fährst, Mr. Evans nicht sehen wirst.«

»Aber Mama, ich fahre doch nicht nach Montgomery, um Mr. Evans zu treffen.«

»Lüg mich nicht an, Clarissa.«

»Also gut, es tut mir leid. Ich werde nicht mehr nach Montgomery fahren. Aber darf ich wenigstens noch meine Freunde hier in der Nähe besuchen?«

»Ja, Schätzchen, aber beschränke deine Besuche auf alle zwei Monate.«

»Mama, bitte. Ich fahre schließlich nicht weit weg. Oh, und Mama, Tante Martha hat Papa geschrieben und sich beklagt, dass ich sie nie besuchen komme.«

»Deine Tante kannst du natürlich so oft besuchen, wie du willst.«

Tatsächlich verweilte Clarissa nach dieser Unterredung öfter zu Hause und widmete sich ihrer Aussteuer, aber mindestens einmal pro Woche war sie fort. Mein Gemahl ließ verlauten, er sei froh, dass sie seine verwitwete Schwester besuche, die ganz allein ein großes Anwesen in Macon County bewohnte. Eines Nachmittags, als Clarissa und ich gerade im Salon saßen und lasen, wurde sie plötzlich blass. Sie warf ihr Buch zur Seite und rannte, die Hand vor dem Mund, aus dem Zimmer. Ich folgte ihr nach oben und fand sie sich erbrechend über einem Nachttopf. Als es vorbei war, fragte ich sie, ob vielleicht etwas, das sie gegessen hatte, die Übelkeit ausgelöst haben könnte. Ihre Antwort kam hastig, und ihre Schultern entspannten sich, fast so als wäre sie erleichtert darüber, dass ich ihr diese Frage gestellt hatte.

»Ja, ich glaube, das Fleisch war nicht frisch. Was meinst du?«

»Nein, ich fühle mich gar nicht unwohl. Geht es dir wieder besser?«

Clarissa hatte eigentlich keinen empfindlichen Magen, und ich war besorgt, dass sie vielleicht eine ernsthafte Erkrankung haben könnte.

»Ja, ich fühle mich schon ein bisschen besser, danke, Mama.«

Ich klingelte nach Sarah und trug ihr auf, von Emmeline Kräuter für Clarissas Magen zu besorgen. Sarah brachte ihr Ingwertee. Clarissa trank ihn und schlief bis zum Nachtmahl. Sie aß gut an diesem Abend, zog sich jedoch früh zurück, da sie müde war. Ihre Übelkeit hielt mehrere Tage an.

»Schätzchen, sollen wir einen Arzt kommen lassen?«

»Nein, Mama. Mir geht es sicher bald besser.«

Doch ihr Zustand verbesserte sich nicht, und ich rief den Arzt, der sie untersuchte und für gesund erklärte. Dennoch verordnete er ihr Bettruhe. Am nächsten Tag fühlte sie sich gut, nahm aber ihre normalen Aktivitäten nicht wieder auf. Sie sprach auch nicht davon, jemanden besuchen zu wollen, und gab sich damit zufrieden, im Garten oder auf der Veranda zu lesen.

Eines Abends suchte sie mich, vollkommen bleich, in meinen Räumlichkeiten auf, als ich mich gerade fürs Abendessen zurechtmachte, und schickte mein Mädchen weg. »Bessie, ich muss allein mit Mama sprechen.« Als Bessie fort war, nannte mir Clarissa den Grund für ihren Besuch.

»Mama, ich möchte dir etwas sagen, ich … möchte … Julius heiraten … gleich.«

»Warum, Liebling, woher der plötzliche Sinneswandel? Hast du deinem Vater und mir nicht nachdrücklich versichert, dass du über eine lange Verlobungszeit froh wärst?«

»Das war, bevor ich von all den langweiligen Hochzeitsvorbereitungen wusste. Wirklich, Mama, brauche ich denn so viele Kleider? Es ermüdet mich schon, wenn ich nur an die Festivitäten und all die Gäste denke, die wir empfangen müssen und die mir ständig sagen, wie sehr sie sich für mich freuen.«

»Aber bis eben wolltest du doch noch nichts mit Mr. Cromwell zu tun haben, sondern lieber auf eigene Faust Gesellschaftsbesuche abstatten und Feste feiern.«

»Ich weiß, aber …« Sie schluchzte und ließ den Kopf hängen, dann vergrub sie das Gesicht in den Händen.

»Clarissa, mein Schatz, warum weinst du? Sieh mich an, Clarissa, sieh mich an, mein Liebling.«

Sie schüttelte den Kopf und wollte die Hände nicht vom Gesicht nehmen. Ich setzte mich neben sie auf die Chaiselongue, nahm sie in den Arm und strich ihr beruhigend über den Rücken. Sie weinte weiter.

»Es tut mir leid, Mama, es tut mir so leid.«

»Was tut dir leid? Clarissa, antworte mir, was tut dir leid? Schätzchen, sag mir, was dich bedrückt.«

Sie nahm die Hände vom Gesicht. Ich stand auf und hob ihr Kinn an, damit ich sie ansehen konnte, doch sie schloss die Augen.

»Clarissa, es gibt nichts, was du mir nicht sagen kannst. Wirklich, Liebes, du kannst mir alles anvertrauen.«

»Also gut, Mama, ich erzähle dir, was passiert ist. Er, er … hat mich gezwungen, Mama. Er hat sich mir aufgezwungen.«

Ich versuchte zu begreifen, was sie mir soeben gesagt hatte, dass ein Mann, vielleicht Julius oder Mr. Evans, sie vergewaltigt hatte … Aber nein, wie konnte das sein? Clarissa ging nie irgendwo alleine hin, sie war immer in Begleitung einer Anstandsperson gewesen, zuerst ihre Lehrerin und nun Sarah und der Kutscher Isaac. Mein Herz schlug schnell, und meine Wangen brannten.

»Was? Wie meinst du das? Clarissa, was sagst du mir da?« Ich packte sie mit Druck an den Schultern. »Sieh mich an, und sag mir … was genau soll das heißen?«

»Es heißt … vor drei Monaten, als ich ihn besuchte, hat er mich … Als wir ausritten … es war sonst niemand dabei. Wir hielten an und saßen von den Pferden ab. Er breitete eine Decke am Boden aus, und ich dachte, wir würden bloß dasitzen und uns unterhalten.«

Ich konnte nicht fassen, was sie mir da erzählte. »War es Mr. Evans?«

»Nein, nein, nicht er, es war Jul… er, der Mann, den Papa mich zu heiraten zwingt.«

»Clarissa, bist du dir sicher?«

»Was soll das heißen, ›bist du dir sicher‹? Wie kannst du mich das fragen?«

»Mein Liebling, Schätzchen, verzeih mir, es ist bloß so, dass das eine schwerwiegende Anschuldigung ist.«

»Was meinst du mit Anschuldigung? Das ist es, was er mit mir gemacht hat, er hat mich auf den Boden gedrückt und mit Gewalt meine Beine auseinandergeschoben … er hat sich mir aufgezwungen.«

Ich saß neben ihr und hielt sie fest, als sie wieder zu weinen anfing, und plötzlich wurde mir klar, warum sie Julius jetzt so rasch heiraten wollte.

»Oh … und das ist der Grund … gütiger Gott, deshalb war dir ständig übel. Gott im Himmel, was machen wir denn jetzt? Wir müssen es deinem Va…«

»Nein, nein, Mama, wir können es ihm nicht sagen, er wird wütend sein, und du weißt doch, was er sagen wird, er wird behaupten, dass es mein Fehler war. Alle sagen das über Mädchen, die schwanger sind, bevor sie heiraten, nie sagt jemand, der Mann sei schuld daran gewesen, weil er sie gezwungen hat.«

»Clarissa, dein Vater würde dir nie wehtun, und er würde dir glauben, ich verspreche es.«

»Wie kannst du das sagen, nach dem, was er dir angetan hat.«

»Was meinst du damit?«

»Ach, Mama, ich habe die gemeinen Dinge doch mitbekommen, die er zu dir gesagt hat, und ich weiß, dass er dich schlägt, wenn er richtig betrunken ist.«

»Herzchen, es tut mir leid, dass du diese Dinge mit anhören musstest, ich wünschte, du hättest schon früher mit mir darüber gesprochen. Aber … aber wir haben jetzt ein viel größeres Problem. Clarissa, dein Vater liebt dich, und ich bin sicher, er wird dich nicht so behandeln. Er würde dir nie wehtun, und wenn er auch hin und wieder wütend auf mich ist, dann nur … er trinkt eben zu viel. Ich weiß, er wird sich auf deine Seite stellen, da bin ich mir sicher.«

»Nun, ich wäre ich mir da nicht so sicher. Bitte, Mama, sagen wir ihm einfach bloß, dass ich jetzt bereit bin, eine verheiratete Frau zu sein.«

»Liebling, das wird er dir nicht abnehmen. Diesen Gedanken solltest du gleich verwerfen. Immerhin habe ich dir auch nicht geglaubt, als du behauptet hast, der einzige Grund, warum du heiraten willst, sei, dass du es satthast, auf Bälle zu gehen, und dein Vater ist intelligenter als ich. Abgesehen davon hast du ihm anfangs gesagt, dass du Mr. Cromwell überhaupt nicht heiraten willst. Wir sprechen gemeinsam mit ihm; du musst ihm nicht allein gegenübertreten.« Ich küsste sie. »Du bist sein kleiner Liebling, und er hat dir noch nie etwas abgeschlagen. Und im Übrigen hat er deinen Besuchen bei Mr. Cromwell zugestimmt.«

»Das ist richtig, Mama. Ich hoffe, das hat er nicht vergessen.«

»Also gut, Schatz. Wir sagen es ihm nach dem Abendessen. Und kein Wort zu sonst jemandem.«

Clarissa und ich bemühten uns, so zu tun, als sei nichts Außergewöhnliches geschehen. Cornelius trank allein eine Flasche Wein zum Essen und danach noch einen Brandy.

»Mr. Allen, Clarissa und ich möchten etwas Vertrauliches mit Ihnen besprechen.«

»Gewiss. Was haben meine bevorzugten Damen mit mir zu bereden? Einzelheiten über die Hochzeit? Dass du noch mehr Kleidchen und Hüte benötigst?«

Wir begaben uns in Clarissas Wohnstube. Sie und ich nahmen auf dem Sofa Platz, und Cornelius setzte sich auf den Sessel uns gegenüber. Er klopfte ungeduldig mit dem Fuß auf den Boden. Ich hielt Clarissas Hand. Cornelius ergriff zuerst das Wort.

»Wer möchte mir etwas sagen?«

Ich holte tief Luft. »Mr. Allen … etwas … Schreckliches ist geschehen … Clarissa …«

»Was?«

»Vor ungefähr drei Monaten …«

»Nicht wann – *was?*«

»Sie war zu Besuch bei Mr. Cromwell und …«

»Und was ist da passiert? Nun rede schon!«

»Er hat ihr Gewalt angetan.«

Er beugte sich vor und redete mit lauter Stimme, ohne Rücksicht darauf, dass die Bediensteten uns vielleicht hören könnten.

»Was meinst du mit ›Er hat ihr Gewalt angetan‹?«

»Er hat sich ihr aufgezwungen. Sie machten einen Ausritt, nur die beiden.«

Seine Augen verengten sich, als er erst mich anstarrte und dann Clarissa. Er stand auf und kam auf uns zu, packte Clarissa bei den Armen und riss sie vom Sofa hoch. Ich sprang auf und versuchte, ihn dazu zu bewegen, sie loszulassen, aber er stieß mich weg und brüllte sie an.

»Du kleines Miststück. Konntest du deine Beine nicht zusammenhalten, bis du verheiratet bist? Himmelherrgott noch mal! Was soll ich denn jetzt tun?«

Ich konnte nicht glauben, dass mein Mann seine eigene Tochter auf so abscheuliche Art beschimpfte, doch meine größere Sorge war, dass er sich nicht mit seiner vulgären Sprache begnügen würde. Ich versuchte noch einmal, ihn dazu zu bringen, sie loszulassen, doch er stieß mich so heftig weg, dass ich stürzte und am Boden liegen blieb.

»Papa …«

»Sei still und lass mich nachdenken. Und hör auf zu heulen, du machst mich wütend, du selbstsüchtiges Luder.«

Er ließ sie los, und sie sank zurück aufs Sofa. Ich stand auf, setzte mich zu ihr und hielt ihre Hand.

»Du selbstsüchtiges Flittchen, ich habe noch nicht einmal ansatzweise das Geschäftliche mit seinem Vater geregelt.« Er ging auf und ab und schwieg einen Moment lang.

»Bevor du mit ihm ausgeritten bist, hast du ihm doch wohl gesagt, dass das nicht geht, richtig?«

»Ich wollte nicht ausreiten. Ich wäre lieber im Garten geblieben, wo wir mit seinen Eltern Tee tranken.«

»Gut. Also waren seine Eltern anwesend, als er dich fragte, ob du mit ihm ausreiten willst, und sie hatten keine Einwände, dass du alleine mit ihm reiten gehst? Sehr gut. Aber jetzt hör genau zu: Du hast ihm doch gesagt, dass du nicht ohne Anstandsperson mit ihm ausreiten kannst.«

»Nein, Papa. So genau habe ich das nicht gesagt.«

»Hör zu, du kleine Hure. Warum würdest du alleine mit einem Mann ausreiten, der nicht dein Ehemann ist? Er hat dich gezwungen, sagst du? Mir scheint eher, du hast dich ihm an den Hals geworfen.«

»Nein, Papa. Das ist nicht ...«

»Wag es nicht, mir zu widersprechen.« Er stand vor ihr und legte ihr die Hand um die Kehle. Sie versuchte zu schreien, doch er drückte noch fester zu. Tränen liefen ihr übers Gesicht. Ich wollte seinen Arm wegziehen, aber er stieß mich mit der anderen Hand weg. Er ließ Clarissa los und schlug mir in den Unterleib. Ich krümmte mich zusammen und sank in die Knie. Clarissa weinte und hatte das Gesicht in den Händen verborgen.

»Steh auf.«

Sie gehorchte ihm nicht.

»Wenn ich dir etwas befehle, dann tust du es.«

Er schlug sie. Dann redete er weiter, aber wie zu sich selbst. »Ich werde sie hierher einladen. Ich werde die Mitgift noch attraktiver machen, und wir müssen an die Mutter genauso wie an den Vater appellieren. Ich werde sagen, dass die Hochzeit früher abgehalten werden muss. Grundgütiger. Du bist schwanger, oder? Deshalb hast du es deiner Mutter gesagt. Sonst hättest du doch nichts verraten, du hinterhältiges Luder!« Er wandte sich an mich.

»Das liegt daran, dass du sie nicht richtig erzogen hast.« Er schlug mich. »Ihr beide werdet allein mit der Mutter reden. Ich erwarte sehr viele Tränen von euch. Sagt nicht, dass er sie gezwungen hat, sondern dass er ihr ›die Ehre genommen hat‹ und dass die einzige Möglichkeit, sie wieder herzustellen, darin besteht, unverzüglich zu heiraten.«

Er ging, und ich läutete nach Sarah, damit sie mir mit Clarissa helfen konnte. Wir zogen ihr die Kleider aus. Ihr Hals war rot und fleckig. Ich sagte Sarah, sie solle Emmeline nach einem Mittel fragen, das Clarissa beruhigen würde.

Das Mittel wirkte, und ich blieb bei ihr, bis sie eingeschlafen war. Dann kehrte ich in meine Räume zurück. Bessie saß auf ihrer Klappliege.

»Madam, ist alles in Ordnung?«

»Ja, Bessie. Danke.«

Als sie mir beim Auskleiden half, berührte sie die Stellen, wo er mich verletzt hatte. »Diesmal ist die Haut nirgends aufgeplatzt, Madam. Kann ich Ihnen etwas von Miss Emmeline holen?«

»Nein, Bessie. Das ist nicht nötig. Zünde hier drinnen einfach noch ein paar mehr Kerzen und Lampen an. Du kannst im Nebenraum schlafen.«

Bessie klappte ihre Liege zusammen und ging, und ich las und schrieb in mein Tagebuch. An Ruhe war nicht zu denken, denn ich ging davon aus, dass er jeden Moment erscheinen würde.

Neuntes Kapitel

Sarah Campbell

Während ich Clarissas Bett aufdeckte, hörte ich alles mit an, was an dem Abend geschah, als Mrs. Allen und Clarissa Mr. Allen sagten, dass die Hochzeit vorgezogen werden müsse. Ich wollte sofort zu meiner Familie eilen und ihnen mitteilen, dass wir nicht, wie gedacht, noch zwei weitere gemeinsame Jahre hätten, aber ich konnte nicht weg. Mrs. Allen hatte mir gesagt, dass ich Clarissa nicht allein lassen dürfe, und wenn sie aufwachen würde und ich nicht da wäre, würde Mrs. Allen es erfahren. Ich musste also bis zum Morgen warten. Ich schlief noch, als ich Bessies Stimme hörte.

»Sarah, steh auf. Sarah, der Herr will, dass du Miss Clarissa weckst und sie fürs Mittagessen zurechtmachst.«

Ich rieb mir die Augen und streckte mich. »Mittagessen? Ich kann doch nicht so lange geschlafen haben.«

»Sarah, komm schon. Du hast keine Zeit, dich so zu benehmen, als wärst du die Missis. Master Allen selbst hat mir gesagt, du sollst Miss Clarissa wecken.«

Mir kamen die Ereignisse des vergangenen Abends wieder in den Sinn. »Ist meine Mutter in der Küche?«

»Ich weiß nicht. Ich war nicht dort. Mrs. Allen ist gerade erst aufgewacht, und ich muss gleich zu ihr zurück. Steh auf.«

»Ja, ja. Ich bin ja schon wach. Aber, Bessie, ich muss mit meiner Mutter sprechen.«

»Rede mit ihr, wenn du das Wasser für Miss Clarissas Morgentoilette holst. Und sag Miss Emmeline, sie soll Tee für Mrs. Allen und Miss Clarissa machen.«

Clarissa war schon wach. Die Fenster standen offen, und sie starrte nach draußen.

»Miss Clarissa, Ihr Vater möchte Sie bei Tisch sehen. Dort im Krug ist Wasser. Warum fangen Sie nicht schon mal mit der Morgentoilette an? Ich gehe nach unten und hole Ihnen heißes Wasser und etwas Tee. Lassen Sie mich mal sehen.«

Sie knöpfte ihr Nachthemd auf. Ihr Hals war jetzt rot und blau verfärbt.

»Ich bringe Ihnen etwas mit einem hohen Kragen.«

Sie stand schweigend auf und fing an, sich zu waschen.

Ich traf meine Mutter und Belle in der Küche an. »Mama, ich brauche Tee und heißes Wasser für Mrs. Allen und Miss Clarissa, und ich muss mit dir sprechen, jetzt. Hast du Isaac gesehen?«

»Immer mit der Ruhe, Kind. Es ist jede Menge heißes Wasser da. Brüh den Tee auf. Isaac ist seit ungefähr drei Uhr morgens fort. Ich hab ihm Essen zum Mitnehmen gerichtet. Master Allen hat ihn nach Talladega geschickt. Kind, ich weiß alles. Und jetzt mach und kümmere dich um Miss Clarissa. Wir reden später.«

Als die Allens zu Mittag aßen, gingen meine Mutter, Belle und ich in Mamas Hütte. Sobald wir dort angekommen waren, fing ich an zu weinen.

»Warum weinst du, Sarah? Mama, warum weint sie?«, fragte Belle.

Meine Mutter legte den Arm um mich. »Miss Clarissa heiratet nächsten Monat«, sagte sie.

»Warum?«

»Das brauchst du nicht zu wissen. Es ist besser, wenn du's nicht weißt.«

»Oh nein … das heißt, dass Sarah und Isaac uns verlassen.«

»Ja, und noch fünf andere aus Allen Hall, aber nicht du und ich. Sie gehn jedoch nur nach Talladega. Sarah, schau mich an. Du wirst nicht weit weg sein, und du weißt, dass Miss Clarissa ganz oft hierher zu Besuch kommen wird und du sie begleiten wirst.«

Ich umarmte Mama und schmiegte meine Wange an ihre Schulter.

»Aber ich war noch nie von dir getrennt, Mama, und ich will Belle und die Kinder nicht verlassen.«

Jetzt weinte auch Belle. »Mama, es gibt keinen Ausweg, oder? Sarah muss mit Miss Clarissa gehen, nicht wahr?«

»Ja, du weißt doch, dass das der Grund ist, warum sie Sarah als ihr Hausmädchen ausgesucht haben: damit sie, wenn Miss Clarissa einmal heiratet, nicht ganz allein in das Haus ihres Mannes ziehen muss. Sarah, Mr. Allen wird dich und Isaac nicht trennen. Zumindest wirst du bei deinem Mann sein.«

Doch meine Mutter hätte nichts sagen können, was mich in irgendeiner Weise getröstet hätte, und ich wollte ihr und Belle erzählen, dass Clarissa behauptete, Mr. Cromwell habe sie vergewaltigt. Ich dachte an den Tag, als wir in Talladega waren. Ich saß im Garten, ganz in der Nähe der Cromwells und Clarissas, für den Fall, dass sie etwas aus ihrem Gästezimmer benötigte.

»Ein perfekter Tag für einen Ausritt. An so einem Tag nehmen Papa und ich unsere Pferde und reiten bis zu den Anhöhen«, sagte Clarissa.

»Es ist wirklich ein herrlicher Tag, nicht zu warm, aber auch nicht zu kühl. Wenn mich meine Gicht nicht wieder plagen würde, würde ich sagen, ich begleite euch«, meinte Mrs. Cromwell.

»Also, Mr. Cromwell, wollen wir beide reiten gehen?«

»Ja, das ist doch eine herrliche Idee. Ihr müsst ja nicht allzu weit reiten, Julius. Zeig Miss Allen die Plantage.«

»Ja, Mutter. Das tue ich gern.«

Clarissa rief mich, und wir gingen nach oben. »Das blaue Reitkostüm und den passenden Hut, Sarah, und es ist nicht nötig, dass du und Isaac uns in der Kutsche folgt. Mr. Cromwell und ich werden allein ausreiten.«

Als sie von dem Ausritt zurückkam, dämmerte es bereits, und sie wollte vor dem Abendessen ruhen. Ich holte Wasser aus der Küche, damit sie sich frisch machen konnte, und half ihr anschließend beim Auskleiden. Ihr Gesicht war gerötet. Als ich ihr Haar kämmte, musste ich ein paar getrocknete Grashalme daraus entfernen.

»Miss Clarissa, warum haben Sie Gras im Haar?«

»Oh, du wirst es nicht glauben. Ich bin vom Pferd gestürzt.«

»Sie? Sie reiten, seit Sie wie alt sind? Fünf?«

»Nun, das war auch nicht mein Coty – dieses Pferd war feurig.«

»Ist alles in Ordnung mit Ihnen?«

»Absolut, ich fühle mich hervorragend.«

Am Morgen, nachdem Mrs. Allen und Clarissa mit Mr. Allen über Clarissas Hochzeit gesprochen hatten, bestellte Mrs. Allen meine Mutter, Belle und mich in ihre Gemächer, wo sie, Clarissa, Bessie und Dottie uns erwarteten.

»Unsere liebe zukünftige Braut hat beschlossen, dass sie keine zwei Jahre mehr warten will, um eine verheiratete Frau zu werden. Sie wird also schon Anfang nächsten Monat heiraten. Unter diesen Umständen werden die Festlichkeiten nicht ganz so aufwändig ausfallen, wie ursprünglich geplant. Wir sind also auf euer aller Einsatz angewiesen, um sicherzustellen, dass die Vermählung trotzdem ganz wundervoll wird, und Mr. Allen erwartet, dass wir alle unser Bestes geben. Dottie wird mein Hochzeitskleid ändern, damit es Clarissa passt, aber sie wird eure Unterstützung bei dieser Aufgabe benötigen.«

Von diesem Tag an bis zu Clarissas Vermählung kümmerten wir uns zusätzlich zu unseren normalen Pflichten um nichts anderes als die Hochzeitsvorbereitungen. Mr. Allen stellte zehn Feldarbeiter ab, um uns zu unterstützen, aber da sich diese nicht mit der Hausarbeit auskannten, waren sie eher eine Hilfe für die Gärtner und Hofleute.

Meine Mutter und ich taten unser Bestes, um Belle nicht zu belasten, da sie erst kürzlich meinen Neffen Edward zur Welt gebracht hatte. Belles Leben hatte sich aufs Neue verändert, da meine Mutter Mr. Allen dazu gebracht hatte, Belles Ehemann Zeke zu kaufen, der nun mit Belle in ihrer Hütte lebte. Ich freute mich sehr, meine Schwester glücklich zu sehen. Auch wenn sie noch manchmal in die düstere Welt ihrer Vergangenheit abdriftete, still und sogar missmutig wurde, lachte sie nun doch wieder, so wie früher, bevor sie verkauft worden war. Zeke war auch Emmie und Ruby ein guter Vater, was für meine Mutter eine große Erleichterung darstellte.

Nachdem Isaac aus Talladega zurückgekehrt war, besprach ich mit ihm die jüngsten Ereignisse. »Hat dir niemand gesagt, warum du nach Talladega musstest?«

»Nein, der Aufseher hat mir nur gesagt, dass ich Mr. Allens bestes Pferd nehmen und dann so schnell wie möglich zurückkommen soll, also schätze ich, dass es etwas Wichtiges war.«

»Mr. Allen will, dass Clarissa schon nächsten Monat heiratet, und der Brief, den du überbracht hast, war eine Einladung an die Cromwells, damit sie am Freitag herkommen.«

Isaac erhob seine Stimme. »Warum? Warum wollen sie sie so schnell verheiraten? Ich dachte, sie würde erst in zwei Jahren oder so heiraten.«

Ich senkte die Stimme, obwohl wir in unserer Hütte waren und die Tür und Fensterläden geschlossen waren. »Sprich nicht so laut, Isaac. Das, was ich dir jetzt sagen werde, darfst du niemandem erzählen, und das meine ich ernst. Mama will nicht einmal, dass Belle davon weiß. Clarissa ist schwanger.«

»Was? Wer hat das gesagt? Wirklich Miss Clarissa? Das glaube ich nicht. Miss Clarissa, schwanger? Sarah, wer hat dir das erzählt?«

»Ich war im Raum neben Clarissas Schlafzimmer, als sie und Mrs. Allen es Mr. Allen sagten.«

»Bist du sicher, dass sie das gesagt haben?«

»Ja, ich weiß, was ich gehört habe. Deshalb haben sie nach den Cromwells geschickt. Sie werden ihnen mehr Geld anbieten und Sklaven, auch uns, als Mitgift, damit er sie nächsten Monat heiratet, jetzt wo sie sein Kind erwartet.«

»Miss Clarissa hat behauptet, dass das Kind von Mr. Cromwell ist? Nachdem sie so viel Zeit mit Mr. Evans in Montgomery verbracht hat? Und was hat Mr. Allen dazu gesagt? Hat er Clarissa abgenommen, dass das Baby von Mr. Cromwell ist? War er verärgert? War Mrs. Allen wütend? Was hat sie gesagt?«

»Warum regst du dich überhaupt so auf?«

»Ich reg mich nicht auf. Ich will bloß wissen, was mit uns passieren wird, das ist alles. Ich will nicht, dass wir getrennt werden, sobald sie verheiratet ist. Ich dachte, dir und mir bleibt noch mehr Zeit miteinander.«

»Nun, Mr. Allen hat meiner Mutter gesagt, dass du mit uns nach Talladega gehst und er uns nicht trennen wird. Wie auch immer, ja, sie haben ihr geglaubt, wahrscheinlich weil sie ihren Eltern erzählt hat, es sei gegen ihren Willen geschehen, aber das glaube ich nicht. Als wir in Talladega waren, bat Clarissa Mr. Cromwell, mit ihr auszureiten, und sagte, wir sollten ihr nicht mit der Kutsche folgen. Und als sie zurückkam, wirkte sie unbekümmert und meinte, es ginge ihr ›hervorragend‹, und, oh, sie hatte Grashalme im Haar.«

Ich konnte ein Kichern nicht unterdrücken und wusste, dass es schäbig von mir war.

»Sarah, denkst du etwa, das ist lustig?«

»Ja, findest du es vielleicht nicht lustig, dass sie ihren Eltern gesagt hat, Mr. Cromwell hätte sich ihr aufgezwungen, nachdem sie so viel Zeit mit Mr. Evans in Montgomery verbracht hat?«

»Nein, es ist nicht lustig, weil … äh, was ist, wenn er mich überhaupt nicht mit dir nach Talladega schickt? Bist du sicher, dass er deiner Mutter gesagt hat, er würde auch mich nach Talladega gehen lassen und uns nicht trennen?«

»Da brauchst du dir keine Sorgen zu machen. Nein, das ist das einzig Gute an dieser Sache, dass wir zusammen nach Talladega gehen werden.«

In der Woche darauf fuhren meine Mutter und ich in die Stadt, um unsere wöchentlichen Besorgungen zu machen. Doch diesmal war es nicht wie sonst Johnny, der uns fuhr. Nachdem wir bei allen Händlern gewesen waren, die Waren aus Übersee für die Allens bestellt hatten, nahm meine Mutter eine Laterne und sagte dem Fahrer, wir hätten noch etwas zu erledigen. Sie bat ihn, auf dem Hauptplatz auf uns zu warten. Sie und ich schlugen einen unbeleuchteten Weg ein und kamen zu einem Laden mit einem Schild an der Tür, auf dem »Adams Maßanfertigungen« stand. Meine Mutter klopfte, und ein gut gekleideter Mann bat uns herein.

»Guten Abend, Miss Emmeline. Ist das Sarah? Willkommen.«

»Sarah, das ist Mr. Adams.«

Ich musste irritiert gewirkt haben.

»Ja, Sarah, das ist mein Geschäft.«

Er schloss die Fensterläden und verriegelte die Tür, und wir gingen in einen Bereich im hinteren Teil des Ladens, wo er uns ein Kleid zeigte.

»Was meinst du?«

»Es ist hübsch, Mr. Adams.«

Wir wickelten es in festes Papier und banden es mit einer Schnur zusammen.

»Sarah, es ist mir eine Freude, dich kennenzulernen. Ich bin sicher, du möchtest gern mehr über mich erfahren. Ich habe das Schneiderhandwerk bereits mit sechs Jahren auf den Knien meines Vaters erlernt. Unser Herr erlaubte meinem Vater, Kleidung für die Damen und Herren aus der Umgebung zu nähen und einen Teil der Einnahmen zu behalten. Mein Vater arbeitete sieben Tage die Woche, für seinen Herrn und für sich selbst, und am Ende hatte er genug gespart, um seine Freiheit zu erkaufen. Er eröffnete diesen Laden und verdiente Geld, um meine Mutter und mich freizukaufen. Dann arbeiteten wir drei, um meine vier jüngeren Geschwister freizukaufen. Ein Lehrer, der Mitglied in unserer Kirche war, hat mich Lesen und Schreiben gelehrt. Hör zu, nichts von dem, was ich dir jetzt sagen werde, darfst du weitererzählen, Sarah. Nicht einmal deinem Mann oder deiner Schwester, nicht zu diesem Zeitpunkt. Bitte vergiss das nicht! Wenn du irgendetwas von dem, was wir heute hier besprechen, weitersagst, könnte unser aller Leben in Gefahr sein.

Der Pastor meiner Kirche, der First Methodist Church, ist Reverend Townsend, ein junger Mann, der im Norden Theologie studiert hat. Er hat schon Morddrohungen erhalten, weil er einmal von der Kanzel gepredigt hat, dass alle Menschen frei sein sollten, auch wenn er nie öffentlich verlautbart hat, dass die Sklaverei abgeschafft werden soll. Wenn er jedoch nicht auf der Kanzel steht, ist das eine andere Sache. Schon vor Jahren, als noch der Vater des jetzigen Geistlichen lebte, hat eine Gruppe Kirchenmitglieder versucht, Sklaven bei der Flucht zu helfen. Miss Emmelines Mann war einer der Ersten, den wir unterstützt haben; es ist traurig, denn alle wurden gefasst und wieder versklavt. Aber wir haben unsere Mission nicht aufgegeben. Du bist hier, da deine Mutter uns darüber in Kenntnis gesetzt hat, dass Miss Allen Anfang des nächsten Monats verheiratet wird und nicht erst in zwei Jahren, wie wir erwartet hatten.«

»Warum interessiert Sie das, und wie hat meine Mutter Sie benachrichtigt, Mr. Adams?«

»Es ist besser, wenn du nicht weißt, wie wir davon erfahren haben, aber dir ist ja bekannt, dass Sklaven ihre Plantagen immer wieder aus legitimen Gründen verlassen. Nun ist die Cromwell-Plantage in Talladega schon seit Längerem für uns von Interesse. Sie gilt als die brutalste in dieser Gegend. Die Aufseher dort walten ungestraft und haben sogar schon Sklaven umgebracht. Infolgedessen versuchen Sklaven häufiger von dort zu fliehen als von anderen Plantagen. Als deine Mutter erfahren hat, dass du und dein Mann mit eurer Herrin nach Talladega geht, bat sie mich, mit dir zu sprechen. Die größte Sorge deiner Mutter ist dein Wohlergehen. Mr. Cromwell, der Sohn, ist als maßloser Mann bekannt, der keine anderen Absichten verfolgt, als … körperliche Vergnügungen zu suchen. Eine besondere Vorliebe hegt er für junge Mulattinnen. Dein Mann ist also ein Kutscher, wie ich hörte, und kennt viele Regionen in zahlreichen Staaten. Du und er, ihr könntet von unserer Hilfe profitieren. Falls dein neuer Herr versucht, dich zu seiner … nun, wenn er versuchen sollte, dich gegen deinen Willen in ein Arrangement zu zwingen, dann werden du und dein Mann vielleicht den Mut aufbringen, von einer Fluchtmöglichkeit Gebrauch zu machen, falls sich eine solche ergibt. Doch wenn du dich gegen eine so drastische und riskante Maßnahme entscheiden solltest, kannst du uns vielleicht behilflich sein, indem du dort, vor Ort, als unsere Augen und Ohren fungierst und uns Informationen vermittelst.«

Ich sah meine Mutter an. Sie schien besorgt.

»Sir, es war von jeher mein Traum zu fliehen, aber was ist mit meiner Mutter und meiner Schwester, mit ihrer Familie? Könnten Sie auch ihnen helfen?«

Meine Mutter nahm meine Hand und drückte sie, bevor sie sprach.

»Sarah, du weißt, wir können nicht weglaufen. Ich bin zu alt und … habe zu viel Angst, und Belle hat die Kinder. Aber wenn wenigstens eines meiner Kinder entkommen würde, Gott, wäre ich glücklich. Und Sarah, wenn es eine von uns schaffen kann, dann du«, sagte sie.

Das Vertrauen meiner Mutter in mich machte mir eher Angst, als dass es mir den Mut schenkte zu fliehen.

»Ich weiß nicht, Mr. Adams, es ist …« Ich verstummte, denn ich schämte mich für das Zittern in meiner Stimme. Vielleicht hoffte ich, dass meine Mutter oder Mr. Adams mir meine Fluchtfantasien ausreden würden, doch sie schwiegen und warteten darauf, dass ich weitersprach.

»Es ist eine Sache, von der Flucht zu träumen und sich selbst einzureden, dass man eine der Mutigen wäre, die weglaufen, sobald sich die Gelegenheit ergibt, und die nicht wieder eingefangen und zurückgebracht werden, aber es ist eine ganz andere Sache, es wirklich zu tun. Ja, im Traum ist es immer leicht, stark zu sein und sich vorzustellen, dass man jede Herausforderung meistert, die sich einem stellt, und nur an die guten Dinge zu denken, die passieren können. Aber da gibt es etwas, an das ich denke, jedes Mal, wenn ich vom Weglaufen träume. Ich … ich … ich würde meine Familie nie wiedersehen«, sagte ich.

»Sarah, ich bin mir der Schwierigkeiten und der Gefahren eines solchen Versuchs durchaus bewusst, aber manche Sklaven würden lieber ihr Leben geben, als weiter in Gefangenschaft zu bleiben. Wenn sich die Gelegenheit ergibt, musst du dich selbst fragen, zu welcher der beiden Gruppen du gehörst.«

»Das ist wahr. Wenigstens muss ich die Entscheidung nicht jetzt treffen.«

»Miss Emmeline, könnte ich noch allein mit Sarah sprechen?«

Meine Mutter ging in den vorderen Ladenbereich, und Mr. Adams flüsterte: »Sarah, kannst du lesen und schreiben?«

»Sir?«

»Sarah, anhand der Art und Weise, wie du dich ausdrückst, erkenne ich, dass du belesen bist. Ich werde deine Antwort niemandem verraten, nicht einmal deiner Mutter.«

»Ja, Sir, ich kann lesen und schreiben, und ich kenne auch die Zahlen.«

»Das sind begrüßenswerte Nachrichten. So bist du uns eine noch größere Hilfe ... und dir selbst ebenso. Wenn du in Talladega eintriffst, wird sich dir jemand zu erkennen geben.«

Wir gingen nach vorne zu meiner Mutter. »Miss Emmeline, wir sollten hier zum Ende kommen, damit Sie wieder auf dem Rückweg sind, bevor die Abendglocke auf dem Hauptplatz läutet. Sarah, wir werden vielleicht keine Gelegenheit mehr haben, uns wiederzusehen, bevor du fortgehst, also gute Reise, und Gott behüte dich.«

Mr. Adams schüttelte uns die Hand, und wir kehrten zu unserem Fahrer am vereinbarten Treffpunkt zurück. Im Wagen sagte mir meine Muter, dass sie nach dem Abendessen mit mir in ihrer Hütte sprechen müsse. Als wir am Haupttor von Allen Estates ankamen, wollte einer der Aufseher wissen, warum die Fahrt so lange gedauert hatte.

»Sir, sie haben gesagt, sie hätten noch etwas zu erledigen, und ließen mich allein auf dem Hauptplatz warten«, erwiderte der Fahrer.

»So, und was hattet ihr denn noch anderes zu tun?«

Meine Mutter zeigte auf das Paket von Mr. Adams. »Sir, wir mussten noch zum Schneider. Er hat meiner Tochter ein Kleid für Talladega genäht.«

Nach dem Abendessen ging ich zur Hütte meiner Mutter. Wir saßen nebeneinander am Tisch und hielten uns bei den Händen.

»Mama, ich habe über das, was Mr. Adams gesagt hat, nachgedacht, aber wenn ich mir vorstelle, was alles schiefgehen könnte, dann fühle ich mich nicht mehr so mutig wie vorher. Und, Mama, ich würde dich und Belle und die Kinder nie wiedersehen.«

Meine Mutter legte den Arm um mich.

»Kind, hör zu. Es ist ja nicht so, als würd jetzt gleich was passieren müssen. Wir wissen ja gar nicht, ob sich für dich wirklich eine Gelegenheit ergibt. Aber Sarah, ich mein es ernst. Wenn du eines Tages die Chance bekommst, will ich, dass du sie ergreifst. Schau mal, selbst wenn du's nicht bis in den Norden schaffen solltest, könntest du in einen größeren Ort gehen, wo es mehr von uns gibt, die frei sind. Als ich mit Mr. Allen nach New York gefahren bin, hab ich mit einigen Leuten gesprochen, die frei waren und im Hotel gearbeitet haben. Ich konnte nicht allzu viel rausfinden, die Leute haben immer Angst zu reden, aber sie haben gesagt, dass es dort oben Leute gibt, die die Sklaverei abschaffen wollen. Und, Sarah, ich hab Geld für dich gespart, von den Sachen, die ich mache und in der Stadt verkaufe. Ich bewahre es in dem Schließfach auf. Das Kleid, das wir von Mr. Adams bekommen haben, ist für dich. Hör zu, ich werde Taschen oberhalb des Saums innen im Kleid einnähen, Mr. Adams hat mir gesagt, dass ich das machen soll, und ich verstecke Geld darin. Zieh das Kleid erst an, wenn du musst. Falls dich irgendjemand danach fragt, dann sag, ich hätte es für dich für einen besonderen Anlass genäht.«

»Oh Mama, ich hab dich so lieb. Ich bin so froh, dass Mr. Adams gesagt hat, dass du das machen sollst.« Wir umarmten uns.

»Ich hab dich auch lieb, Kind. Aber, hör zu, da gibt's noch was sehr Wichtiges, das ich mit dir besprechen muss. Ich hab Mr. Allen endlich dazu bewegen können … zu versprechen, dass Belle, die Kinder und ich nach seinem Tod freigelassen werden.«

»Wirklich, Mama? Wirklich?« Ich sprang strahlend auf und küsste sie.

»Ja, Schatz. Das hat er gesagt. Er hat gesagt, dass er mit dem Anwalt die Papiere abändern wird. Aber, Liebes, das ist auch der Grund, warum ich will, dass du fliehst, wenn du kannst. Er hat … er hat gesagt …« Sie konnte den Satz nicht beenden und schüttelte den Kopf. Dann atmete sie tief durch, bevor sie weitersprach.

»Er meinte, er kann dich nicht freilassen, weil du bald Mr. Cromwell gehören wirst.«

»Oh, Mama, ich sorge mich mehr um dich, Belle und die Kinder als um mich selbst. Und wenn es wahr ist, dass er euch alle freilassen wird, dann bin ich auch nicht mehr so traurig, euch verlassen zu müssen. Ich hoffe nur, dass Mr. Allen dir die Wahrheit gesagt hat, was die Änderung der Papiere betrifft. Oh, und Mama, was ist mit Zeke? Hat er auch etwas davon gesagt, dass er ihn freilassen wird?«

»Nein, und du darfst Belle nix davon sagen. Ich hab mit ihr noch nicht darüber gesprochen.«

»Mama, glaubst du, Mr. Allen würde es dir schriftlich geben? Damit du und Belle, wenn er stirbt, das Papier vorzeigen könnt, um zu beweisen, dass es stimmt?«

»Ich glaube nicht, Schatz. Ich glaube, er würde mir bloß vorwerfen, ihm nicht zu vertrauen, wenn ich ihm das vorschlagen würde.«

»Aber du traust ihm doch auch nicht.«

Wir mussten beide lachen. »Nein, ich trau ihm nicht, aber ich versuch, es mir nicht anmerken zu lassen.«

»Mama, wenn er es damit ernst meint, dich freizulassen, dann wird er es dir auch auf einem Stück Papier geben. Du kannst das Papier dann Mr. Adams zeigen, damit er es dir vorliest und du sichergehen kannst, dass wirklich das draufsteht, was Mr. Allen gesagt hat.«

»Aber was, wenn dann gar nicht das Richtige drinsteht? Ich kann ihm doch nicht sagen, dass ich jemanden kenne, der es mir vorgelesen hat.«

»Das stimmt, aber möchtest du nicht lieber wissen, ob er dir die Wahrheit sagt?«

»Also gut, ich mach es, aber ich muss den richtigen Zeitpunkt abwarten, vielleicht nach der Hochzeit.«

»Nein, Mama. Jetzt, noch vor der Hochzeit. Ich will, dass wir Mr. Adams das Papier vorlegen, bevor ich nach Talladega gehe.«

»Oh, Sarah.«

»Bitte, Mama. Tu es für mich und Belle. Es wird dir auch leichter fallen, es ihr zu sagen, wenn du weißt, dass es stimmt. Und Mama, du kannst ihr auch sagen, wo sie das Papier findet, falls dir, Gott bewahre, etwas zustoßen sollte, bevor er stirbt. Außerdem kannst du ihm sagen, dass es nicht er ist, dem du nicht vertraust, sondern Mrs. Allen. Du kannst sagen, was, wenn sie nach seinem Tod versucht, die Papiere so zu ändern, dass es aussieht, als hätte er euch nicht freilassen wollen.«

»Ich werd ihn fragen, aber ich kann dir nicht versprechen, ihn zu überzeugen, dass er es tut.«

Ungefähr eine Woche später sagte mir meine Mutter, ich solle zu ihr in die Hütte kommen. Sie machte die Fensterläden zu und verschloss die Tür. Sie hob den Saum eines Kleides, das im Schrank hing, und holte vorsichtig ein Stück Papier aus einer versteckten Tasche. Mein Herz schlug schnell, und die Aufregung legte sich schwer auf meine Brust. Sie reichte mir das Papier.

»Was steht drin?«

»Bitte?«

»Hör auf mit dem Unfug, und lies es mir schon vor, Kind. Bloß weil ich nicht lesen kann, heißt das noch lang nicht, dass ich dumm bin. Lies es mir vor.«

»Ja, Madam.«

Dem Akzeptanten des vorliegenden Dokuments:
Ich, Cornelius Francis Allen, Esquire, erkläre hiermit im Vollbesitz meiner geistigen Kräfte, dass es meinem Wunsch entspricht, im Falle meines Todes, gemäß dem Nachtrag zu meinem Testament, von mir verfasst am 23. Dezember 1853, meine Sklavinnen Emmeline Allen und Belle Allen und alle ihre derzeitigen und zukünftigen Nachfahren in meinem Besitz freizulassen.

Meine Mutter und ich schwiegen einige Minuten lang.

»Gib mir das Dokument zurück, ich werde es wieder in dem Kleid verstecken, und ich werde Belle sagen, wo es ist.«

»Mama, ich kann es nicht glauben, aber da steht es geschrieben, in deutlichen Buchstaben. Ich wünschte, er hätte euch jetzt schon freigelassen, aber ich weiß, wir sollten dafür dankbar sein. Mama, woher wusstest du, dass ich gelernt habe, wie man …«

»Schscht, Kind, ich wusst es schon, als du mit Miss Clarissa im Unterricht saßt. Ich wusste, so klug wie du bist, würdest du es lernen, sogar besser als sie. Du weißt, es ist gegen das Gesetz, dass sie dich unterrichtet hat, und ich hoffe, ich kann mich eines Tages dafür bei ihr erkenntlich zeigen. Red nicht darüber. Isaac weiß es doch nicht, oder?«

»Nein, Mama. Er hat Angst, irgendetwas zu tun, das ihn in Schwierigkeiten bringen könnte. Ich glaube nicht, dass er wird fliehen wollen, wenn sich die Gelegenheit für uns ergibt. Vielleicht werde ich allein gehen müssen.«

Zehntes Kapitel

Theodora Allen

In jener Nacht, als wir meinem Mann gestanden, dass Clarissa schwanger war, fürchtete ich, er könnte seine Bestrafung fortsetzen, und hieß Sarah deshalb, Clarissas Schlafzimmer nicht zu verlassen. Emmelines Heilkräuter beruhigten meine Tochter, die noch immer zitterte, nachdem ihr Vater sie geschlagen und gewürgt hatte, und ich blieb bei ihr, bis sie eingeschlafen war. Dann las und schrieb ich bis vier Uhr morgens in mein Tagebuch. Als mein Mann nicht auftauchte, legte ich mich zu Bett.

»Wachen Sie auf, meine Liebste. Wollen Sie den ganzen Tag verschlafen?«, rief mein Mann lächelnd. Er roch nach Rasiercreme. Ich sah ihn an, ohne zu antworten, und er strich mir sanft das Haar aus dem Gesicht, bevor er sich zu mir herunterbeugte und mich auf die Wange küsste. Die Sonne, die durchs Fenster hereinfiel, zeigte mir, dass ich ziemlich lang geschlafen hatte. Er richtete sich wieder auf und hielt mich dabei an der Hand. Ich sagte noch immer nichts.

»Bessie, komm und hilf deiner Herrin beim Aufstehen«, rief er.

Mein Mädchen trat ein und machte einen Knicks. »Tag, Mr. Allen. Tag, Madam.«

Er grinste sie an und zeigte auf ihr Hausmädchengewand, das genauso aussah wie alle ihre anderen Gewänder.

»Bessie, woher hast du denn dieses hübsche Kleid?«

»Sir?«

»Lauf, Bessie, und sag Sarah, sie soll ihre Herrin aufwecken und sie schön machen. Sie soll ihrer Herrin sagen, dass sie Gott für diesen wundervollen Tag danken soll und dass ich sie beim Mittagessen erwarte. Dann komm wieder zurück und widme dich meiner lieben Gemahlin.«

Bessie war vermutlich genauso perplex wie ich, konnte ihre Verwirrung aber besser verbergen als ich.

»Ja, Sir.«

Bessie ließ mich in der Gegenwart meines Ehemannes zurück, der anscheinend irgendeine Form der Metamorphose vollzogen hatte, die mich an einen vergnügten Geisteskranken erinnerte, den ich in New York gesehen hatte. Er war dort von Polizisten verfolgt worden, nachdem er, wie mir Umstehende erzählten, aus der Irrenabteilung des Bellevue-Krankenhauses entkommen war.

Ich argwöhnte Cornelius und fürchtete, er könne plötzlich wieder in sein Gebaren vom Vorabend verfallen, unflätig werden oder mich schlagen.

»Theodora, meine einzige große Liebe, ich hoffe, Sie haben gut geschlafen und werden mir mein Benehmen von gestern Abend verzeihen. Sie wissen doch, dass Sie und Clarissa mein teuerster Besitz sind. Seien Sie nicht verstimmt, Liebste. Das steht Ihnen gar nicht. Ich habe Mr. Cromwell Senior bereits geschrieben und Isaac geschickt, den Brief zu überbringen. Er sollte bereits heute Abend in Talladega ankommen. Ich habe die Cromwells für nächsten Freitag hierher eingeladen, was uns die Gelegenheit gibt sicherzustellen, dass unsere Version der Begebenheiten stimmig ist. Ich habe mir überlegt, was wir ihnen sagen werden. Wir werden eingestehen, dass sie in anderen Umständen ist, und ich biete ihnen zusätzlich zu der bereits verabredeten Summe noch Isaac und sechs Hausangestellte einschließlich Sarah. Darüber hinaus schenke ich ihnen noch zwanzig Feldarbeiter, aber erst bei der Geburt des Kindes und wenn Julius das Kind schriftlich als das seine anerkennt.«

Sein Plan erschien mir nicht schlüssig. »Wenn er doch so wohlhabend ist, wieso sollte er sich dann dermaßen leicht von deinem Angebot verlocken lassen?«

»Weil er auf dem freien Markt zweitausend Dollar für Isaac bekäme, tausendfünfhundert für Sarah, tausend für jeden der fünf Hausangestellten und achthundert für jeden der zwanzig Feldarbeiter, und vierundzwanzigtausendfünfhundert ist eine Summe, die niemand so leicht ausschlagen würde. Und meinst du vielleicht, sie wären erfreut, wenn bekannt würde, dass Julius sie abgewiesen hat, nachdem er sie entehrte?«

»Ich weiß nicht, was wir tun werden, wenn du unrecht behalten solltest.«

»Dann lass dir das ein Ansporn sein, dass du und Clarissa die beste Vorstellung liefern werdet, das werdet ihr doch?«

Isaac kehrte mit einem Brief von Mr. Cromwell Senior aus Talladega zurück, in dem dieser angab, dass er, seine Frau und sein Sohn Cornelius' Einladung annähmen und sie am Freitagabend auf Allen Estates eintreffen würden. Mein Mann trug mir auf, mit Emmeline zu sprechen und ihr einzuschärfen, dass alle häuslichen Vorkehrungen tadellos sein mussten.

»Und ich möchte, dass Sarah beim Servieren aller Mahlzeiten und Teestunden hilft.«

Als ich Clarissa sagte, dass die Cromwells kommen würden, war sie kein bisschen beunruhigt. »Schätzchen, ich bin froh, dass du es gelassen nimmst.«

»Ich werde tun, was ich tun muss, um sicherzustellen, dass mein Kind ehelich geboren wird.«

»Dein Vater möchte heute Abend mit uns besprechen, was wir zu Mrs. Cromwell sagen werden.«

»Aber darüber haben wir doch schon geredet.«

»Ich weiß, Liebling, aber er möchte sicherstellen, dass wir drei eine Version seines Plans vorbringen. Clarissa, begreifst du, dass das vermutlich die wichtigste Unterredung deines Lebens sein wird?«

»Ja, das habe ich verstanden, Mama.«

Nach dem Abendessen, zu dem mein Mann nur ein Glas Wein getrunken hatte, gingen wir in die Bibliothek.

»Du wirst der Mutter gestehen, dass du in anderen Umständen bist. Du wirst weinen und ihr sagen, dir sei klar, dass du und Julius unüberlegt gehandelt habt, aber dass es ein dummer Fehler von zwei jungen Liebenden war. Theodora, du wirst sagen, du wünschst dir nichts sehnlicher, als dass dein Enkelkind ehelich geboren wird und dass es nicht für den Fehler seiner Eltern bestraft werden sollte. Höchstwahrscheinlich wird Mrs. Cromwell nicht in die finanziellen Aspekte der Heirat mit einbezogen werden, aber falls sie dich fragt, sag ihr, dass ich bereit bin, mich sehr großzügig zu zeigen, und ihrem Sohn sechs Hausangestellte und einen hochgeschätzten Kutscher schenken werde. Zusätzlich werde ich Julius bei der Geburt meines Enkels noch zwanzig Feldarbeiter überschreiben.« Er hielt inne, als er den Ausdruck im Gesicht seiner Tochter sah. »Ja, Clarissa?«

»Papa, was, wenn … die Cromwells nicht einwilligen?«

»Das Schwierigste war, sie so schnell wie möglich hierherzubemühen. Mr. Cromwell Senior will seine Plantage erweitern, wozu er mehr Arbeitskräfte benötigt, außerdem will er sein Schiffstransportunternehmen in Mobile ausbauen, wofür er weiteres Kapital braucht. Ich rechne damit, dass er mehr Geld und mehr als zwanzig Feldkräfte verlangt, und ich bin bereit, ihm beides zu gewähren. Das brauchst du nicht zu wissen, aber er und ich haben bereits Verhandlungen geführt, die Investitionen meinerseits in sein Schiffstransportunternehmen zum Gegenstand hatten. Ich weiß, dass er mein Kapital braucht, weil meine Mittelsmänner Einblick in seine Bücher genommen und zu dem Schluss gekommen sind, dass seine Firma nicht so gut dasteht, wie er behauptet.«

Die Cromwells trafen am späten Freitagabend ein. Am Samstagnachmittag, nach dem Mittagessen, zogen sich die Herren ins Büro meines Mannes zurück und wir Damen uns in die Bibliothek. Ich faltete meine Hände im Schoß, denn sie zitterten, weil es mir unangenehm war, dieses Gespräch zu beginnen.

»Mrs. Cromwell, es fällt mir ausgesprochen schwer, als eine Mutter …«

»Ja, Mrs. Allen?«

»Manchmal verhalten sich unsere Kinder nicht auf eine Weise, die im Einklang mit ihrer Erziehung steht. Clarissa und Ihr Sohn, sie …«

»Mama, bitte erlaube mir … Mrs. Cromwell, was meine Mutter zu sagen versucht, ist, dass …« Clarissa schloss die Augen und betupfte sie mit dem Taschentuch.

»Was bedrückt dich, Liebes?«

»Ich schäme mich so, Mrs. Cromwell. Julius … er … er … hat mir die Ehre geraubt.« Nun weinte Clarissa und ließ den Kopf hängen.

»Oh, Liebes. Willst du damit sagen, dass du und mein Sohn …?«

»Wir waren beide im Unrecht, Mrs. Cromwell. Ich hätte darauf bestehen müssen, nicht alleine mit ihm auszureiten. Aber bitte, bitte strafen Sie Ihren künftigen Enkelsohn nicht für das, was Julius und ich getan haben. Bitte, Mrs. Cromwell.«

»Oh ... du bist in anderen Umständen? Also, das ist der Grund, warum wir hierher eingeladen wurden ... um einem früheren Hochzeitstermin zuzustimmen.«

»Ja, Mrs. Cromwell«, sagte ich.

»Komm her, du kleiner Engel. Natürlich bin ich einverstanden. Ich würde nie erlauben, dass mein Enkelsohn unehelich zur Welt kommt.«

Daraufhin küsste Mrs. Cromwell Clarissa, und sie umarmten sich.

»Ich bin ja so erleichtert, Mrs. Cromwell. Clarissa, es ist ein Segen, dass du Mrs. Cromwell zu deiner Schwiegermutter haben wirst.«

»Danke, Mrs. Allen. Sie sind zu liebenswürdig. Lassen Sie uns beten, dass die Herren zum selben Schluss kommen werden.«

Wir besprachen ausführlich die Hochzeit und kamen überein, angesichts von Clarissas Schwangerschaft solle es keine Flitterwochen geben. Mrs. Cromwell rief uns in Erinnerung, dass das neue Haus erst im nächsten Jahr vollendet sein würde und Julius und Clarissa zunächst also bei seinen Eltern wohnen müssten. Kurz darauf gesellten sich Mr. Cromwell, Julius und Cornelius, allesamt strahlend, zu uns in die Bibliothek. Mein Mann umarmte mich und Clarissa.

»Meine Damen, wir hätten alles zum Besten geklärt, und Sie?«

»Ja, wir ebenso«, sagte ich.

»Dann können die Vorbereitungen für eine Hochzeit Anfang nächsten Monats also fortgesetzt werden. Meine Herren, begleiten Sie mich doch bitte in den Salon auf einen wohlverdienten Brandy.«

Die Hochzeitszeremonie fand an einem Samstagnachmittag in unserer Kirche statt. Früh am nächsten Morgen beluden die Bediensteten zwei Kutschen mit Clarissas Besitz. Ich versicherte meinem Liebling, dass ihr Vater und ich bereits mit Mrs. Cromwell übereingekommen waren, sie in zwei Monaten zu besuchen, und dass wir selbstverständlich vorhatten, zur Geburt des Kindes dort zu sein.

Im Folgemonat von Clarissas Hochzeit schrieb mir meine Schwägerin, dass ihr Vater schwer erkrankt sei, und mein Mann und ich reisten nach Montgomery. Ich benachrichtigte Clarissa, und sie schrieb mir:

Liebe Mama,
jeden Abend, bevor ich einschlafe, schließe ich einen Pakt mit mir selbst, dass ich, wie Papa es mich gelehrt hat, »aufstehen und strahlen« und »den Tag nutzen« werde. Aber nachdem Sarah mir das Frühstück gebracht und ich gegessen habe, schaffe ich es nicht, mich aus dem Bett zu bewegen. Sarah warnt mich, dass es nicht gut für das Baby sei, wenn ich meine Glieder nicht strecke, aber ich gehe nicht hinaus. Abends bringt mich Sarah endlich dazu, mich anzukleiden, und das ist dann das erste Mal des Tages, dass ich mich aus meinem Schlafzimmer wage. Beim Abendessen berichten die Männer von ihren Unternehmungen, und die Damen hören zu. Danach ziehe ich mich wieder in mein Schlafzimmer zurück. Manchmal kommt mein Ehemann später noch zu mir. Egal, ob ich, wenn er eintritt, schlafe oder wach bin,

er verfährt mit mir, wie es ihm gefällt. Sarah sagt, du sollst mich bald besuchen kommen, weil nur du mir meine neuerdings angewöhnte Trägheit auszutreiben vermagst.

Ich sprach mit meinem Mann über Clarissas Brief.

»Schreiben Sie ihr, sie soll aufhören, sich wie ein dämliches kleines Kind aufzuführen.«

»Ich würde sie gerne bald besuchen.«

»Nein. Hören Sie auf, sie zu verzärteln. Wir werden sie besuchen, wenn es uns möglich ist.«

Mein Schwiegervater verstarb, und wir blieben nach der Beerdigung in Montgomery, um Nachlassfragen zu klären und um meiner Schwiegermutter tröstend beizustehen. Als wir nach einem Monat schließlich nach Hause zurückkehrten, fragte ich meinen Mann, ob wir nach Talladega fahren könnten, doch er meinte, wir seien bereits zu lange von der Plantage weg gewesen und es gäbe zu viel zu tun. Clarissa schrieb erneut und teilte knapp mit, dass sie ihren Appetit verloren habe und an manchen Tagen nicht einmal mehr zum Abendessen aufstehe. Ich berichtete ihrem Vater davon.

»Verdammt noch mal, dann sagen Sie ihr, dass sie essen soll. Hat sie alle Vernunft verloren?«

Ich schrieb Clarissa und bat sie eindringlich, zu essen und auf sich zu achten, doch sie antwortete nicht. Emmeline und Bessie kamen eines Nachmittags zu mir, als ich selbst nicht aus dem Bett gekommen war.

»Madam, verzeihen Sie, wenn Sie geschlafen und wir Sie aufgeweckt haben, aber wir dachten, Sie seien vielleicht krank und brauchten etwas.«

»Nein, ich bin nicht krank, aber danke, Bessie.«

»Madam, entschuldigen Sie bitte, aber ich muss Sie fragen, ob Sie irgendetwas von Miss Clarissa und meiner Sarah gehört haben?«, meinte Emmeline.

Ich drehte mich auf die andere Seite. »Nein, ich habe schon eine ganze Weile keinen Brief von Clarissa erhalten, und ich weiß nicht, was zu tun ist. Aber ihrem letzten Brief nach zu urteilen nehme ich an, dass Sarah wohlauf ist, aber Clarissa nicht.«

»Madam, könnten Sie nicht nach Talladega fahren?«

»Nein, Mr. Allen meint, es sei gerade keine gute Zeit, die Plantage zu verlassen.«

In dieser Nacht kam mein Mann zu mir ins Schlafzimmer. »Ich höre, dass Sie nach Talladega fahren und Ihre Tochter besuchen wollen?«

»Ja. Ja, das möchte ich.«

»Ich glaube zwar nicht, dass es nötig ist, aber da Sie das Bett hüten, machen sich die Bediensteten bereits Sorgen um Sie. Der Kutscher wird Sie morgen hinfahren. Bessie und Emmeline können Sie begleiten.«

»Danke. Ich danke Ihnen. Ich bin in ernster Sorge um Clarissa.«

»Ich bin mir sicher, sie ist wohlauf und will einfach nur, dass Sie zu ihr geeilt kommen.«

Als wir bei den Cromwells ankamen, schickte ein Bediensteter nach Mrs. Cromwell.

»Mrs. Allen, welche Überraschung! Wir wussten nicht, dass Sie kommen würden.«

»Clarissa hat meine Briefe nicht beantwortet, da haben mein Mann und ich beschlossen, dass ich umgehend herkomme, um nach ihr zu sehen. Verzeihen Sie, aber ich konnte Ihnen vorher nicht mehr schreiben. Ich hoffe, Sie verstehen, dass das außerordentliche Umstände sind.«

»Mrs. Allen, Sie sind hier immer willkommen.«

»Ich danke Ihnen. Bitte führen Sie mich zu meiner Tochter.«

»Bitte, darf ich Ihnen vorher eine kleine Erfrischung anbieten? Ihre Bediensteten können in der Zwischenzeit ihre Quartiere beziehen.«

»Nein, vielen Dank. Ich muss Clarissa sofort sehen, und meine Bediensteten werden mich begleiten.«

»Ja, ja, natürlich. Ich werde Sie zu ihrem Zimmer bringen. Mein Mann und mein Sohn sind nicht da, sie sind auf Geschäftsreise.«

Meine liebe Clarissa schlief in einem dunklen Zimmer. Ich wies Bessie an, die Vorhänge zu öffnen. Clarissas Haar war ungewaschen und ihre Haut gelblich. Ihr Bauch ragte aus ihrem dünnen Körper hervor.

»Mrs. Cromwell, wo ist Sarah?«

»Sie ist in der Küche.«

»Warum denn das? Als Clarissas Mädchen ist es ihre Aufgabe, stets bei ihrer Herrin zu bleiben, um sich um sie zu kümmern.«

»Das ist eine Entscheidung, die mein Gatte getroffen hat. Ich werde nach ihr schicken.« Sie wandte sich zum Gehen.

»Clarissa, Liebste, deine Mutter ist hier. Bitte, Kleines, bitte mach die Augen auf.«

Ihre Lider zuckten. Ich berührte ihre Wange, und sie erwachte.

»Mama. Mama. Bist du es wirklich, Mama? Ich habe oft nach dir gerufen, aber … wie dumm von mir, du konntest mich ja nicht hören.«

»Liebling, Emmeline und Bessie sind auch hier.« Ich fuhr fort, Clarissa zu versichern, dass ich mich um sie kümmern würde.

Sarah kam und umarmte ihre Mutter.

»Sarah, was ist mit Clarissa geschehen?«

»Madam, ich habe Mrs. Cromwell gebeten, Ihnen einen Brief zu schreiben und Ihnen mitzuteilen, dass Clarissa krank ist, aber sie wollte nicht. Ich hätte sie wieder darauf angesprochen, aber sie hat mir gesagt, wenn ich noch einmal wage, so mit ihr zu reden, würde sie ihrem Sohn auftragen, mich in meine Schranken zu weisen. Und sie meinte, es sei nichts mit Miss Clarissa.«

»Lieber Gott, warum behandeln sie mein Kind so schlecht? Sarah, wurde ein Arzt für sie gerufen?«

»Ja, Madam. Er kommt zweimal die Woche.«

»Bist du dabei, wenn er sie untersucht?«

»Nein, Madam, nicht mehr, bloß am Anfang, als er zum ersten Mal nach ihr sah. Jetzt lassen sie mich nicht mehr oft zu ihr. Sie meinten, ich müsse in der Küche helfen und dürfe nur noch morgens und abends nach Miss Clarissa sehen. Und sie haben gesagt, dass ich ausgepeitscht werde, wenn ich nicht aufhöre zu verlangen, nach meiner Herrin zu sehen.«

»Haben sie dir etwas getan, Kind?«, fragte Emmeline.

»Nein, Mama. Haben sie nicht.«

Emmeline fragte Sarah, was Clarissa gegessen hatte. »Mama, ich tue mein Bestes, um sie dazu zu bewegen, dass sie morgens wenigstens ihren Haferbrei isst und abends etwas Fleisch, aber ich glaube, sie isst nur etwas, wenn ich sie füttere, Madam.«

»Weißt du, ob der Arzt sie zur Ader lässt?«

»Oh ja, Madam. Ich habe es gesehen, und, Madam, schauen Sie.«

Sarah schob den Ärmel von Clarissas Nachthemd hoch. Clarissas Unterarme waren blau und geschwollen. Ich wischte mir die Tränen weg. »Emmeline …«

Sie nickte und trat an Clarissa heran. »Miss Clarissa, bitte wachen Sie auf. Miss Clarissa?«

»Ist das Emmeline? Wo ist Mama?«

»Bessie, bitte sieh nach, ob du jemanden findest, der uns ein Teeservice bringen kann mit drei Kannen und sehr heißes abgekochtes Wasser. Und ich werde ein paar Leinentücher brauchen«, sagte Emmeline.

»Miss Clarissa, ich möchte, dass Sie versuchen, wach zu bleiben, in Ordnung, nur bis ich Ihnen ein paar Fragen gestellt habe. Können Sie mich verstehen, Miss Clarissa?«

»Ja, Emmeline. Emmeline, dich hier zu haben ist, als wäre ich wieder zu Hause …«

»Miss Clarissa, der Doktor hat Blut aus Ihren Armen gelassen, richtig?«

»Papa. Wo ist Papa? Ist er da?« Sie schloss die Augen und schlief wieder ein.

»Sarah, weißt du, ob der Doktor ihr Laudanum gegeben hat?«

»Ja, Mama, hat er. Er gibt es ihr jedes Mal, wenn er kommt.«

»Woher weißt du das?«

»Ich muss aufräumen, wenn er weg ist.«

»Gut, Sarah. Ich muss dich noch ein paar Dinge fragen. Versuch dich zu erinnern, wann Clarissa krank wurde und wie es anfing. Hatte sie Blutungen?«

»Ja, Mama. Sie rief mich mitten in der Nacht. Sie schrie.«

»War es viel Blut, so wie wenn die Monatsblutung stark ist?«

»Nein, Mama. So stark war es nicht.«

»Ist es aufs Bettuch durchgegangen?«

»Nein, Mama. Es war nur in ihrer Unterbekleidung.«

»Hat sie auch gesagt, dass ihr Bauch wehtut?«

»Ja, Mama.«
»Und ihr Rücken, hat sie gesagt, ob ihr der wehtut?«
»Ja, Mama, auch der.«

Bessie kam mit dem Teeservice und den Leinentüchern zurück. Emmeline holte drei getrocknete Heilkräuter aus ihrem Reisegepäck und ließ sie ungefähr zehn Minuten in den Kannen ziehen. Sie seihte die Tees ab und schüttete sie in die Tassen.

»Also gut, wir helfen jetzt alle mit, Miss Clarissa aufzuwecken, und setzen sie auf, damit sie die Tees trinken kann. Sarah, damit du weißt, was du zu tun hast, wenn wir wieder nach Hause fahren: Die Tees, die ich zubereitet habe, sind Ingwerwurzel, damit ihr Magen besser wird und sie wieder Appetit bekommt, Himbeere, um sie zu stärken, und Luzerne, um die Blutung aufzuhalten. Bevor's heute dunkel wird, gehen du, Sarah, und ich noch hinaus und suchen nach Löwenzahnwurzeln, die Miss Clarissa gekocht essen soll, oder zumindest soll sie sie vermischt mit Rinderbrühe trinken. Es wird ihr allein schon besser gehen, wenn sie nicht mehr zur Ader gelassen wird oder Laudanum einnimmt.«

Als Clarissa ihren Ingwertee getrunken hatte, ließen wir sie ausruhen. In der Zwischenzeit bat Emmeline um mehr heißes Wasser, das sie dafür hernahm, um Ringelblumen auszukochen und daraus Wickel zu machen, die die Wunden an Clarissas Armen heilen und ihre Schmerzen lindern sollten. Wir befolgten Emmelines Anweisungen, und am dritten Tag nach unserer Ankunft ging es Clarissa schon merklich besser. Ihre Wangen waren rosiger, und sie verbrachte mehr Zeit im wachen Zustand. Sarah und Bessie halfen Clarissa beim Baden und wuschen ihr die Haare. Am Nachmittag des vierten Tages kam der Arzt, und Mrs. Cromwell brachte ihn in Clarissas Schlafzimmer. Ich war gerade im Nebenzimmer mit Bessie. Emmeline war bei Clarissa und Sarah in der Küche.

»Madam, der Doktor ist hier«, alarmierte mich Emmeline.

Ich ging in Clarissas Schlafzimmer.

»Madam, Sie sehen heute ausgesprochen gut aus«, sagte er gerade zu Clarissa.

Mrs. Cromwell stellte mir den Arzt vor.

»Ja, Dr. Walker, meiner Tochter geht es viel besser, weil sie wieder isst und Stärkungsmittel zu sich nimmt, die meine Bedienstete für sie zubereitet hat. Und sie fühlt sich auch deshalb besser, weil Sie sie eine Weile nicht mehr zur Ader gelassen oder ihr Laudanum verabreicht haben. Infolge Ihrer schlechten Behandlung meiner Tochter werden Ihre Dienste hier nicht länger benötigt.«

»Mrs. Allen«, erwiderte Mrs. Cromwell, »Dr. Walker ist der Arzt für alle Damen in ganz Talladega County und hat sämtliche Kinder sicher zur Welt geholt, meine Enkelkinder eingeschlossen.«

»Danke. Ich bin sicher, wir werden für die Niederkunft wieder auf Dr. Walker zählen, wenn er sich einverstanden erklärt, meine Tochter nicht weiter zur Ader zu lassen und ihr kein Laudanum mehr zu verabreichen.«

»Mrs. Allen, das sind die gängigen medizinischen Verfahren.«

»Bei meiner Tochter wirken sie nicht. Sie werden sie weder zur Ader lassen, noch werden Sie ihr weiterhin Laudanum verabreichen. Haben wir uns verstanden?«

»Ja, Mrs. Allen.«

»Wenn ich wieder nach Hause fahre, wird Sarah, das Mädchen meiner Tochter, die hier mit ihr lebt, sich ihrer Bedürfnisse annehmen. Das ist Sarahs Mutter, Emmeline.

Sie hat die Hebammenkunst erlernt und sogar dem Arzt assistiert, der meine eigenen Kinder entbunden hat. Emmeline hat Sarah beigebracht, wie man Frauen versorgt, die in anderen Umständen sind. Werden Sie unter diesen Umständen für die Entbindung des Kindes zur Verfügung stehen? Oder soll ich einen Arzt aus Benton County herbestellen, der sich meiner Tochter annimmt?«

»Zu Ihren Diensten.«

»Danke, Dr. Walker.«

»Soll ich Mrs. Cromwell dann heute noch untersuchen?«

»Das wird nicht nötig sein.«

Wir blieben drei Wochen in Talladega, bis Clarissa in der Lage war, kurze Spaziergänge im Garten zu unternehmen. Sie und ich aßen mehrmals mit Mrs. Cromwell und ihren Gästen zu Abend. Die Cromwell-Männer kehrten zwei Tage vor unserer Abreise zurück. Am Abend vor unserer Heimkehr bat mich Mrs. Cromwell um ein vertrauliches Gespräch.

»Mein Mann hat mich gebeten, eine delikate Angelegenheit mit Ihnen zu besprechen. Er findet, ein Herr sollte so ein Gespräch nicht mit einer Dame führen. Ich habe ihm von Ihren Einwänden dagegen berichtet, dass Sarah in der Küche arbeitet. Er bat mich, Ihnen zu erklären, dass er gezwungen war, vier der Hausbediensteten, die Ihr Mann meinem Sohn geschenkt hat, auf die Felder zu schicken. Er fragt, ob Sie und Ihr Mann in Betracht ziehen könnten, meinem Sohn einen Vorschuss auf die zwanzig Feldarbeiter zu geben, die ihm zur Geburt des Kindes versprochen wurden.«

»Mrs. Cromwell, mein Mann bezieht mich in keine seiner finanziellen Angelegenheiten mit ein. Als Hausherrin obliegen mir allein häusliche Angelegenheiten.«

»Ich verstehe. Nun ja, dies ist gewissermaßen eine häusliche Angelegenheit. Wie soll ich es formulieren? Mrs. Allen, ich habe eine Schwester, die in eine Familie aus Montgomery eingeheiratet hat. Vielleicht kennen Sie sie? Die Andersons? Meine Schwester hat mich davon in Kenntnis gesetzt, dass Clarissa vor Monaten, als mein Sohn ihr bereits den Hof machte, regelmäßig einen jungen Mann in Montgomery besucht hat.«

»Clarissas Familie väterlicherseits lebt in Montgomery, und die hat sie dort besucht. Ihre Schwester hätte eine so haltlose Anschuldigung nicht wiederholen sollen.«

Mrs. Cromwells Augen weiteten sich, und sie zog eine Augenbraue hoch.

»Mrs. Allen, man kann diese Einsicht nicht als haltlos bezeichnen, wo Ihre Tochter am Tage ihrer Hochzeit bereits ein Kind erwartete. Und bitte glauben Sie mir, dass ich nicht hartherzig erscheinen möchte.«

»Das mag vielleicht nicht Ihre Absicht gewesen sein, aber das ist der Effekt.«

»Ich bitte Sie um Entschuldigung. Aber Sie verstehen doch auch das Dilemma meines Sohnes? Man erwartet von ihm, ein Kind anzuerkennen, das vielleicht gar nicht seines ist.«

»Mrs. Cromwell, Sie können Ihrem Mann und Ihrem Sohn Folgendes sagen: Ihr Sohn hat meiner Tochter nicht bloß die Ehre geraubt, er hat sie gezwungen, sie ihm preiszugeben. Keine haltlosen Behauptungen, die Besuche meiner Tochter bei ihren Großeltern betreffend, können das unrechtmäßige Verhalten Ihres Sohnes aufheben. Sie können ihnen auch sagen, dass mein Mann Jura an der Universität von Virginia studiert und mich darüber in Kenntnis gesetzt hat, dass, wenn ein Kind erst einmal ehelich geboren wurde, es auch als legitimes Kind des Ehemannes der Mutter gilt. Der einzige Grund, warum mein Mann dem finanziellen Arrangement zugestimmt hat, demzufolge Ihr Sohn zwanzig Feldkräfte bekommen wird, ist der, dass er nicht wollte, Sie und Ihre Familie würden Lügen über unsere Tochter verbreiten und unseren Namen beschädigen, doch wenn es das ist, was Sie dessen ungeachtet vorhaben, dann bin ich sicher, dass mein Mann sein Angebot zurückziehen wird.«

»Nein, nein, Mrs. Allen, ich versichere Ihnen, dass diese Unterredung allein unter uns bleibt. Ich werde meinem Mann Ihre Antwort unverzüglich mitteilen. Bitte warten Sie hier auf mich. Es wird nicht lange dauern.«

Sie kehrte nach ungefähr fünf Minuten zurück. »Mein Gatte entschuldigt sich für das Missverständnis, er wusste nicht, dass Clarissa ihre Großeltern besucht hat, als sie nach Montgomery fuhr. Bitte lassen Sie uns dieses Gespräch einfach vergessen, wenn Sie einverstanden sind? Es besteht auch kein Grund, dass Mr. Allen davon erfährt, meinen Sie nicht auch?«

Damit waren wir zu einer wissenden, aber schweigenden Übereinkunft gelangt.

Elftes Kapitel

Sarah Campbell

Unsere Hütte auf der Cromwell-Plantage befand sich in der Nähe der Ställe und roch nach Pferdeäpfeln. Wir hatten keinen Garten. Isaac ersetzte ein Stück Holz, das an den Fensterläden fehlte, und schlug mehr Nägel in die Wände, damit wir unsere Kleider aufhängen konnten. Isaacs erste Uniform hatte schon einem früheren Kutscher gehört. Die Hosenlänge passte ihm zwar, aber der andere Mann war offensichtlich breiter und schwerer gewesen. Ich fragte einen Aufseher, ob ein Zimmermann Reparaturen in meiner Hütte vornehmen und Möbel für uns anfertigen könnte, doch er meinte, er könne keinen entbehren, bis Mr. Cromwells Haus fertig sei. Als wir ungefähr eine Woche in Talladega waren, fragte ich ihn nach einer Hausmädchenuniform, aber er sagte, die würde ich nicht brauchen, da ich die meiste Zeit sowieso in der Küche verbringen würde.

»Sir, verzeihen Sie, aber ich bin Mrs. Clarissa Cromwells Hausmädchen.«

»Ich habe von Mrs. Cromwell, der Herrin des Hauses, Anweisung erhalten, dass du von kommendem Montag an tagsüber in der Küche arbeiten wirst. Um Miss Clarissa kannst du dich morgens und abends kümmern.«

»Aber ich muss auch noch Mr. und Mrs. Julius Cromwells Privaträume putzen und ihre Wäsche waschen und bügeln.«

»Und? Diese Dinge musst du trotzdem erledigen.«

Ich fand Clarissa im Garten, allein auf einer Bank sitzend.

»Miss Clarissa, ich muss mit Ihnen sprechen.«

»Wir können uns hier unterhalten. Aber sprich leise.«

Ich erzählte ihr, was der Aufseher gesagt hatte.

»Sag ihm, er soll sofort herkommen.«

»Aber er wird am Ende noch wütend auf mich, weil ich es Ihnen gesagt habe.«

»Unsinn, er ist nur ein Aufseher.«

»Miss Clarissa, ich weiß, wie diese Aufseher sind.«

»Ich werde mit Mrs. Cromwell sprechen. Geh jetzt nach oben und warte in meinem Schlafzimmer auf mich.«

Ich war beim Abstauben, als sie wiederkam. Sie stampfte mit dem Fuß auf, schleuderte ihren Hut auf einen Stuhl und wetterte laut los.

»Wie kann sie es wagen? Wie kann diese Frau es wagen, so mit mir zu sprechen? Wer ist sie denn schon, und wer ist ihr Mann mit seiner mickrigen Plantage?«

»Was hat sie gesagt?«

»Ich werde Papa und Mama einen Brief schreiben, jetzt gleich.«

Sie setzte sich an ihren Schreibtisch und fing an zu schreiben. Dann hielt sie jedoch inne und sagte zu mir: »Sie meinte, da ihr Mann vier der Hausangestellten, die Papa ihnen geschenkt hat, auf die Felder geschickt habe, würdest du in der Küche gebraucht. Sie hat behauptet, es sei die Entscheidung ihres Mannes gewesen, die sie nicht umstoßen könne. Ich sage dir, das wird keinen Bestand haben. So haben mich meine Eltern nicht erzogen. Ich brauche ein Mädchen, das mir all seine Zeit widmet. Und ich werde Papa sagen, dass sie dich Julius' Sachen waschen und bügeln lassen und dass Isaac nicht mehr mein Kutscher ist, sondern seiner.« Sie fuhr mit dem Schreiben des Briefes fort, bis sie ihn beendet hatte. »Hier, sag dem Aufseher, er soll den Brief nach Hause zu meinen Eltern schicken.«

Es gab nur vier Bedienstete, die in der Küche arbeiteten, ich eingeschlossen, während es im Hause der Allens zehn gewesen waren. Bei den Allens hatte ich Mama, seit ich Clarissas Mädchen geworden war, nur dann geholfen, wenn wir Gäste hatten, doch hier würde ich mich um Clarissa lediglich nebenbei kümmern können. Isaacs Leben hatte sich auch verändert, denn es gab hier weniger Stallburschen, die ihm zur Hand gingen. Er war öfter weg und sagte mir, dass er Julius in die Stadt zu fahren hätte, wo er oftmals eine ganze Woche am Stück bei seiner Geliebten verbrachte. Er schärfte mir jedoch ein, diese Information niemandem preiszugeben, da Julius ihn gewarnt hatte, dass er zu diesem Thema keinen Kommentar von Clarissa zu hören wünsche.

»Ich bin froh, dass seine Aufmerksamkeit woanders liegt«, sagte ich.

»Was meinst du damit?«

»Dann sucht er wenigstens nicht hier nach einer Frau.«

Das einzig Gute an der vielen Arbeit war, dass ich keine Zeit hatte, mich zu langweilen, was ich sonst sicher getan hätte, denn es gab keine Bibliothek im Hause. In Clarissas Zimmer befand sich eine Bibel, und sie brachte Zeitungen für mich in ihr Zimmer.

»Diese Leute sind ein ignoranter, ungebildeter Haufen. Ich bitte Mama, mir Bücher zu schicken, sonst werden unsere Hirne hier noch morsch.«

»Miss Clarissa, gibt es in der Stadt keinen Ort, wo man Bücher bestellen kann?«

»Das ist eine gute Idee. Ich werde Mrs. Cromwell fragen.«

Mrs. Cromwell sagte Clarissa, sie könnten gemeinsam in

den Gemischtwarenladen gehen, wo der Inhaber Waren für sie aus Mobile und New Orleans bestellen könnte. Ich durfte sie nicht begleiten, da ich in der Küche arbeiten musste. Als ich Clarissa am selben Abend sah, hatte sie keine netten Worte über den Ausflug mit ihrer Schwiegermutter zu verlieren.

»Der *sogenannte* Gemischtwarenladen ist ein stinkendes Loch, und der schmuddelige Inhaber, der sich ständig kratzte, sagte, er hätte noch nie dem Wunsch nach ›Sachen zu lesen‹ nachkommen müssen. Nie hätte ich mir eine Stadt vorstellen können, die noch hinterwäldlerischer ist als unsere. Grundgütiger, was habe ich uns da bloß eingebrockt? Sarah, ich hoffe, du vergibst mir.«

»Ihnen vergeben?«

»Dafür, dass ich uns an dieses gottverlassene Nest gebunden habe und wir unter diesen erbärmlichen Menschen leben müssen.«

Mehrere Wochen vergingen, und nachdem Clarissa keine Antwort von ihrem Vater erhalten hatte, schrieb sie ihm erneut. Mir sagte sie, dass ich in der Zwischenzeit keine andere Wahl hätte, als so zu arbeiten, wie es mir befohlen wurde. Eines Tages trug mir der Aufseher auf, zum Schuster in der Stadt zu gehen, um Mr. Cromwells neue Reitstiefel abzuholen und seine alten zur Reparatur zu bringen. Ich traf den Kutscher bei den Ställen. Wir verließen die Plantage, ohne aufgehalten zu werden. Ich fragte ihn, ob er einen Passierschein habe.

»Wir brauchen keinen Passierschein, weil uns die Wachmänner von der Patrouille kennen. Solange wir die Stadt vor der Abendglocke wieder verlassen haben, haben wir nichts zu befürchten.«

Im Schusterladen war viel los, und ich wartete darauf, an

die Reihe zu kommen, während der Mann andere Kunden bediente.

»Sind Sie neu in der Stadt?«

»Ja, Sir. Ich bin das Dienstmädchen der neuen Mrs. Cromwell.«

»Wo haben Sie gelebt, bevor Sie hergekommen sind?«

»Auf Allen Estates in Benton County.«

Dann zeigte mir der Mann die neuen Stiefel und wickelte sie in braunes Papier ein, das er mit einer Schnur zusammenband. Als er mir die Stiefel abnahm, die repariert werden mussten, senkte er die Stimme. »Die sind nächste Woche fertig, am Donnerstag. Das ist ein netter, ruhiger Tag hier. Mein Herr, Mr. Stephens, ist immer donnerstags bis sonntags nicht hier. Sorgen Sie dafür, dass Sie sie selbst abholen kommen, in Ordnung, Miss …«

»Sarah.«

»Ich werde hier sein. Mein Name ist Daniel.«

Am Mittwochabend darauf bat mich Sarah, bei ihr im Zimmer zu schlafen, weil ihr Mann nicht da war und sie sich nicht wohlfühlte. Frühmorgens weckte sie mich, da sie blutete und Schmerzen hatte. Ich zündete die Lampen an, und als wir ihr Nachthemd hochschoben, sahen wir Blut in ihrer Unterwäsche.

»Wollen Sie, dass ich zu Mrs. Cromwell gehe und sie bitte, nach dem Arzt zu schicken?«

»Nein, nein. Gibt es etwas, das du mir verabreichen kannst?«

»Ich weiß nicht allzu viel darüber, wie man Blutungen aufhält. Deshalb meine ich, man sollte nach dem Doktor schicken.«

»Nein, Mama hat mich vor diesen Ärzten gewarnt.«

»Also gut. Wir könnten es mit Luzernentee versuchen.«

Nachdem ich ihr geholfen hatte, sich zu waschen und ihre Kleidung zu wechseln, trank sie den Heilkräuteraufguss, und wir legten uns wieder schlafen. Als sie erwachte, sagte sie, dass ihr Rücken wehtue, aber dass die Blutung aufgehört habe. Ich sagte ihr, dass ich zum Schuster müsse, um Mr. Cromwells Stiefel abzuholen.

»Nein, du kannst nicht gehen. Ich brauche dich hier bei mir. Ich werde seiner Mutter sagen, der Aufseher solle jemand anders schicken. Was ist los? Du scheinst enttäuscht darüber, dass du seine Stiefel nicht abholen kannst.«

»Nein, das stimmt nicht. Mir ist gleich, wer die Stiefel des Herrn abholt.«

Clarissa klagte über Rücken- und Unterleibsschmerzen und hütete das Bett. Die Blutung fing wieder an, und diesmal war sie noch stärker, und die Schmerzen wurden noch heftiger. Sie willigte schließlich doch ein, dass Mrs. Cromwell nach einem Arzt schickte. Als er eintraf, forderte er mich auf, im Zimmer zu bleiben, für den Fall, dass ich etwas für ihn holen müsse.

»Wie weit sind Sie schon, Mrs. Cromwell?«

Clarissa sah mich an. »Nun, ungefähr … ähm … im vierten Monat.«

»Würden Sie sagen, weiter als im vierten?«

»Nein, das würde ich nicht. Ich habe vor vier Monaten geheiratet. Also im vierten.«

»Mrs. Cromwell, dann müssen wir in Betracht ziehen, dass Sie Zwillinge bekommen, denn Ihr Bauch lässt eher auf den siebten Monat schließen …«

»Dr. Walker, ich werde es Ihnen noch einmal sagen, und dann wünsche ich keine weitere Diskussion darüber, weder mit mir noch mit sonst jemandem: Ich bin im vierten Monat.«

»Sehr wohl, Madam.«

»Was können Sie tun, um die Blutung aufzuhalten?«

»Die anerkannte Praxis für Damen in Ihrem Zustand ist es, das Blut umzulenken. Folglich werde ich Sie über den Arm zur Ader lassen.«

»Das ist das einzige Heilmittel?«

»Ja. Es braucht seine Zeit, aber es stillt abnorme Blutungen erfolgreich.«

»Gibt es auch etwas, das Sie mir gegen die Schmerzen verschreiben können?«

»Ja, Ihre Schmerzen kann ich umgehend mit Laudanum beheben. Aufgrund Ihres Zustands verordne ich es nicht täglich, aber ich lasse Ihnen genug hier, damit es bis zu meinem nächsten Besuch reicht.«

Ich war anwesend, als er Clarissa das erste Mal zur Ader ließ und ihr Laudanum verabreichte. Als sie anfing, sich gegen seine Behandlung zu sträuben, hieß er mich, sie festzuhalten.

»Doktor, sie möchte nicht, dass Sie sie zur Ader lassen.«

»Was ist das für eine Impertinenz? Du hast nur mit mir zu sprechen, wenn ich dich etwas gefragt habe. Geh und rufe Mrs. Cromwell. Sofort.«

Als Mrs. Cromwell in Clarissas Zimmer kam, sagte Dr. Walker ihr, ich hätte mich seinen Anweisungen widersetzt, und dass er meine Anwesenheit nicht mehr wünsche. Sie schickte mich in die Küche.

»Ich werde mit dem Aufseher über deine Disziplin sprechen«, sagte sie.

»Ich möchte, dass Sarah hierbleibt. Sie ist mein Mädchen, nicht Ihres«, erwiderte Clarissa.

»Clarissa, meine Liebe, Dr. Walker will doch bloß, dass du dich besser fühlst. Dein Mädchen stört nur deine Behandlung.«

»Er behandelt mich nicht. Er schneidet mir den Arm auf.«

»Können Sie ihr etwas geben, das sie weniger reizbar macht?«, fragte Mrs. Cromwell Dr. Walker.

»Was machst du noch immer hier, dummes Ding? Verschwinde jetzt«, fuhr mich der Arzt an.

Ich ging in die Küche und blieb dort, bis der Aufseher erschien und mich vor den anderen Sklaven heftig tadelte.

»Mrs. Cromwell wollte erst, dass ich dir zehn Peitschenhiebe gebe, aber dann entschied sie, auf Mr. Cromwells Rückkehr zu warten, um zu sehen, was er für eine angemessene Bestrafung hält.«

Ich bekam Angst.

»Mr. Pinnock, es tut mir leid, was ich getan habe, und ich werde es nie wieder tun.«

»Oh, das weiß ich.«

Mr. Cromwell musste beschlossen haben, mich nicht auspeitschen zu lassen, oder sie hatten meinen Verstoß vergessen, denn nach seiner Rückkehr wurde ich nicht gerufen, um vor ihm zu erscheinen. In der darauffolgenden Woche sagte mir Mrs. Cromwells Mädchen, als ich gerade in der Küche arbeitete, ich solle zu Clarissa gehen. Als ich mich ihrem Schlafzimmer näherte, vernahm ich vertraute Stimmen und eilte ins Zimmer. Meine liebe Mutter war dort mit Mrs. Allen und Bessie. Ich machte einen Knicks vor Mrs. Allen und umarmte Mama und Bessie.

»Madam, haben Sie Miss Clarissas Briefe bekommen?«

»Wir haben nur zwei bekommen. Wie viele hat sie denn geschickt?«

»Madam, sie hat Ihnen fünf Briefe geschrieben, seit wir hier sind«, berichtete ich Mrs. Allen.

»Darüber werde ich später mit Mrs. Cromwell sprechen, aber erst müssen wir uns um Clarissa kümmern.«

Ich war glücklich, meine Mutter bei mir zu haben, auch wenn es unter diesen ungünstigen Umständen geschah. Ich erzählte meiner Mutter und Mrs. Allen alles, was mir über Clarissas Krankheit vor ihrer Ankunft bekannt war. Nachdem meine Mutter sie ein paar Tage gepflegt hatte, ging es Clarissa schon deutlich besser. Sie blieben drei Wochen bei uns. Clarissa und ich weinten und baten sie inständig, noch länger zu bleiben, doch Mr. Allen hatte geschrieben, dass sie nach Benton County zurückkehren sollten.

»Clarissa, Liebes, Emmeline, Bessie und ich werden zur Geburt des Kindes wiederkommen«, sagte Mrs. Allen.

»Mama, warum kannst du nicht einfach bleiben, bis das Baby geboren ist? Was, wenn etwas passiert, und du bist nicht da?«

»Liebling, Sarah ist doch bei dir. Emmeline hat ihr beigebracht, wie sie dich versorgen kann.«

»Du wirst sehen, Kind, wir kommen schon bald wieder. Weine nicht«, sagte meine Mutter zu mir.

Ich begleitete sie zur Kutsche und sah ihnen nach, bis sie durch das Tor der Plantage verschwunden waren.

In der Woche darauf gab mir der Aufseher eine Liste und trug mir auf, zur Räucherei zu gehen, um Fleisch für die Köchin zu holen. Als ich dort ankam, übergab ich dem dortigen Aufseher die Liste, und er nannte einem Sklaven die jeweilige Menge des gewünschten Fleischs, damit er es auf den Wagen lud. Der Sklave sagte, ich solle ihm in die Räucherei folgen, wo ein leises Feuer auf dem Boden vor sich hin loderte und allerlei Fleisch von den Dachsparren baumelte. Er reichte mir einen Schinken zum Tragen und legte das restliche Fleisch in eine Schubkarre. Wir waren allein am Wagen, als wir die Waren verluden.

»Miss, Sie sind Sarah, oder?«

»Ja, die bin ich. Woher kennen Sie mich?«

»Daniel, der Schuster in der Stadt, er muss mit Ihnen reden.«

»Bitte?«

»Wir haben nicht viel Zeit. Der Schuster hat mich benachrichtigt, dass Sie letzten Monat in seinem Laden waren, und er hatte Sie dort wieder erwartet. Können Sie zu ihm gehen, um ihn zu treffen?«

»Nein, das kann ich nicht. Meine Herrin ist krank, und ich kann nur mit ihr in die Stadt gehen oder wenn ich dort etwas erledigen soll.«

»In Ordnung. Ich werde ihm Bescheid geben, dass Sie nicht zu ihm kommen können, und er wird einen anderen Weg finden, um mit Ihnen zu sprechen.«

Ich kümmerte mich weiterhin morgens und abends um Clarissa. Ihr gesundheitlicher Zustand verschlechterte sich wieder, denn entgegen Mrs. Allens Anordnungen kam Dr. Walker zweimal pro Woche zur Visite, ließ sie zur Ader und verabreichte ihr Laudanum. Wenn sie klar war, versuchte ich Clarissa dazu zu bewegen, ihrer Mutter zu schreiben und sie zu bitten zurückzukommen, doch sie sagte, es hätte keinen Zweck, weil ihre Briefe offensichtlich nicht zugestellt werden würden. Tagsüber arbeitete ich in der Küche und in Clarissas und Julius' Privaträumen. Julius war die meiste Zeit fort, und wenn er zu Hause war, schlief er in seinem eigenen Schlafzimmer. Isaac sah ich nicht oft, denn er fuhr Julius' Kutsche, und nachts musste ich bei Clarissa bleiben.

Eines Nachmittags kam Mrs. Cromwells Mädchen mit einem Korb voller Kleidungsstücke ihrer Herrin auf dem

Arm zu mir, als ich gerade die Wäsche machte. »Wir können reden. Ist sonst keiner hier. Aber wir müssen uns sputen, bevor jemand kommt. Mein Mann lebt auf der Wilkes-Plantage und ist immer an den Samstagen und Sonntagen hier bei mir. Er ist Schmied in der Stadt, und er kennt Daniel, den Schuster.«

Sie stellte den Korb ab und trat kurz vor den Waschraum. »Ich wollte bloß schauen, ob jemand gekommen ist. Daniel lässt ausrichten, dass er Ihre Hilfe braucht. Nächste Woche bringt Master Wilkes Sklaven zur Auktion, und zwei von ihnen wollen fliehen.«

»Warum glaubt er, dass ich da helfen kann?«

»Das weiß ich wirklich nicht. Aber, Sarah, ich glaube, dass einer der Sklaven, die Master Wilkes verkaufen will, mein Mann ist. Er ist viel Geld wert, weil er ein Schmied ist.«

»Das tut mir leid, Grace. Wenn ich irgendwie helfen kann, will ich das tun; aber ehrlich, man lässt mich nirgendwohin gehen, und ich bin ständig unter Beobachtung. Jetzt, wo Miss Clarissa krank ist, komme ich überhaupt nicht mehr in die Stadt.«

»Ich weiß nicht, was sie glauben, wie Sie helfen können, aber mein Mann meinte, Daniel will, dass Sie um Erlaubnis bitten, am Samstagabend zu den Feldern hinauszugehen. Wenn Sie dorthin kommen, wird Ihnen jemand ein Paket übergeben, das nur Sie öffnen dürfen. Machen Sie es erst auf, wenn Sie allein sind. Sie müssen nach niemandem fragen, man wird Sie erkennen.«

Am selben Abend war Clarissa munter, da Dr. Walker schon drei Tage nicht zur Visite erschienen war.

»Miss Clarissa, meinen Sie, Sie könnten mir die Erlaubnis erteilen, dass ich am Samstagabend zu den Feldern hinausgehe? Wissen Sie, zu Hause mussten wir samstag- und sonntagabends nicht arbeiten, und ich habe, seit wir hier sind, keine Pause mehr gehabt.«

»Ja, Sarah, natürlich. Dr. Walker kommt am Samstagnachmittag. Ich bin sicher, ich schlafe wegen des Laudanums sowieso die ganze Nacht durch.«

»Würden Sie mit Mrs. Cromwell sprechen?«

»Ja. Du musst sie bloß bitten, heute noch zu mir zu kommen.«

Mrs. Cromwell stimmte der Bitte zu. An jenem Samstag war Isaac wieder einmal mit Julius fort, und ich fuhr zusammen mit sieben anderen Sklaven in einem Wagen hinaus zu den Feldern. Schon beim Näherkommen hörte ich Singen und Klatschen. Als wir dort eintrafen, sah ich, dass der Bereich den Sklavenquartieren auf Allen Estates ähnelte, bloß kleiner war. An diesem Abend diente er offenbar einem besonderen Zweck. Die Sklaven hatten einen festlichen Marktplatz geschaffen, wo sie selbst angebaute oder gefertigte Waren verkauften oder tauschten. Ich ärgerte mich, dass ich kein Geld mitgenommen hatte, denn eine Frau verkaufte bunte Quilts, und andere Leute boten eingelegte Früchte, Honig, Pasteten, Kuchen, Körbe, Hüte, Blumen, Eier und sogar Schuhe feil.

Kate, eine der Hausangestellten, ging ein Stück mit mir. Eine Frau reichte mir einen gesüßten Tee, der mich an Isaac erinnerte, und als es dunkel geworden war, nahm mich Kate mit zu ihrer Familie, die sich in der Hütte ihrer Großmutter versammelt hatte. Die Kinder spielten, und ihr Anblick ließ mich meine eigene Familie noch schmerzlicher vermissen als sonst. Kates Mutter reichte mir Essen und noch mehr süßen Tee.

»Was ist los, Schätzchen? Mögen Sie keinen Tee?«

»Doch, Madam, ich mag Tee gern. Es ist bloß so, dass ich meinem Mann, als ich ihn kennenlernte, auch süßen Tee und Pfirsichkuchen aufgetischt habe.«

»Das kann ich mir gut vorstellen.«

Mir fiel auf, dass ich nicht mehr gelacht hatte, seit wir auf der Cromwell-Plantage angekommen waren. Es wurden Laternen angezündet, und wir versammelten uns in einem Kreis um Miss Patience, Kates Großmutter. Sie erzählte uns Geschichten, von denen ich die meisten bereits von meiner Mutter oder den anderen Frauen auf Allen Estates gehört hatte. Als es schon spät geworden war, erschien der Mann aus der Räucherei. Er hatte ein Paket dabei.

»Miss Sarah, meine Frau hat Sie auf dem Markt getroffen. Sie meinte, Sie hätten ihre Früchte bewundert. Hier ist ein Glas Erdbeermarmelade für Sie.«

»Oh, aber ich habe kein …«

»Nein, es ist ein Geschenk. Vielleicht können Sie ja das nächste Mal, wenn Sie hier sind, etwas kaufen.«

»Bitte richten Sie ihr meinen Dank aus! Wenn ich wiederkomme, werde ich Geld mitnehmen und auf dem Markt einkaufen.«

Wir blieben noch bis ungefähr Mitternacht, dann trafen Kate, ich und die anderen Hausangestellten uns mit dem Mann, der uns hergefahren hatte, und machten uns auf den Heimweg. Als ich wieder in meiner Hütte war, verriegelte ich die Tür und öffnete das Paket, das in braunes Papier gewickelt und oben mit einer Schnur zugebunden war. Statt Marmelade befanden sich Steine in dem Glas. In einem Brief ohne Unterschrift, der in einem schwarzen Umschlag steckte und um das Glas gewickelt war, stand:

Dem Akzeptanten:
Sie werden gebeten, einen Passierschein vorzubereiten mit den Namen und Beschreibungen von Sklaven, die Sie von jemandem in der Waschküche erhalten werden. Benutzen Sie eine Feder und Tinte aus dem Herrenhaus. Fertigen Sie den Passierschein morgen an, stecken Sie ihn in ein Kuvert, wickeln Sie ihn um dasselbe Glas, und verpacken Sie es dann. Jemand wird das Paket morgen Abend abholen.

Der Umschlag enthielt außerdem ein Blatt Papier mit Mr. Wilkes' Briefkopf.

Am Sonntagmorgen stand ich vor Sonnenaufgang auf und begab mich in die Küche, um ein Feuer zu entzünden. Als die Köchin erschien, hatte ich bereits Wasser vom Brunnen geholt und Tee bereitet.

»Warum so früh auf?«

»Ich war gestern Abend bei den Feldern draußen, und ich will nachsehen, ob mit Miss Clarissa alles in Ordnung ist.«

Ich ging ins Haus, und der Nachtwächter ließ mich ein. Ich stellte das Teeservice auf einen Tisch neben Clarissas Bett. Sie schlief noch. Zwei Federn befanden sich auf ihrem Schreibtisch und zwei Tintenfässchen in der Schublade. Es war unwahrscheinlich, dass irgendjemandem auffallen würde, wenn etwas fehlte, denn ich war die Einzige, die den Schreibtisch polierte und abstaubte. Es war nicht schwer, den Federhalter in meiner Tasche verschwinden zu lassen, aber das Tintenfass zeichnete sich ab. Also ging ich in die Besenkammer und brachte einen Eimer in Clarissas Zimmer. Ich versteckte den Federhalter und das Tintenfass unter meinen Putzlappen darin und nahm den Eimer mit in meine Hütte. Auf dem Weg dorthin begegneten mir nur zwei Kinder, die zum Brunnen gingen. Als ich drinnen angekommen war, versteckte ich Feder und Tinte unter dem Reis, den ich in einem Gefäß aufbewahrte. Dann kehrte ich zu Clarissa zurück, die noch immer schlief. Also ging ich in die Küche, und als ich gerade Schinken aufschnitt, betrat Grace die Küche und begrüßte alle Anwesenden. Sie stellte sich neben mich und wollte mit mir reden, aber es waren zu viele Leute in Hörweite.

»Miss Georgianna, Grace hat Magenprobleme. Könnte jemand anderes den Schinken aufschneiden, während wir kurz in meine Hütte gehen, um ihr Kräuter zu holen?«, fragte ich.

»Sicher, sicher. Geht nur«, meinte die Köchin.

Als wir in der Hütte waren, nannte mir Grace die Namen der beiden Männer, die fliehen wollten, und ihre Beschreibungen.

»Grace, ich muss Sie etwas fragen. Wenn Ihr Mann fliehen kann, ist es dann nicht dasselbe, als würde er verkauft? Sie sehen ihn niemals wieder.«

»Ich weiß, ich weiß, und es bringt mich fast um, aber wenn sie ihn verkaufen, dann könnte er an einem noch schlimmeren Ort landen. Zurzeit werden viele Leute an neue Plantagen weit im Westen verkauft. Aber wenn er flieht und es schafft, ist er frei. Er ist ein guter Mann. Er hat gesagt, dass er Geld zur Seite legen wird, und dieselben Leute, die ihm jetzt helfen, können auch mir und den Kindern helfen, hier rauszukommen – sobald die Kinder etwas älter sind. Ich weiß, es ist nur ein Traum, Sarah. Ich weiß.«

»Ich werde Ihnen helfen, wie ich kann.«

»Danke, Sarah. Ich weiß, ich darf Sie das nicht fragen und ich werd es auch nicht, aber was auch immer es ist, was Sie da für uns tun, ich weiß, dass Sie ein großes Risiko auf sich nehmen.«

»Keine Ursache. Ich hoffe, eines Tages wird jemand dasselbe für mich tun.«

An diesem Abend, nachdem wir das Nachtmahl vorbereitet und ich Clarissa beim Essen geholfen hatte, gab mir die Köchin die Erlaubnis, mich in meine Hütte zurückzuziehen. Ich verfasste den Passierschein, indem ich die Wendungen benutzte, die ich mir Jahre zuvor eingeprägt hatte, und unterzeichnete ihn mit Mr. Wilkes.

Meine einzige Sorge bestand darin, dass alle von Mr. Allens Passierscheinen Wachssiegel getragen hatten, dieser jedoch nicht. Ich versteckte den Schein unter meinem Bett, um ihn trocknen zu lassen, während ich aß. Feder und Tinte verbarg ich wieder in dem Eimer unter den Putzlumpen. Ich kam den restlichen Anweisungen nach, indem ich den Schein in das Paket einwickelte, und setzte mich dann hin, um mich etwas auszuruhen. Ich schlief mit dem Kopf auf dem Tisch ein und erwachte, als jemand an die Tür klopfte. Es war Kate. Ich ließ sie herein.

»Wie war die Marmelade?«

»Sie war köstlich.«

»Der Kutscher bringt mich heute Abend noch zu den Sklavenquartieren. Ich werde dort übernachten und komme dann morgen früh mit Fleisch aus der Räucherei zurück, für das Essen morgen. Wenn Sie wollen, kann ich das leere Glas wieder mitnehmen und Ihnen noch mehr Marmelade bringen.«

Zwei Tage später, ich war gerade in der Küche, erschienen zwei Wachmänner. Einer von ihnen fragte die Köchin, welche von uns Sarah sei.

Sie zeigte auf mich.

»Du, komm mit.«

»Sir?«

»Bist du Sarah?«

»Ja, Sir?«

»Dann komm mit. Sofort.«

Ich folgte ihnen, die Hände in den Taschen vergraben, damit sie nicht sehen konnten, wie sie zitterten. Wir blieben neben ihrem Fuhrwerk stehen.

»Warum war Grace in deiner Hütte?«

»Sir?«

»Stell dich nicht dumm. Man hat gesehen, wie du dich mit ihr in der Wäscherei unterhalten hast. Ihr habt in der Küche geflüstert, und dann seid ihr beide in deine Hütte gegangen. Worüber habt ihr geredet, und warum wart ihr in deiner Hütte?«

»Sir, sie … also, meine Mutter hat mich in der Frauenheilkunde unterwiesen, und Grace hat mich gefragt, ob ich etwas für sie hätte. Ich gab ihr Heilkräuter, als wir in meiner Hütte waren.«

»Warum kannst du dich so gut ausdrücken?«

»Sir, meine Herrin und ich sind gleich alt. Wir spielten schon zusammen, als wir Kinder waren, und ich bin seit meinem achten Lebensjahr ihr persönliches Hausmädchen.«

»Hat Grace dich je gebeten, etwas für ihren Mann zu tun?«

»Sir? Nein, ich kenne ihren Mann nicht einmal. Wer ist er?«

»Wir sind nicht hier, um deine Fragen zu beantworten. Und jetzt geh zurück in die Küche. Wenn wir noch einmal mitbekommen sollten, dass du Probleme machst, dann wirst du ausgepeitscht und eingesperrt. Wir lassen Mr. Cromwell entscheiden, was dann mit dir geschehen soll. Du lernst schon noch, wie wir hier mit Niggern verfahren, auch wenn sie gelb sind. Hast du verstanden?«

»Ja, Sir. Danke, Sir.«

Als ich zurück in die Küche kam, sprach niemand mit mir. Noch am selben Abend erzählte ich Clarissa, was passiert war.

»Die Idee, dass Wachmänner einfach so mit dir sprechen, ohne meine Erlaubnis dazu bekommen zu haben, gefällt mir gar nicht. Ich werde diese verkommene Schnepfe fragen, warum man dich so behandelt hat. Sag ihrem Mädchen, dass ich eine Unterredung mit ihrer Herrin wünsche.«

Mrs. Cromwell kam nach dem Abendessen, und Clarissa schickte mich hinaus. Ich wartete vor dem Zimmer, bis sie gegangen war, und betrat es dann wieder.

»Sie hat gesagt, dass der Auswärtsgatte ihres Mädchens von der Wilkes-Plantage geflohen sei. Sie glauben, dass Grace ihm mithilfe hiesiger Sklaven bei der Flucht geholfen hat.«

»Ist er entkommen?«

»Nun ja, das ist eben der Grund, warum ich nicht weiß, was all der Wirbel soll. Mr. Wilkes hat sofort Sklavenfänger beauftragt, und die haben ihn und einen weiteren Sklaven, der mit ihm geflohen ist, innerhalb eines Tages zurückgebracht.«

»Was lässt sie denn annehmen, dass jemand von hier ihnen bei der Flucht geholfen hätte?«

»Das ist der interessante Teil. Die alte Hexe meint, jedes Jahr würden um die sechs Sklaven von hier fliehen, und sie glauben, dass jemand ihnen beim Schreiben der Passierscheine hilft. Sarah? Du hast doch nichts damit zu tun, oder?«

»Miss Clarissa, wie können Sie das nur denken? Ich kenne doch fast keinen hier und schon gar nicht Leute von anderen Plantagen in Talladega. Ich verlasse die Plantage so gut wie nie. Und warum sollte ich mein Leben riskieren für Leute, die ich nicht einmal kenne?«

»Sarah, falls dich jemals jemand bitten sollte, ihm bei so etwas zu helfen, dann darfst du das auf keinen Fall tun. Papa hat mir von solchen Fällen erzählt, auch von gefälschten Passierscheinen. Das ist nicht das erste Mal, dass so etwas versucht wurde. Immer wenn ein Sklave flieht, beauftragt der Besitzer umgehend Sklavenfänger und gibt Anzeigen in den Zeitungen auf, und wenn der Sklave dann seinen Schein vorzeigt, wissen die Häscher, dass er nicht vom Herrn des Sklaven geschrieben wurde. Und, Sarah, verrate ja niemandem, dass du lesen und schreiben kannst, weil du sonst meine Mutter und mich mit hineinziehen könntest.«

»Natürlich, Madam. Ich würde es nie jemandem sagen. Ich weiß, dass es gegen das Gesetz ist.«

Am Abend darauf sah ich Isaac wieder. Ich musste einige Stunden nicht für Clarissa da sein, da sie sich wohl genug fühlte, um mit den Cromwells zu Abend zu essen.

»Man hat mir erzählt, dass heute Wachmänner da waren und dass sie mit dir über diese Sklaven gesprochen haben, die geflohen sind. Warum wollten sie mit dir reden? Du hattest doch wohl nichts damit zu tun, oder?«

»Nein, natürlich nicht. Warum glaubst du, ich könnte etwas damit zu tun haben?«

»Weil du gern vom Weglaufen redest. Falls du da deine Finger im Spiel hattest, lass es. Du könntest uns beide in Schwierigkeiten bringen. Und hör nicht auf diese Narren hier. Man muss schon ein echter Dummkopf sein, wenn man denkt, man könnte von hier fliehen. Haben die etwa noch nie was von den Wachpatrouillen und Bürgerwehren gehört?«

»Vielleicht finden manche Leute, es sei das Risiko wert. Nicht jeder Sklave wird gefasst, weißt du.«

»Jeder Sklave, der flieht, glaubt, er wäre derjenige, den sie nicht erwischen.«

»Aber einige sind schon entkommen, weißt du das nicht?«

»Nenn mir einen, den du persönlich kennst.«

»Meine Mutter hat mir erzählt, dass sie, als sie in New York war, freie Sklaven getroffen hat, die geflohen waren.«

»Wie lange ist das her?«

»Na ja, das war noch vor meiner Geburt.«

»Da hast du deine Antwort. Die Gesetze werden immer strenger gegen uns, und es wird immer schwieriger zu entkommen. Und wie viele Leute kennst du, die sich aus der Sklaverei freigekauft haben? Genau, viel mehr als solche, die geflohen sind.«

Zwölftes Kapitel

Theodora Allen

Die Rückreise von der Cromwell-Plantage in Talladega verlief reibungslos, bis wir die Grenze nach Benton County überquerten. Kobaltwolken überwucherten blaue Himmelsfetzen, und als wir am Besitz der Tutwilers vorbeifuhren, wurde der Wind stärker und wirbelte um uns herum den Staub auf. Der Blitz schlug in einen Baum ein und riss ihm einen Ast ab. Der Knall des Donners ließ mich von meinem Sitz auffahren. Das vordere linke Pferd blieb abrupt stehen, sodass die anderen fünf nach rechts ausbrachen und die Kutsche von der Straße abkam, bis der Kutscher an den Zügeln riss und wir zum Stehen kamen. Er stieg vom Kutschbock und versuchte die Tiere zu beruhigen. Bessie und Emmeline kamen mir zu Hilfe geeilt.

»Alles in Ordnung, Madam?«

»Ja, es geht mir gut. Danke.«

Der Kutscher prüfte die Räder der Kutsche und schüttelte den Kopf.

»Madam, eines der Räder scheint auf einen Stein gestoßen zu sein. Ich muss Sie leider bitten auszusteigen. Bitte, Madam, damit ich versuchen kann, es zu reparieren.«

Bessie und Emmeline halfen mir aus der Kutsche. Ich setzte meinen Hut auf und zog den Schleier tiefer, um zu verhindern, dass mir Staub in die Augen geriet. Meine Bediensteten schützten ihre Gesichter mit ihren Tüchern.

»Madam, ich glaube nicht, dass ich es reparieren kann, und die Pferde sind ganz verstört vom Blitz und Donner. Außerdem wird es sicher bald heftig zu regnen anfangen. Madam, ich denke, ich sollte eines der Pferde nehmen und Hilfe holen. Soll ich nach Hause reiten oder versuchen, in der Nähe jemanden zu finden, Madam?«

»Du solltest heimreiten und mit meiner Kutsche zurückkommen. Sag dem Aufseher, er soll jemanden mitschicken, der das Rad reparieren kann.«

Der Kutscher hängte den Pferden Lederdecken um und setzte ihnen Fliegenhauben auf, bevor er losritt. Ich sagte Bessie und Emmeline, sie sollten zu mir in die Kutsche kommen. Zuerst zögerten sie.

»Kommt rein, kommt rein. Draußen ist es zu staubig, und es wird bald zu regnen anfangen.« Als der Kutscher ungefähr zehn Minuten fort war, verwandelte sich der Nieselregen in einen Sturzbach. »Lasst uns beten«, sagte ich.

Ich dachte, wir müssten uns vielleicht drei Stunden gedulden, aber der Kutscher kehrte erst nach über sechs Stunden mit dem Schmied zurück.

»Verzeihen Sie, Madam, aber zu Hause fiel der Regen noch heftiger. Uns wurde gesagt, dass es schon seit gestern ohne Unterlass regnet.«

»Hast du Master Allen gesehen?«

»Nein, Madam. Es hieß, er wäre die meiste Zeit auf den Feldern draußen, seit das Wetter so schlecht wurde.«

Es regnete noch immer, als wir endlich zu Hause eintrafen. Kein Wachposten stand am Haupttor oder vorm Haus. Bessie und ich warteten in der Kutsche, während Emmeline nach drinnen ging. Sie kehrte mit dem Aufseher zurück, der uns mitteilte, dass sich bloß er und Belle auf Allen Hall befanden, da Mr. Allen alle anderen Hausangestellten auf die Felder beordert hatte.

»Madam, ich bin hiergeblieben, um auf Sie zu warten, aber jetzt reite ich hinaus, um bei der Rettung der Baumwollpflanzen zu helfen.«

»Gibt es noch Hoffnung?«

»Nun, wir haben Planen über die Sträucher gebreitet und versucht, die Wurzeln zu entwässern. Mr. Allen meinte, wenn es bald aufhört und die Sonne rauskommt, dann werden sie wieder trocken. Madam, Mr. Allen hat gesagt, dass Bessie und Emmeline bei Ihnen bleiben sollen. Er wird erst spät zurück sein.«

Der Aufseher brach zu den Feldern auf. Bessie servierte mir das Abendessen und half mir beim Zubettgehen. Ich schlief rasch ein, und als ich erwachte, dachte ich, es sei noch immer Nacht. Ich rief nach Bessie, die mir mitteilte, dass es schon nachmittags war. Sie machte die Vorhänge auf. Es regnete noch immer.

»Ist Mr. Allen nach Hause gekommen?«

»Ja, Madam. Er hat ein paar Stunden geschlafen, gefrühstückt und ist dann wieder zurück auf die Felder.«

»Wer ist sonst noch hier?«

»Bloß Sie, ich, Miss Emmeline und Belle, Madam.«

Ich verbrachte einen geruhsamen Tag mit Lesen und Schreiben, und als ich an jenem Abend zu Bett ging, trug ich Bessie auf, mich zu wecken, sobald mein Mann heimkehrte. Etwa um elf kam Bessie und richtete mir aus, dass er nun sein Abendessen einnehme. Ich sagte ihr, sie solle ihn bitten, zu mir zu kommen, bevor er zu Bett ging. Er tauchte nicht auf, also legte ich mich wieder schlafen.

Der nächste Tag glich dem vergangenen, bloß dass ich

nach dem Abendessen im Salon auf meinen Mann wartete. Als ich die Eingangstür zufallen hörte, begab ich mich in die Halle. Dort war Emmeline, die ihm aus seinem nassen Mantel half und ihm eine Hausjacke reichte. Seine Augen wirkten eingesunken, und er konnte eine Rasur gebrauchen.

»Theodora, wie geht es Ihnen, meine Liebe?«

»Mr. Allen, ich bin wohlauf, aber wie steht es um Sie?«

»Es sieht so aus, als würden wir einen Großteil der Ernte verlieren. Die jungen Pflanzen weisen bereits Schäden durch das Wasser auf. Wie geht es Clarissa?«

»Es geht ihr besser, aber da gibt es noch etwas, das ich gern unter vier Augen mit Ihnen besprochen hätte.«

»Natürlich. Ich komme zu Ihnen hinauf, nachdem ich etwas gegessen habe.«

»Soll ich mich zu Ihnen an den Tisch setzen?«

»Nein, Theodora. Ich verspreche Ihnen, dass wir uns nachher unterhalten werden.«

Er erschien, als ich bereits mit dem Schlaf kämpfte.

»Nun, Theodora, was wollten Sie mir sagen?«

»Mrs. … Cromwell, sie … nun, zunächst hat sie gesagt, dass … kurz bevor wir Talla…«

»Theodora, ich bin erschöpft. Sprechen Sie.«

»Zunächst hat Mrs. Cromwell gefragt, ob Sie ihnen die zwanzig Feldarbeiter nicht schon jetzt geben könnten, anstatt abzuwarten, bis das Kind geboren sei. Sie meinte, der Grund dafür sei, dass sie das Gerücht gehört hätten, Clarissa wäre in Montgomery von Mr. Evans der Hof gemacht worden, und zwar zur selben Zeit, als auch ihr Sohn sie umworben hat.«

»Was haben Sie diesem Mondkalb geantwortet?«

»Dass Clarissa ihre Großeltern in Montgomery besucht hat, nicht Mr. Evans, und dass Sie gesagt haben, ein

Kind wäre laut Gesetz zwangsläufig das des Ehemanns der Mutter.«

»Gut gemacht, Theodora. Sie hören also doch auf mich. Was hat das hässliche Kamel dazu gesagt?«

»Sie hat mit ihrem Mann Rücksprache gehalten und mir dann seine Abbitte überbracht. Sie bat mich auch, Ihnen nichts von der Sache zu sagen.«

»Dann bleibt zu hoffen, dass dieser Unsinn damit ein Ende hat.«

»Wie, denken Sie, wird es uns mit der Ernte ergehen?«

»Wenn es nicht bald aufhört zu regnen, ist die Ernte hinüber. Wir haben in den letzten drei Tagen bestimmt schon Tausende Ballen Baumwolle verloren.«

Es regnete noch zwei Wochen weiter, zwar nicht mehr in Sturzbächen wie vorher, aber stetig. Dann wurden die Niederschläge von einem kalten Nebel abgelöst. Der Himmel war grau verhangen, und ich blieb drinnen am Kaminfeuer und sah auch meinen Mann wieder öfter, der sich nur mehr einige Stunden pro Tag auf den Feldern aufhielt. Er war schweigsam am Mittagstisch sowie beim Abendessen, und ohne Gäste hatten wir uns nichts zu sagen. Jeden Abend, nachdem er nur wenig zu sich genommen hatte, trank er allein eine Flasche Wein und mindestens zwei Gläser Brandy. Eines Abends kam er nicht zum Essen herunter. Ich fragte einen Bediensteten, wo Emmeline sei, und er sagte, sie sei in der Küche. Also ging ich hinauf und fand meinen Mann an seinem Schreibtisch, den Kopf auf einem Stapel Papier. Ich weckte ihn.

»Kommen Sie, ich bringe Sie zu Bett.«

Er rieb sich die Augen. »Nein, ich habe Briefe zu schreiben und noch einiges zu erledigen im Zusammenhang mit der Ernennung des Bezirksrichters Ende des Monats.«

»Warum müssen immer Sie das übernehmen? Gibt es niemanden sonst, der sich darum kümmern kann? Es wäre besser, wenn Sie sich jetzt ausruhen und alles Weitere morgen erledigen würden.«

»Nein, Theodora, ich kann nicht. Der Justizausschuss ist auf mich als den Besitzer der größten Plantage in diesem Staat angewiesen, um den Richter und den Staatsanwalt fristgerecht zu ernennen. Sagen Sie Emmeline, dass ich mein Nachtmahl heute später einnehmen werde. Fangen Sie ruhig schon mit dem Essen an.«

Als ich gegessen hatte, ging ich wieder in sein Büro. Er war erneut mit dem Kopf auf dem Schreibtisch eingeschlafen, aber diesmal hatte er ein Glas Brandy in der Hand. Ich weckte ihn, und diesmal sträubte er sich nicht, als ich ihn in sein Zimmer und zu Bett brachte.

»Mrs. Allen, ist es üblich, dass Sie hilflose Männer entkleiden?«

Ich antwortete ihm nicht, und er legte sich hin, um zu schlafen. Als mein Mann am nächsten Tag nicht zum Mittagessen erschien, ging ich hinauf. Ich fand ihn in seinem Schlafzimmer vor, allein. Er lag unbekleidet unterm Laken, und sein Gesicht wirkte abgespannt.

»Fühlen Sie sich nicht wohl?«

»Das hängt davon ab, wie Sie ›wohl‹ definieren.«

»Ist der Baumwollverlust so verheerend?«

»Theodora, Theodora, machen Sie sich keine Gedanken über meine finanzielle Situation. Ihre hübschen Kleider werden wir uns noch immer leisten können.«

»Daran habe ich nicht gedacht. Ich habe mich bloß erkundigt, weil Ihre Gesundheit seit den Unwettern stark gelitten hat.«

»Danke, meine Liebe. Also, lassen Sie uns mal sehen. Da

ist nicht bloß die verlorene Baumwolle, sondern da sind auch noch die niedrigeren Baumwollpreise in Europa und den Nordstaaten und der gestiegene Preis für Sklaven. Außerdem hatte ich vor, sowohl in eine neue Plantage in Texas als auch in Cromwells Schiffstransportunternehmen zu investieren, und jetzt habe ich womöglich für keines der beiden Projekte genug Kapital zur Verfügung. Sie sehen also, ich befinde mich in einem Dilemma. Ach ja, und noch dazu habe ich Cromwell zwanzig Sklaven versprochen, um zu verhindern, dass mein Enkelsohn als Bastard geboren wird.« Er schloss die Augen.

»Das tut mir alles sehr leid. Ich werde Sie sich jetzt weiter ausruhen lassen«, sagte ich.

»Nein, setzen Sie sich einen Moment zu mir. Reden Sie mit mir. Ich habe seit einer ganzen Weile keine kluge Stimme mehr vernommen.«

»Ich muss an Clarissa denken und daran, sie zur Geburt des Kindes wieder zu besuchen. Auch an die Tutwilers muss ich denken. Sollten wir sie wieder einmal besuchen?«

»Daran habe ich auch schon gedacht. Vielleicht scheint dort, wo sie wohnen, ja die Sonne. Seit einigen Tagen denke ich darüber nach, diesen Ort zu verlassen. Es heißt, der Ostindische Archipel soll sehr schön sein, und dass der Regen dort ganz herrlich sei. Man soll dort sogar einen ganz fantasievollen Namen dafür haben: Tropensturm. Was sagen Sie dazu, Theodora, sollen wir in Mobile an Bord eines Schiffs gehen und nach Barbados oder Jamaika fahren?«

Wir lachten.

»Theodora, die Bediensteten sagen, dass die Straßen noch immer schlammig sind. Für unsere Reise sollten wir wohl auf die Rückkehr der Sonne warten.«

Ich blieb bei ihm, bis er eingeschlafen war. An diesem

Nachmittag fand ich ein Buch in meiner Bibliothek, das ich gekauft hatte, als wir in Charleston waren. Es beschrieb Szenen aus Barbados, dem Vaterland der ersten Siedler von North und South Carolina, und ich malte meinem Mann Aquarelle davon. Als ich sie ihm später zeigte, war er sehr erfreut.

»Genauso habe ich es mir vorgestellt, liebste Theodora, azurblauer Himmel und Palmen. Danke.«

Ich genoss den vorübergehenden Aufschub von Cornelius' Launenhaftigkeit und bedauerte, dass er nicht immer so sein konnte wie an diesem Tag.

Einige Tage später störte uns Thad, ein Bediensteter, beim Frühstück und teilte uns mit, dass uns einige Herren sprechen wollten. Er gab meinem Gatten die Visitenkarte von einem von ihnen, und wir gingen in den Salon.

»Meine Herren, willkommen in unserem Hause. Thad, geh in die Küche und bring Kaffee und Tee für alle. Mr. Fitzhugh, vielleicht möchten Sie im Namen unserer Nachbarn sprechen? Und ist Mrs. Allens Anwesenheit vonnöten?«

»Ja, Mr. Allen, ich werde das Wort übernehmen. Und ja, Mrs. Allen sollte anwesend sein, denn diese Situation betrifft unsere Familien. Mr. und Mrs. Allen, zwei meiner Sklaven sind gestern entflohen, und sie wurden nicht gefasst.«

»Bevor wir weiterreden, lassen Sie uns irgendwohin gehen, wo wir die Türe schließen und uns vertraulich unterhalten können«, sagte mein Mann.

Er wies einen anderen Bediensteten an, Thad zu sagen, dass wir nicht gestört werden wollten, wenn er mit dem Kaffee zurückkäme. Wir führten das Gespräch im Wohnzimmer fort.

»Wer hat sie gesucht?«, erkundigte sich mein Mann.

»Zwei der erfolgreichsten Fänger von der Firma Pinckney

& Jenkins, aber wie Sie wissen, ist die Wahrscheinlichkeit groß, dass sie sich unserem Zugriff entziehen oder von jemand anderem gefangen werden, wenn wir sie nicht innerhalb eines Tages wiederfinden.«

»Gab es einen Vorfall, der ihrer Flucht vorausging?«

»Einer meiner Aufseher disziplinierte vor zwei Wochen einen Sklaven, doch er ging zu weit und tötete ihn. Einer der entflohenen Sklaven sollte nun wegen Diebstahls ausgepeitscht werden, und offenbar floh er, um der Bestrafung zu entgehen.«

»Wurde der Aufseher, der den Sklaven getötet hatte, nicht wegen Mordes belangt?«

»Ja, und das ist ein weiterer Grund, warum wir hier sind. Wie Sie vielleicht wissen, Sir, sprachen wir uns erfolgreich gegen jede strafrechtliche Verfolgung aus, denn es war schließlich kein Mord, da man Besitz nicht ermorden kann. Aber könnten wir zuerst die Angelegenheit der entlaufenen Sklaven besprechen?«

»Natürlich. Bitte fahren Sie fort.«

»Pinckney & Jenkins haben Informationen, dass die Methodistenkirche in der Stadt die Sklaven bei ihrer Flucht unterstützt haben könnte, zusammen mit einem freien Nigger …«

»Mr. Fitzhugh, bitte vermeiden Sie in meiner Gegenwart eine vulgäre Ausdrucksweise«, sagte ich.

»Ich bitte um Vergebung, Madam. Der freie Neger aus der Stadt ist ein Schneider, der dieser Kirche angehört, und wir glauben, dass er mit anderen Kirchenmitgliedern zusammenarbeitet, um uns unseres Besitzes zu berauben.«

»Haben Sie irgendwelche Beweise für seine Aktivitäten?«

»Nein, Sir, das haben wir nicht, aber wir haben Pinckney & Jenkins angeheuert, Leute in die Gemeinde einzuschleusen, die sich als neue Mitglieder ausgeben und den Ni… Neger im Auge behalten. Wir sind uns darüber im Klaren, dass Sie eigene Späher, Wachleute und Sklavenfänger haben, aber wir ersuchen Sie, dass Sie sich an der Bezahlung von Pinckney & Jenkins für diesen Dienst beteiligen, bis wir die Gesetzesbrecher gestellt haben.«

»Erlauben Sie mir hinzuzufügen«, mischte sich ein weiterer Plantagenbesitzer ein, »dass Pinckney & Jenkins der Auffassung sind, diese Kirche stünde den Abolitionisten nahe, da der frühere und der aktuelle Pastor, Vater und Sohn, im Norden Theologie studiert haben. Ich denke, wir sollten einen Weg finden, die Kirche zu schließen.«

»Das ist eine schwerwiegende Anschuldigung«, erwiderte mein Gatte. »Aber ja, ich werde Ihre Bestrebungen auf jeden Fall unterstützen. Wenn wir tatsächlich Beweise dafür finden, dass die Kirche in illegale Aktivitäten verwickelt ist, sollten wir in Betracht ziehen, sie auflösen zu lassen, und ihre Mitglieder dazu ermutigen, sich einem anderen Gotteshaus anzuschließen. Soll der Pastor sich woanders eine Gemeinde suchen. Was nun den Schneider betrifft: Falls wir irgendwelche Beweise für seine Beteiligung finden, soll er aufgefordert werden, in eine andere Stadt zu ziehen. Wenn er sich weigert, können wir ihm damit drohen, dass wir die Sache vor Gericht bringen, um ihm den Status des Freigelassenen wieder aberkennen zu lassen.«

»Danke, Mr. Allen. Unser zweites Anliegen betrifft die Ernennung des Bezirksrichters und des Staatsanwalts durch Sie. Wir können keinen Staatsanwalt akzeptieren, der unsere Besitzrechte nicht achtet. Der aktuelle Staatsanwalt hätte meinen Aufseher nicht verhaften lassen dürfen. Wir fordern deshalb, dass sowohl der neue von Ihnen ernannte Richter als auch der neue Staatsanwalt einen Eid ablegen, welcher besagt, dass sich die Rechtsgrundsätze nicht auf die Behandlung unserer Sklaven beziehen, solange sie sich innerhalb der Grenzen unserer Besitztümer befinden.«

»Da stimme ich voll und ganz mit Ihnen überein. Doch ich möchte trotzdem den Vorschlag machen, dass wir in puncto der Disziplinierung unserer Sklaven unsere Aufseher und die Fahrer anweisen sollten, respektvoll mit unserem Besitz umzugehen. Ich danke Ihnen, meine Herren, dass Sie mich umgehend über diese Angelegenheiten in Kenntnis gesetzt haben. Ich werde jemanden von Pinckney & Jenkins kommen lassen und mit ihm besprechen, wie meine Beteiligung an der Lösung dieses Problems aussehen könnte.«

Ein düsterer Himmel und anhaltende Kälte tagsüber machten uns zu schaffen, und eine weitere Woche verstrich, während der wir unser Zuhause nicht verließen. Ich saß lesend am Kamin im Salon, als ich eines Nachmittags die schweren Schritte meines Mannes oben in seinem Büro vernahm. Ich hörte ihn die Tür zuschlagen und nach unten gehen. Seine Hände zitterten, und sein Gesicht war gerötet. Er zeigte auf mich.

»Kommen Sie mit nach oben. Sofort. Sofort habe ich gesagt. Beeilen Sie sich!«

Ich folgte ihm in sein Büro.

»Das ist unmöglich. Das kann nicht sein. Sie lügen«, wetterte er.

»Was ist geschehen? Wer lügt?«

Er zeigte auf seinen Schreibtisch. »Das … ist … alles Ihre Schuld.«

»Was? Was habe ich getan?«

»Lesen Sie den verdammten Brief.«

Ich setzte mich, denn ich fürchtete, ohnmächtig zu werden, als ich den ersten Absatz las.

8. Juni 1854
Sehr geehrter Mr. Allen,
wenn Sie diesen Brief lesen, werden Ihre Tochter und Ihr Bastard von einem Enkel bereits auf dem Weg zu Ihnen sein. Ich schicke sie Ihnen zurück, da sie heute einen Sohn zur Welt gebracht hat, der nicht der meine ist.

»Das kann nicht sein! Warum hassen sie mein Kind so? Warum erfinden sie diese schrecklichen Lügen über sie? Meine geliebte Tochter muss noch sehr mitgenommen von der Geburt sein, und doch zwingt man sie zu reisen, wenn sie eigentlich noch das Bett hüten sollte. Aber das ist unmöglich! Ich bin Ihrer Meinung. Er lügt. Natürlich tut er das. Sie wollen bloß mehr Feldarbeiter. Wie kann man nur so habgierig sein?«

Ich betrachtete Cornelius, der schweigend aus dem Fenster starrte, und versuchte zu erraten, was er dachte, voller Furcht, dass er seine Meinung geändert haben könnte und Julius' Behauptung, das Kind sei nicht von ihm, nun doch für wahr hielt.

»Wir sind uns doch einig, dass er lügt, nicht wahr? Das ist es doch, was Sie mir eben gesagt haben, oder?«

Er wandte langsam den Kopf und starrte mich an.

»Sie haben wohl noch nicht den zweiten Absatz gelesen, in dem er erklärt, warum das Kind nicht seines sein kann, oder? Lesen Sie!«

Ich schaute hinunter auf den Brief und las zweimal den zweiten Absatz. Ich stieß einen Klagelaut aus. Der Brief glitt aus meiner Hand zu Boden. Cornelius hob ihn auf und verließ das Zimmer. Er schlug die Tür hinter sich zu, und dann hörte ich Schritte auf der Treppe nach unten. Ich blieb im Büro, wiegte mich hin und her, betete, dass alles nur ein böser Traum sei, dass Julius keinen Brief geschrieben hatte, in dem er meine Tochter beschuldigte, eine solch schändliche Tat begangen zu haben. Nach gut einer Stunde stand ich auf und begab mich in mein Schlafzimmer, wo ich voll bekleidet einschlief.

Dreizehntes Kapitel

Sarah Campbell

Einige Tage, nachdem ich den Passierschein für die Wilkes-Sklaven geschrieben hatte, bereitete ich mit der Köchin und einigen anderen Cromwell-Sklaven in der Küche das Abendessen vor, als der Aufseher erschien, um mir mitzuteilen, dass ich vom nächsten Morgen an um neun Uhr Mr. Cromwell den Frühstückstee in seine Privatzimmer zu bringen hätte.

»Aber Sir …«

»Pass auf, was du sagst, oder ich werde Mr. Cromwell berichten, dass du seine Autorität infrage gestellt hast.«

Als ich es Clarissa erzählte, war ich von ihrer Antwort überrascht.

»Sarah, gehorch ihnen einfach. Es bringt nichts, sich deswegen zu streiten. Es ist doch bloß ein weiteres Tablett, das du morgens tragen musst.«

Isaacs Kommentar an diesem Abend enttäuschte mich genauso.

»Sarah, warum glaubst du, dass du nicht tun musst, was sie dir sagen? Was ist los mit dir? Willst du unbedingt ausgepeitscht werden?«

»Es ist bloß, weil ich nicht allein mit ihm in seinem Schlafzimmer sein will.«

»Er hat doch diese Frau in der Stadt, und er interessiert sich nicht auf diese Art für dich.«

»Ich hoffe, das stimmt, Isaac. Ich hoffe es wirklich.«

Am nächsten Morgen klopfte ich an Julius' Schlafzimmertür.

»Herein. Stell das Tablett auf den Tisch. Bitte schenk mir eine Tasse Tee ein und bring sie mir.«

Er saß auf einem Stuhl am Fenster und trug einen Morgenrock über seinem Schlafgewand. Ich reichte ihm den Tee, stand dann mit gesenktem Kopf vor ihm und wartete darauf, dass er mich entließ. Er lächelte und sprach freundlich mit mir.

»Sieh mich an, Sarah. Ja, wie ich es mir gedacht habe. Abgesehen von der Tatsache, dass deine braun und ihre blau sind, habt ihr die gleichen Augen. Hübsch. Dein Haar, wie sieht es aus? Warum bedeckst du es immer mit so einem grässlichen Küchenmagdlumpen? Nun? Ich nehme an, du möchtest es nicht vielleicht abnehmen, damit ich dein Haar sehen kann?«

»Nein, Sir.«

»Warum nicht?«

»Ich nehme meine Kopfbedeckung nie ab, Sir.«

»Nicht einmal für deinen Ehemann?«

Ich antwortete nicht und senkte den Blick wieder zu Boden, die Hände vor dem Körper ineinander verschlungen, damit er nicht sah, dass sie zitterten. Ich hatte Bedenken, mit ihm allein in seinem Zimmer zu sein, obwohl ich wusste, was Isaac über Julius' farbige Geliebte in der Stadt gesagt hatte. Aber ich hätte mich in so einer Situation mit jedem Mann unwohl gefühlt, allein schon aufgrund dessen, was Belle nach ihrem Verkauf geschehen war.

»Sieh mich an, Sarah.« Er lachte, was mir das Ganze noch unangenehmer machte. »Du siehst noch hübscher aus, wenn du errötest und ich deine Grübchen sehen kann. Du bist schüchtern, oder? So ganz anders als deine Schwester. Also gut, Sarah, du kannst gehen. Bis morgen.«

Ich war überrascht von seiner Aussage, dass Clarissa und ich Schwestern wären, da dies ein Thema war, das sonst noch niemand offen ausgesprochen hatte – abgesehen von den Kindern, die mich damit aufgezogen hatten, als ich klein war. Doch es war offensichtlich, dass Clarissa und ich blutsverwandt waren, da eine starke Ähnlichkeit zwischen uns bestand.

Ich war noch nie so erleichtert gewesen, die Gegenwart eines meiner Besitzer nicht länger ertragen zu müssen, wie an jenem Tag. Doch meine Erleichterung wandelte sich in derselben Nacht in Grauen, wenn ich nur daran dachte, was er am nächsten Morgen sagen oder tun würde. Ich hätte gern mit jemandem darüber gesprochen, aber ich wusste, dass es kein teilnahmsvolles Ohr gab.

Zwei Wochen lang verliefen die Morgen immer so wie der erste. Er machte Bemerkungen über mein Aussehen und fragte mich, wann er wohl das Vergnügen hätte, mich ohne Kopfbedeckung zu sehen. Ich stand vor ihm und sagte wenig, während er dasaß und seine Teetasse in der Hand hielt, doch mit der Zeit verlor ich meine Angst vor ihm ein wenig. Zumindest bis zu dem Morgen, als sich sein Ton veränderte.

»Wie lange willst du dir noch den Anschein eines schüchternen jungen Mädchens geben, wo du doch eine verheiratete Frau bist? Antworte! Ich habe genug von deinem Schweigen.«

Ich senkte den Kopf und starrte zu Boden. Er stand auf und hob mein Kinn an, und seine Berührung ließ mich zusammenzucken. Er forderte mich wieder auf, ihn anzusehen, und ich gehorchte.

»Sarah, ich werde dich zu nichts zwingen, aber du weißt, dass ich es könnte. Es liegt nämlich in meinem Handlungsspielraum. Wenn du meinem Angebot zustimmst, dann musst du nicht länger Clarissas Dienstmädchen sein, und du musst auch nicht mehr in der Küche arbeiten, da deine Zuständigkeit sich dann darauf beschränken würde, dich um mich zu kümmern.« Er hielt weiter mein Kinn hoch und nahm meine Hand. Ich versuchte, sie ihm zu entziehen, aber er hielt sie fest und drehte die Handfläche nach oben.

»Sieh dir deine Hände an. Du ruinierst sie dir noch. Ich sag dir etwas: Wenn das neue Haus fertig ist, werden meine Privaträume auf der anderen Seite wie die von Clarissa sein, und du musst dir keine Gedanken machen, sie jemals zu sehen. Und du bekommst all die hübschen Kleider, die du dir wünschst.«

Ich runzelte die Stirn, als ich an Mr. Allen dachte, der auch seine eigenen Privaträume hatte, sodass meine Mutter bei ihm sein konnte, ohne dass Mrs. Allen davon wusste.

»Was ist los? Hast du Bedenken wegen Isaac? Ich kann ihn beschäftigen, indem ich ihn verleihe, weißt du. Was sagst du dazu, Sarah? Also gut, ich muss deine Antwort nicht heute haben. Aber, Sarah, versprich mir, dass du sie mir bald geben wirst.«

»Ja, Sir.«

Am nächsten Morgen fragte er mich, ob ich schon eine Entscheidung getroffen hätte.

»Sir, ich kann nicht tun, was Sie von mir verlangen. Ich kann einfach nicht.«

»Isaac ist der Grund für deine Bedenken, oder? Ich gebe dir noch mehr Bedenkzeit. Es hätte so viele Vorteile, wenn du auf mein Angebot eingingest. Vergiss nicht, deine Arbeit wird noch mehr werden, wenn Clarissa erst ihr Kind hat. Apropos, du bist doch nicht etwa in anderen Umständen, oder?«

»Sir?«

»Schon gut. Das ist im Moment nicht wichtig, aber da ist noch etwas, was du in Betracht ziehen solltest – das Geschick deiner zukünftigen Kinder. Ich könnte dir und deinen Kindern die Freiheit schenken, weißt du. Ich sehe, das hat dein Interesse geweckt. Sehr gut. Ja, Sarah, das ist etwas, was ich ohne Weiteres tun könnte. Was sagst du also?«

»Sir, ich werde darüber nachdenken.«

Mr. Cromwell verlor langsam die Geduld, aber seltsamerweise schien ihn meine Weigerung, ihm das zu sagen, was er hören wollte, auch zu amüsieren.

»Ich werde dich schon noch davon überzeugen, dass es zu deinem Besten wäre, mit mir zusammen zu sein.«

Es war Anfang Juni, eine Woche später, mitten in der Nacht. Ich schlief auf einer Pritsche in Clarissas Schlafzimmer, als sie plötzlich aufschrie.

»Oh, tut das weh! Das tut so weh. Sarah, ich glaube, das Baby kommt. Sag ihnen, sie sollen nach dem Doktor schicken, sofort! Beeil dich!«

Sie weinte und atmete schnell, doch es gelang ihr, dazwischen noch zu sprechen. Ich ging ins Nebenzimmer und schlüpfte in ein Kleid.

»Beeil dich, schnell. Oh, oh, oh … tut das weh … so weh.«

Als der Arzt erschien, war Clarissas Fruchtblase bereits geplatzt. Ihre Wehen dauerten vierzehn Stunden. Nachdem das Baby geboren war, saugte Dr. Walker seine Nasenlöcher ab und durchtrennte die Nabelschnur. Das Kind fing an zu schreien und lief rot an.

Dr. Walker trug mir auf, gemeinsam mit Jessie, dem anderen Mädchen, das bei der Geburt half, den Säugling zu waschen und zu wickeln.

»Nein, geben Sie ihn mir jetzt«, protestierte Clarissa.

»Wascht ihn erst und deckt sie zu«, sagte der Arzt, bevor er das Zimmer verließ.

Clarissa nahm ihren Sohn entgegen und bat um ein nasses Tuch, mit dem sie ihm dann Kopf und Hände säuberte. »Mein Engel. Ja, das bist du, mein Engel auf Erden. Mama hat dich lieb.« Sie streichelte ihm den Rücken. »Sarah, sag meiner Mutter, dass sein Name Theodore ist.«

»Das können Sie ihr doch selbst sagen, wenn sie herkommt, Miss Clarissa.«

»Sarah, weißt du noch, wie glücklich wir waren, als wir noch Kinder waren?«

Ich sagte nichts, denn all die Gedanken, die mir durch den Kopf wirbelten, nachdem ich Clarissas Baby gesehen hatte, verwirrten mich, und ich konnte nicht glauben, was ich sah. Ich zwang mich, Clarissa zuzuhören, fragte mich aber die ganze Zeit, was wohl mit uns geschehen würde, jetzt, wo sie das Kind zur Welt gebracht hatte.

»Waren wir nicht glücklich, als wir zusammen in der Kinderstube spielten und ich Unterricht bekam?«

Ich antwortete ihr mit emotionsloser Stimme, denn ich wusste, dass sie mir diese Frage stellte, weil sie mich gleich um etwas bitten würde. »Ja, wir waren glücklich.«

»So will ich, dass du mich immer in Erinnerung behältst.«

Ich war plötzlich alarmiert. »Was meinen Sie damit, Miss Clarissa?«

»Du weißt, was ich meine, Sarah, das weißt du. Sieh ihn dir an. Was glaubst du wohl, was sie mit mir und dem Kind tun werden, Sarah?«

»Ich glaube nicht, dass sie irgendetwas … Schlimmes mit Ihnen machen werden.«

»Sarah, du weißt sehr wohl, dass sie mich bestrafen werden, sie werden mich nie damit davonkommen lassen, aber meinem Baby werden sie nicht wehtun, nein. Ich weiß, was ich tun werde, ich weiß es … Ich werde Julius davon überzeugen, dass er dich das Kind nach Hause zu meiner Mutter bringen lässt. Bitte, Sarah, ich weiß, das ist viel verlangt, aber … aber versprichst du mir, dass du das Kind zu meiner Mutter bringen wirst?«

Ich zögerte, während ich darüber nachdachte, wie mir das, was sie von mir verlangte, zum Vorteil gereichen könnte.

»Sarah, bitte, ich tue alles. Ich gebe dir einen Brief mit und bitte Papa, dass er dich freilässt, wenn du das für mich tust. Machst du es?«

»Ja, Miss Clarissa, wenn Sie das machen, werde ich mein Bestes tun.«

Es klopfte, die Tür ging auf, und Mrs. Cromwell, Julius und Dr. Walker traten ein. Mrs. Cromwell hieß mich, das Baby an mich zu nehmen, aber Clarissa weigerte sich, es mir zu geben. Mrs. Cromwell machte ein finsteres Gesicht, und ihre Mimikfalten wirkten noch tiefer als sonst. Julius runzelte die Stirn und schwieg, während Dr. Walker nicht stillstehen konnte, offenbar hocherfreut, bei diesem Familienspektakel rund um die Geburt eines illegitimen Kindes dabei zu sein. Mrs. Cromwells Stimme klang schroff.

»Nun gut, also, dreh ihn um, damit wir sein Gesicht sehen können«, sagte sie.

Clarissa, deren Augen vom Weinen angeschwollen waren, folgte ihrer Aufforderung nur widerwillig, und als Mrs. Cromwell das Gesicht des Kindes sah, schwieg sie einen Moment lang, verzog den Mund und nickte dann.

»Ja, Mr. Walker, ich sehe, was Sie meinen«, sagte Mrs. Cromwell. Dann wandte sie sich an mich und das andere Mädchen und trug uns auf, Clarissa und den Säugling zu waschen und das Zimmer sauber zu machen. Wir überredeten Clarissa, uns das Kind zu geben, damit wir Mrs. Cromwells Anordnungen Folge leisten konnten. Kurz darauf klopfte der Aufseher an die Tür, und als ich öffnete, zitierte er Jessie und mich aus dem Zimmer und sprach im Flur mit uns, nachdem er die Tür geschlossen hatte.

»Mrs. Cromwell hat gesagt, dass ihr niemandem etwas über die Geburt des Kindes erzählen dürft, habt ihr mich verstanden? Und ihr dürft auch keine anderen Bediensteten in dieses Zimmer lassen. Verstanden? Und was dich angeht, Sarah: Mr. Julius Cromwell möchte, dass du dich frisch machst und dann in einer Stunde in seinem Büro erscheinst.«

Er saß an seinem Schreibtisch, als ich eintrat. Er hieß mich, auf einem der Stühle davor Platz zu nehmen. Ich hatte erwartet, dass er wütend wäre, doch er war so gefasst, als hätte er Wichtigeres zu tun. Mir dagegen dröhnte der Kopf, wenn ich daran dachte, was ich zu tun hätte, und daran, welche Entscheidungen die Cromwells in Bezug auf mich und Isaac wohl getroffen hatten oder noch treffen würden. Ich wusste, dass meine nächsten Handlungsschritte vollkommen davon abhingen, was die Cromwells mit Clarissa und ihrem Baby vorhatten, und kam zu dem Schluss, dass Julius mir Einsicht in die Pläne seiner Familie geben konnte.

»Sarah, du siehst aus, als könntest du Schlaf gebrauchen. Wenn du mein Angebot angenommen hättest, hättest du nicht dabei sein müssen, als dieser kleine … dieses Kind geboren wurde. Aber ich will dich nicht lange aufhalten. Weißt du, mich kümmert mehr meine Zukunft mit dir als meine Vergangenheit mit Clarissa. Hast du also über mein Angebot nachgedacht? Sarah? Antworte.«

»Sir … nein, Sir, ich habe noch nicht darüber nachdenken können. Ich hatte keine Zeit, weil ich mich um Miss Clarissa und das Baby kümmern musste.«

»Das ist nicht die Antwort, die ich hören wollte. Ich habe kaum an etwas anderes gedacht. Nun gut, ich will dir etwas im Vertrauen sagen, das im Moment bloß meine Eltern und ich wissen. Ich erzähle es dir, da es dich unmittelbar betrifft. Ich schicke Clarissa und ihren Sohn zurück zu ihren Eltern. Das überrascht dich doch nicht, oder?«

»Nein, Sir, ich schätze nicht. Ich hätte auch nicht gedacht, dass Sie sie hierbehalten wollen.«

»Ziehst du es vor, mit deiner Antwort bis zu ihrer Abreise zu warten? Sarah, warum ist das keine leichte Entscheidung für dich? Denk doch: Wenn sie erst fort ist, musst du nicht mehr die zweite Geige spielen. Also gut, ich erwarte deine Antwort bei ihrer Abreise.«

»Sir, darf ich Sie fragen, wann Sie sie nach Allen Estates zurückschicken?«

»Ich werde ihr erlauben, sich ein paar Tage zu erholen, aber von nun an wird Jessie ihr Mädchen sein, und du wirst auch nicht mehr in der Küche arbeiten müssen. Deine einzige Pflicht wird es sein, dich mir zu widmen.«

»Weiß Clarissa von Ihren Plänen?«

»Nein, und du wirst ihr auch nichts davon sagen. Genau genommen möchte ich nicht einmal mehr, dass du ihr Zimmer betrittst. Ich werde morgen früh mit ihr sprechen.«

Isaac war da, als ich in unsere Hütte kam.

»Clarissa hat das Kind bekommen.« Ich war so erschöpft, dass ich mich noch in meiner Kleidung aufs Bett legte.

»Das hieß es auch schon in den Ställen und in der Küche.«

»Ja, Jessie und ich haben dem Arzt geholfen.«

»Du bist ja recht wortkarg. Warum?«

»Ich bin wirklich müde, und der Aufseher hat uns gesagt, wir sollen nichts von der Geburt des Kindes erzählen.«

»Warum nicht?«

»Ich denke, dir kann ich es ja sagen. Der Arzt meinte, das Baby sieht aus wie nach einer neunmonatigen Schwangerschaft.«

»Oh? Und das kann er wirklich sagen?«

»Es ist ein schwerer Säugling und auch ein großer.«

»Hat Mr. Cromwell das Kind schon gesehen?«

»Ja, und seine Mutter.«

»Was haben sie gesagt?«

»Nichts.«

Ich konnte die Augen kaum noch offenhalten und schlief ein.

Den nächsten Tag verbrachte ich damit, Julius' Privaträume sauber zu machen. Er fragte mich nicht wegen seines Angebots, als er mich sah. Am Abend teilte Isaac mir mit, dass ein Aufseher ihm aufgetragen habe, Clarissas Kutsche vorzubereiten. Die Bedeutung dieser Nachricht erfuhr ich am Morgen darauf, als ich Julius den Tee brachte.

»Sarah. Meine liebste Sarah. Sag mir, wie viel Einfluss Clarissa auf ihren Vater hat. Kann sie ihn dazu bringen, über das, was sie getan hat, hinwegzusehen?«

»Sir, seit sie ein kleines Mädchen war, haben er und Mrs. Allen all ihren Wünschen nachgegeben.«

»Ja, aber glaubst du, dass ihr Vater auch diesmal auf ihrer Seite steht?«

»Ich bin nicht sicher.«

»Aber besteht die Wahrscheinlichkeit?«

»Ja, die Wahrscheinlichkeit besteht.«

»Was ich dir nun sage, darfst du vor niemandem wiederholen. Clarissa denkt – vermutlich aus Gründen ihres Schuldbewusstseins –, dass ich ihr und ihrem Sohn etwas zuleide tun will. Das will ich nicht. Ich will sie und diesen … Bastard bloß aus dem Hause meiner Eltern haben. Sie hat mich angefleht, dass du sie nach Allen Estates begleiten darfst.«

Ich verzog keine Miene.

»Sie sagte, sie garantiere, dass du wiederkommst. Ich habe ihr geantwortet, dass ich keinen Grund hätte, ihren Wünschen zu entsprechen, doch sie meinte, wenn du sie begleiten dürftest, werde sie es bei ihrem Vater durchsetzen, dass ich die vereinbarte Anzahl von Feldarbeitern bekomme.«

»Sir, ich glaube, dass sie das bewirken könnte. Mr. Allen besitzt, wie Sie ja wissen, über vierhundert Feldarbeiter.«

»Also gut, dann möchte ich, dass du Folgendes tust: Auf der Fahrt dorthin hilf Clarissa, denn sie kann nicht mehr klar denken. Hilf ihr dabei, eine überzeugende Geschichte für ihren Vater auszudenken. Falls es ihr gelingt, mir die Feldkräfte zu verschaffen, werde ich dich bei deiner Rückkehr freilassen. Natürlich bedeutet das auch, dass alle deine Kinder einmal frei leben werden. Was hältst du davon?«

»Sir, würden Sie das wirklich tun?«

»Ja, meine süße Sarah, das werde ich. Ich verspreche es.«

»Danke, Sir. Ich werde mein Bestes tun.«

»Gut, mach dich bereit, in zwei Tagen aufzubrechen. Und komm und sag mir vor deiner Abreise noch Auf Wiedersehen.«

An diesem Abend teilte Isaac mir mit, dass der Aufseher ihm gesagt habe, er solle die Kutsche und vier Pferde übermorgen bereit haben. »Weißt du, was es damit auf sich hat?«, fragte er.

»Ja, allerdings. Mit der Kutsche werden ein Aufseher und ein Kutscher Clarissa, das Kind und mich nach Allen Estates bringen«, sagte ich.

»Was? Warum fahrt ihr schon so kurz nach der Geburt des Kindes dorthin?«

»Weil Julius die Vaterschaft des Kindes nicht anerkennt.«

»Also, bleiben wir dann dort?«

»Isaac, du kommst nicht mit. Julius wollte nicht mal, dass ich fahre. Er fürchtet, ich würde nicht zurückkehren und … nun ja, setzen wir uns, ich muss dir etwas Wichtiges sagen, denn ich komme auch nicht zurück.«

»Wie meinst du das? Du musst. Wir gehören jetzt Mr. Cromwell. Mr. Allen wird dich zurückschicken müssen. Möchtest du denn nicht zu mir zurückkommen?«

»Ich komme nicht hierher zurück, um das Leben meiner Mutter zu führen. Und ist dir klar, was Mr. Allen mit dem Mann meiner Mutter, Belles Vater, gemacht hat? Er hat ihn verkauft.«

Isaac schwieg eine Weile. »Wieso glaubst du, dass Mr. Allen dich nicht zurückschicken wird?«

»Ich werde fliehen.«

»Sarah, hör auf damit, du kannst nicht …«

»Nein, *du* hörst jetzt mal auf. Sag mir nicht, dass ich nicht fliehen kann. Ich kann und ich werde es tun. Und wenn ich du wäre, würde ich dasselbe tun.«

»Aber wenn du dich schon entschieden hast, warum laufen wir dann nicht jetzt gemeinsam weg?«

»Nein, zwei Leute sind leichter einzufangen. Es wäre schwieriger, nicht aufzufallen, wenn wir in eine Stadt kommen.«

»Aber wir werden uns nie wiedersehen.«

»Isaac, das Einzige, was mich das alles aushalten lässt, und der Grund, warum ich mir nicht die Augen ausweinen werde, wenn ich weglaufe, ist, dass ich daran glaube, alle, die ich liebe, eines Tages im Himmel wiederzusehen.«

»Aber wie könnte ich fliehen, ohne gefasst zu werden? Schau, was mit diesen Wilkes-Leuten passiert ist.«

»Einer war ein Schmied und der andere Landarbeiter. Aber du als Kutscher kennst die Straßen bis nach Georgia und Florida. Und da gibt es noch etwas, was ich dir nicht gesagt habe. Es gibt einen Weg, wie ich dir bei der Flucht helfen kann.«

»Wie?«

»Erst musst du mir sagen, ob du bestimmt fliehen willst.«

»Ich denke schon.«

»Nein, ich muss es sicher wissen, und ich muss es jetzt wissen, damit ich noch Zeit habe, es vorzubereiten.«

»Ja. Ja, ich werd's tun.«

»Ich kann dir einen Passierschein schreiben, weil ich lesen und schreiben kann.«

»Was? Das glaub ich dir nicht.«

»Na dann, tu, was du tun musst, aber allein.«

»Sarah, wirklich? Wie hast du es gelernt?«

»Das kann ich dir nicht sagen.«

»Hat es dir Miss Clarissa beigebracht?«

»Also gut, wenn dir das so wichtig ist. Mrs. Allen hat es mir beigebracht.«

»Das erklärt auch, warum du so sprichst. Aber was nützt mir schon ein Passierschein? Sobald sie merken, dass ich weg bin, werden auch die Sklavenjäger wissen, dass der Schein gefälscht ist.«

»Deshalb musst du deinen Kopf einsetzen. Nimm ein

Pferd und reite für ein paar Tage in die Wälder. Nutze die Straßen nur bei Nacht. Wenn dich jemand aufhält, zeigst du ihm den Schein. Ich schreibe ihn dir morgen. Ist das Haupttor irgendwann unbewacht?«

»Nicht wirklich. Sie lassen immer die Bluthunde da, wenn die Wachen gegen elf Uhr abends ihren Posten verlassen.«

»Haben sie überall auf der Plantage Hunde?«

»Nein, dafür ist sie zu groß. Sie haben sie bloß bei den Sklavenquartieren, den Feldern und den Flüssen und Sümpfen.«

Am nächsten Nachmittag, als Julius beim Mittagessen war, ging ich in sein Büro, um dort sauber zu machen und seine Schreibutensilien zu benutzen. Am Abend traf ich meine Reisevorbereitungen. Am Morgen darauf kam der Aufseher zu unserer Hütte, um mir mitzuteilen, dass wir um elf Uhr aufbrechen würden. Isaac und ich sagten uns Lebwohl, bevor er in die Ställe ging. Ich hatte uns Frühstück gemacht, aber keiner von uns hatte Appetit. Als er fort war, zog ich das Kleid an, das meine Mutter umgearbeitet hatte. Ich bedeckte mein Haar nicht und trug es genau so, wie ich auch Clarissas Haare frisiert hatte.

Als Julius mich sah, lächelte er. »Sarah, wie hübsch du aussiehst.«

»Danke, Sir. Sir, ich wollte Ihnen meine Antwort geben, bevor ich wegfahre. Ich nehme Ihr Angebot an.«

»Sarah, mir fehlen die Worte. Ich dachte, ich müsste mich bis zu deiner Rückkehr gedulden. Du machst mich glücklich.«

»Ich bin auch gekommen, um Auf Wiedersehen zu sagen, und ich hoffe, dass unsere Trennung nur von kurzer Dauer sein wird.«

»Was hat dich bewogen, deine Meinung zu ändern?«

»Sie haben recht, Sir. Alles wird anders sein, wenn sie nicht mehr da ist.«

»Ich freue mich sehr über deine Entscheidung. Sarah, es gibt da etwas, das ich dir geben wollte, wenn du deine Entscheidung getroffen hast. Ich werde es dir jetzt schenken, damit du an mich denkst, wenn du fort bist. Warte hier.«

Er verließ das Zimmer und kam mit einem Samtsäckchen zurück. Daraus nahm er eine goldene Halskette, die mit Perlen und Rubinen verziert war.

»Dreh dich um, Liebling.« Er machte den Verschluss zu und schob die Kette unter das Mieder meines Kleides. »Trag es immer unter deiner Kleidung, damit es niemand sehen kann und es deinem Herzen nah ist.«

Ich dankte ihm. Dann umarmte er mich und küsste mich auf die Wange. Ich kehrte in meine Hütte zurück, um mein Gepäck zu holen, und ging dann zur Kutsche, die vor dem Herrenhaus bereitstand. Clarissa und Jessie, die das Kind in eine Decke gewickelt auf dem Arm hielt, kamen heraus. Eine andere Bedienstete stützte Clarissa beim Laufen. Der Aufseher protestierte, als Clarissa zu mir sagte, ich solle bei ihr und dem Baby in der Kutsche Platz nehmen.

»Das ist meine Kutsche, und sie ist noch immer meine Bedienstete. Ich entscheide, wo sie sitzt. Und überdenken Sie Ihre Impertinenz.«

Die Kutsche konnte nicht schnell fahren, da Clarissa Schmerzen hatte. Ich fragte sie mehrmals, ob wir nicht in einem Gasthof haltmachen sollten.

»Nein, ich möchte nach Hause.«

Gegen Ende der Reise bekam sie Fieber, und als wir schließlich am Haupttor von Allen Estates angelangt waren, befand sie sich bereits im Delirium. Ein Aufseher öffnete die Tür und half Clarissa aus der Kutsche. Als ich mit dem Baby auf dem Arm ausstieg, forderte er mich auf, ihm das Kind zu übergeben.

»Nein, Sarah, nicht. Gib ihn mir.«

Sie trat vor mich und versuchte, den Säugling an sich zu nehmen, doch der Aufseher stieß sie weg. Ein weiterer Aufseher nahm mir das Baby ab und stieg mit ihm in eine andere Kutsche. Clarissa versuchte noch, ihnen zu folgen, doch sie war zu schwach.

»Lauf ihnen hinterher, Sarah. Bitte versuch, meinen Sohn zurückzuholen.«

Ich rannte hinter der Kutsche her, so weit ich konnte, aber sie nahm immer mehr Fahrt auf, und so kehrte ich zu Clarissa zurück, als keine Möglichkeit mehr für mich bestand, sie einzuholen.

Die Aufseher halfen Clarissa in eine kleinere Kutsche. Ich erklomm den Platz neben dem Kutscher. Zwei Bedienstete erwarteten uns am Portal des Herrenhauses. Sie halfen Clarissa heraus und sagten mir, ich solle ihnen nach oben folgen.

»Wo ist Mrs. Allen?«, fragte ich.

»Jemand wird sie holen.«

»Und wissen Sie, ob meine Mutter und Belle da sind?«

»Ja, wir können jemanden schicken, um ihnen zu sagen, dass Sie angekommen sind.«

Ich brachte Clarissa zu Bett. Ihr Gesicht brannte. Mrs. Allen weckte Clarissa, als sie eintraf.

»Mama, Mama, ich bin zu dir gekommen, damit du mir hilfst, aber sie haben mir mein Kind weggenommen. Sie haben mir meinen Engel weggenommen. Weißt du, wohin sie ihn gebracht haben, Mama?«

»Sarah, wo ist das Baby?«

Ich erzählte ihr, was geschehen war.

»Gütiger Gott. Sarah, ich werde meinen Mann aufsuchen und nach einem Arzt schicken. Bleib du hier bei ihr. Oh, und ich lasse auch Emmeline herholen, weil Clarissa ganz fiebrig ist.«

Als meine Mutter erschien, umarmten wir uns, und ich flüsterte ihr ins Ohr: »Mama, ich muss dir so viel erzählen.«

»Ich weiß alles, Kleines. Wir reden später.«

»Wie geht es Belle und den Kindern?«

»Es geht ihnen gut. Du siehst sie nachher. Sie weiß, dass du hier bist.«

Sie befühlte Clarissas Stirn und Hals. »Seit wann hat sie das Fieber?«

»Seit wir nach Benton County gekommen sind.«

Mrs. Allen kehrte zurück. »Emmeline, was denkst du?«

»Madam, wir sollten warten, bis der Arzt da ist.«

»Doch es ist nur ein Fieber, nicht wahr?«

»Das bedeutet aber normalerweise, dass die Mutter bei der Geburt eine Infektion erlitten hat.«

»Kannst du ihr nicht irgendetwas geben?«

»Madam, bei so hohem Fieber glaub ich nicht, dass meine Kräuter etwas ausrichten können.«

»Emmeline, bitte versuch es, bitte. Mr. Allen weigert sich, einen Arzt kommen zu lassen. Er meint, sie braucht keinen.«

»Sarah, geh in meine Hütte und brüh Katzenminze auf. Madam, Bessie und ich könnten Miss Clarissa kalt baden.«

Die Leute, die ich auf meinem Weg traf, versuchten mich in eine Unterhaltung zu verwickeln und fragten, warum wir zurückgekehrt waren, aber ich eilte schweigend an ihnen vorbei. Als ich zurück in Clarissas Zimmer kam, hörte ich meine Mutter, Mrs. Allen und Bessie im Badezimmer nebenan. Sie brachten Clarissa in die Wanne und redeten auf sie ein, um sie wach zu halten. Sobald der Tee abgekühlt war, flößte Mrs. Allen ihn ihr noch in der Wanne ein. Doch weder der Tee noch das kalte Bad senkten ihre Temperatur. Ihre Lippen waren aufgesprungen, und die dunklen Ringe um ihre Augen waren noch ausgeprägter als an diesem Morgen.

»Madam, wollen Sie es noch einmal bei Mr. Allen versuchen? Sie wird immer heißer. Madam?«

»Ich habe dich gehört, Emmeline, aber ich bezweifle, dass er nach dem Arzt schicken wird.«

»Madam, wenn ihr Fieber noch mehr steigt, wird sie … dann wird sie …«

Vierzehntes Kapitel

Theodora Allen

Als ich sein Büro betrat, saß mein Mann am Schreibtisch und trank Whiskey. Er kam auf mich zu. Bleich. Ich atmete tief durch und schob mir eine Haarsträhne hinters Ohr. Im Stillen betete ich, dass er mich nicht schlagen würde.

»Bitte, ich flehe Sie an, Mr. Allen, schicken Sie jemanden nach dem Doktor.«

»Nein. Haben Sie mich nicht gehört? Sie hat uns zerstört. Wie können wir uns je wieder irgendwo blicken lassen? Wir brauchen gar nicht mehr zu wagen, unseren Besitz zu verlassen.«

»Aber sie wird sterben. Sie hat hohes Fieber und starke Schmerzen und …«

»Das … ist … mir … gleich. Es ist mir gleich, wie stark ihre Schmerzen sind. Ihr Schmerz ist nichts dagegen, dass sie mich ruiniert und meinen Familiennamen zuschanden gemacht hat. Wir haben so hart für unseren Wohlstand gearbeitet, haben alles aus dem Nichts aufgebaut, und jetzt werden wir ihretwegen Ausgestoßene sein. Und was meinen Sie, wie das meinen Söhnen und Enkeln schaden wird? Dieser Skandal hat sich doch längst bis nach Mobile, Georgia und noch weiter verbreitet. Es war Ihre Pflicht, auf Ihre Tochter aufzupassen. Das war alles, was von Ihnen erwartet wurde: dass Sie Ihre Kinder erziehen. Aber Sie haben den Kopf stattdessen lieber in Ihre Bücher und Blumen und in Ihre Musik vergraben. Haben Sie wirklich geglaubt, dass Sie nur schön sein brauchen? Haben Sie auch nur einen Augenblick daran gedacht, ein Auge auf Ihre Tochter zu haben?«

»Aber …«

»Unterbrechen Sie mich nicht. Sie wissen doch, dass Sie einen Mann nicht zu unterbrechen haben. Da gibt es kein ›Aber‹. Es gibt nichts, was Sie als Rechtfertigung dafür vorbringen könnten, dass Sie es nicht geschafft haben, aus Ihrer Tochter keine Hure zu machen.«

»Wir wissen doch nicht, ob es freiwillig …«

»Was? Wer würde das schon glauben, außer Sie selbst? Sie hat uns vorsätzlich irregeführt, indem sie uns ihre Heirat mit Cromwell arrangieren ließ.«

»Haben Sie denn überhaupt kein Mitleid mit Ihrem eigenen Kind?«

»Mitleid? Mitleid? Wer hat denn bitte Mitleid mit *mir?* Sie hat mich zu einer Lachnummer gemacht. Ich hatte gehofft, mit ihrer Hochzeit könnte ich meine Geschäfte ausbauen. Aber wer will jetzt wohl überhaupt noch Geschäfte mit mir machen? Wer wird mir Kapital vorstrecken? Und schlimmer noch, für Generationen wird mein Familienname mit Ihrer Tochter in Verbindung gebracht werden, die nichtswürdiger ist als eine Metze.«

»Bitte …«

Er baute sich direkt vor mir auf und ballte die Fäuste. Sein Atem roch nach Alkohol.

»Wenn Sie mich noch einmal unterbrechen, dann schwöre ich … ich schwöre, ich schlage Sie, bis Sie nicht mehr sprechen können. Hören Sie auf zu heulen! Es ist zu spät. Ich habe gesagt, hören Sie mit dem Geheule auf! Der Schaden ist längst angerichtet. Wenn Ihre selbstsüchtige Tochter als Folge ihrer Zügellosigkeit stirbt, dann soll es so sein. Ich hoffe, sie schmort in der Hölle. Heulen Sie nicht! Ihr Geheul macht mir Lust, Sie zu erwürgen. Sehen Sie mich an. Ich habe gesagt, sehen Sie mich an.«

Er packte mich am Kinn und drückte zu, zwang mich, ihn anzusehen. Seine Augen waren rot und seine Nasenlöcher geweitet.

»Wenn Ihre Tochter stirbt, dann gibt es auch kein lebendes Andenken mehr an ihren Frevel.«

Er ließ von mir ab und trat zurück. Ich verließ hastig das Zimmer und eilte zu Clarissa. Sie lag reglos da, und ihr Atem ging so schwach, dass ich zuerst dachte, sie sei bereits von uns gegangen.

»Emmeline, gibt es noch irgendjemanden hier, der uns mit Clarissa helfen könnte?«

»Vielleicht Miss Mary, Madam.«

»Ich werde sie sofort holen lassen.«

»Madam, vielleicht sollten Sie Johnny schicken. Er findet am schnellsten zu ihrer Hütte, und er soll ihr sagen, dass sie ihr Laudanum und all ihre Heilmittel mitbringen soll.«

Als Mary, die Hebamme, eintraf, hatte sich Clarissas Zustand weiter verschlechtert. Mary fragte Emmeline, was sie Clarissa gegeben hatte, und schlug vor, es noch mit Echinacea gegen das Fieber zu versuchen.

»Ich habe es als Tinktur, da wirkt es schneller«, meinte sie.

Den restlichen Tag und die Nacht über kümmerten wir uns um Clarissa, badeten sie kalt und kühlten ihr die Stirn. Ich versuchte, die Augen offen zu halten, während ich auf einem Schemel neben dem Bett saß, aber schließlich erwachte ich mit dem Kopf auf Clarissas Bett.

Irgendwann am Morgen, noch vor Sonnenaufgang, hielt

ich mein Kind in den Armen, als es starb. Sie mussten mich gewaltsam von ihr trennen. Jemand versuchte mich aus dem Zimmer zu bringen, aber ich weigerte mich, setzte mich auf einen Stuhl und starrte in das Nichts zwischen mir und Clarissas totem Körper. Ich sank in einen tiefen Schlaf, und als ich erwachte, hatte man sie mit einem Bettlaken zugedeckt. Ich hob es an, und ihre Augen waren geschlossen. Ich küsste sie auf die Wangen.

»Bessie, sag Mr. Allens Leibdiener, er soll herkommen, und dann lass jemanden einen Aufseher holen. Vielleicht Davis, er steht uns am nächsten.«

Ich traf Eddie im Flur.

»Wenn Mr. Allen aufwacht, sag ihm, dass Mrs. Cromwell verschieden ist.«

»Das tut mir so leid, Madam. Miss Clarissa war ein bezauberndes Kind.«

»Danke, Eddie. Sag deinem Herrn auch, dass ich sie morgen früh um elf beerdigen lasse.«

Ich erwartete den Aufseher im Salon. Er wusste bereits von Clarissas Tod.

»Schicken Sie jemanden zu Reverend Crawford. Ich werde Benachrichtigungen an die Nachbarn schreiben, die ihnen überbracht werden müssen. Beauftragen Sie den Tischler, noch heute einen Sarg und ein Kreuz anzufertigen, und lassen Sie jemanden ein Grab neben dem ihrer Urgroßeltern ausheben. Ich möchte, dass ihres unter dem großen Magnolienbaum angelegt wird. Wissen Sie, welchen ich meine? Einen richtigen Grabstein werden wir später noch anfertigen lassen. Oh, und ich will, dass alle Hausangestellten am Begräbnis teilnehmen.«

»Madam, möchten Sie die Totenwache hier im Salon abhalten?«

»Nein, wir lassen sie in ihrem Schlafzimmer bis morgen früh. Dann wird man sie in den Sarg legen.«

Ich schrieb meinen Söhnen und der Familie meines Mannes in Montgomery, Macon County und Mobile. Ich besprach mich mit Emmeline und bat sie, ein Mahl für die Gäste vorzubereiten.

»Ja, Madam. Und Madam, wollen Sie, dass ich Bessie beim Herrichten des Leichnams helfe?«

»Gütiger Gott, daran habe ich gar nicht gedacht. Danke, Emmeline. Ja, bitte.«

»An welches Kleid dachten Sie? Wenn Sie eines für sie ausgesucht haben, kann ich es an den Nähten auslassen, weil ihr wahrscheinlich keines von früher passt.«

»Das stimmt, Emmeline. Danke. Ich werde gleich hinaufgehen und heraussuchen, was sie tragen soll.«

In Clarissas Ankleide traf ich auf Sarah, die bereits alles zu meiner Zufriedenheit ausgewählt hatte.

»Sarah, hast du geweint?«

»Ja, Madam. Ich musste daran denken, dass es Clarissas Wunsch war, bei Ihrem Unterricht dabei zu sein. Dafür werde ich ihr ewig dankbar sein. Madam, mir ist eingefallen, Miss Clarissa wollte, dass ich Ihnen sage, sie hat das Kind nach Ihnen benannt: Theodore.«

»Danke, Sarah. Danke, dass du mir das sagst.«

Am Tag der Beerdigung gegen zehn Uhr morgens ging ich in die Privaträume meines Mannes. Er saß schlafend auf einem Stuhl in seinem Schlafzimmer, eine fast leere Flasche Whiskey auf dem Tisch neben sich. Ich weckte ihn.

»Was? Was wollen Sie?«

»Kommen Sie zu Clarissas Beerdigung?«

»Warum sollte ich das tun? Ich hoffe, Sie haben keine großen Vorbereitungen getroffen.«

»Ich habe ein paar Nachbarn eingeladen.«

»Haben Sie denn gar kein Schamgefühl? Glauben Sie etwa wirklich, dass sie auftauchen werden?«

»Sie wissen ja nicht, was passiert ist.«

Plötzlich wurde er munter.

»So habe ich die Sache noch gar nicht betrachtet. Wenn Sie gefragt werden, was geschehen ist, sagen Sie, das Kind sei bei der Geburt gestorben.«

»Nein, das werde ich nicht sagen.«

»Doch, das werden Sie, oder ich werde Ihren Gästen untersagen, meinen Grund zu betreten, und ich werde veranlassen, dass Ihre Tochter ohne geistlichen Beistand beerdigt wird.«

»So etwas würden Sie nicht tun. Sie würden Ihre Tochter doch nicht wie ein Tier behandeln lassen.«

»Sie wissen sehr wohl, dass ich das tun würde, und warum auch nicht? Sie hat sich schließlich nicht anders benommen. Also, wofür entscheiden Sie sich?«

»Gut, ich werde sagen, dass das Kind gestorben sei und was immer Sie sonst wollen, um ihr ein christliches Begräbnis zu garantieren. Werden Sie wirklich nicht anwesend sein, wenn Ihre Tochter beerdigt wird?«

»Lassen Sie mich damit in Ruhe. Gehen Sie und begraben Sie das Luder allein.«

Die Nachbarn, die ich eingeladen hatte, nahmen an der Beerdigung teil, auch Mr. und Mrs. Tutwiler und deren Kinder, die noch in der Gegend lebten. Falls Mrs. Tutwiler wusste, was geschehen war, so war sie gütig genug, kein Wort darüber zu verlieren. Als die Gäste wieder gegangen waren, zog ich mich in meine Räumlichkeiten zurück und widmete mich der Lektüre und dem Schreiben.

Tags darauf stellte ich meinen Mann wegen meines Enkels zur Rede.

»Ich werde Ihnen nicht sagen, wo er ist. Warum müssen Sie das wissen? Sie wollen ihn doch nicht etwa suchen. Seien Sie keine Närrin. Wenn er weg ist, hat dieser Schwachkopf von Cromwell auch keinen Beweis. Wenn er auch nur einen Funken Verstand hätte, hätte er Clarissa und den Bastard behalten.«

»Sie hassen Clarissa jetzt, aber ich hoffe, dass Sie Ihre andere Tochter verschonen werden. Sie haben doch wohl nicht vor, sie zu Julius zurückzuschicken, oder?«

»Welche Ironie des Schicksals. Sie waren so wütend und sind in mein Büro gestürmt, um mich zur Rede zu stellen, als Sie Sarah zum ersten Mal gesehen hatten, während sie noch ein Baby war.«

»Sie war gut zu meiner Tochter, und das macht aus ihr einen besseren Menschen, als Sie es sind.«

Er schlug mich, und ich ging, ohne mich darum zu kümmern, dass meine Wange verletzt war oder jemand sehen könnte, dass mein Ehemann mich geschlagen hatte. Ich schickte nach Davis und sprach mit ihm im Salon.

»Wer hat Mrs. Cromwells Baby?«

»Madam, Mr. Allen hat mich angewiesen, es Ihnen nicht zu sagen. Es tut mir leid.«

»Wohin haben Sie ihn gebracht? Ich befehle Ihnen, es mir zu sagen.«

»Das kann ich nicht, Madam. Er hat gesagt, wenn ich es Ihnen verrate, entlässt er mich.«

Als Davis fort war, trug ich einem Bediensteten auf, den anderen Hausaufseher zu holen. Doch dessen Antwort war die gleiche wie die von Mr. Davis. Ich traf Sarah im Büro meines Mannes an. Sie war überrascht, mich zu sehen.

»Sarah, komm mit mir in die Bibliothek. Ich muss mit dir sprechen.«

»Madam, Mr. Allen ist dort.«

»Wirklich? Liest er?«

»Nein, Madam. Er schläft.«

»Dann unterhalten wir uns hier«, sagte ich und schloss die Tür. »Sarah, kannst du dich an die Männer erinnern, die das Kind mitgenommen haben? Waren sie von hier? Hast du sie schon mal gesehen?«

»Ja, Madam. Es waren Aufseher von den Feldern. Ich habe sie schon mal gesehen.«

»Kennst du ihre Namen?«

»Nein, Madam.«

»Wie sahen sie aus?«

»Einer war groß und dick und der andere groß, aber von normalem Gewicht.«

»Würdest du sie wiedererkennen, wenn du sie siehst?«

»Ja, Madam, ich denke schon.«

»Ich möchte, dass du mich heute Nachmittag gegen zwei auf die Felder hinaus begleitest und sie mir zeigst.«

»Ja, Madam, aber ich werde vorne beim Kutscher sitzen. Wie soll ich es Ihnen also sagen?«

»Bitte den Kutscher einfach, er soll anhalten und die Aufseher anweisen, zur Kutsche zu kommen, damit ich mit ihnen sprechen kann.«

Wir waren bereits zwei Stunden mit der Kutsche unterwegs, als Sarah die Männer erblickte, nach denen wir suchten. Sie waren zu Pferde unterwegs. Ich fragte nach ihren Namen und stellte ihnen dann die gleichen Fragen wie den Hausaufsehern. Sie gaben mir die gleichen Antworten.

Die folgende Woche verbrachte ich in Trauer. Ich las und schrieb in mein Tagebuch und nahm, um die Begegnung mit meinem Mann zu vermeiden, die Mahlzeiten in meinen Privaträumen ein. Mrs. Tutwiler besuchte mich zweimal und brachte mir Briefe von Kenneth mit. In der Woche darauf kamen mein Sohn Paul und Elizas Mann Abraham, der wieder geheiratet hatte, mit ihren Familien aus Georgia. Auch Robert und seine Familie trafen fünf Tage später aus Charleston ein. Ich hatte nicht damit gerechnet, nach Clarissas Tod Freude empfinden zu können, aber es war so. Ich spielte mit meinen Enkelkindern und las ihnen im Schulzimmer vor. Ich nahm zusammen mit den Erwachsenen die Mahlzeiten ein und war erleichtert, dass mein Mann die Mittagessen verschlief und regelmäßig zu betrunken war, um an den Abendessen teilzunehmen. Ich sprach im Vertrauen mit meinen Söhnen, die, obwohl sie noch sehr jung waren, ihre Pflichten als Väter und Bankangestellte erfüllten. Sie waren zufrieden in Georgia und South Carolina und hatten kein Interesse daran, in Alabama zu leben oder Plantagenbesitzer zu werden.

»Mutter, verbring doch etwas Zeit bei uns, fernab von dieser Wildnis hier«, sagte Robert.

»Das werde ich. Das werde ich. Das Zusammensein mit euch und euren Familien hat mir gezeigt, dass ich, obwohl Clarissa von uns gegangen ist, noch glücklich sein kann.«

»Mutter, bitte entschuldige, dass ich dich das frage, aber ist es wahr, was Papa über Clarissa sagt?«, fragte Paul.

»Ja, es ist wahr.«

»Das kann nicht sein. Hast du das Kind gesehen?«, wollte Paul wissen.

»Nein, habe ich nicht, aber vielleicht könnt ihr mir sogar helfen. Ich habe versucht herauszufinden, wohin euer Vater ihn hat bringen lassen. Er wollte es mir nicht sagen und hat auch den Aufsehern, die ihn weggebracht haben, befohlen, es mir nicht zu verraten. Würdet ihr ihn fragen? Vielleicht erzählt er es euch.«

»Aber Mutter, was, wenn es stimmt? Warum würdest du dann wissen wollen, wo das Kind ist? Wenn es wahr ist und woanders bekannt wird, dann ist der Name unserer Familie ruiniert, und es könnte noch schlimmer kommen. Man würde uns nicht bloß aus der Gesellschaft ausstoßen; auch die Bankleute, mit denen wir arbeiten, würden uns meiden. Robert und ich könnten, obwohl wir Geldgeber sind, unsere Positionen bei der Bank verlieren.«

»Ich sehe, ihr habt bereits mit eurem Vater gesprochen. Mir scheint, ich bin die Einzige, die sich um Clarissas Sohn sorgt.«

»Mutter, bitte, denk auch ein bisschen an uns. Clarissa hat nur an sich selbst gedacht.«

»Ich denke an ihren Sohn, meinen Enkel und, ob es euch gefällt oder nicht, euren Neffen.«

»Mutter, du solltest ihn wirklich nicht auf diese Weise betrachten«, meinte Paul.

»Wie könnte ich ihn denn sonst betrachten?«

»Mutter, was ist mit uns? Denkst du auch an unsere Familien und deine wahren Enkelkinder? Was wird aus ihnen, wenn sich die Sache zu einem Skandal ausweitet?«

»Ich will bloß wissen, wo das Kind ist und ob es ihm gut geht, ob sich jemand um es kümmert. Wenn ich das wüsste, würde ich aufhören, nach ihm zu fragen.«

»Ich denke, das ist ein begründetes Ansinnen. Robert und ich werden mit Papa sprechen«, sagte Paul.

An diesem Abend traf die Familie meines Mannes aus Montgomery ein.

»Theodora, wie geht es Cornelius?«, fragte meine Schwiegermutter.

»Mrs. Allen, es geht ihm nicht gut, seit Clarissa verschieden ist. Er verlässt kaum seine Privaträume oder hält sich in seinem Büro auf.«

»Paul und Robert haben mir erzählt, dass das Kind zu früh geboren und verstorben sei?«

»Ja, ja, so war es.«

»Meine armen Lieblinge, es ist schon eine schwere Bürde, seine Tochter und seinen Enkelsohn auf diese Weise zu verlieren.«

Auch die Mutter konnte Cornelius nicht überzeugen, mit dem Whiskeytrinken aufzuhören. Wenn er eine Flasche geleert hatte, drohte er den Bediensteten, sie auspeitschen zu lassen, wenn sie ihm nicht sofort eine neue brachten. Meine Schwiegermutter ließ Davis nach einem Arzt schicken, doch als dieser eintraf, weigerte sich Cornelius, ihn zu sehen. Er sagte dem Arzt, falls er nicht aus freien Stücken ginge, würde er ihn von den Sklaven von seinem Anwesen befördern lassen.

Ich befand mich gerade auf der Veranda und malte, als Eddie eines Nachmittags erschien, um mir mitzuteilen, dass mein Mann mit mir zu sprechen wünsche und mich im Büro erwarte. Meine Schwiegermutter ruhte gerade, und die jungen Leute waren reiten oder vergnügten sich im Spielezimmer. Mein Mann wirkte nüchtern.

»Ich habe vier Briefe von Cromwell erhalten. Er hat Sklavenjäger beauftragt, weil Isaac geflohen ist. Er meint, er will Sarah umgehend zurück. Ich habe ihm geschrieben, dass ich sie ihm zurückgebe, sofern er bereit ist, nichts von dem, was geschehen ist, öffentlich zu machen. Wir haben über die Bedingungen der Übereinkunft verhandelt, und ich denke, wir sind nah dran. Sobald wir den Vertrag ausgearbeitet haben, schicke ich Sarah zu ihm zurück.«

»Ich möchte nicht, dass Sie Sarah zurückschicken. Warum kaufen wir sie ihm nicht ab?«

Er lachte. »Wieso äußern Sie dieses Ansinnen? Vielleicht, weil Sarah Sie an Clarissa erinnert? Oder weil sie ein besserer Mensch ist als ich? Nebenbei bemerkt hat Sarah doch wohl mehr von Ihnen gelernt, als bloß ordentlich zu sprechen, oder etwa nicht?«

Ich beantwortete keine seiner Fragen. »Warum lachen Sie über meinen Vorschlag, sie zu kaufen?«

»Es scheint, als könne Cromwell an nichts anderes denken als an Sarah. Er hat mein Angebot, sie ihm abzukaufen, abgelehnt; übrigens zu einem Spitzenpreis. Ich habe ihm sogar noch fünf weitere Feldkräfte angeboten. Er drohte daraufhin damit, ihre Rückgabe vor dem Bezirksgericht in Talladega einzufordern. Das wäre natürlich die schlimmste Maßnahme, die er ergreifen könnte, denn dann würden alle schmutzigen Details in den Zeitungen breitgetreten. Also kehrt Sarah nach Talladega zurück, wenn möglich schon nächste Woche.«

Fünfzehntes Kapitel

Sarah Campbell

Clarissa starb, nachdem ihr Vater sich geweigert hatte, einen Arzt kommen zu lassen, trotz aller Versuche, die meine Mutter und Miss Mary unternommen hatten, um sie zu retten. Am Tage nach ihrem Tod, als ich gerade in ihrer Ankleide war, um die Bestattungsbekleidung für sie herauszusuchen, tauchte Mrs. Allen auf, und als sie bemerkte, dass ich geweint hatte, sagte ich ihr, ich hätte an Clarissas Güte denken müssen, als sie darauf bestanden hatte, dass ich an ihren Unterrichtsstunden teilnahm. Doch es steckte viel mehr dahinter als das: Ich hatte beschlossen zu fliehen, und obwohl ich meine Entscheidung getroffen hatte, fürchtete ich doch all die unbekannten Folgen meines Vorhabens. Ich wusste, wenn es jemals einen Zeitpunkt für einen Fluchtversuch gegeben hatte, dann jetzt. Wenn ich es jetzt nicht versuchte, würde ich nie mehr den Mut noch die Gelegenheit dazu haben. Ich weinte aber auch über alles, was geschehen war, über die Umstände meiner Trennung von Isaac, und vor allem weinte ich, weil ich wusste, dass ich meine Familie nie wiedersehen würde, wenn ich erst einmal geflohen wäre, entweder weil ich gefasst und verkauft würde oder weil mir die Flucht gelänge und ich deshalb nie wieder zu ihnen zurückkehren könnte.

Mr. Allen nahm nicht an der Beerdigung teil, und ich

glaube, Mrs. Allen begründete es vor den Nachbarn damit, dass er krank sei. Die Wahrheit war, dass er nach Clarissas Tod jeden Tag zu betrunken war, um auch nur zu den Mahlzeiten zu erscheinen. Eddie brachte ihm Essenstabletts aus der Küche hinauf, die er jedoch kaum anrührte. Überall in seinen Privaträumen, dem Büro und der Bibliothek, wo er sich die Zeit damit vertrieb, das Aquarell einer Insel zu betrachten, das Mrs. Allen gemalt hatte, befanden sich volle oder halb leere Flaschen.

Mrs. Allen war entschlossen herauszufinden, wohin Mr. Allen Clarissas Kind hatte bringen lassen. Wir fuhren mit einer Kutsche hinaus zu den Feldern, um nach den Aufsehern zu suchen, die den Säugling mitgenommen hatten. Doch diese sagten ihr bloß, Mr. Allen hätte ihnen verboten, irgendwem zu verraten, wohin sie das Kind gebracht hatten. Aber ich glaubte nicht, dass sie die Suche nach ihrem Enkelsohn jemals aufgeben würde.

Belle sah ich zum ersten Mal am Tag vor Clarissas Begräbnis wieder. Ich weinte, als wir uns in den Armen hielten.

»Sarah, ich wünschte, Mr. Allen würde dich nicht zurückschicken, aber ich weiß, du willst bei deinem Mann sein.«

»Belle, ich bin so glücklich, wieder bei dir und Mama und den Kindern zu sein.«

Belle half unserer Mutter und Bessie beim Ankleiden von Clarissas Leichnam, während ich in der Küche arbeitete. Meine Nichten hatten mich nicht vergessen, und ich widerstand dem Wunsch, ihnen das Alphabet beizubringen. Mein Neffe, der aussah wie Belle, war zu klein, um sich an mich zu erinnern, aber auch er verbrachte gern Zeit mit mir. Meine Mutter und ich waren die meisten Abende zusammen, da Mr. Allen sie in diesen Tagen kaum noch zu sich bestellte. Als sie und ich allein waren, erzählte ich ihr, was Julius von mir verlangte und dass ich beschlossen hatte zu fliehen.

»Sarah, ich weiß, dass ich gesagt hab, du sollst weglaufen, wenn sich je die Notwendigkeit oder die Gelegenheit ergibt. Aber wenn ich nur dran denke, dass du fliehst, bekomm ich Angst. Sarah, ich weiß, so eine Flucht ist eine große Sache, also hab ich mit Mr. Allen gesprochen, ob er dich Mr. Cromwell nicht wieder abkaufen kann, und er hat gesagt, dass er's versuchen wird. Lass uns erst abwarten, ob das was wird, aber wenn nicht, dann läufst du weg, weil es dann wenigstens einer aus unserer Familie hier rausschafft, und dir wird das gelingen.«

»Mama, selbst wenn er mich Mr. Cromwell wieder abkauft, bin ich weiterhin eine Sklavin, und ohnehin glaube ich nicht, dass das klappen wird, also, ja, ich werde fliehen.«

»Es ist nur so, Schatz, wenn er dich Mr. Cromwell abkauft, dann lässt er dich später vielleicht auch frei wie mich und Belle und die Kinder.«

»Selbst wenn, ich werde nicht so weiterleben, bis er stirbt. Mama, ich habe Angst davor, was mit dir und Belle und den Kindern und sogar mit Zeke passieren könnte, wenn ich weglaufe. Also können wir es niemandem sagen, Mama, und dir sage ich es auch bloß, weil ich deine Hilfe brauche, sonst würde ich dich nicht in Gefahr bringen, indem ich dich in meinen Plan einweihe.«

Ich umarmte sie, und sie tätschelte mir den Rücken.

»Mama, ich werde dir nicht sagen, wann ich weglaufen werde, und ich habe mir überlegt, wie ich es so aussehen lassen kann, als hättest du vorher nichts davon gewusst. Aber es macht mich traurig, dass ich Belle und den Kindern und Zeke nicht Lebewohl sagen kann. Belle darf es nicht vorher wissen, es muss eine richtige Überraschung für sie sein, wenn sie es erfährt. Aber du sagst ihr doch von mir Lebewohl, Mama, oder? Und bitte, sie soll wissen, wie sehr ich sie liebe und wie froh ich bin, dass sie eine Familie hat.«

Ich konnte meine Tränen nicht mehr zurückhalten, und meine Mutter hielt mich in ihren Armen.

»Schscht, Kleines, schscht. Ist schon gut, jetzt kannst du weinen, aber Kind, hör mir zu, schscht, wenn du auf der Flucht bist, dann lässt du dich nicht aufhalten und verschwendest keine Zeit aufs Weinen, hörst du? Schau mich an.«

Sie fasste mich bei den Händen und trat einen Schritt zurück, damit sie mir in die Augen blicken konnte.

»Wenn du wegläufst, lässt du dich von nichts und niemandem aufhalten. Und es wird dir keiner helfen außer du selbst, du bist jetzt erwachsen, und du bist klug, und Mrs. Allen hat dir Lesen und Schreiben beigebracht, das ist alles, was du brauchst, um es hier rauszuschaffen. Hörst du, Sarah? Du musst jetzt aufhören zu weinen, weil das, was ich dir nun sagen werde, das Allerwichtigste ist.«

Sie wischte mit ihrem Taschentuch meine Tränen weg und lächelte, und ich zwang mich, mit dem Weinen aufzuhören.

»Sarah, du hast schon alles, was du brauchst, um zu entkommen, und wenn du wegläufst, dann darfst du nicht weinen, weil, hör zu …«

Sie schwieg einen Moment lang.

»Sarah, du musst immer bedenken, was um dich rum passiert und was du als Nächstes zu tun hast. Sie werden Patrouillen und Sklavenfänger auf dich ansetzen, und sie werden überall sein, wohin du auch gehst, und dich suchen, denn es werden dich gleich zwei Leute zurückhaben wollen, unbedingt, Mr. Allen und Mr. Cromwell. Also musst du klüger sein als sie, die ganze Zeit.«

Ich dachte über Mamas Worte nach, um sie wissen zu lassen, dass ich ihr zugehört hatte und die Weisheit, die in ihrem Rat lag, verstand.

»Ja, Mama, ich werde an das denken, was du gesagt hast, ich verspreche es. Aber Mama, da gibt es ein paar Dinge, um die ich dich bitten muss.«

»Kind, du weißt, ich tu alles für dich, was ich kann.«

»Erstens muss ich wissen, wann Mr. Allen mich zurückschicken wird.«

»Gut, das find ich heraus.«

»Und könnten wir morgen zu Mr. Adams gehen?«

»Ich weiß nicht, weil's in der Stadt Ärger gab. Ein paar Sklaven von der Fitzhugh-Plantage sind geflohen, und jetzt sind noch mehr Patrouillen unterwegs. Das letzte Mal, als ich bei Mr. Adams war, hat er gesagt, dass sie ihn und die Kirche im Auge haben, also glaube ich nicht, dass er dir helfen kann.«

»Ich will trotzdem versuchen, mit ihm zu sprechen.«

»Gut, aber er meinte, wenn ich wiederkomme, soll ich's so aussehen lassen, als würd ich was kaufen wollen, und wenn noch jemand dort ist, soll ich nur über Kleidung und Nähen mit ihm reden.«

Am nächsten Tag machten wir uns auf, und wie meine Mutter gesagt hatte, gab es mehr Wachleute auf den Straßen und in der Stadt. Mr. Adams war allein im Laden.

»Miss Emmeline, Sarah, welche Freude. Was kann ich für euch tun?«

»Können wir reden?«

»Ja, aber erst muss ich euch sagen, dass mir ein paar Wachmänner einen Besuch abgestattet haben. Sie meinten, sie würden mich aus dem County verweisen, falls sie irgendeinen Beweis dafür fänden, dass ich Sklaven bei der Flucht helfe. Sie haben auch damit gedroht, die Kirche schließen zu lassen, aber eines unserer Mitglieder ist Rechtsanwalt in der Stadt. Die Plantagenbesitzer ziehen ihn und seine Firma für ihre Rechtsangelegenheiten und Geschäfte heran. Ich bin mir sicher, dass nur seine Mitgliedschaft in unserer Kirche sie derzeit am Handeln hindert, doch ich weiß nicht, wie lange das noch so sein wird. Also müssen wir vorsichtig sein.«

Er und ich begaben uns in den hinteren Ladenbereich.

»Mr. Adams, ich habe die Entscheidung getroffen, über die wir gesprochen haben, bevor ich nach Talladega ging. Ich werde fliehen.«

»Sarah, das ist mutig, und ich bin mir sicher, dass du nach reiflicher Überlegung zu dieser Entscheidung gekommen bist. Wie kann ich dir also helfen?«

»Gibt es jemanden, der mich außerhalb der Plantage mit einem Fuhrwerk abholen könnte, um mich nach …«

»Sag mir nicht, wohin, je weniger ich weiß, desto besser. Ja, das kann ich arrangieren. Wenn du dich für ein Datum entschieden hast, komm wieder her, und lass es mich so schnell wie möglich wissen.«

»Ich danke Ihnen. Aber, Mr. Adams, ich hätte da noch eine weitere wichtige Bitte. Ich habe von meinem Herrn in Talladega eine Halskette geschenkt bekommen. Würden Sie sie in Zahlung nehmen, um mir zwei Männeranzüge zu machen, in der Art, wie Leibdiener sie tragen, wenn sie mit ihrem Herrn auf Reisen sind?«

»Wie du weißt, werden solche Anzüge aus feiner Wolle gefertigt, und die ist teuer. Wie viel, meinst du, ist die Halskette wert?«

Ich nahm die Halskette ab, und er untersuchte den Verschluss.

»Das ist vierundzwanzig Karat Gold, und die Perlen und Rubine scheinen echt zu sein. Sarah, diese Kette ist wahrscheinlich viel mehr wert, als die Anzüge kosten. Also werde ich dir die Kleidung nähen und dir so viel Geld geben, wie ich aufbringen kann.«

»Mr. Adams, das ist sehr großzügig von Ihnen. Doch mir ist viel wichtiger, dass ich die Anzüge schnell bekomme, weil wir noch nicht wissen, wann Mr. Allen mich zurück nach Talladega schicken wird. Meine Mutter versucht das herauszufinden.«

»Ich werde versuchen, beide in einer Woche fertig zu haben. Komm in vier Tagen wieder her und hol schon mal den ersten ab, damit du wenigstens einen in deinem Besitz hast. Falls er beschließen sollte, dich schon früher als in vier Tagen zurückzuschicken, sag deiner Mutter, sie soll ihn bitten, euch noch ein paar Tage miteinander verbringen zu lassen. Sarah, auch wenn es mir scheint, als hättest du deine Flucht sorgfältig geplant, lass mich dir einen Rat geben. Du weißt, dass du viel zu Fuß gehen werden musst, richtig? Also zieh robuste, bequeme Schuhe an. Hast du welche?«

»Ja, ich habe die, die ich immer anziehe, wenn ich auf der Plantage herumlaufen muss.«

»Gut. Und du weißt auch, dass du nur nachts unterwegs sein solltest, nachdem die Patrouillen fort sind?«

»Ja, Sir.«

»Hast du deinen Freibrief schon geschrieben?«

»Ja, Sir. Ich habe ihn bereits in Talladega geschrieben, für den Fall, dass ich hier keine Gelegenheit habe.«

»Gut gemacht, aber du solltest dir auch noch eine allgemeine Reiseerlaubnis schreiben, in der angegeben ist, dass du dich auch tagsüber frei bewegen darfst. In manchen Situationen könnte es besser sein, so eine Reiseerlaubnis vorzuzeigen als dein Freilassungspapier, weil sich die Wachmänner und Milizen besonders an Bootsanlegestellen und Postkutschenhaltestellen die Freibriefe genauer ansehen. Leider ist das dann auch schon alles, was ich dir an meinen begrenzten Ratschlägen mit auf den Weg geben kann. Aber wenn es jemand schaffen kann, dann du. Also, wie bereits gesagt, ich kann jemanden auftun, der dich im Wagen mitnimmt und so weit wie möglich wegbringt, bevor man auf Allen Estates bemerkt, dass du weg bist.«

Als wir wieder nach Allen Estates kamen, bat ich meine Mutter, mich Mr. Allens Privaträume und sein Büro sauber machen zu lassen.

»Sei vorsichtig, Sarah. Er trinkt vielleicht mehr denn je, aber er merkt noch immer, was um ihn herum passiert.«

Ich nahm mir Socken, Männerunterwäsche und einen schwarzen Hut aus Mr. Allens gut gefüllter Garderobe und verstaute sie unter sauberen Lumpen in meinem Putzeimer, den ich dann in der Waschküche in der Nähe unserer Hütte versteckte. Ich brauchte noch eine kleine Decke und zwei von Clarissas Kleidern, aber ich würde bis kurz vor meinem Aufbruch warten, um sie zu holen. Als wir vier Tage später wieder zu Mr. Adams gingen, hatte er bereits beide Anzüge fertig, die er in zwei verschiedene Stoffballen gewickelt hatte. Er und ich zogen uns wieder in den hinteren Teil des Ladens zurück.

»Ich habe Bargeld in die Innentasche eines der Jacketts getan. Aber, Sarah, ich habe sehr schlechte Nachrichten für dich. Ich kann niemanden auftreiben, der dich fährt. Es tut mir leid, aber wir werden beobachtet. Wir haben sogar Grund zu der Annahme, dass einige neue Gemeindemitglieder mit der Firma zusammenarbeiten, die die Späher, Patrouillen und Sklavenfänger für die Plantagenbesitzer stellt.

Vielleicht ist dir der Wachmann aufgefallen, der vorn an der Straßenecke steht. Er soll mich im Auge behalten, da bin ich mir sicher.«

»Das tut mir leid für Sie und Ihre Kirche. Natürlich wird es so viel schwieriger für mich wegzukommen, aber ich werde einen anderen Weg finden. Ich bete dafür, dass kein Unheil über Sie und die anderen Gemeindemitglieder kommt.«

»Amen. Und noch etwas, Sarah: Ich weiß nicht, ob du und deine Mutter gehört haben, dass sie die beiden Fitzhugh-Sklaven gefasst haben, obwohl sie es bereits bis nach Georgia geschafft hatten.«

»Wissen Sie, wie sie erwischt wurden?«

»Es war so ähnlich wie bei der Flucht aus Talladega. Der Besitzer hat Suchanzeigen aufgegeben, die davor warnten, dass sie vermutlich gefälschte Papiere besäßen. Deshalb ist es wichtig, nachts unterwegs zu sein. Nur so kannst du verhindern, dass du deine Papiere überhaupt vorzeigen musst, zumindest bis du weit weg von der Plantage bist, wo die Wachmänner deinen Besitzer nicht kennen und es vielleicht keine Suchanzeigen mehr gibt, die eine Belohnung für deine Erfassung ausloben.«

»Möglicherweise ist dies das letzte Mal, dass wir uns sehen, Mr. Adams. Vielen Dank für alles, was Sie für mich getan haben, Sir.«

»Ich bin bloß Gottes Werkzeug. Und vergiss nicht, den Allmächtigen um Kraft zu bitten. In deiner dunkelsten Stunde, wenn du aufgeben willst, dann sieh hinauf zum Himmel und bete, und er wird dich erlösen. Sarah, geh mit Gott.«

Mr. und Mrs. Allens Familien kamen ungefähr zwei Wochen, nachdem Clarissa gestorben war. Die Arbeit für die Bediensteten war nun wie zu der Zeit, bevor Clarissa, Isaac und ich nach Talladega gegangen waren. Mr. Allen trank exzessiv weiter, und nicht einmal seine eigene Mutter konnte ihn zum Aufhören bewegen. Einmal wollte ich Mr. Allens Büro putzen, doch er schickte mich ohne zu öffnen fort, nachdem ich geklopft hatte. Stattdessen ging ich in die Bibliothek, wo ich die Tür hinter mir schloss und eine gute Stunde damit verbrachte, mir die Landkarte von Alabama einzuprägen. Als ich am selben Abend wieder zu Mr. Allens Büro ging, stand die Tür offen, und er war fort. Auf seinem Tisch befand sich nichts Ungewöhnliches. Die nächsten beiden Nachmittage verliefen genauso wie der erste; er hatte sich in sein Büro eingesperrt und schickte mich weg. Als ich abends nach ihm sah und es noch immer keine Hinweise auf sein geheimniskrämerisches Tun gab, beschloss ich, am nächsten Morgen zum Saubermachen wiederzukommen. Ich fragte meine Mutter, ob sie in dieser Nacht zu Mr. Allen gehen würde.

»Ich weiß nicht. Eddie hat noch nichts gesagt. Warum?«

»Das kann ich dir nicht sagen, aber du musst zu ihm gehen und dafür sorgen, dass er morgen früh in seinem Schlafzimmer bleibt.«

Tags darauf traf ich Eddie, und er sagte mir, dass Mr. Allen noch im Bett sei. Ich ging in sein Büro und schloss die Tür. Ich sah in den Schreibtischschubladen und an anderen Stellen des Zimmers nach, doch ich fand keine Dokumente, die von Interesse gewesen wären, außer Stücke verbrannten Papiers im Kamin. Am Nachmittag begleitete mich meine Mutter zu Miss Mary. Als wir bei den Sklavenquartieren ankamen, bat ich sie, Miss Marys Nachbarn einen Besuch abzustatten, damit ich allein mit Miss Mary sprechen konnte. Miss Mary schälte gerade Erbsen auf ihrer Veranda. Sie meinte, wir könnten uns in ihrer Hütte unterhalten.

»Miss Mary, ich brauche Ihre Hilfe und muss wissen,

ob Sie das, was ich Ihnen sagen werde, für sich behalten werden.«

»Sarah, ich weiß, was du durchgemacht hast. Deine Mutter kam weinend zu mir, als sie aus Talladega zurück war, und hat mir alles erzählt. Sie hat mich schon gefragt, ob ich dir helfen kann. Du weißt nicht alles, was deine Mutter für uns hier unten tut, oder? Sie ist diejenige, die mit Mr. Allen redet, wenn wir auf den Feldern oder im Haus oben Hilfe brauchen. Sie ist diejenige, die ihn gefragt hat, ob ich meine Dienste woanders anbieten kann, damit ich ein wenig Geld verdiene. So konnte ich meine beiden ältesten Söhne freikaufen, die aus Montgomery. Also weißt du, dass ich alles tun würde, was ich kann, um Miss Emmeline oder ihren Mädchen zu helfen. Was brauchst du, Kind?«

»Miss Mary, ich kann nicht zurück nach Talladega gehen. Die Dinge haben sich noch verschlimmert, seit meine Mutter Talladega verlassen hat. Mr. Cromwell will mich zurück, damit ich seine … Ich kann das nicht.«

»Was ist mit deinem Mann?«

»Na ja, meine Mutter und Belle wissen das nicht, aber er ist geflohen.«

»Und du willst das auch tun. Wollt ihr nicht versuchen, euch wieder zu treffen?«

»Es war nicht möglich, gemeinsam zu fliehen, weil Mr. Cromwell ihn nicht mit uns hierherkommen lassen wollte.«

»Das tut mir leid, Kind.«

»Danke, Miss Mary.«

»Also, wie denkst du, kann ich dir helfen?«

»Na ja, ich muss so schnell wie möglich so weit wie möglich von hier wegkommen. Glauben Sie, dass mich die Männer, die Waren ausliefern, mitnehmen könnten? Ich könnte mich hinten auf dem Wagen verstecken.«

»Sarah, ja, das ginge, aber was willst du dann tun?«

»Das hab ich mir schon überlegt. Aber es ist besser, wenn ich Ihnen keine Einzelheiten verrate.«

»Aber Sarah, du bist nur ein Mädchen. Bist du sicher? Was sagt Miss Emmeline dazu? Weiß sie Bescheid?«

»Sie hat versucht, mich umzustimmen.«

»Aber sie konnte es nicht.«

»Nein. Ich werde es tun, egal wie.«

»Also gut, aber ich muss wissen, in welche Richtung du willst.«

»Richtung Süden, aber ich will östlich vom Talladega County bleiben.«

»Gut. Ich weiß, dass sie gerade Schiffsladungen von Lederwaren vorbereiten, die zu anderen Plantagen und zur Bootsanlegestelle gebracht werden sollen. Ich finde heraus, wann die nächste nach Süden rausgeht. Ich lass es dich wissen, wenn ich ins Herrenhaus komme, um zu fragen, wie es Mrs. Allen geht. Ich werde nach dir Ausschau halten.«

»Vielen Dank, Miss Mary. Glauben Sie, dass der Wagen in den nächsten Tagen gehen wird?«

»Es gibt jede Menge Wagen und in jede Richtung mehr als nur einen. Also hast du ein paar Tage, um dich bereitzumachen, aber ich finde den richtigen Tag heraus und lass es dich wissen. Sarah, mir ist klar, dass ich dir das nicht sagen muss, aber ich tu es trotzdem. Bitte sei vorsichtig. Ich werde für dich beten.«

»Danke, Miss Mary. Es ist so, wie Belle gesagt hat. Sie sind wie eine Tante für uns.«

Ich bügelte gerade, als Miss Mary einen Tag später erschien. Es war niemand sonst im Raum, aber trotzdem flüsterte sie. »Dir bleiben drei Tage. Es gibt da einen Wagen, der am Donnerstag bei Tagesanbruch zu einer Plantage nach

Chambers County fährt. Weiter können sie dich nicht bringen. Sie werden den Wagen am Mittwoch bei Sonnenuntergang beladen. Irgendwie musst du zu der Gerberei kommen, wo der Wagen bereitstehen wird. Du musst am Donnerstag in aller Frühe, vor Sonnenaufgang, wenn es noch dunkel ist, in den Wagen steigen, bevor der Aufseher mit dem Passierschein kommt. Gut, Sarah. Gott beschütze und behüte dich.«

Ich umarmte Miss Mary, und mir wurde klar, dass ich sie nie wiedersehen würde und dass sie wirklich wie eine Tante für mich war.

Es war später Nachmittag, als ich mit dem Bügeln fertig wurde. Meine Mutter war in der Küche, und ich bat sie, einen Vorwand zu finden, um Mr. Allen aus dem Büro zu locken.

»Jetzt gleich, Sarah? Ich koche gerade, und ich kann nicht einfach mitten am Tag zu ihm gehen. Du weißt doch, dass ich nur nachts zu ihm gehe und nur, wenn er nach mir schickt.«

»Nur dieses eine Mal, Mama. Du musst ihn aus diesem Büro locken. Sag ihm, dass du mit ihm über mich sprechen musst, dass du dir Sorgen um mich machst. Bitte ihn noch einmal, ob er es sich überlegen könnte, mich nicht zurückzuschicken. Belle und die anderen können das Essen fertig machen. Und, Mama, was ich sehen muss, sind die Papiere, an denen er gerade schreibt. Gib ihm keine Gelegenheit, sie wegzuräumen.«

Sie kam meiner Bitte nach. Ich wartete, bis sie etwa zwanzig Minuten weg war, und ging dann mit meinem Putzeimer ins Herrenhaus hinüber. Er war nicht in seinem Büro. Das Dokument, das ich suchte, lag auf seinem Schreibtisch. Ich las es mit zitternden Händen. Als ich fertig war, verließ ich rasch das Büro, weil ich befürchtete, dass meine Mutter ihn nicht lange in seinen Privaträumen halten konnte.

Am nächsten Tag nahm ich eine kleine Decke aus Mr. Allens Schrank und holte noch zwei von Clarissas Kleidern und ein Paar Reitstiefel. Ich steckte alles in den Sack, den ich zum Einsammeln der Schmutzwäsche benutzte. In dieser Nacht ging meine Mutter wieder zu Mr. Allen. Sie sagte, er hätte über Kopf- und Brustschmerzen geklagt. Ich begab mich zu den Ställen und fragte Mr. Allens Kutscher, ob er einen Rucksack hätte, den er entbehren könnte. Ich sagte ihm, dass ich ihn für meine Rückkehr nach Talladega benötigte.

»Wir haben welche aus Leder und aus Segeltuch, aber ich glaube nicht, dass ich Ihnen einen aus Leder überlassen kann.«

»Oh, einer aus Segeltuch ist wunderbar. Danke.«

Ich versteckte den Rucksack in der Waschküche.

Als meine Mutter Mittwochfrüh nach Hause kam, sagte sie, dass es Mr. Allen schlechter gehe, er sich jedoch immer noch weigerte, einen Arzt holen zu lassen.

»Was ist los mit ihm, Mama?«

»Er hat gesagt, sein Kopf tut ihm so weh, dass er nicht mal mehr die Augen aufmachen kann. Das Zimmer muss abgedunkelt bleiben, weil das Licht es noch schlimmer macht, und er meinte, er hat auch Schmerzen in der Brust.«

»Hat er wenigstens aufgehört, Whiskey zu trinken?«

»Nein, seine Mutter und Mrs. Allen haben versucht, ihm die Flasche wegzunehmen, aber er hat's nicht zugelassen. Er sagt, das ist das Einzige, was seine Schmerzen lindert. Mrs. Allen hat mich gefragt, ob es was gibt, das ich ihm geben könnte, aber ich hab gesagt, dass er bloß mit dem Trinken aufhören muss. Seine Mutter meinte, wenn die Schmerzen nicht aufhören, dann lässt sie den Arzt kommen und sagt ihm, dass er Mr. Allen Laudanum geben soll.«

»Hat er irgendetwas davon gesagt, ob er mich nach Talladega zurückschickt?«

»Ja, er meinte, dass du wohl nächste Woche zurückfahren wirst.«

Den Mittwoch verbrachte ich fast vollständig in der Küche, um bei meiner Mutter und Belle zu sein.

»Kleine, warum schaust du so traurig? Denkst du an Isaac?«

»Ja, und an dich und Mama und die Kinder. Wenn ich zurückgehe, werde ich euch alle so vermissen. Belle, erzähl den Kindern von mir. Lass nicht zu, dass sie mich je vergessen, ja?«

»Sie werden dich nicht vergessen, Sarah, und du bist ja auch nicht so weit weg. Ich bin mir sicher, dass Mr. Allen uns erlauben wird, dich in Talladega zu besuchen, oder er lässt dich und Isaac herkommen.«

Meine Mutter und ich aßen in unserer Hütte zu Abend.

»Sarah, bist du sicher, dass du es dir nicht noch anders überlegen willst?«

»Nein, Mama. Ich kann nicht.«

»Ich weiß, Kindchen. Ich weiß, du kannst nicht zurückgehen, wenn dich so was erwartet. Aber ich kann nicht anders, als mir Sorgen um dich zu machen. Und … ich werd dich nie wiedersehen.«

»Mama, bitte wein nicht. Und Mama, weißt du noch, was du zu uns gesagt hast, als wir klein waren? Dass wir uns alle im Himmel wiedersehen.«

»Ja, das hab ich wohl gesagt, was? Aber es ist eine Sache, das zu einem Kind zu sagen, das Angst hat, einen zu verlieren, und eine ganz andere, es sich selbst sagen zu müssen, wenn man bald sein Kind verlieren wird. Den Glauben zu behalten ist nicht immer leicht. Aber du hast recht, ich muss daran glauben, wirklich. Aber trotzdem werd ich dich vermissen und mir Sorgen um dich machen, Kind. Wenn ich wenigstens wüsste, dass alles gut geht, würd ich mich besser fühlen.«

»Alles, was ich tun kann, Mama, ist dir zu versprechen, dass ich auf mich aufpassen werde, so wie du es mir gesagt hast.«

Wir beteten.

»Also gut, Sarah, ich muss jetzt gehen. Mr. Allens Mutter hat mich gebeten, nach ihm zu sehen.«

»Mama, ich möchte, dass du die ganze Nacht bei ihm bleibst, in Ordnung? Komm nicht vor morgen früh hierher zurück. Und, Mama, das ist wichtig: Wenn du am Morgen herkommst, sag dem Aufseher gleich, dass ich weg bin. Ich will nicht, dass sie glauben, du hättest irgendetwas damit zu tun.«

»Ja, Sarah.«

»Mama, bevor du gehst, möchte ich dich noch um eine Sache bitten. Schneid mir die Haare so kurz du nur kannst. Bis auf die Kopfhaut.«

»Oh Sarah. Jetzt ist es so weit, oder?«

Sie wollte weinen, das merkte ich, aber sie verkniff es sich. Sie fasste mein Haar an den Spitzen und schnitt es mit ihrer Schneiderschere ab. Ich berührte meinen Kopf; das Haar fiel mir noch bis knapp unter die Ohren.

»Nein, Mama. Es muss richtig kurz sein. Du weißt doch, wie schnell es nachwächst.«

Also schnitt sie mir die Haare bis fast auf die Kopfhaut ab, und ich sah im Spiegel, dass ich nun wie ein Mann aussah. Sie umarmte mich, bevor sie ging, und als sie fort war, schnitt ich Speck auf und kochte ihn, machte Maisbrot und schnitt mir ein Stück Schinken ab. Ich wickelte das Essen ein und nahm es zusammen mit der Kleidung, die Mr. Adams für mich genäht hatte, und meinen Stiefeln mit in die Waschküche, wo ich all meine Sachen in den Rucksack packte. Dann kehrte ich in die Hütte zurück, nahm ein Bad und zog Clarissas dunkelblaues Tageskleid und ihre Reitstiefel an. Ich wickelte mir ein Tuch um den Kopf und wartete noch bis ungefähr zwei Uhr morgens.

Es war still, und im Herrenhaus brannte kein Licht, als ich in die Waschküche ging und meinen Rucksack holte. Es kostete mich ungefähr zwei Stunden, um durch den Wald zur Gerberei zu gelangen, da ich abseits der Wege ging. Als ich zu dem Planwagen kam, versteckte ich mich in der Nähe hinter einem Strauch, um dort auf die Männer zu warten. Ich sah sie kommen. Sie hielten Ausschau nach mir. Als ich sicher sein konnte, dass es bloß die beiden waren, traute ich mich zum Wagen. Einen der beiden kannte ich, LeRoy.

»Morgen, Miss Sarah. Das ist Arthur. Schnell, klettern Sie hinten drauf. Wir helfen Ihnen, sich unter ein paar Säcken zu verstecken. Da müssen Sie bleiben und wirklich ganz still sein, bis wir aus dem Haupttor raus sind. Wir lassen Sie es wissen, wenn Sie sich oben auf die Säcke setzen können. Aber Sie müssen die ganze Zeit auf uns hören, weil es auf der Straße immer wieder Patrouillen gibt, die in den Wagen schauen wollen. Wenn wir eine sehen, wird einer von uns beiden sagen: ›Lass uns bald anhalten und was essen.‹ Dann müssen Sie sich wieder unter den Säcken verstecken, und zwar schnell. Aber zu Anfang bleiben Sie unten, bis wir Ihnen sagen, dass Sie sich hochsetzen können.«

Die gefüllten Säcke waren nicht so schwer, wie ich befürchtet hatte, aber sie rochen nicht gerade gut. Als die Sonne aufgegangen war, hörte ich den Aufseher kommen.

»Hier ist euer Passierschein. Jungs, ihr wisst ja, dass ihr spätestens am Sonntag wieder hier sein müsst. Macht es bloß nicht wieder wie beim letzten Mal und kommt erst nach einer Woche zurück.«

Die Aufseher am Haupttor wollten den Passierschein sehen und winkten den Fahrer dann durch. Wir waren ungefähr dreißig Minuten unterwegs, als der Wagen hielt.

»So, Männer, anhalten. Zeigt mir euren Passierschein. Ich will einen Blick hinten reinwerfen. Was habt ihr denn da geladen?«

»Wir bringen Lederwaren runter nach Chambers County.«

»Wo in Chambers?«

»Zur Henderson-Plantage.«

Ich lag auf dem Bauch, meinen Rucksack neben mir, und meine Hände zitterten so sehr, dass ich sie unter mich schob. Der Wachmann hob keinen der Säcke an, und der Wagen hielt bloß ein paar Sekunden, doch es kam mir viel länger vor. Nachdem wir ungefähr eine Stunde gefahren waren, sagte mir LeRoy, ich könne mich aufsetzen und strecken. So fuhren wir dann noch eine Stunde weiter, bevor wir anhielten und Rast machten. LeRoy und Arthur meinten, sie hätten genug Essen für uns drei dabei, sodass ich meine Vorräte für später aufbewahren konnte. Ich aß allein hinten auf dem Wagen.

»Miss Sarah, Sie können in den Wald gehen und sich noch kurz die Beine vertreten, wir bleiben beim Wagen.«

Zwei weitere Stunden Fahrt verstrichen, bis uns ein Wachposten anhielt, als wir uns den Geräuschen nach einer Stadt näherten. Er machte sich erst gar nicht die Mühe, die

Ladung zu begutachten, und gab sich damit zufrieden, den Passierschein zu sehen, den die Männer vorzeigten.

Die beiden Männer wechselten sich mit dem Fahren ab. Am zweiten Tag fragte ich sie, wo wir seien, und LeRoy meinte, dass wir bald von Randolph County nach Chambers County kämen. Wir vereinbarten, dass er mir Bescheid geben würde, wenn wir uns der Plantage näherten. Es herrschte noch Tageslicht, als der Wagen hielt. Die Männer kamen hinten an den Wagen, hoben die Plane hoch, und ich kletterte rasch hinaus, obwohl meine Glieder ganz steif waren. Zuerst war ich ziemlich wackelig auf den Beinen.

»Da wären wir, Miss Sarah«, sagte LeRoy. »Miss Mary meinte, wir sollen Sie an der Straße bei den Wäldern jenseits der Plantage rauslassen. Hier ist das restliche Essen. Den Sack können Sie behalten, und nehmen Sie auch diese Blechtasse für Wasser mit. Aber trinken Sie nur fließendes Wasser.«

»Vielen Dank Ihnen beiden, für alles. Ich weiß, dass das ein großes Risiko für Sie war.«

»Miss Mary ist für uns auf der Plantage wie eine Großmutter. Wir tun alles, worum sie uns bittet«, sagte Arthur.

»Wohin führt diese Straße?«

»In die Stadt. La Fayette«, meinte Arthur.

»Wie lange werde ich bis dorthin brauchen?«

»Mal sehen. Zu Fuß brauchen Sie mindestens einen ganzen Tag«, antwortete Arthur.

»Gehen Sie jetzt mal lieber tiefer in den Wald hinein, bevor noch jemand vorbeikommt und Sie sieht. Es wird schon alles gut gehen, Miss Sarah. Ich spüre, dass Sie keine Angst haben«, meinte LeRoy.

Wenn er das nicht gesagt hätte, hätte ich sie, glaube ich, gebeten, mich zurück nach Allen Estates zu bringen, aber diese freundlichen Worte machten mir Mut. Als ich in den Wald ging, betete ich und sagte mir einen Psalm vor: »Denn du erleuchtest meine Leuchte; der Herr, mein Gott, macht meine Finsternis licht.«

Tief im Wald wandte ich mich nach Süden und ging zwei Stunden lang parallel zur Straße weiter, bis es dunkel wurde. Als Schlafplatz suchte ich mir eine Stelle unter einem Baum, wo der Boden mit Moos bedeckt war. Ich ruhte mich aus, bevor ich mir Essen aus dem Sack nahm, den LeRoy und Arthur mir überlassen hatten. Das Fleisch und die Brötchen waren hart. Ich wickelte mich in die Decke ein, denn es war kälter, als ich es in einer Julinacht erwartet hätte. Ich hörte Grillen zirpen und kleine Tiere im Unterholz herumhuschen. Ich fühlte mich verlassen und dachte an all die Dinge, die wir zu Hause an Sommerabenden machten. Sobald die Küche der Allens sauber war, nahmen unsere Nachbarn und wir Stühle und Laternen mit hinaus. Es gab immer mindestens zwei Pfirsichkuchen und gesüßten Tee für alle. Die Kinder spielten Verstecken und andere Spiele. Später erzählten die Erwachsenen Geschichten, die wir schon oft gehört hatten. Aber wir wurden ihrer niemals müde und lauschten, als hörten wir sie zum ersten Mal. Wenn meine Mutter dabei war, bat ich sie darum, eine meiner Lieblingsgeschichten zu erzählen.

Wölfe heulten, und ich stellte mir erschaudernd die Frage: »Lieber Gott, was habe ich getan?« Ich beschloss, diesem Wahnsinn ein Ende zu setzen und am nächsten Morgen nach Hause zurückzukehren. Wenn ich mich schon in der ersten Nacht in Freiheit so elend fühlte, wie konnte ich es dann eine Woche aushalten? Einen Monat? Ein ganzes Leben lang? Die Wölfe schienen immer näher zu kommen, und ich dachte schon daran, mein Lager woanders aufzuschlagen, aber ich wusste ja, dass sie mich mit ihrem feinen Geruchssinn trotzdem finden würden. War das eine Schlange, die da eben gezischt hatte? Ich breitete Clarissas Kleid auf dem Boden aus und legte mich darauf; der Stoff schmiegte sich weich an mein Gesicht. Das Heulen wurde lauter, und mir wurde angst und bange. Ich kniete mich hin.

»Lieber Gott, ich danke dir für deine Wohltaten, dafür, dass du mich heute aufgeweckt hast, mir zu essen gegeben und mich sicher geleitet hast. Bitte behüte meine Familie und halte deine schützende Hand über sie. Herr, bitte vergib mir meine Sünden und dass ich dein Gesetz missachtet habe. Lieber Gott, ich weiß, dass ich Böses getan habe, und ich würde es verstehen, wenn du mich damit strafst, indem du mich wieder in Gefangenschaft führst. Aber, lieber Gott, wenn es dein Wille ist, dass ich aus der Knechtschaft fliehe, dann bitte zeig mir den Weg. Herr, du hast mich angehalten, stark und voller Mut zu sein und keine Angst zu haben. Herr, ich werde tapfer sein, weil du mir zugesichert hast, dass deine Engel mich immer begleiten werden. Im Namen unseres Erlösers, Jesus Christus. Amen.«

Die Wölfe schienen mir jetzt noch näher. Also ging ich bis zu einer Lichtung, von der aus ich zum Himmel hinaufblicken und die Sterne sehen konnte. Ich glaube nicht, dass ich jemals einen schöneren Himmel gesehen habe als in dieser Nacht.

Sechzehntes Kapitel

Theodora Allen

Meine Enkel und meine Schwägerin Martha taten ihr Bestes, damit ich mich nicht einsam fühlte. Ich spielte mit den Jüngsten und half ihnen beim Aquarellmalen. Martha las und schrieb auch gern, und wir verbrachten viel Zeit in der Bibliothek und im Salon. Wenn ich allein war, hielt ich mich vom Weinen über den Tod meines geliebten Kindes und den ungewissen Verbleib meines Enkelsohns ab, indem ich mich mit Gedanken an Kenneth tröstete und immer wieder seine Briefe und Gedichte las, die ich in einer Schachtel dort versteckte, wo ich meine Malutensilien aufbewahrte.

Eines Abends, als Martha und ich gerade im Salon waren und strickten, fragte sie mich nach meiner Tochter.

»Theodora, was ist es, was mir keiner über Clarissas Tod sagen will?«

»Dein Bruder will nicht, dass irgendwer Bescheid weiß, aber ich werde es dir trotzdem sagen, weil du sie wie eine Tochter geliebt hast.«

Ich erzählte ihr alles, und sie nahm mich in den Arm, als ich weinte.

»Möchtest du, dass ich versuche, mit Cornelius zu reden? Vielleicht verrät er mir ja, was er mit dem Kind gemacht hat.«

»Ja, bitte. Vielleicht hört er auf dich.«

Doch Martha hatte genauso wenig Erfolg wie ich, und Cornelius warf ihr vor, sie hätte sich mit mir verschworen, um den Ruf der Familie zu ruinieren.

»Theodora, ich mache mir Sorgen um ihn. Sein Verstand lässt nach, und als ich in seinem Büro mit ihm sprach, da hustete er Blut. Sollten wir nicht einen Arzt kommen lassen?«

»Ich glaube nicht, dass ein Arzt Cornelius helfen kann. Hast du versucht, ihn zu überzeugen, dass er mit dem Trinken aufhören soll?«

»Nein, und Emmeline hat mir in seiner Abwesenheit gesagt, dass er ständig weitertrinkt. Ich bin sicher, er würde nur noch wütender werden, wenn ich ihm raten würde, damit aufzuhören.«

Keiner erwartete mehr, Cornelius bei den Mahlzeiten zu sehen, und wir gewöhnten uns daran, ihn in seinen Privaträumen zu besuchen. Er gab sich Mühe, mit den Kindern zu spielen, verunsicherte sie dann aber, indem er merkwürdige Geschichten aus seiner Kindheit erzählte. Und als mein Mann schließlich anfing, seine Körperpflege zu vernachlässigen, ließen meine Söhne und Schwiegertöchter die Kleinen nicht mehr zu ihm nach oben. Sein Haar wurde strähnig, und sein Gesicht war totenbleich.

Cornelius lag im Bett, als ich am Mittwoch vor dem Abendessen nach ihm sah. Emmeline saß bei ihm.

»Hat er heute Whiskey getrunken?«

»Heute früh und am Nachmittag, Madam. Aber Eddie hat gesagt, dass er alle Flaschen mitgenommen hat, nachdem Mr. Allen Blut gespuckt hat.«

»Ist er heute überhaupt aufgestanden?«

»Nein, Madam. Eddie hat gesagt, er wollte nicht aus dem Bett kommen. Ich hab versucht, ihn zum Essen zu bewegen, aber er hat die meiste Zeit geschlafen. Er hustet noch immer Blut.«

»Wenn du willst, kann ich dir mit ihm helfen.«

»Madam, Sie sollten nach unten zum Abendessen gehen. Ich hab ein Auge auf ihn und lass Sie rufen, wenn es ihm schlechter geht. Und, Madam …«

»Ja, Emmeline?«

»Ich glaube nicht, dass sein Zustand besser wird. Vielleicht sollten Sie Ihrer Familie sagen, dass sie heute Abend noch einmal zu ihm kommen sollen.«

»Danke, Emmeline.«

Emmeline war die Einzige, die ihn zu diesem Zeitpunkt noch regelmäßig sah und bei ihm saß, aber nicht einmal sie konnte ihn überreden, mit dem Trinken aufzuhören oder etwas zu essen. Ich war erleichtert, dass er mich nicht zu sich rief und Emmelines Anwesenheit bevorzugte. Ich musste an den Anfang unserer Ehe denken und wie sehr ich mir gewünscht hatte, dass er sein Verhältnis mit ihr beendete, dass er sie bald satt bekäme und nur noch mich wollte, was jedoch nie geschehen war. So wie sie sich um ihn kümmerte, als er im Sterben lag, hegte ich den Verdacht, sie könnte ihm vielleicht sogar verziehen haben, dass er Belle verkauft hatte, und trotz dieser grausamen Reaktion auf Emmelines Infragestellen seiner Autorität war es offenkundig, dass er all die Jahre echte Zuneigung, wenn nicht gar Liebe für sie empfunden hatte. Wenn sein Vater ihn nicht gedrängt hätte zu heiraten, hätte Cornelius Emmeline vielleicht mehr wie eine Lebensgefährtin behandelt, so wie es viele andere Plantagenbesitzer mit ihren farbigen Geliebten taten.

Wir hielten uns nach dem Abendessen gerade im Spielezimmer auf, als Eddie kam, um mit mir zu sprechen.

»Madame, Emmeline bittet Sie hinaufzukommen, jetzt.«

Cornelius' Atmung war schleppend und flach.

»Emmeline, bitte waschen Sie ihm das Gesicht. Ich komme gleich mit der Familie herauf.«

Wir traten nacheinander ins Schlafzimmer ein und verabschiedeten uns von ihm. Meine Schwiegermutter sprach ein Gebet. Sie, meine Schwägerin und ich blieben und hielten die Totenwache. Mein Mann starb am Donnerstag um drei Uhr morgens. Davis fuhr in die Stadt zum Bestatter. Ich weiß nicht, was aus der Plantage geworden wäre, wenn mein Schwager Charles nicht da gewesen wäre.

»In solchen Zeiten denken die Sklaven, sie könnten tun, was sie wollen, oder müssten nicht arbeiten, da ihr Herr nicht mehr da ist. Es ist wichtig, dass alles reibungslos weiterläuft, als wäre der Herr noch immer da«, erklärte Charles mir.

Also ließ er uns im Haus zurück und fuhr hinaus auf die Felder, um den Leiter der Plantage und die Aufseher zu unterstützen. Ich ging ins Büro meines Mannes, um Sterbebenachrichtigungen zu verfassen. Auf seinem Tisch befand sich ein Stapel Unterlagen. Ich las das oberste Dokument, das er gerade entworfen hatte, und zerriss es in kleine Stücke, die ich beiseitelegte, um sie am Abend im Kamin in meinem Schlafzimmer zu verbrennen. Ich schrieb gerade eine Todesanzeige für die Lokalzeitung, als ich von einem Aufseher unterbrochen wurde.

»Madam, wir können Sarah nirgends finden.«

»Wie bitte?«

»Wir glauben, dass Sarah weggelaufen ist.«

»Wann?«

»Es muss letzte Nacht gewesen sein. Als Emmeline heute Morgen, nachdem Mr. Allen verstorben war, in ihre Hütte kam, hat sie gesehen, dass Sarah nicht da war, und sie kam zu mir und teilte mir mit, dass sie sie gestern Abend zum letzten Mal gesehen hat.«

»Nun, kann sie nicht irgendwo sonst auf der Plantage sein?«

»Doch, Madam, ich werde mit ein paar Männern zu den Feldern hinausfahren und Mr. Allen … also Mr. Charles Bescheid geben.«

Ich trug Bessie, die für die Umstände recht fröhlich wirkte, auf, sie möge Emmeline zu mir schicken. »Und Bessie, tu wenigstens so, als seist du traurig über das Ableben deines Herrn.«

Sie versuchte ohne großen Erfolg, sich ein Grinsen zu verkneifen. »Ja, Madam.«

Als Emmeline erschien, sah ich, dass sie geweint hatte.

»Glaubst du wirklich, es stimmt, dass Sarah weggelaufen ist? Vielleicht besucht sie ja nur Bekannte in den Quartieren?«, fragte ich sie.

»Madam, ich hoffe sehr, Sie haben recht. Was würde ich denn tun, wenn mein Mädchen weg wäre? Sie ist doch noch ein Kind. Madam, kann ich zu den Feldern gehen und sie suchen?«

»Natürlich, Emmeline, aber der Aufseher ist schon dorthin unterwegs. Wenn es dich jedoch beruhigt, dann bitte einen der Kutscher, dich hinauszufahren.«

Niemand konnte Sarah finden. Sie ließen die Hunde an ihrer Kleidung schnuppern und suchten in den Sklavenquartieren und den Sümpfen nach ihr. Am Abend, als es zu einer Gewissheit geworden war, dass sie tatsächlich geflohen war, beauftragte Charles die Sklavenfänger von Pinckney & Jenkins. Mr. Pinckney befragte mich in Anwesenheit von Charles und Davis in Cornelius' Büro.

»Mrs. Allen, zunächst mein Beileid zum tragischen Verlust Ihres Mannes und Ihrer Tochter. Nun zu Ihrer Flüchtigen. Ich kann Ihnen sagen, dass wir eine Fangrate von neunundneunzig Prozent haben. Und wir sind so erfolgreich, weil die Besitzer uns wertvolle Informationen geben. Zu diesem Zweck muss ich Ihnen einige Fragen stellen. Aus Erfahrung wissen wir, dass Sklaven oft Kleidung stehlen, um sich zu tarnen, und Schmuck, den sie verkaufen können, um ihre Flucht zu finanzieren. Wissen Sie, ob sie irgendetwas von Ihrer Familie gestohlen hat?«

»Ich glaube nicht, dass sie irgendetwas von mir gestohlen hat.«

»Was ist mit dem Eigentum Ihrer Tochter?«

»Ich weiß nicht. Ich bin nicht mehr in ihrem Zimmer gewesen, seit wir sie begraben haben.«

»Würden Sie uns bitte dorthin begleiten, damit Sie uns sagen können, ob irgendetwas fehlt?«

Wir inspizierten Clarissas Zimmer. Sie fanden zwei leere Bügel im Schrank, wo wir die Kleider aufbewahrt hatten, die sie nicht nach Talladega mitgenommen hatte.

»Madam, erinnern Sie sich, welche Kleider auf diesen Bügeln hingen?«

»Lassen Sie mich nachdenken … Ja, sie waren gelb. Sie liebte diese Kleider.«

Er notierte es sich in sein Buch. Ich unterdrückte ein Schmunzeln, als ich daran dachte, dass Clarissa Gelb immer verschmäht hatte und diese Farbe niemals getragen hätte.

»Mrs. Allen, fällt Ihnen sonst noch irgendetwas auf, das fehlen könnte?«

»Jetzt, wo Sie es sagen … Ich vermisse auch die dazugehörenden Hüte und Sonnenschirme.«

»Sonst noch etwas?«

»Ich denke, das ist alles.«

Wir kehrten in das Büro meines Mannes zurück.

»Mrs. Allen, wir haben bereits eine Beschreibung von Sarah. Gibt es noch etwas, das Sie uns über ihre Persönlichkeit oder ihre Fähigkeiten sagen könnten, das uns dabei helfen könnte, sie in Anzeigen und öffentlichen Bekanntmachungen zu beschreiben?«

»Ja. Sie ist klug.«

»Sonst noch etwas?«

»Nichts für Ihre Anzeigen.«

»Ja?«

»Sie werden sie niemals erwischen.«

Wir begruben Cornelius neben Clarissa, und am Tag nach seiner Beerdigung versammelten sich alle Erwachsenen, außer meinen Verwandten aus Georgia, die am Morgen abgereist waren, auf Charles' Bitte hin in der Bibliothek.

»Ich bin Cornelius' Nachlassverwalter. Bis zur Testamentseröffnung wird es eine Weile dauern, vielleicht zwei Monate. Der Anwalt, Mr. Harris, wird morgen eintreffen und zusammen mit den Buchhaltern anfangen, die Geschäftsbilanzen zu prüfen. Sie werden hier wohnen, bis diese Arbeit erledigt ist; spätestens bis Ende August, denn dann muss ich zur Ernte auf meine Plantage zurück. Keiner ist gesetzlich verpflichtet, bei der Verlesung des Testaments anwesend zu sein, und ich verstehe, wenn ihr Verpflichtungen zu Hause habt. Aber es wäre eine willkommene Geste, wenn ihr noch bliebet, um Theodora beizustehen.«

Ich bat Charles um eine kurze Unterredung, nachdem alle anderen den Raum verlassen hatten.

»Lieber Charles, ich habe eine heikle Angelegenheit mit Ihnen zu besprechen. Wie viel hat Cornelius Ihnen erzählt über Clarissas … Situation?«

»Theodora, ich weiß, wie schwer das für Sie ist, aber Sie müssen versuchen zu vergessen, was mit Clarissa geschehen ist.«

»Das kann ich nicht. Ich muss wissen, wo mein Enkelsohn ist …«

»Ich denke, dass Cornelius es mir absichtlich nicht mitgeteilt hat, weil er wusste, dass Sie mich fragen würden. Wirklich, ich weiß es nicht.«

»Haben Sie das Testament gelesen?«

»Nicht in letzter Zeit, aber der Anwalt bringt eine Kopie davon mit. Meine Abschrift ist bei mir zu Hause, und ich habe nicht mehr hineingesehen, seit es angefertigt wurde. Warum fragen Sie?«

»Ich frage mich, ob es wohl einen Nachtrag das Kind betreffend gab.«

»Ich weiß nicht, ob es irgendwelche Nachträge gab, die sich speziell auf das Kind beziehen, aber ja, soweit ich weiß, gab es Zusätze zum Testament.«

Der Anwalt und der Buchhalter kamen am nächsten Morgen, und Davis führte sie in Cornelius' Büro. Am Abend sprach ich im Vertrauen mit dem Anwalt.

»Mr. Harris, haben Sie den Anhang zum Testament meines Mannes mitgebracht?«

»Ja, Mrs. Allen, natürlich.«

»Worum geht es dabei?«

»Zu diesem Zeitpunkt bin ich leider nicht befugt, über diese Sachverhalte zu sprechen.«

»Würden Sie mir wenigstens sagen, ob es mit meiner Tochter zu hat, mit Mrs. Clarissa Cromwell und ihrem Sohn?«

»Nein. Der Anhang bezieht sich weder auf sie noch auf ihn.«

»Wie wirkt sich das Testament denn allgemein auf Clarissas Sohn aus?«

»Ich fürchte, ich habe bereits zu viel gesagt, Madam.«

»Mr. Harris, ich bin nicht nur eine Witwe, sondern auch eine Mutter und eine Großmutter.«

»Mrs. Allen, ich verspreche Ihnen, dass ich den Nachlass so rasch wie nur möglich regeln werde, damit all Ihre Fragen beantwortet werden können. Ich darf Ihnen noch verraten, dass es Punkte im Nachlass gibt, die einige der Begünstigten verärgern könnten. Meine Aufgabe wird es sein sicherzustellen, dass diese Begünstigten das Testament nicht anfechten oder den Versuch unternehmen, es für nichtig erklären zu lassen. Bitte verstehen Sie aber, dass ich zum jetzigen Zeitpunkt nichts darüber preisgeben kann, nicht einmal dem Nachlassverwalter gegenüber. Das dient nur der Sicherung des Erbes, damit niemand versucht, das Vermögen zu verschwenden oder heimlich damit das Weite zu suchen. Aber soweit ich es bisher überblicken kann, werden Sie mit der Verteilung des Besitzes zufrieden sein.«

»Die finanziellen Aspekte des Erbes, soweit sie mich betreffen, kümmern mich nicht, ich bin nur besorgt um Clarissas Sohn.«

»Mrs. Allen, zu dieser Sache hätte ich in der Tat eine Frage an Sie. Ich habe die Dokumente Ihres Mannes, die sich auf seinem Schreibtisch und in den Schubladen befanden, sortiert. Als ich ihn das letzte Mal traf, erwähnte er, dass er gerade einen weiteren Anhang zum Testament ausarbeite und dass er Regelungen hinsichtlich seines Enkels treffen wolle. Aber diese Unterlagen waren nicht zu finden. Wissen Sie, wo er sonst noch Dokumente aufbewahrt hat?«

»Nein, sie müssten sich im Büro befinden. Dort hat er alle Schriftsachen erledigt. Aber ich werde danach suchen.«

Ich sagte dem Anwalt nichts von dem Dokument, das Cornelius entworfen und das ich zerrissen und verbrannt hatte. Die Nachfrage des Anwalts erinnerte mich daran, wie Cornelius mich in meiner ersten Woche auf Allen Hall, als er mich in den Pflichten einer Hausherrin unterwies, in einen seiner Privaträume mitgenommen und mir eine Stahlkassette gezeigt hatte, die er hinter einem Gemälde aufbewahrte. Er hatte mir auch einen Schlüssel dafür gegeben.

Ich suchte den Schlüssel heraus und ging nach meinem Gespräch mit Mr. Harris in das besagte Zimmer. Ursprünglich hatte Cornelius in der Kassette unseren Schmuck aufbewahrt, aber später ließ er zu diesem Zwecke eine andere in meinem Zimmer anbringen, und ich hatte die erste vergessen. Als ich sie öffnete, entdeckte ich bündelweise Papiergeld, Goldmünzen und eine Reihe von Dokumenten. Mein Herz schlug schneller, als ich herausfand, wohin Cornelius meinen Enkel hatte bringen lassen. Nachdem ich alles gelesen hatte, musste ich entscheiden, was von den Inhalten der Kassette ich Mr. Harris offenbaren sollte. Er hatte gesagt, ich würde mit den Bestimmungen des Testaments zufrieden sein, aber würden die Dokumente, die auf den Aufenthaltsort meines Enkels hinwiesen, seine Auffassung ändern? Ich machte mir Sorgen, da der Anwalt angedeutet hatte, einige Begünstigte könnten das Testament womöglich anfechten, und ich hatte keine Ahnung, wie sich das auf Cornelius' einzelne Bestimmungen auswirken würde. Schließlich kam ich jedoch zu dem Schluss, Mr. Harris über die Papiere zu informieren, denn ich nahm ihm ab, dass er Cornelius' Willen durchsetzen wollte.

Ich gewöhnte mir eine angenehme Routine an, die daraus bestand, mit den Kindern zu spielen, sie zu unterrichten, mit allen zusammen die Mahlzeiten einzunehmen und Gäste zu empfangen. Doch etwa zwei Wochen nach Cornelius' Tod gab es weitere überraschende Neuigkeiten: Charles informierte mich, dass Sklavenjäger Isaac gefunden und ihn nach Allen Estates gebracht hatten. Er befand sich im plantageneigenen Gefängnis.

»Ich habe einen Brief von Cromwell gelesen, in dem er Cornelius mitteilte, Isaac sei geflohen. Er schrieb, dass Isaac ein Pferd gestohlen hätte und vermutlich hierherkommen würde, um Sarah abzuholen, damit sie gemeinsam fliehen könnten. Seit man ihn hierhergebracht hat, haben die Aufseher versucht, ihn durch Schläge zur Preisgabe von Sarahs Aufenthaltsort zu bringen, aber er behauptet weiterhin, nicht zu wissen, wo sie sei«, sagte Charles.

»Was werden Sie unternehmen? Schicken Sie ihn zu Julius zurück?«

»Ich werde mit dem Anwalt darüber sprechen. Cromwells größere Sorge scheint zu sein, Sarah zurückzubekommen.«

»Charles, meinen Sie nicht, wir sollten die Suche nach Sarah aufgeben?«

»Nein, das können wir nicht. Julius schreibt in seinen Briefen, dass er ein Gerichtsgesuch einreichen und alles an die Öffentlichkeit bringen wird, falls wir sie nicht zu ihm zurückschicken. Wenn man sie nicht bald findet, müssen wir Julius natürlich davon in Kenntnis setzen, dass sie entflohen ist. Ach, und das habe ich noch vergessen, Ihnen zu sagen: Morgen Nachmittag nach dem Essen bekommt das Hauspersonal frei, damit sie zu den Feldern hinausgehen und an Isaacs öffentlicher Auspeitschung teilnehmen können.«

»Warum muss denn auch das Hauspersonal dabei sein? Cornelius hat nie darauf bestanden.«

Charles' Antwort fiel zögerlich, ja bekümmert aus.

»Das liegt wahrscheinlich daran, dass keiner der Haussklaven versucht hat zu fliehen, seit Cornelius die Plantage übernommen hat. Aber eigentlich hätte er alle zu den Auspeitschungen gehen lassen müssen, denn die Bestimmungen für die Leitung einer Plantage sehen vor, dass sämtliche Sklaven, nicht nur die Feldarbeiter, der Disziplinierung eines eingefangenen Entflohenen beiwohnen müssen. Schließlich lehrt es alle Sklaven, dass sie unseren Gesetzen gehorchen müssen und dass auch sie, wenn sie einen Fluchtversuch unternehmen, streng bestraft werden.«

Charles besprach die Zukunft von Allen Estates mit meinen Söhnen und mir. »Wie ihr wisst, habe ich meinen Söhnen und meiner Frau die Leitung unserer Plantage übertragen, solange ich hier bin, damit ich bis zur Erntezeit bleiben kann. Aber dann muss ich nach Hause zurückkehren. Eure Mutter war nie in die Plantagenführung involviert. Ist einer von euch daran interessiert, Cornelius' Platz einzunehmen?«

»Nun, Onkel Charles, ich nicht, denn ich arbeite gern in der Bank. Ich kann mir nicht wirklich vorstellen, ein Landwirt zu sein«, erwiderte Paul.

»Ich ebenso wenig. Ich bin niemand, der die Erde beackert, umgeben von lauter Wilden«, sagte auch Robert.

»Theodora? Möchten Sie lernen, wie man eine Plantage leitet?«

»Nein, Onkel Charles, das könnte Mama nicht. Und wir würden ihr auch nicht erlauben, ganz alleine hierzubleiben.«

»Theodora, Cornelius hat die Aufseher hervorragend in die Leitung der Plantage eingeführt, und Ihnen hat er die Führung des Haushalts vermittelt. Wenn Sie interessiert wären, dann könnte ich Ihnen beibringen, seinen Platz einzunehmen.«

»Charles, danke, dass Sie so viel Vertrauen in mich setzen,

aber die Wahrheit ist, wie Cornelius schon oft festgestellt hat, dass ich mich eher für Kunst als fürs Geschäft interessiere. Und ich könnte nicht allein hier leben.«

»Nun, dann wissen wir alle, was das bedeutet. Wir werden die Plantage und das Anwesen verkaufen müssen. Für den Verkauf der Sklaven und den Viehbestand wird es eine öffentliche Auktion geben.«

Am nächsten Tag kamen die Sklavenfänger nach Allen Estates, um mit Charles und mir zu sprechen.

»Es tut uns leid, aber wir konnten Ihre Sklavin nicht finden«, sagte einer der Fänger.

»Haben Sie irgendeine Idee, wo sie sein könnte?«

»Nein, Sir. Wir dachten, sie ginge nach Macon County, wo sie, wie Sie sagten, Bekannte hat. Wir haben sie beobachtet, aber Sarah ist nie dort aufgetaucht. Wir haben Aushänge an den Stationen der Postkutschen und an den Bootsanlegestellen gemacht.«

»Wie weit in den Süden haben Sie Ihre Suche denn ausgedehnt?«

»Unsere Vertreter sind bis Montgomery ausgeschwärmt. Entflohene passieren oft Wetumpka und Montgomery, weil dort so viele Dampfer und Kutschen abfahren. Es ist leichter für sie unterzutauchen, weil es dort mehr Menschen gibt als in den meisten anderen Städten in der Gegend.«

»Warum, glauben Sie, konnten die Hunde ihre Fährte auf dem Plantagengelände nicht aufnehmen?«

»Das ist mir unerklärlich, Mr. Allen. Unsere Mitarbeiter haben sie an ihrem Hausmädchengewand schnüffeln lassen, aber die Hunde konnten nirgends auf den Wegen ihre Fährte wittern. Normalerweise ist es uns möglich herauszufinden, wie der Sklave die Plantage verlassen konnte, aber diesmal ist es so, als hätte sie die Hütte ihrer Mutter nie verlassen.«

Wir berieten uns mit Mr. Harris, Cornelius' Anwalt, der das Gespräch begann, indem er uns einige Fragen stellte, die Charles beantwortete.

»Ich nehme an, Mr. Cromwell weiß, dass Mr. Allen und Mrs. Cromwell von uns gegangen sind?«

»Über beide Todesfälle haben alle Zeitungen in den Südstaaten ausführlich berichtet. Warum?«

»In seinen jüngsten Briefen hat Mr. Cromwell angedeutet, dass es in dem Gerichtsgesuch, das er einreichen will, wenn Sie Sarah nicht zurückschicken, um Mrs. Cromwells Erbanteil geht«, erklärte Mr. Harris.

»Was? Wie kann das sein? Er hat die Ehe doch beendet, indem er sie zurückgeschickt hat!«, rief ich.

»Es tut mir leid, Mrs. Allen, aber rein rechtlich hat er die Ehe damit nicht beendet. Vor Gericht könnte er argumentieren, sein Handeln sei das eines verletzten Ehemanns gewesen.«

»Was sollen wir tun?«

»Ich schlage vor, Sie setzen die Suche mit den Sklavenfängern fort. Ich werde Mr. Cromwell brieflich von Sarahs Flucht unterrichten und ihn bitten, dass wir weiterhin nach ihr suchen dürfen, bevor er weitere Schritte unternimmt«, sagte Mr. Harris.

Ich fragte, was wir mit Isaac tun sollten.

»Ich denke, Sie sollten ihn weiter festhalten, zumindest bis wir eine Antwort von Mr. Cromwell erhalten haben. Sind Sie denn bereit, ihm Isaac zurückzuschicken?«

»Nur wenn Cromwell kein Gerichtsgesuch einreicht«, sagte Charles.

»Dann gibt es keinen Grund, ihm Isaac jetzt zurückzuschicken.«

Charles beauftragte die Sklavenfänger, ihre Suche fortzusetzen, und Mr. Harris schrieb an Julius. Die Antwort erhielt er einige Tage später.

»Er bezichtigt Cornelius, Sarah die Flucht gestattet zu haben. Er ist überzeugt, Sarah und Isaac hätten sich irgendwo getroffen, und hat die Suche nach ihnen in Gang gesetzt, obwohl ich ihm geschrieben hatte, dass wir bereits eine Firma damit beauftragt haben, sie zu suchen«, berichtete Charles.

»Sollen wir ihm sagen, dass wir Isaac haben?«

»Das ist Ihre Entscheidung, aber bitte hören Sie sich an, was er noch zu sagen hat. Er schreibt, dass er, wenn Sarah nicht binnen zwei Wochen gefasst ist, ein Gesuch beim Bezirksgericht von Talladega einreichen wird, in dem er Sarah, Isaac, die zwanzig versprochenen Feldarbeiter und Mrs. Cromwells Anteil an Cornelius' Erbe einfordert.«

Siebzehntes Kapitel

Sarah Campbell

Die Sonne schien mir heiß ins Gesicht. Hatte ich etwa vergessen, die Läden zu schließen? Warum hatte mich meine Mutter noch nicht aufgeweckt, damit ich in die Küche ging, um Clarissa Tee zu machen? Ich schlief wieder ein, schreckte aber mit einem Ruck hoch, als ich spürte, dass mich jemand anstarrte. Ich schlug die Augen auf und erblickte eine Rehfamilie, eine Mutter und ihre beiden Kitze, die mich mit traurigen Augen ansahen.

»Oh, ihr Hübschen. Nein, lauft nicht weg …«

Die Rehe verschwanden im Gebüsch. Ich sprach mein Morgen… – nein, mein Mittagsgebet –, denn die Sonne stand bereits hoch am Himmel. Ich hatte noch nie so lange geschlafen und konnte einfach nicht glauben, dass ich nicht aufstehen musste, um irgendetwas für irgendjemanden zu tun. Ich holte mein Essen hervor und aß es voller Genuss, obwohl es schon etwas trocken war. Dann faltete ich die Decke zusammen und packte sie wieder in meine Tasche. Das restliche Essen und Clarissas Kleid, auf dem ich gelegen hatte, vergrub ich abseits meines Schlafplatzes.

Ich begutachtete mein Zuhause für die nächsten drei Tage: Schwarzeichen, Fichten- und Weihrauchkiefern, Hickorybäume und Geflügelte Ulmen. Ohne meinen Schlafplatz aus den Augen zu verlieren, schulterte ich den Rucksack und ging bis zu einem Bach. Ich nahm die Blechtasse, um zu trinken. Nachdem ich mich gewaschen hatte, verlangte mein Magen nach mehr Essen, und ich machte mich auf die Suche nach essbaren Früchten. Ich aß Preiselbeeren direkt vom Strauch und pflückte welche zum Mitnehmen. Plötzlich merkte ich, dass ich die Orientierung verloren hatte und nicht mehr wusste, wo die Straße verlief. Meine Güte, wie sollte ich jetzt den Weg nach Süden finden? Nichts kam mir bekannt vor. Meine Stiefel hatten nur leichte Abdrücke hinterlassen, und ihrer Spur zu folgen brachte mich nicht weit. Ich sah mich weiter um, bis ich auf eine Lichtung kam und von dort aus den Gipfel eines Berges erkennen konnte. Ich erinnerte mich, dass ich diesen Berggipfel auch von meinem Schlafplatz aus hatte sehen können, wenn ich in Richtung Straße schaute.

Meinen Rucksack umschlungen, setzte ich mich und prägte mir so viel von meiner neuen Umgebung ein, wie ich konnte, damit ich mich nicht noch einmal verirren würde. Dann schlief ich unter einem Baum auf einer anderen Lichtung ein, obwohl mir vom Liegen auf dem Boden bereits sämtliche Knochen wehtaten. Die nächtlichen Kreaturen waren schon aktiv, als ich erwachte, und ich fühlte mich einsam und fürchtete mich im Dunkeln. Ich aß ein paar Beeren und lauschte dem Leben im Wald, dann betete ich und sagte mir meine Lieblingspsalmen vor. Als ich annahm, dass es gegen elf Uhr abends war, ging ich zur Straße und marschierte sie bis kurz vor Sonnenaufgang entlang. Dann zog ich mich wieder ins Unterholz neben der Straße zurück.

Auch die nächsten beiden Tage verbrachte ich im Wald. Am ersten geschah nichts Besonderes, aber der zweite ließ mich mein Vorhaben beinahe aufgeben.

Ich saß im Schatten und ruhte mich aus, als ich zwei Stimmen hörte, die miteinander stritten. Sie klangen wie die

Aufseher auf Allen Estates. Ich raffte mein Hab und Gut zusammen und kauerte mich hinter einen Strauch, von wo aus ich zwei Männer sehen konnte, einer von ihnen fettleibig. Sie trugen Gewehre und wandten mir den Rücken zu.

»Hier drinnen finden wir doch nie jemanden.«

»Lass uns noch ein bisschen herumgehen. Sie haben gesagt, dass sie in dieser Richtung drei Nigger gesehen haben. Wenn wir sie gleich alle drei erwischen, bekommen wir gut zweihundert Dollar Belohnung.«

»Ich bin müde und hab Hunger, und es ist heiß. Ich schlage vor, wir passen sie in der Stadt ab.«

»Komm schon. Lass uns noch ein bisschen weitersuchen, dann gehen wir.«

»Also gut, aber erst muss ich pinkeln.«

Der fette Mann drehte sich um, um sich zu erleichtern, und ich dachte schon, er hätte mich gesehen. Ich rührte mich nicht, denn ich wollte nicht, dass er eine plötzliche Bewegung bemerkte. Er kniff die Augen zusammen.

»Hey, siehst du da drüben was?«

»Wo?«

»Da vorne.«

»Nö. Ich seh nix.«

»Komm, lass uns mal nachschauen.«

Sie kamen direkt auf mich zu, und ich wusste, dass ich es riskieren musste, mich zu bewegen, oder sie würden mich erwischen. Ich kroch zurück, bis ich hinter einem anderen Strauch Schutz fand. Ich hörte sie reden, während sie die Stelle untersuchten, an der ich mich aufgehalten hatte. Sie schienen zu dem Schluss zu kommen, dass wohl ein Reh unter dem Baum gelegen hatte, wo mein Schlafplatz gewesen war, und da sie niemanden dort fanden, trollten sie sich.

Am dritten Abend, bevor es dunkel wurde, ging ich in

Richtung Straße. Als ich schon ganz in der Nähe war, versteckte ich mich bis gegen Mitternacht und setzte meine Wanderschaft dann fort. Der Mond und der Nordstern leiteten mich, während ich bis kurz vor Sonnenaufgang Richtung Süden marschierte, um dann wieder in die Wälder zurückzukehren. Ich machte Rast an einem Bach, wo man mich nicht von der Straße aus sehen konnte.

Als die Sonne ganz aufgegangen war, zog ich mein Kleid aus und wusch mich. Dann nahm ich einen der Lumpen, die ich dabeihatte, um mir die Brust abzubinden. Ich machte vorne einen festen Knoten und stopfte ihn unter die Bandage. Als Nächstes zog ich die Männerunterwäsche und einen der Anzüge an und setzte den Hut auf, den ich zuvor wieder in Form zu bringen versuchte, da er in der Tasche zerknautscht worden war. Ich packte etwas Geld und den Passierschein aus der Tasche im Kleid in die Innentasche der Jacke. Mein Kopftuch und das Kleid mit dem restlichen Geld und den Freilassungspapieren faltete ich zusammen und verstaute sie ganz unten in meinem Rucksack. Danach kehrte ich zur Straße zurück und marschierte weiter, und nach ungefähr dreißig Minuten hatte ich La Fayette erreicht. Es waren Leute unterwegs, aber nicht viele, teilweise zu Pferde, auf Fuhrwerken und in kleinen Kutschen. Sie sahen mich zwar an, aber nicht auf feindselige Art. In dem Ort gab es einen Gemischtwarenladen, einen Schmied, eine Anwaltskanzlei, einen Schuster und drei oder vier andere Läden. Ich ging in das Lebensmittelgeschäft und sprach mit dem Mann hinter der Ladentheke.

»Guten Morgen, Sir. Ich hätte gerne etwas zu essen. Ich habe auch Geld, um es zu bezahlen.«

»Sicher, aber Sie wollen doch sicher gekochtes Essen, oder?«

»Ja, Sir.«

»Corrine! Corrine, komm her.«

Eine Bedienstete erschien.

»Mach dem Jungen etwas zu essen.«

Er wollte, dass ich im Voraus bezahlte, und ich kam seinem Wunsch nach. Corrine nahm mich mit in die Küche, die sich hinter dem Laden befand. Sie drückte mir ein Stück Schweinefleisch und ein Brötchen in die Hand.

»Lauf. Los. Er holt den Sheriff. Er weiß, dass du ein Entflohener bist.«

»Aber ich habe einen Passierschein.«

»Das kümmert ihn nicht. Sie stecken dich ins Gefängnis, bis sie überprüft haben, ob er echt ist. Hör auf zu reden, Junge, und lauf.«

»Aber woher wusste er es?«

»Hör auf, Fragen zu stellen. Weil du keine Bleibe hast, wo du kochen kannst! Siehst du den Weg da? Nimm ihn. Er führt zur Straße nach Tallapoosa.«

Meine Füße schienen wie angewurzelt, aber nachdem sie mir einen Schubs gegeben hatte, rannte ich und blieb nicht stehen, bis ich von genug Gebüsch umgeben war, um mich zu verbergen. In der Ferne konnte ich die Hunde bellen hören, aber sie schienen in eine andere Richtung zu laufen. Ich ruhte mich aus und folgte dem Weg dann für gut zwei Stunden. Schließlich entdeckte ich eine verlassene Scheune an einem Bach und suchte dort bis in die Nacht hinein Schutz. Erst dann setzte ich meinen Weg fort. Tallapoosa war jedoch nicht mein Ziel, sondern Macon County, wo Clarissas Tante und ihre befreiten Bediensteten wohnten, die immer sehr gastfreundlich zu Isaac und mir gewesen waren, wenn wir mit Clarissa dort gewesen waren.

Mein Plan war es eigentlich gewesen, eine Postkutsche

von La Fayette nach Macon County zu nehmen und mir von den Bediensteten dort Hilfe zu erbitten. In Macon County wollte ich dann ein paar Wochen bleiben, bis die Sklavenfänger die Suche nach mir hoffentlich aufgaben. Von da aus wollte ich Montgomery entlang der südlichen Grenze des Countys umgehen und schließlich die westliche Richtung zum Alabama River einschlagen. Jetzt musste ich durch Tallapoosa County fliehen, das sich direkt südlich von Talladega County befand und nördlich von Montgomery County. In Montgomery waren immer Sklavenjäger aus dem ganzen Land unterwegs, um auf Entflohene zu warten, die dort auf die Dampfer zu gelangen versuchten.

Da mir nichts anderes übrig blieb, wanderte ich nachts auf dem Weg weiter und versteckte mich tagsüber in den Wäldern, bis er wieder auf die Hauptstraße traf. Immer wenn ich im Wald auf ein Gewässer stieß, kühlte ich meine Füße darin, denn ich hatte mir blutige Blasen gelaufen. Ich hatte solchen Hunger, dass ich mehrfach daran dachte, Würmer zu essen. Wenn ich ein Gewehr besessen und gewusst hätte, wie man jagt und ein Feuer macht, hätte ich ausreichend zu essen gehabt, denn der Wald war voller wilder Enten, Truthähne und Baumwollschwanzkaninchen.

Eines Nachts, als ich gerade von den Kochkünsten meiner Mutter träumte, roch ich gebratenes Wild. Ich erwachte, als der Duft mich umwehte, und folgte ihm ein Stück weit. In der Ferne sah ich Rauch aufsteigen und wagte mich weiter vor, hastend von Strauch zu Strauch, um sicherzugehen, dass mich niemand sah, bis ich Männerstimmen hörte. Sie klangen nicht wie Sklavenjäger, aber ich wollte auf Nummer sicher gehen. Vorsichtig schlich ich näher heran, bis ich zwei Farbige erkannte, die auf Steinen an einem Feuer saßen. Ich zog in Betracht, auf sie zuzugehen, aber bei dem Gedanken daran, was Belle passiert war, fürchtete ich mich davor, mit fremden Männern allein zu sein. Mein stechender Hunger machte sich wieder bemerkbar, und da fiel mir ein, dass mich bisher alle, die mich gesehen hatten, für einen Mann gehalten hatten. Ich zog die Bandage um meine Brust fester, legte meine Decke zusammen und packte sie in den Rucksack. Ich näherte mich ihnen und räusperte mich. Sie schienen nicht überrascht, als sie mich sahen.

»Wer bist du denn?«

»Sir, ich heiß William, William Campbell.«

»Na, dann steh da nicht rum, komm rüber, Gelbgesicht.«

Ich sagte Hallo, und sie stellten sich als Brüder namens Henry und Oliver vor.

»Dir gefällt der Duft von unserm Wild, was, William?«

»Ja, Sir.«

Sie lachten.

»Was ist so lustig?«

»Uns hat bloß noch nie einer ›Sir‹ genannt«, erklärte Oliver.

»Meine Mutter hat mir beigebracht, Männer, die älter sind als ich, mit Sir anzusprechen.«

»Du arbeitest im Haus, hä?«

»Ja, Sir.«

»Was machst du denn dann hier draußen?«

»Hör auf, Fragen zu stellen, Oliver. Alles, was er wissen will, ist, ob wir ihm was von unserm Essen abgeben.«

»Klar tun wir das. Ich wollte ja nur wissen, was so ein feiner Hausnigger hier draußen mitten im Wald weit weg von seiner Mama zu suchen hat.«

»Das geht dich nichts an, Oliver. Du magst auch nicht, wenn jemand uns fragt, warum wir nicht zu Hause sind.«

»Das stimmt wohl. Also, was machst du hier, William?«

»Sir, mein Herr kann es sich nicht mehr leisten, mich zu behalten, also hat er mich losgeschickt, um Arbeit auf den Booten zu suchen, die auf dem Tombigbee fahren. Ich weiß, dass Sie es nicht mögen, wenn man Sie fragt, warum Sie nicht zu Hause sind, aber warum denn?«

»Das können wir dir sagen, William. Wir sind weggelaufen, aber bloß für eine Weile«, antwortete Henry.

»Was soll das heißen, ›für eine Weile‹?«

»Wir gehen wieder zurück.«

»Warum?«

»Na, weil wir schon versucht haben, für immer wegzulaufen, dreimal …«

Beide Männer lachten.

»Was ist jetzt daran wieder so lustig?«

»Ist nicht wirklich lustig, sondern traurig, aber wenn man nicht drüber lacht, muss man weinen«, sagte Henry.

»Und wie kam's dazu?«

»Das erste Mal, gleich nachdem der Herr gestorben ist, war's am schlimmsten. Sie haben uns erwischt und ins Gefängnis gesteckt, bis uns die alte Dame wieder rausgeholt hat«, erzählte Oliver.

»Welche alte Dame?«

»Mrs. Farrow. Master Farrow ist vor ungefähr sechs Jahren gestorben. Aber lässt du mich jetzt vielleicht mal erzählen, was passiert ist, oder was? Also, sie hat den Sheriff bezahlt, damit er uns auspeitscht, fünfzig Hiebe jeder, und uns zu ihr zurückbringt.«

»Aber das ist noch nicht mal der schlimmste Teil«, warf Henry ein. »Als wir wieder nach Hause kamen, haben uns unsere Frauen zur Schnecke gemacht, weil wir sie und die Kinder verlassen wollten, und unsere Mütter haben geweint und gesagt, sie hätten gedacht, sie würden uns nie wiedersehen.«

»Und die anderen beiden Male?«

»Ein Jahr später haben wir uns dran erinnert, wie gut sich das Weglaufen angefühlt hat, aber sie haben uns wieder erwischt. Das zweite Mal sind wir nicht weit gekommen, und der Sheriff hat uns nicht mal ins Gefängnis gesteckt oder ausgepeitscht. Er hat uns einfach zur alten Dame zurückgebracht. Und das letzte Mal war ein Jahr danach, und da sind wir richtig weit gekommen, aber dann haben sie uns doch wieder erwischt und zurückgebracht«, sagte Henry.

»Wir haben gemerkt, dass die alte Dame jedes Mal, wenn wir weggelaufen sind, weniger wütend war. Sie war bloß froh, dass wir zurückkamen und nie während der Erntezeit wegliefen. Und wir haben rausgekriegt, wie wir ein bisschen was verdienen können, wenn wir unterwegs sind. Wir sagen den Leuten, dass Mrs. Farrow uns zum Arbeiten losgeschickt hat. Also geben wir der alten Dame etwas davon ab und unseren Familien den Rest, und alle sind glücklich«, erklärte Oliver.

»Sieht aus, als is' das Fleisch fertig«, meinte Henry.

Sie hatten einen kleinen Beutel Salz dabei. Wir aßen das Fleisch und Kartoffeln, die sie gebraten hatten, mit den Händen. Es war eine der köstlichsten Mahlzeiten, die ich je hatte. Ich fragte sie, wie sie das Reh erlegt hatten.

»Mit dem Gewehr. Was glaubst du denn?«

»Und wo haben Sie das Gewehr her, und wie haben Sie gelernt, damit umzugehen?«

»Hat dir schon mal jemand gesagt, dass du ganz schön viele Fragen stellst, William? Es ist eins vom Master. Er hat uns auch das Schießen beigebracht. Er wollte, dass wir ihm beim Jagen helfen. Wir wissen, wo die alte Dame die Waffen aufbewahrt, und wenn wir auf die Jagd gehen wollen, nehmen wir uns einfach eins. Sie hat nix dagegen, solange wir ihr die Hälfte von dem, was wir erlegen, abgeben. Warum? Weißt du etwa nicht, wie man schießt?«

»Auf unserer Plantage ist es uns nicht erlaubt zu schießen, bloß der Master und die Aufseher dürfen das.«

»Und was ist mit einem Messer?«

»Nein, bloß kleine zum Kochen. Wir dürfen keine Waffen besitzen, und wenn sie welche bei uns oder in unseren Hütten finden, werden wir bestraft.«

»Aber jetzt hast du doch wohl ein Messer bei dir, oder?«

»Na ja, nein.«

»Du bist im Wald ohne Messer? Wie willst du dich denn da verteidigen?«

»Ich habe nicht gedacht, dass ich das wirklich muss.«

»Du hast gedacht, du gehst in den Wald und läufst da keinem Verrückten über den Weg? Oliver und ich werden dir eins von unseren Messern geben. Und wenn dir irgendwer dumm kommt, dann musst du ihn das Messer meistens bloß sehen lassen, und er lässt dich in Ruhe.«

»Und was, wenn nicht?«

»Du bist kräftig, wehr dich. Tritt ihn dahin, wo es am meisten wehtut. Hast du denn keinen großen Bruder, der dir so was beigebracht hat?«

»Nein, hab ich nicht. Aber ich hätte noch eine Frage an Sie«, meinte ich.

»Was denn noch?«

»Na ja, als Sie mich gesehen haben, schien es nicht so, als wären Sie überrascht.«

»Allein daran erkenn ich, dass du nie auf den Feldern gearbeitet hast.«

»Warum?«

»Wenn ein Feldarbeiter müde ist, dann versteckt er sich in den Wäldern, die gleich an seine Plantage angrenzen, und bleibt ein paar Tage dort, manchmal auch Wochen, und dann geht er zurück. Davon hast du noch nie gehört, hä?«

»Nein, aber ich finde, wenn man schon mal entkommen ist, dann sollte man nicht zurückgehen.«

»Na ja, für uns ist es nicht so leicht, weil man uns Feldarbeitern meistens nicht abnimmt, wenn wir sagen, wir wären nicht auf unserer Plantage, weil unser Herr uns losgeschickt hat, um Arbeit zu suchen.«

»Und warum waren Sie jetzt nicht überrascht, als Sie mich gesehen haben?«

»Was meinst du denn? Jedes Mal, wenn wir weglaufen, treffen wir an die zehn andere Sklaven, die sich in den Wäldern verstecken. Wenn wir im Wald sind und unser Feuer machen, finden sie uns.«

»Warum finden euch dann die Sklavenfänger nicht?«

»Die gehen nachts in keinen Wald. Die warten lieber, bis wir rauskommen, weil das müssen wir manchmal.«

Wir unterhielten uns noch bis tief in die Nacht. Dann dankte ich ihnen und sagte ihnen, dass ich weiter in meine Richtung müsse.

»Ach, hier ist noch das Messer, und ich hoffe, du schaffst es, William«, sagte Oliver.

»Danke. Ich auch.«

Ich ging los, und als ich schon ein Stückchen weg war, wäre ich beinahe gestolpert, als Henry mir noch einen Rat mit auf den Weg gab.

»Hey, William.«

»Ja?«

»Wenn du wirklich willst, dass die Leute dir abnehmen, du wärst ein Mann, dann setz dich hin, ohne die Knie zusammenzupressen, und überkreuz die Knöchel nicht.«

Begleitet von ihrem Gelächter, machte ich mich wieder auf den Weg. Wie schon zuvor blieb ich tagsüber in den Wäldern und wanderte nachts die Straße entlang. Drei Tage später erreichte ich Dadeville im Tallapoosa County. Die Stadt war größer als La Fayette, und es waren mehr Menschen auf den Straßen. Ein Esslokal verströmte köstlichen Duft. Ich trat näher und wartete davor, in der Hoffnung, dass jemand herauskommen würde. Zwei Kinder spielten in einer Gasse.

»Wisst ihr, wo ich hier Essen kaufen kann?«

»Ja, Sir, in der Küche da hinten.«

Eine Frau, die gerade kochte, bat mich herein. »Komm herein, nur herein. Ich bin Henrietta.«

Ich stellte mich als William Campbell vor.

»Woher kommst du denn? Du bist noch ziemlich jung, um allein unterwegs zu sein, was?«

»Nein, Madam. Ich bin achtzehn. Ich suche Arbeit.«

»Setz dich, ich bring dir einen Teller. Magst du Schinken?«

»Miss Henrietta, um ehrlich zu sein, bin ich gerade so hungrig, dass ich alles essen würde, was Sie dahaben.«

»Nachdem du gegessen hast, kannst du mir ja erzählen, woher du kommst. Ich weiß, dass du nicht aus der Gegend bist.« Sie lächelte, als sie mich hastig essen sah. »Ich hoffe, du hast noch etwas Platz für Kuchen gelassen.«

»Ja, Madam, immer.«

Ich erzählte auch ihr, dass mein Herr es sich nicht mehr habe leisten können, mich zu behalten, und mich deshalb losgeschickt hatte, um Arbeit zu suchen.

»Hat er dir Reisepapiere gegeben?«

»Ja, Madam.«

»Wohin willst du jetzt?«

»Nach Westen. Ich habe gehört, dass es am Kai des Tombigbee Arbeit gibt.«

»Ja, das habe ich auch gehört, aber das ist schwere Arbeit. Du siehst nicht so aus, als könntest du schwer heben.«

»Madam, wenn ich mich nicht gerade um meinen Herrn gekümmert habe, habe ich meiner Mutter in der Küche geholfen. Da muss man manchmal auch ganz schön schwer heben, wie Sie wissen.«

»Das ist allerdings wahr. Also willst du hier die Postkutsche nach Wetumpka nehmen?«

»Nein, Madam. Ich will nach Macon County.«

»Nach Macon fährt erst am Freitag wieder eine Kutsche. Du hast keinen Platz zum Übernachten, oder? Ich bin mir sicher, mein Master wird dich hierbleiben lassen. Ich hol dir eine Decke, die kannst du da in der Ecke ausbreiten. Und für die Übernachtung kannst du mir in der Küche helfen.«

»Miss Henrietta, ich danke Ihnen sehr. Ich habe Geld, um für das Essen zu bezahlen. Sind Sie sich sicher, dass Sie keine Probleme mit Ihrem Master bekommen, wenn ich hierbleibe?«

»Überhaupt nicht. Ich sage ihm schon so lange, dass ich jemanden brauche, der mir zur Hand geht. Auch wenn du bloß ein paar Tage bleibst, ist das besser als gar nichts.«

»Um wie viel Uhr fährt die Postkutsche nach Macon ab?«

»Ich glaube, um halb acht, aber ich bin nicht sicher. Warum gehst du nicht eben zur Abfahrtsstelle, die ist gleich die Straße runter. Erkundige dich dort.«

Ich nahm meine Tasche und fragte vor Ort einen Mann, der gerade ein Pferd striegelte. Er sagte mir, dass die Kutsche freitags um sieben abfuhr. Als ich mit ihm sprach, sah ich an einem Pfosten mehrere öffentliche Bekanntmachungen angeschlagen. Ich dankte dem Mann und überquerte die

Straße. Dort tat ich so, als schaute ich woandershin, und las die Aushänge. Auf einem stand:

> Einhundert Dollar Belohnung
> Entflohene von Allen Estates, Benton County, eine Negerin, etwa 1,77 groß. Sarah ist eine Mulattin, hübsch, intelligent und spricht hervorragendes Englisch. Sie könnte ein gelbes Kleid mit Hut tragen und einen Sonnenschirm bei sich haben, die sie von ihrer Herrin gestohlen hat. Sie ist wahrscheinlich unterwegs nach Macon County, wo sie befreite Neger kennt, die ihr auf ihrer Flucht behilflich sein könnten.

Ich ging noch einmal zu dem Mann, der mir eine Auskunft über die Kutsche nach Macon gegeben hatte. »Sir, können Sie mir sagen, wann die Kutsche nach Wetumpka fährt?«

»Die geht jeden Tag um sieben.«

»Wo fährt sie ab?«

»Gleich da drüben, bei dem Pfosten. Aber Freundchen, vergiss deine Reisepapiere nicht. Sie prüfen sie. Und sorg dafür, dass du genug Geld für die Fahrtkosten hast.«

»Ja, Sir, danke. Ich hab beides.«

Ich kehrte in die Küche zurück. »Miss Henrietta, weil die Kutsche nach Macon erst am Freitag fährt, nehme ich jetzt, glaub ich, doch lieber die nach Wetumpka, weil die schon morgen früh fährt. Aber ich kann Ihnen heute den ganzen Tag und am Abend helfen, Madam.«

»Deswegen mach dir mal keine Gedanken. Schließlich musst du eine langfristige Arbeit finden.«

Henrietta besorgte mir einen Quilt aus ihrer Hütte. Ich legte meine eigene Decke darauf und schlief gut in dieser Nacht. Am Morgen darauf stand ich schon um halb fünf auf und machte Frühstück für Henriettas Herrn und seine Familie, die im selben Gebäude wie das Speiselokal wohnten. Henrietta kam um halb sechs in die Küche und dankte mir für meine Hilfe. Sie packte mir Essen in ein Säckchen.

»Sie halten dort, wo es Trinkwasser gibt, damit der Kutscher und die farbigen Fahrgäste tagsüber ihre Mahlzeiten einnehmen können. Ihr kommt in Wetumpka an, bevor es dunkel wird, und du kannst direkt auf eins der Boote gehen. Warst du schon mal auf einem Boot?«

»Ja, Madam, oft, aber mit meinem Herrn.«

Ich dankte Henrietta und sagte ihr Lebewohl. Zwei weitere Farbige warteten mit mir auf die Kutsche, ein Mann und eine Frau. Der Mann, der unsere Papiere überprüfte, erinnerte mich an einen der Aufseher auf Allen Estates. Er verglich die Aushänge über die Entflohenen an dem Pfosten mit den Dokumenten, die wir ihm vorlegten. Er wollte wissen, warum ich nach Wetumpka fuhr.

»Sir, ich möcht zum Tombigbee, damit ich mir Arbeit such'n kann.«

»Du bist ganz schön weit von Madison County entfernt.«

»Ja, Sir. Da droben gab's keine Arbeit. Mein Master war's, der mir gesagt hat, ich soll's am Tombigbee versuchen.«

»In Ordnung, wenn du bezahlt hast, kannst du vorne mit den anderen beim Kutscher sitzen.«

»Sir, kann ich bitte mein Zeug bei mir behalten?«

»Da ist kein Platz. Du wirst es schon hinten verstauen müssen.«

»Mr. Murray, wir packen unsere Sachen hinten rein. Dann ist vorne Platz für die Sachen von dem jungen Mann, er hat ja nicht viel«, sagte die farbige Frau.

Mr. Murray grummelte, und ich nahm meinen Platz ein. Ich stellte mich dem Kutscher und dem Ehepaar vor, befreiten Sklaven, die nach Hause ins Pike County wollten, wo sie einen Schneiderladen besaßen. Sie waren in der Stadt gewesen, um bei einer Plantagenbesitzerfamilie Maß zu nehmen, damit sie ihnen die Herbst- und Winterbekleidung nähen konnten. Unsere Reise ging ohne Zwischenfälle vonstatten, doch das Ehepaar versuchte mich dazu zu bewegen, für sie zu arbeiten.

Wetumpka schien belebter zu sein als im Winter zuvor, als Isaac und ich mit Clarissa dort gewesen waren. Auf meinem Weg zu der Stelle, wo die Schiffsbillets verkauft wurden, sah ich Bluthunde und zwang mich, sie nicht anzustarren. Zwanzig Leute, alles Farbige, standen vor mir in der Schlange, um sich eine Fahrkarte zu kaufen. Die restlichen Passagiere gingen bereits an Bord der *Tallapoosa Belle,* und wie ich mich von den Reisen mit meiner Mutter erinnerte, mussten sie die Überfahrt erst an Bord bezahlen.

Mir zitterten die Knie, als Sklavenfänger sich mir näherten. Ich versuchte, nicht zu ihnen hinzusehen, als sie alle farbigen Frauen aufforderten, mit ihnen zu kommen. Beinahe wäre auch ich ihrem Befehl gefolgt, weil ich vorübergehend vergessen hatte, dass ich meine wahre Identität verbarg. Einer der Sklavenfänger hielt einem Hund eine meiner Hausmädchenuniformen von der Cromwell-Plantage unter die Nase. Dann führte er den Hund zu der Gruppe von jungen Frauen. Als der Hund den Geruch nicht zuordnen konnte, ließ der Fänger die Frauen wieder gehen. Er lief mit dem Hund an unserer Warteschlange vorbei, und der Hund bellte, als er etwas Bekanntes roch. Als sie neben mir waren, wurde der Hund unruhig, woraufhin der Fänger mich mitkommen hieß. Der Hund bellte weiter. Meine Beine zitterten.

Der Fänger führte mich dorthin, wo er zuvor die Frauen hingebracht hatte, und hieß mich zu warten. Er ging, um mit einem anderen Sklavenfänger zu sprechen, und zeigte dabei auf mich. Da sah ich eine öffentliche Bekanntmachung über mich an der Wand. Der Anfang der Beschreibung war ähnlich wie auf dem Aushang in Dadeville, aber diesmal waren zweihundert Dollar Belohnung ausgelobt, und es hieß, ich sei vermutlich unterwegs nach Montgomery, um dort meinen Mann Isaac zu treffen, der auch flüchtig sei. Isaac wurde beschrieben als gut aussehend mit grauen Augen, hellen Haaren und gelblicher Hautfarbe. Außerdem stand da noch, dass ich eine Kette aus Perlen und Rubinen gestohlen hätte, die ich wohl zu verkaufen versuchen würde. Beide Fänger kamen mit dem Hund zurück.

»Hast du einen Passierschein?«

Ich holte ihn heraus und reichte ihn ihnen.

»Wohin willst du?«

»Sir, ich möcht nach Westen, damit ich mir Arbeit auf dem Tombigbee suchen kann.«

»Wie groß bist du?«

»Sir?«

»Deine Körpergröße will ich wissen?«

»Sir, ich … ich weiß nicht. Mir hat noch nie jemand gesagt, wie groß ich bin«, stammelte ich.

Sie berieten sich untereinander.

»Der Mann ist über eins achtzig.«

»Und er ist älter. Der da ist ein junger Kerl.«

»In Ordnung, du kannst gehen.«

Mein Herz pochte, und mein Kopf tat mir so weh, dass ich schon dachte, ich würde ohnmächtig. Es dauerte einige Minuten, bis meine Atmung sich wieder beruhigt hatte.

Mein Fahrschein kostete acht Dollar und berechtigte mich, mir auf dem Hauptdeck zwischen den Lederballen, den Säcken voll Getreide und getrockneten Erbsen, den

Kisten voller Kerzen und den Holzstapeln einen Schlafplatz zu suchen. Das Boot fuhr entlang der Countygrenze zwischen Mobile und Baldwin nach Claiborne, wo der Alabama River und der Tombigbee ineinanderflossen. Gleich nachdem ich an Bord war, suchte ich mir einen Platz, wobei ich die Holzstapel mied, denn als ich das letzte Mal auf einem Schiff gewesen war, waren Passagiere durch Holzklötze, die sich gelöst hatten, verletzt worden. Das Boot legte ab, nachdem alle weißen Passagiere auf dem Oberdeck ihre Privatkabinen bezogen hatten.

Entlang des Alabama Rivers gab es ungefähr zweihundert Anlegestellen, denn die reichsten Pflanzer verfügten über eigene Stege. Die *Tallapoosa Belle* war bloß ungefähr zu einem Drittel beladen, würde in Montgomery aber ein weiteres Drittel aufnehmen und den Rest an den übrigen Anlegestellen, bevor wir Mobile Bay erreichten, wo die Waren von den Dampfern dann auf Schiffe nach England, Frankreich und zu den Nordstaaten verladen würden. Ich dachte gerade über die nächsten zwei Tage auf dem Boot nach, als ein Besatzungsmitglied auf mich zukam.

»Ich hab gehört, du suchst Arbeit, Junge. Willst du dir etwas Geld verdienen?«

»Ich, Sir?«

»Ja, ich sehe, du trägst teure Kleidung, und wir brauchen Hilfe auf dem Kesseldeck beim Bedienen der Passagiere.«

»Ja, Sir, das kann ich machen. Sir, wie viel verdient man dabei, Sir?«

»Du bekommst einen Dollar am Tag und Kost und Überfahrt umsonst.«

»Sir, ich habe den Fahrpreis schon bezahlt.«

»Den bekommst du am Ende zusammen mit deinem Verdienst zurück. Willst du den Job, oder nicht?«

»Ja, Sir, ich will ihn. Danke, Sir.«

»Gut, dann geh jetzt nach oben, und stell dich beim Koch vor.«

Ich sprach ein kurzes Dankgebet, denn ich konnte mein Glück kaum fassen. Ich würde zwei Dollar verdienen und umsonst reisen, und zum ersten Mal in meinem Leben würde ich für meine Arbeit bezahlt werden. Der Koch sagte mir, ich solle mich waschen, bevor ich die Passagiere bediente, und fragte mich, ob ich ein frisches Hemd besäße. Ich sagte Ja, und er zeigte mir den Waschraum. Dort angekommen, sperrte ich die Tür ab, damit niemand hereinkommen konnte, solange ich keine Kleider anhatte. Bevor ich den Waschraum verließ, steckte ich meinen Freibrief und mein restliches Geld in die Taschen der Jacke, die ich trug.

Der Koch ließ mich den Herren, die im Salon an Tischen und auf Sofas saßen, Essen, Spirituosen und Wein servieren. Wenn es auf dem Kesseldeck ruhig war, schickte der Koch mich hinauf aufs Sturmdeck, wo ich die Offiziere bediente. Um die Damen, die sich im hinteren Bereich des Salons durch eine Falttür von den Herren getrennt aufhielten, brauchte ich mich nicht zu kümmern, denn sie wurden von ihren eigenen Bediensteten versorgt.

Als wir einige Stunden später in Montgomery ankamen, forderte der Kapitän die Herren auf, sich in ihre Privatkabinen zurückzuziehen, da wir den Salon säubern mussten. Doch bevor wir uns daranmachten, wollte er, dass wir etwas aßen. Als ich gerade einen der Tische abwischte, kamen der Kapitän und ein anderer Mann hinzu, um mit mir zu reden.

»William, das war doch dein Name, oder, Junge?«

»Ja, Sir, Captain.«

»Dieser Herr möchte deinen Passierschein sehen.«

Ich hatte vergessen, in welcher Tasche sich der Schein

befand, und befühlte erst die rechte. Ich spürte das Wachssiegel des Freibriefs und reichte ihm dann meine Reisepapiere aus der linken.

»Wohin willst du?«

»Sir, ich möcht nach Claiborne, damit ich auf einem der Boote, die auf dem Tombigbee fahren, Arbeit suchen kann.«

»Was ist falsch an der Arbeit hier?«

»Nix, Sir, aber die haben gesagt, dass ich hier nur arbeiten kann, bis wir nach Claiborne kommen.«

Er zuckte mit den Schultern, gab mir das Papier zurück und ging zusammen mit dem Kapitän wieder. Nachdem in Montgomery alle an Bord gegangen waren, hatten wir mehr Arbeit als zuvor, da sich nun weitere Herren auf dem Schiff befanden, und die verbrachten die meiste Zeit im Salon beim Kartenspielen und Alkoholtrinken. Ich fragte den Koch, warum an der Anlegestelle in Selma so wenige neue Passagiere zustiegen, und er meinte, es läge daran, dass sich die Stadt nie richtig von den schlechten Zeiten erholt habe, die 1837 begonnen hatten, als die Baumwollpreise in Alabama fielen, und von der dürftigen Saison, die 1840 anbrach.

Immer wenn wir an einer Anlegestelle andockten, rechnete ich damit, dass Sklavenfänger an Bord kommen und mich befragen würden, aber das geschah erst wieder in Prairie Bluff. Dort forderte der Kapitän alle farbigen Passagiere, die nicht mit ihren Besitzern unterwegs waren, auf, von Bord zu gehen und ihre Reisepapiere den Gesetzeshütern vorzulegen. Wir stiegen eine Treppe zur Anlegestelle hinauf, wo ich sah, dass es sich gar nicht um Gesetzeshüter handelte, sondern um Sklavenfänger mit Bluthunden. Einer von ihnen teilte uns in zwei Gruppen nach Geschlechtern auf. Ein anderer hatte mein Hausmädchenkleid von der Cromwell-Plantage dabei und ein weiterer eine von Isaacs Jacken. Einer der Hunde schnüffelte an meinem Kleid und versuchte mich dann unter den Frauen zu wittern, während der andere an Isaacs Jacke schnüffelte und ihn in meiner Gruppe suchte. Nachdem die Hunde niemanden identifizieren konnten, ließen die Sklavenfänger uns gehen, und wir durften aufs Boot zurückkehren.

Kurz bevor wir in Claiborne ankamen, fragte mich der Kapitän, ob ich nicht bis Mobile an Bord bleiben wolle.

»Sir, danke, Sir, aber mein Master sagt, ich soll Arbeit auf dem Tombigbee finden.«

»Ich will natürlich, dass du deinem Master gehorchst, aber glaubst du, dass es ihm etwas ausmacht, wo du Arbeit findest?«

»Ja, Sir. Na ja, er sagt, auf dem Tombigbee kann ich mehr verdienen, weil es dort viel mehr Anlegestellen gibt.«

»Also darum geht es, du willst mehr Geld. Ich kann dir aber nicht mehr als einen Dollar am Tag zahlen. Na gut, ich wünsch dir alles Gute. Mr. Pratt wird dir deinen Lohn bringen und dir die Fahrkarte erstatten, wenn wir in Claiborne ankommen.«

Der Kai von Claiborne hatte die längste Lastenrutsche und Treppe von allen. Vom Steilufer aus betrachtet, sahen der Fluss und die Stadt mit all ihren Läden und Häusern wunderschön aus. Niemand hielt mich auf, und ich sah nirgends Sklavenfänger oder auch nur Suchplakate für entflohene Sklaven. Ein Mann, der in einer Lagerhalle am Kai arbeitete, sagte mir, wo ich ein Boot finden konnte, das mich über den Fluss brachte. Für fünfundzwanzig Cent fuhr mich ein Fährmann, ein Farbiger, der keine Fragen stellte, zum Westufer des Alabama Rivers hinüber, wo ich dann eine Postkutsche nach Clarke County nahm. Dort bestieg ich eine weitere Fähre, die auch von einem Farbigen gesteuert wurde, um mich über den Tombigbee bringen zu lassen, und fuhr von dort aus mit der Kutsche zu einer trostlosen Siedlung am Nordende von Mobile namens Prichard. Ich war der einzige Fahrgast, der dort aussteigen wollte, was den Kutscher dazu veranlasste, mich zu fragen, ob ich wirklich dorthin wolle.

»Ja, Sir. Mein Master sagt, ich soll versuchen, auf den Plantagen in der Gegend etwas Geld zu verdienen. Er meint, sie brauchten zur Erntezeit zusätzliche Arbeitskräfte, um die Baumwolle zum Fluss zu bringen.«

»Tja, mach, was du willst, aber ich weiß nicht, warum du nicht gleich bis nach Mobile mitfährst. Da am Kai brauchen sie wirklich Männer zum Arbeiten.«

In Prichard gab es keine Händler oder Läden, wo ich Essen kaufen konnte, also ging ich direkt in die Wälder, sammelte mir ein Abendessen aus Beeren und Wildkräutern zusammen und legte mich dann schlafen. Am nächsten Morgen suchte ich so lange, bis ich einen Kaffeebaum gefunden hatte, dessen Früchte ich pflückte und als Seife benutzte. Ich wusch meine Kleider und hängte sie zum Trocknen über einen Strauch. Ich blieb dort bis zum späten Abend und packte dann meinen Rucksack, um weiterzuziehen.

Der Hunger kehrte zurück. In der zweiten Nacht roch ich von der Straße aus geräuchertes Fleisch. In der Nähe einer Farm zog ich mich in den Wald zurück und schlief dort bis Tagesanbruch. Hinter einem Strauch kauernd, beobachtete ich die Bewohner, etwa fünfzehn Sklaven und ihr Besitzerehepaar, die ihrem Tagwerk nachgingen. Ich fand einen Stein und legte ihn mir für den Abend zur Seite. Es sah so aus, als hätte der Mann, der in der Räucherkammer arbeitete, am Ende des Tages deren Tür nicht abgeschlossen. Nachdem ich zum Frühstück und zum Mittagessen bloß

Beeren gehabt hatte, war ich froh, als es dunkel wurde und die Sklaven sich in ihre Unterkünfte zurückzogen und die Besitzer ins Haus. Ich ließ meinen Rucksack unter einem Strauch auf einer Lichtung zurück, nahm den Stein und ging zur Räucherkammer. Die Tür quietschte, als ich sie öffnete. Ich blockierte sie mit dem Stein, damit das Mondlicht hereinfiel, und trat ein. Sie war kleiner als die Räucherkammer auf der Cromwell-Plantage, aber sonst ganz ähnlich.

Ich nahm einen Schinken vom Haken und wollte mir gerade mit dem Messer, das ich von Henry und Oliver bekommen hatte, ein großes Stück abschneiden, als ich einen Hund bellen hörte. Also schnappte ich mir den ganzen Schinken und rannte los, aber der Hund war so schnell, dass er die Distanz zwischen uns rasch aufholte, bis er nur noch knapp zwanzig Meter hinter mir war. Das Bellen des Hundes weckte den Besitzer, der vors Haus trat und dem Hund zurief, er solle mich fassen. Als er bloß noch etwa zehn Meter hinter mir war, ließ ich den Schinken fallen. Der Hund blieb stehen, und ich rannte in den Wald. Ich hörte einen Schuss, was mich so aus der Fassung brachte, dass ich vergaß, wo sich der Strauch befand, unter dem ich meinen Rucksack und die Jacke mit meinen Papieren und dem Geld gelassen hatte.

Jetzt knurrte der Hund und schien wieder näher zu kommen. Mir wurde schwarz vor Augen, ich war außer Atem, und mein Herz klopfte so schnell, dass ich mich hinsetzen musste. Nachdem ich ein Stoßgebet zum Himmel geschickt hatte, kam ich wieder zu Kräften. Auch mein Blick klärte sich, und ich suchte in den Baumwipfeln nach der Lichtung. Der Hund hatte aufgehört zu knurren, aber ich war mir sicher, dass der Besitzer ihn in den Wald geführt hatte, um nach mir zu suchen.

Ich machte eine Lücke in den Baumkronen aus und kroch darauf zu, um nach der Stelle zu suchen, an der ich meinen Rucksack gelassen hatte. Das schwere Hecheln des Hundes sagte mir, dass er ganz in der Nähe war. Von der Lichtung aus schleuderte ich einen Stein so weit von mir weg, wie ich nur konnte, und der Hund lief bellend in die Richtung, wo der Stein ein paar Äste abgebrochen hatte, bevor er auf dem Boden gelandet war. Endlich fand ich meinen Rucksack wieder, schlüpfte hastig in meine Jacke und beschloss, dass ich meine Sachen nie wieder irgendwo zurücklassen würde. Dann eilte ich los, obwohl der Weg, den ich einschlug, mich von der Straße wegführte.

Am nächsten Morgen kam ich an einen Bach, und als ich mir gerade das Gesicht waschen wollte, sah ich einen farbigen Mann mit einem Jungen, die beide Gewehre trugen und auf mich zukamen. Ich packte meinen Rucksack und die Jacke.

»Du musst nicht weglaufen. Du siehst aus, als könntest du Hilfe gebrauchen oder zumindest eine Mahlzeit. Wir wollten eigentlich auf die Jagd gehen, aber warum bringen wir dich nicht zu uns nach Hause? Die Missis wird dir was zu essen machen.«

»Nein danke, Sir. Ich muss weiter.«

»Komm, wir tun dir schon nichts. Ich bin Josiah Green, und das ist mein Sohn Matthew.«

Auch ich stellte mich vor.

»Wohin willst du denn, William?«

»Nach Süden, nach Mobile.«

»Na ja, du bist schon in Mobile. In welche Ecke denn genau?«

»Ich denke, das behalte ich lieber für mich, Sir.«

»Ich verstehe. Hör zu, du bist ein Stück von der Straße

weg, östlich davon. Ich bin Zimmermann, und mein Junge und ich, wir bauen ein Haus für Leute, die südlich von hier wohnen. Am Montag fahren wir wieder hin. Wenn du mit uns im Wagen mitfahren willst, nehmen wir dich mit.«

»Ist schon gut, Sir. Ich denke, ich laufe trotzdem lieber weiter.«

»Also gut. Wir gehen dann mal jagen, aber wenn du es dir anders überlegst, geh einfach da lang. Sobald du aus dem Wald kommst, siehst du unser Haus. Sag der Missis, dass ich dich geschickt habe.«

Als sie weg waren, kam ich zu dem Schluss, dass sie, wenn sie mir etwas Böses gewollt hätten, es schon getan hätten. Also wusch ich mich und ging zu ihrem Haus. Es war ein hübsches Haus neben einem kleinen Bauernhof. Mrs. Green arbeitete draußen mit ihren vier älteren Kindern, und als ich ihr mitteilte, was ihr Mann gesagt hatte, hieß sie mich willkommen. Sie führte mich in ihre Küche, gab mir zu essen und fragte mich weder, woher ich kam, noch wohin ich wollte. Sie erzählte mir, dass sie und ihre Familie sowie dreißig weitere Negerfamilien in dieser Gegend befreite Sklaven seien.

»William, wir haben eine Hütte, die niemand nutzt, in der kannst du bleiben, wenn du willst. Am Montag kann dich mein Mann dann mitnehmen.«

»Danke, Madam, aber ich muss weiter.«

»Ich verstehe, aber du siehst aus, als könntest du eine Pause brauchen, und vielleicht willst du ja auch deine Kleider waschen und ein Bad nehmen.«

»Ja, Madam. Das sollte ich wohl. Mrs. Green, wenn Ihr Mann mich mit nach Mobile nimmt, wird dann keiner Fragen stellen? Wer ich bin zum Beispiel?« Ich hatte Mühe gehabt, den Mut aufzubringen oder vielleicht auch das Vertrauen, ihr diese Frage zu stellen, aber das Verhalten der Frau hatte mich beruhigt.

»Wir haben das schon gemacht, William. Wir und die anderen Befreiten bringen öfter Leute, die hier vorbeikommen, sicher nach Mobile. Du bekommst einen Platz hinten auf dem Wagen. Es ist ein Planwagen, und du kannst dich zusätzlich unter einem Segeltuch verstecken. Es wird nicht bequem, aber du kommst dorthin, wo du willst.«

»Madam, haben Sie hier eine eigene Kirche?«

»Ja, alle Familien haben Geld zusammengelegt, und mein Mann hat sie gebaut. Aber du solltest morgen besser nicht mit uns hingehen, weil der Sheriff ein strenges Auge auf uns hat. Er weiß, dass befreite Sklaven gern denen helfen, die nach Freiheit streben. Wenn du dich also entscheidest, am Montag mit meinem Mann mitzufahren, solltest du unseren Grund bis dahin besser nicht verlassen.«

Achtzehntes Kapitel

Theodora Allen

Mir fiel auf, dass ich Emmeline seit Cornelius' Tod nicht mehr gesehen hatte. Meine Schwägerin Martha hatte meine Haushaltspflichten übernommen, während ich in Trauer war. Sie war der Ansicht, dass Emmeline, jetzt wo die Familie, der Anwalt und der Buchhalter hier waren, nicht mehr sauber machen und ihre Zeit stattdessen voll aufs Kochen verwenden sollte. Ich ließ Emmeline in mein Zimmer kommen. Seit Sarah weggelaufen war, hatte sie abgenommen, und die Haut unter ihren Augen war eingesunken.

»Emmeline, ich möchte dir sagen, wie traurig ich darüber bin, dass Sarah fort ist. Ich weiß, es ist nicht wirklich dasselbe, aber ich denke, ich weiß, wie du dich fühlen musst. Keine von uns wird ihre Tochter je wiedersehen.«

»Madam, ich danke Ihnen, dass Sie das sagen. Madam, wissen Sie, ob immer noch nach ihr gesucht wird?«

»Ja, aber wir wissen beide, wie klug sie ist. Ich glaube nicht, dass man sie je fassen wird.«

Sie beugte den Kopf. »Aber wenn doch, Madam, bitte, gibt es irgendwas, das Sie tun können, damit man sie nicht schlägt, wenn sie zurückgebracht wird?«

»Ich kann es versuchen, aber ich bezweifle, dass man da auf mich hören wird. Emmeline, ich sollte dir das zwar nicht sagen, aber die Sklavenfänger haben gemeint, wenn sie einen Sklaven nicht bald nach seiner Flucht erwischen, ist es unwahrscheinlich, dass er überhaupt gefasst wird. Das sollte dich ein wenig trösten.«

»Ja, Madam, das tut es. Ich glaube nicht, dass ich es ertragen würde, wenn ich zusehen müsste, wie sie meiner Kleinen wehtun.«

»Emmeline, da ist noch etwas, das ich dir gerne sagen möchte und das ich nicht mit dir besprechen konnte, solange Cornelius noch lebte. Als ich hörte, dass Belle verkauft worden war, stellte ich ihn zur Rede und bat ihn, sie zurückzukaufen. Seine Reaktion war … nun ja, wir müssen diese Dinge nicht erneut aussprechen, denn du weißt, was er mit mir gemacht hat, wenn er wütend war. Er beschuldigte mich, dir verboten zu haben, weiter … zu ihm zu gehen, und er sagte, wenn ich mich nochmals einmischen würde, würde er auch … Sarah und dich verkaufen. Deshalb habe ich wegen Belle damals nichts zu dir gesagt. Aber ich möchte, dass du weißt, wie groß mein Mitgefühl für dich war und wie froh ich war, als Belle zurückkam.«

»Madam, danke, dass Sie das sagen. Danke, Mrs. Allen.«

Ich erzählte ihr nicht – und ich hoffe, dass man es mir nicht ansah –, dass es mich den Tränen nahe brachte, wenn ich auch nur von Cornelius sprach. In meinen Albträumen schlug er mich noch immer oder zwang sich mir auf. Immer wenn ich diese Träume hatte, erwachte ich, um ihnen zu entfliehen. Es ist schwer, die Erleichterung zu beschreiben, die ich jedes Mal empfand, wenn ich mich entsann, dass er tot war und mir nie wieder wehtun konnte.

Ich hatte mich entschlossen, dem Anwalt anzuvertrauen, dass ich die Dokumente über meinen Enkel gefunden hatte.

»Mr. Harris, ich habe gute Neuigkeiten zu berichten. Aber erst muss ich mich versichern, dass Sie nichts von dem, was ich Ihnen nun sage, offenlegen werden, bis das Erbe geregelt ist.«

»Gut, ich werde alles, was Sie mir jetzt sagen, vertraulich behandeln.«

»Ich habe mich erinnert, dass mein Mann über eine zweite Kassette für Wertsachen verfügte, und darin habe ich die Dokumente gefunden, in denen der Aufenthaltsort meines Enkelsohns vermerkt ist. Wie lange, glauben Sie, wird es noch dauern, bis die Bewertung des Vermögens abgeschlossen ist?«

»Mrs. Allen, das sind ja wirklich gute Neuigkeiten, und auch ich habe Ihnen Erfreuliches zu berichten. Ich denke, dass unsere Arbeiten in weniger als zwei Wochen abgeschlossen sein werden. Dürfte ich die besagten Dokumente nun sehen?«

Ich zeigte sie ihm.

»Sehr gut. War das alles, was sich noch in der Kassette befand?«

»An Dokumenten ja, aber die Geldscheine und Goldmünzen, die sich noch darin befunden haben, habe ich dort belassen. Hier ist der Schlüssel zu der Kassette.«

»Wissen Sie, wie viel Geld darin war?«

»Ja, es waren siebzigtausend Dollar.«

»Mrs. Allen, ich weiß, dass ich Sie das schon einmal gefragt habe, aber sind Sie ganz sicher, dass Ihre Tochter kein Testament hinterlassen hat?«

»Da bin ich mir sicher. Ich denke, sonst hätte sie es mir gegenüber erwähnt. Ich habe noch all ihre Briefe, die sie uns geschickt hat, seit sie nach Talladega gezogen ist. Sie hatte Angst vor ihrem Mann, und ich bezweifle, dass sie ein Testament verfasst hätte, ohne uns darüber in Kenntnis zu setzen.«

»Diese Dokumente Clarissas Sohn betreffend stellen das letzte Mosaiksteinchen im Hinblick auf das Vermächtnis dar. Doch da Ihre Tochter kein Testament hinterlassen hat, müssen wir einen Nachlassverwalter für sie einsetzen. Das sollten wir so schnell wie möglich tun, bevor ihr Ehemann uns damit zuvorkommt. Möchten Sie diese Funktion übernehmen?«

»Ja, natürlich.«

»Gut. Ich werde die Anträge vorbereiten und, nachdem Sie sie unterzeichnet haben, dem Richter zum Beschluss vorlegen. Das sollte morgen früh geschehen.«

»Was steht im Testament über Clarissas Erbanteil?«

»Das, Mrs. Allen, kann ich Ihnen leider nicht sagen. Aber Sie werden es bald erfahren.«

Meine Enkelkinder machten Fortschritte beim Lernen, und sie erinnerten mich an Clarissa, als ich sie unterrichtet hatte. Einige Tage nach meinem Gespräch mit dem Anwalt über den Verbleib von Clarissas Sohn waren wir gerade im Garten und malten, als ein Bediensteter erschien und mir mitteilte, dass Mr. Harris mich im Büro zu sprechen wünsche. Ich trug dem Bediensteten auf, die Kinder ins Haus zu ihren Müttern zu bringen. Charles, mein Schwager, war bereits im Büro, aber er und der Anwalt hatten auf mich gewartet, um die weiteren Entwicklungen zu besprechen.

»Zum einen hat der Richter die Papiere unterzeichnet, die Mrs. Allen als Verwalterin von Mrs. Cromwells Erbe einsetzen. Zum anderen habe ich Mr. Cromwells Antwort auf meinen Brief erhalten. Womöglich hat er zu dieser Stunde bereits einen Antrag am Bezirksgericht in Talladega gestellt.«

»Hat er geschrieben, was er bei Gericht vorbringt?«

»Ja, Mrs. Allen. Ich werde es Ihnen gleich zeigen, aber zusammengefasst teilt er mit, dass er einen Antrag gegen Mr. Allens Testamentsvollstrecker stellt und Mrs. Cromwells Anteil am Vermächtnis ihres Vaters einfordert sowie Sarah, Isaac und die zwanzig Feldarbeiter, die Mr. Allen ihm versprochen hat.«

»Aber das ist doch absurd. Er hat die Ehe beendet und das Kind nicht anerkannt«, sagte ich.

»Er sagt, er habe die Ehe nicht beendet und werde – es wird Ihnen schwerfallen, dies zu hören – in seinem Antrag bekunden, dass Mrs. Cromwell zum Zeitpunkt ihrer Heirat bereits schwanger gewesen sei und sie diese Tatsache in betrügerischer Absicht vor ihm verheimlicht hätte.«

»Das ist nicht wahr! Wir haben ihm und seinen Eltern gesagt, dass sie in anderen Umständen war, und deshalb hat mein Mann ihm die zwanzig Feldarbeiter versprochen.«

»Nun, er wird behaupten, dass das Kind eine Folge von außerehelichem Verkehr ist, und Mr. Cromwell wird auch den mutmaßlichen Vater nennen. Er sagt, durch ihre arglistige Täuschung habe sie alle Verpflichtungen seinerseits eingebüßt.«

Ich schloss die Augen und sprach ein Stoßgebet. »Was können wir tun, Mr. Harris? Besteht denn die Möglichkeit, dass er mit dem Antrag Erfolg hat?«

»Indem er sie hierher zurückgeschickt hat, hat Mr. Cromwell die Ehe tatsächlich nicht rechtskräftig annulliert, und das Gesetz macht geltend, dass ein Ehemann sehr wohl einen Rechtsanspruch auf Besitz hat, der durch seine Frau mit in die Ehe gebracht wurde. Aber mit Ihrer Erlaubnis möchte ich Folgendes vorschlagen: Wir sollten umgehend jemanden mit einem Schreiben an Mr. Cromwell nach Talladega schicken, in dem er gebeten wird, den Antrag nicht zu stellen oder, falls er es bereits getan hat, ihn auf folgender Basis zurückzuziehen: Er wird die zwanzig Feldarbeiter erhalten, Sarah oder ihren finanziellen Gegenwert, Isaac und Mrs. Cromwells Anteil am Erbe ihres Vaters, sofern er die Vaterschaft an dem Kind anerkennt. Wenn er Ihr Angebot jedoch nicht annimmt, werden wir argumentieren, das Gericht solle nicht in seinem Sinne entscheiden, mit der Begründung, dass die Ehe schließlich nicht zum Zeck des Erbantritts gültig sein kann, jedoch ungültig, was die Legitimität des Kindes betrifft.«

Wir folgten Mr. Harris' vorgeschlagener Vorgehensweise, doch Julius hatte den Antrag bereits bei Gericht eingereicht und weigerte sich, ihn zurückzuziehen. Der Anwalt riet Charles und mir vor diesem Hintergrund, die Testamentsvollstreckung zu beschleunigen.

»Wenn die Hinterlassenschaften verteilt sind, bevor das Gericht über Mr. Cromwells Gesuch entscheidet, dann wird es für ihn schwierig, den Anteil zu bekommen, der Mrs. Cromwells Sohn zufällt. Übrigens habe ich bereits mit dem Richter hier in Benton County gesprochen. Wie Sie wissen, hatte Mr. Allen Richter Atkins ins Amt berufen, und der hat zugestimmt, dass er, sobald das Erbe beziffert ist, die nötigen Papiere unterzeichnen wird, damit das Testament rechtswirksam ist und eröffnet werden kann.«

Voller Sorge erwartete ich den Abschluss von Mr. Harris' Arbeit, aber ich konnte nichts tun, um den Prozess zu beschleunigen. In der folgenden Woche unterbrachen meine Söhne mit Zeitungen in den Händen eine Geografiestunde, die ich gerade im Schulzimmer hielt, und baten um ein vertrauliches Gespräch. Ihre Gesichter waren gerötet. Wir brachten die Kinder zu meinen Schwiegertöchtern, und meine Söhne und ich begaben uns in die Bibliothek.

»Mutter, weißt du nicht, was in den Zeitungen berichtet wird?«

»Nein, ich habe die heutige Ausgabe noch nicht gelesen.«

»Mutter, diese Zeitungen sind aus Mobile und Atlanta und von letzter Woche. Wir haben sie mit der Post bekommen.«

»Und was, bitte, steht darin geschrieben, was so verstörend sein kann?«

»Alles über diesen schäbigen, schmutzigen Skandal rund um Clarissa. Die Zeitung aus Atlanta berichtet, dass Mr. Cromwell vorhat, per Gericht Papas Erbe einzufordern, und behauptet … nun, die Zeitung legt offen, was Clarissa getan hat.«

»Das ist, was dein Vater befürchtet hat. Er hatte Sorge, dass es euch schaden könnte. Habt ihr schon etwas von euren Banken gehört?«

»Noch nicht, aber, Mutter, aber du weißt doch, wie die Leute sind. Sie werden uns wohl kaum noch ihr Geld anvertrauen, wenn sie denken, dass wir aus einer Familie kommen, die es mit der Moral nicht so genau nimmt. Was sollen wir also tun?«

»Lasst uns das mit eurem Onkel besprechen. Noch wissen wir ja nicht, ob diese Neuigkeiten sich überhaupt auf eure Geschäftsverbindungen auswirken werden.«

»Mutter, also wirklich, so naiv kannst du doch nicht sein. Man wird uns ächten, wenn erst alle davon wissen.«

»Du übertreibst. Vergiss nicht, dass Geschäftsmänner in erster Linie materiell orientiert sind. Es ist durchaus möglich, dass sie Mr. Cromwells Vorwürfe als das sehen, was sie sind: reine Behauptungen.«

»Mutter, Clarissa hat etwas getan, was nur ordinäre Frauen tun, und so ein Verhalten, das man wenn, dann mit niedrigeren Ständen assoziiert, werden diese Gentlemen bei einer Dame nicht tolerieren.«

Wir sprachen mit Charles. Keiner von uns glaubte, dass wir etwas ausrichten konnten. Kurz nachdem Mr. Cromwell den Antrag bei Gericht gestellt hatte, erfuhren wir, dass sich sämtliche Details, den Antrag betreffend, bereits in ganz Alabama und Georgia ausgebreitet hatten. Nun beauftragten wir auch Mr. Harris' Partner, die Interessen von Allen Estates zu vertreten, und er teilte Mr. Harris' Ansicht, dass Mr. Cromwell einen Rechtsbehelf eingelegt hatte, der nur schwer zu gewinnen war, da er schlecht behaupten konnte, dass die Ehe Bestand habe, und gleichzeitig die Anerkennung der Vaterschaft bestreiten konnte.

Schließlich meldete Mr. Harris, dass die Nachlassbewertung abgeschlossen sei. Sogleich fuhr er zum Gericht und kehrte mit den vom Richter unterzeichneten Papieren zurück, mit denen das Testament vollstreckt werden konnte. Er erbat sich, zuerst mit Charles und mir zu sprechen, und wollte, dass anschließend Emmeline, Belle, Eddie, Bessie und Dottie hinzukamen. Als nur Charles und ich anwesend waren, eröffnete er uns, wie Cornelius seinen Nachlass verteilt wünschte. Ich fragte, was mit Isaac geschehen sollte, und Mr. Harris meinte, dass er noch immer Charles' Eigentum sei, da er ihn nie an Cornelius verkauft hatte. Charles sagte, er habe bereits in die Wege geleitet, dass Isaac in einen anderen Staat verkauft würde. Schließlich schickte Mr. Harris nach den Bediensteten. Sie fühlten sich sichtlich unwohl in unserer Gegenwart, doch der Anwalt behandelte sie freundlich. Er hieß sie Platz zu nehmen. Sie zögerten, doch ich half ihm dabei, sie zu überzeugen und seiner Einladung nachzukommen.

»Zuerst müsst ihr mir alle versprechen, dass ihr das, was

ich euch jetzt eröffnen werde, niemandem weitersagt«, meinte der Anwalt.

Sie versprachen es.

»Mr. Cornelius Allen hat ein Dokument hinterlassen, ein Schriftstück, das man Testament nennt und in dem vermerkt ist, was nach seinem Tod mit seinem Besitz geschehen soll. Ich werde direkt auf den Punkt kommen. Emmeline, Belle und deren Kinder, Bessie und deren Kinder, Dottie und deren Kinder sowie Eddie sind frei.«

Die früheren Sklaven starrten Mr. Harris mit großen Augen an, in fassungslosem Unglauben, und keiner wusste, was er sagen oder tun sollte. Emmeline sah mich an, auf der Suche nach Bestätigung.

»Ja, Emmeline, es ist wahr.«

Da weinten sie, sogar Eddie, und auch ich hatte Tränen in den Augen.

»Gott sei es gedankt! Danke, Mr. Allen. Danke, Mrs. Allen. Und danke auch Ihnen, Mr. Harris«, sagte Emmeline.

»Ihr müsst uns nicht danken«, sagte ich.

»Doch, Madam, das müssen wir. Danke, dass Sie tun, was in dem Dokument steht«, erwiderte Emmeline.

Belle weinte noch immer.

»Sir, was ist mit meiner Tochter Sarah? Hat Mr. Allen auch sie freigelassen?«

»Ja, in der Tat, auch wenn es etwas verwirrend erscheinen mag. In Mr. Allens Testament steht im Grunde, dass Sarah Mrs. Clarissa Cromwells Besitz war, allerdings nur solange Mrs. Cromwell lebte. Bei ihrem Tode fiel Sarah wieder an Mr. Allen zurück. Aber Mr. Allen hat auch verfügt, dass Sarah, falls Mrs. Cromwell vor ihm sterben würde, im Falle seines Todes frei sein würde.«

Belle flüsterte Emmeline etwas zu.

»Wenn sie also nicht weggelaufen wäre …«, sagte Emmeline.

»Ja, es ist ein Jammer, dass sie weggelaufen ist, aber beten wir, dass Mr. Cromwells Fänger sie nicht finden.«

»Es gibt aber noch weitere wichtige Informationen, die ihr wissen müsst, und sie könnten auch Grund dafür sein, dass Belle und Eddie noch nicht ganz glücklich sind. Ich weiß, dass Mr. Allen Belles Mann Zeke gekauft hat und dass Eddie eine Frau und Kinder auf der Barkley-Plantage hat. Nun, zusätzlich zu eurer Befreiung hat Mr. Allen verfügt, dass jeder von euch Geld aus seinem Erbe erhält. Er hinterließ Emmeline fünfzehntausend Dollar, Eddie fünfzehntausend Dollar, Bessie fünfzehntausend Dollar, Dottie fünfzehntausend Dollar und Belle zehntausend Dollar. Das ist genug Geld, damit Belle ihren Mann freikaufen kann und Eddie seine Frau und seine Kinder.«

Eddie war so glücklich, dass er nicht aufhören konnte zu grinsen, aber Belle wirkte noch immer bedrückt, was Mr. Harris bemerkte.

»Belle, gibt es etwas, das dir noch Sorgen bereitet?«

Sie hielt den Kopf gesenkt und rang um Worte.

»Red schon, Kind, antworte Mr. Harris«, ermunterte Emmeline sie.

»Sir, was wird aus meiner Schwester?«

»Es tut mir leid, Belle, wir tun unser Bestes, um sie zurückzubringen. Aber die Wahrheit ist, dass man sie, wenn sie bis jetzt nicht gefasst wurde, wahrscheinlich auch nicht mehr finden wird. Also ist sie frei. Das sollte euch ein kleiner Trost sein.«

»Nun gibt es noch eine neuere Ergänzung oder Änderung des Testaments, mit der verfügt wurde, dass ihr fünf und eure Familien, wenn ihr sie denn freikaufen wollt, in eins der befreiten Territorien gebracht werden müsst, ohne dass euch Kosten dafür entstehen. Darüber habe ich mit dem Pastor einer großen Kirchengemeinde und zwei renommierten Anwälten gesprochen, mit denen ich in Connecticut studiert habe und die in Ohio leben, und sie sind sich einig, dass die Perspektiven für befreite Sklaven in einer Stadt namens Xenia in dieser Gegend gut sind. Ich verstehe, dass das alles sehr überraschend für euch kommt, aber Mr. Allen und ich haben diese Änderung seines Testaments im Detail besprochen, und er hat sich klar dahingehend geäußert, dass ihr in einen freien Staat gebracht werden sollt.«

»Aber, Sir, wie kommen wir denn dorthin?«

»Mr. Allen hat auch das bedacht, Emmeline. Er hat bestimmt, dass der Anwalt, der seinen Nachlass regelt, einen Pfarrer aussuchen soll, der euch dorthin bringt und euch dabei hilft, Häuser und Arbeit zu finden. Ich habe Reverend Townsend – den Pfarrer der Kirche, der ich angehöre – für diese Ausgabe ausgewählt.«

»Sir, was, wenn sie Sarah finden und zurückbringen, wenn wir schon weg sind?«

»Dann kann Sarah zu euch nach Ohio nachkommen. Allerdings ist es aus Gründen, auf die ich hier nicht näher eingehen kann, wichtig, dass ihr Allen Estates so schnell wie möglich verlasst. Eddie, wenn du deine Familie freikaufen möchtest, sag es mir bitte jetzt, dann werde ich schon morgen mit Mr. Barkley sprechen und den Kauf arrangieren. Und Belle, wenn du deinen Mann kaufen möchtest, kann ich dir den Kaufvertrag für Zeke sofort ausstellen.«

Beide waren einverstanden.

»Denkt bitte an euer Versprechen, mit niemandem darüber zu reden. Ihr solltet schon einmal eure Habe zusammenpacken – aber macht es rasch und unauffällig – und euch bereithalten, am Samstagabend aufzubrechen. Ja, Emmeline, gibt es noch etwas, das dir Sorgen bereitet?«

»Sir, ich musste an Miss Mary, die Hebamme, denken. Sie war so gut zu mir und meinen Mädchen. Gibt es eine Möglichkeit, dass ich ihre Freiheit kaufe?«

Nun meldete sich Charles zum ersten Mal zu Wort. »Mr. Harris, Mary ist wahrscheinlich die wertvollste Sklavin auf dieser Plantage. Und ich denke nicht, dass wir jetzt anfangen sollten, alle Sklaven freizulassen. Wenn Cornelius gewollt hätte, dass sie freigelassen wird, dann hätte er es in seinem Testament so vorgesehen.«

Daraufhin sagte Mr. Harris: »Emmeline, Belle, Eddie, Bessie und Dottie, bitte geht und wartet draußen auf dem Flur.« Dann schloss er die Tür hinter ihnen.

»Mr. Allen, ich verstehe Ihre Bedenken, aber ein Privileg der Freiheit ist es, Besitz zu kaufen und zu verkaufen. Und da die Sklaven ja sowieso verkauft werden, was macht es da für einen Unterschied, dass Emmeline Mary kaufen und freilassen will?«

»Die Wahrheit ist, dass ich sie für meine Plantage erwerben möchte, aber ich bin auch wirklich besorgt darüber, welche Auswirkungen es haben könnte, weitere Sklaven als diejenigen, die in Cornelius' Testament erwähnt sind, freizulassen. Welche Ideen setzt man damit den verbleibenden Sklaven in den Kopf?«

»Was die Leitung einer Plantage betrifft, sind Sie sachkundiger als ich, aber ich weiß, dass Mary bereits ihre Söhne freigekauft hat, folglich wäre es durchaus plausibel, wenn auch sie freikäme. Ich schlage Folgendes vor: Sie könnten den Rest ihrer Familie, der noch nicht befreit ist, erwerben und mit nach Mobile County nehmen. Ich bin mir sicher, dass Mary dorthin ziehen würde, um in ihrer Nähe zu sein, und dann könnte sie als freie Person auf Ihrer Plantage arbeiten.«

»Ich verstehe, warum Cornelius so viel Vertrauen in Sie gesetzt hat«, sagte Charles.

Wir riefen die Befreiten wieder herein, und Mr. Harris teilte Emmeline die erfreuliche Nachricht über Mary mit, jedoch ermahnte er sie, noch nichts zu ihr zu sagen. Er meinte, er würde den Kauf abwickeln und ihr einen Freibrief ausstellen. Dann entließ er alle fünf.

»Nun kommen wir zum schwierigen Teil, dem Gespräch mit Ihren Söhnen, Mrs. Allen.«

Ich schickte einen Bediensteten, um sie und meine Schwiegertöchter zu holen. Mr. Harris richtete das Wort an sie: »Das Testament wurde vollstreckt. Eine Kopie davon und alle zugehörigen Dokumente wurden bei Gericht eingereicht. Der geschätzte Wert des Nachlasses abzüglich Verbindlichkeiten und kleinerer Vermächtnisse, wie die Freilassung der früheren Sklaven Emmeline, Belle und deren drei Kinder, Bessie und deren vier Kinder, Dottie und deren fünf Kinder und Eddie, sowie Kosten in Verbindung mit besagten Freilassungen, Anwaltskosten und Kosten für die Abwicklung des Erbes, die Erlöse aus der diesjährigen Ernte nicht eingeschlossen, beläuft sich auf eine Million und zweihunderttausend Dollar.«

Meine Söhne grinsten, als sie diese Zahl hörten.

»Ich werde Ihnen nun mitteilen, wie das Erbe unter Ihnen aufgeteilt wird, aber erst müssen Sie wissen, dass eine der Bedingungen im Testament Folgendes besagt: Jeder, der eine der Übereignungen, die der Erblasser bestimmt hat, anficht oder versucht, einen oder alle Teile des Testaments annullieren zu lassen, verwirkt damit seine gesamten Ansprüche.«

Keiner sagte etwas darauf.

»Eine Hälfte des Erbes geht an Mrs. Theodora Allen, ein Viertel fließt in die Erbmasse der kürzlich verstorbenen Mrs. Clarissa Cromwell, und der Rest geht zu gleichen Teilen an Paul Allen, Robert Allen, Mr. Charles Allen und Mrs. Martha Laurence.«

»Ich verstehe nicht, was Sie meinen, wenn Sie sagen, dass ein Viertel des Nachlasses meines Vaters in Clarissas Erbmasse einfließt. Wer bekommt das Geld denn dann?«, fragte Paul.

»Da sie kein Testament hinterlassen hat, hat das Gericht Ihre Mutter als Mrs. Cromwells Nachlassverwalterin eingesetzt. Das Geld wird auf einem Treuhandkonto für Mrs. Cromwells Sohn hinterlegt.«

»Was reden Sie denn da? Dieses Geld hat unserem Vater gehört, und wir sind seine rechtmäßigen Erben. Deshalb sollte Clarissas Anteil auch an uns gehen, nicht an ihren Bastard. Und warum sollen wir uns nur ein mickriges Viertel teilen?«

»Meine Aufgabe ist es nur, die Wünsche Ihres Vaters durchzusetzen, so wie er sie in seinem Testament festgelegt hat.«

»Aber Sie haben das Testament doch verfasst.«

»Es war der Wille eures Vaters«, mischte Charles sich nun ein. »Und ich bin der Testamentsvollstrecker. Euer Vater, der, wie ich euch erinnern möchte, Jura studiert hat, hat sichergestellt, dass das Testament ordentlich verfasst und beglaubigt wurde.«

»Von wann ist das Testament datiert? War er nicht schon eine Weile krank, bevor er starb? Woher wissen wir, dass er rechtlich überhaupt noch in der Lage war, es niederzulegen?«

»Das Testament wurde 1836 geschrieben. Kürzlich gab

es noch eine Ergänzung dazu, die Sie jedoch nicht betrifft«, erklärte Mr. Harris.

»Wen betrifft sie dann?«

»Die Freilassung der Sklaven und die Hinterlassenschaften an sie«, sagte Mr. Harris.

»Wie neu sind diese Ergänzungen? War mein Vater schon krank, als er sie getätigt hat?«

»Nein, war er nicht. Er kam zu mir ins Büro, und er war gesund und bei klarem Verstand.«

»Ich kann nicht glauben, dass er diese Nigger freigelassen hat.«

»Paul, keine vulgäre Ausdrucksweise in meiner Gegenwart.«

»Entschuldige, Mutter, aber ich bin sicher, du verstehst, warum wir so aufgebracht sind und nicht glauben können, dass Vater uns so behandelt. Besonders, weil wir jetzt, da alle Welt weiß, was Clarissa getan hat, vielleicht sogar schon unsere Positionen bei der Bank verloren haben. Mr. Harris, da fällt mir gerade ein ... Da wir ja nicht wissen, wo Clarissas Bast... äh ... Sohn ist, wie kommt er dann überhaupt an das Treuhandkonto?«

»Mr. Harris, das müssen wir jetzt nicht diskutieren. Ich werde der Familie die Einzelheiten in dieser Sache noch mitteilen«, sagte ich.

»Es gibt noch einen Aspekt, über den wir sprechen müssen. Wie Sie ja wissen, hat Mr. Cromwell beantragt, Mrs. Cromwells Anteil an Mr. Allens Erbe zu erhalten. Mein Partner und ich glauben nicht, dass er damit Erfolg haben wird, aber Sie sollen wissen, dass diese Möglichkeit besteht. Falls er Erfolg haben sollte, wird es ausschließlich Mrs. Cromwells Erbanteil betreffen und nicht die anderen«, sagte Mr. Harris.

»Sind Sie sicher, Mr. Harris, dass das Gericht das ebenso sieht und nur Clarissas Anteil betroffen wäre?«

»Ja, da bin ich mir sicher, und ich möchte Sie daran erinnern, dass jeder, der das Erbe anficht, kraft des Testaments seinen Anteil verwirkt hat.«

Neunzehntes Kapitel

Sarah Campbell

Mrs. Green führte mich zum Waschraum und zeigte mir, wo ich meine sauberen Kleider zum Trocknen aufhängen konnte, und sie gab mir einen Arbeitsanzug ihres Mannes zum Anziehen. Mr. Adams' Rat, auch Unterbekleidung von Mr. Allen mitzunehmen, erwies sich nun als segensreich, obwohl ich dies zunächst verworfen hatte.

»Mrs. Green, kann ich Ihnen beim Wäschewaschen helfen?«

»Nein, William. Ich denke, du hilfst mir am besten in der Küche. Man weiß nie, wann Patrouillen oder der Sheriff vorbeigeritten kommen und sich bei den Leuten umsehen.«

Am Sonntag kochte ich für die Familie, während alle in der Kirche waren. Doch beim gemeinsamen Mittagessen fing ich dann an zu weinen.

»Vermisst du deine Familie, William?«

Ich erzählte ihnen, dass ich zu Hause immer sonntags, nachdem wir das Essen für unseren Herrn und seine Familie vorbereitet hatten, zusammen mit meiner Mutter und Belle und ihrer Familie in die Hütte meiner Mutter gegangen waren und dort unser eigenes Mittagessen gekocht hatten. »Ich musste nur daran denken, dass ich das nie wieder mit ihnen erleben werde.«

»Du wirst jemanden treffen, William, und dann deine eigene Familie haben. Und du kannst deine Kinder so erziehen, wie deine Mutter dich erzogen hat.«

Am Sonntagabend packte ich meine Tasche, bedankte mich bei Mrs. Green und verabschiedete mich von ihren Kindern. Mr. Green sagte, ich könne den Arbeitsanzug behalten, weil er schon älter sei und er sich für die Fahrt auf dem Wagen besser eignen würde als meine eigene Kleidung. Wir brachen Montagmorgen um halb sechs Uhr auf. Er gab mir ähnliche Anweisungen wie zuvor LeRoy und Arthur, außer dass er ankündigte, er würde »runter« sagen, falls er eine Wachpatrouille oder jemanden von der Bürgerwehr sähe.

»Wir werden immer mindestens einmal in jeder Siedlung und jedem Dorf entlang des Wegs angehalten, aber die Wachmänner kennen uns alle und machen sich nicht mehr die Mühe, unsere Freibriefe zu überprüfen. Manchmal sehen sie jedoch hinten auf dem Wagen nach, also sorg dafür, dass du dich richtig gut versteckst, wenn wir ›runter‹ sagen. Sobald wir dann nach Mobile selbst kommen, ist es noch mal eine andere Sache. Dort sind meistens Wachpatrouillen, Sklavenjäger und Sheriffs, weil sie wissen, dass Entlaufene Hilfe in den Dörfern der Befreiten suchen und dann auf Schiffen in Richtung Norden fliehen. Wenn sie unsere Papiere überprüfen und in den Wagen schauen, bleib so lange unten, bis wir dir sagen, dass du wieder rauskommen kannst.«

Wie Mr. Green gesagt hatte, hielten Patrouillen den Wagen zweimal an, bis wir nach Mobile kamen, redeten mit ihm und warfen einen Blick hinten auf den Wagen.

»In Ordnung, William, wir fahren jetzt gleich nach Mobile rein. Dort werden wir in ungefähr fünfundvierzig Minuten auf Wachleute und Sheriffs treffen. Ich halte den Wagen jetzt an und komme nach hinten, um dir meine Decke zu geben. Wickel dich darin ein, und achte darauf, dass du dich wirklich gut versteckst. Sie haben wahrscheinlich Hunde, doch der Geruch meiner Decke wird sie von der Witterung ablenken.«

Etwa eine Viertelstunde später sagte er mir, dass ich runter sollte, und ich hörte Männerstimmen.

»Eure Papiere.«

Ich hörte das Hecheln der Hunde. Meine Beine fingen an zu zittern und hörten gar nicht mehr auf.

»Warum seid ihr hier, und wie lange wollt ihr bleiben?«

»Sir, wir bauen ein Haus in Springhill Village. Wir werden bis Freitagnachmittag hier sein und dann wieder nach Hause fahren.«

»Wir kennen sie. Sie kommen immer zum Arbeiten hierher«, sagte ein anderer.

»Trotzdem müssen wir ihre Papiere überprüfen. Josiah, ich werde dir jetzt zwei Leute beschreiben, und du sagst mir, ob du auf dem Weg hierher irgendwen gesehen hast, auf den diese Beschreibung passt. Die eine ist eine Mulattin, gelblicher Hautton, groß, lange Haare, und sie spricht gutes Englisch. Der andere ist ein Mann, sehr groß, über eins achtzig, ein heller Mulatte mit grauen Augen. Hast du jemanden gesehen, der wie einer der beiden aussieht?«

»Nein, Sir, habe ich nicht.«

»In Ordnung. Möchtest du etwas Geld verdienen, Josiah?«

»Sir, jetzt?«

»Es gibt hohe Belohnungen für jeden, der einen der beiden Entflohenen zurückbringt, und wir glauben, dass sie nach Mobile wollen. Zweihundert für die Frau und einhundert für den Mann. Wenn du irgendwo auf sie triffst oder wenn du irgendwelche Informationen bekommst, wo sie sich vielleicht aufhalten, dann kommst du in mein Büro an der Ecke St. Francis und Water Street. Sollten wir sie mithilfe deiner Informationen erwischen, dann bekommst du die Belohnung. Jetzt müssen wir noch einen Blick in deinen Wagen werfen.«

Ich hörte sie nach hinten gehen. Ich dachte an meine Familie und verspürte stechende Angst, dass ich sie nie wiedersehen würde, aber ich zwang mich, mich auf das Geschehen zu konzentrieren, und rief mir den vernünftigen Rat meiner Mutter in Erinnerung, immer wachsam zu sein und an meinen nächsten Schritt zu denken. In dieser Situation musste ich mich bloß so still wie möglich verhalten, ungeachtet meiner zitternden Beine. Jemand öffnete die Abdeckung und half einem Hund, auf die Ladefläche zu klettern. Ich machte mich ganz steif, um das Zittern zu unterdrücken, und hoffte, das Tier würde meine Angst nicht riechen oder meinen Herzschlag hören. Der Hund schnüffelte und schien etwas mit seiner Schnauze anzuheben. Während er den Wagen erkundete, trat er mir auf den Arm. Ich rührte mich nicht und hielt den Atem an, damit sich mein Brustkorb nicht bewegte. Der Hund stieg wieder von meinem Arm. Letztendlich gelang es ihm nicht, meinen oder Isaacs Geruch zu wittern, und die Wachmänner beendeten ihre Suche und ließen uns weiterfahren. Die Hitze unter der Decke, mein beschleunigter Puls und das flache Atmen ließen mich beinahe ohnmächtig werden. Obwohl die Sklavenfänger weg waren, wollte und konnte ich mich eine ganze Weile nicht bewegen.

Als wir ein Stückchen weitergefahren waren, sagte mir Mr. Green wieder, ich solle unten bleiben, weil es gut sein konnte, dass weitere Männer auf unserer Route postiert waren. Nach ungefähr einer Stunde wurden wir erneut angehalten. Diesmal schien es, als sei bloß ein Sklavenjäger anwesend. Er untersuchte den Wagen und wiederholte die Informationen über die Belohnungen, die für Isaac und meine Ergreifung ausgelobt waren.

Der Wagen wurde langsamer, als wir um eine Kurve fuhren. Ich blieb weiter unten. Mr. Green kletterte vom Wagen. Ich hörte, wie eine vertraute, freundliche Stimme auf sein Klopfen an einer Tür antwortete.

»Guten Morgen, Sir, wie kann ich Ihnen helfen?«

»Guten Morgen, Madam. Ich suche Miss Adeline.«

»Das bin ich.«

»Ich habe hier jemanden hinten auf meinem Wagen. Er hat einen weiten Weg hinter sich, um Sie zu sehen. Ist es in Ordnung, wenn er herauskommt?«

»Natürlich, wenn er hergekommen ist, um mich zu sehen.«

Er schob die Abdeckung beiseite. Wir befanden uns in einer Seitengasse. Miss Adeline erkannte mich zuerst nicht, nicht nur, weil ich als Mann verkleidet war, sondern auch, weil es zwei Jahre her war, dass ich mit meiner Mutter und Eddie hier gewesen war.

»Grundgütiger, Jesus Maria, Sa… äh, komm raus und dann rein mit dir, schnell. Mr. … kommen Sie rein, und … ich sehe, Sie haben noch jemanden dabei. Also, kommt alle rein.«

Wir traten in ihr Haus ein. Sie achtete darauf, nicht viel über meine Identität preiszugeben. Ihre Enkelkinder kamen vom Spielen auf der Veranda herein. Entweder sie konnten sich nicht mehr an mich von meinem letzten Besuch erinnern, oder sie durchschauten meine Verkleidung nicht. Miss Adeline machte uns Essen, und als wir fertig waren, verabschiedeten sich Mr. Green und sein Sohn. Ich dankte ihnen und bat sie, ihrer restlichen Familie meine Grüße auszurichten. Als ihr Wagen davongefahren war, sagte Miss Adeline mir, ich solle ein Bad nehmen, und ich war einverstanden, ihr anschließend alles zu erzählen.

»Ach, Miss Adeline, haben Sie das von Belle eigentlich schon gehört? Dass wir sie wiederhaben?«

»Dem Herrn sei's gedankt. Das sind ja wundervolle Neuigkeiten. Weißt du, ich habe nie aufgehört, für sie zu beten. Ich möchte alles wissen, darüber, wie es ihr und Miss Emmeline geht. Aber erst geb ich dir etwas von den Sachen meiner Tochter zum Anziehen und ein Tuch, das du dir nach dem Baden um den Kopf wickeln kannst.«

Es fühlte sich gut an, ein Kleid zu tragen, auch wenn es mir eigentlich etwas zu kurz war. Aber ich war überrascht, dass ich es vermisste, Hosen zu tragen und meine Beine beim Sitzen nicht an den Knöcheln überkreuzen zu müssen. Ich erzählte Miss Adeline beinahe alles über meine Flucht von Allen Estates und warum ich es gewagt hatte.

»Was mir Sorgen macht, ist, dass sie dich den ganzen Weg bis hier unten gesucht haben und so viel für deine Ergreifung bezahlen wollen. Das Haus kannst du jedenfalls nicht verlassen, das weißt du. Hier gibt es überall Fänger und Wachpatrouillen.«

»Aber ich habe Papiere, Miss Adeline.«

»Was für Papiere?«

»Ich habe eine Reiseerlaubnis und einen Freibrief.«

»Wie bist du denn an die gekommen? Egal. Das muss ich nicht wissen.«

»Außerdem glaubt fast jeder, dass ich ein Mann bin. Und, Miss Adeline, ich kann mich ja nicht für immer drinnen verstecken.«

»Wir werden überlegen, was zu tun ist, Kind. Hast du Miss Emmeline gesagt, dass du hierherwillst?«

»Nein, ich habe ihr so wenig gesagt wie nur möglich. Aber sie hat mir die Haare geschnitten und mich zum Schneider begleitet, einem entlassenen Sklaven, der mir Kleidung genäht und mir Ratschläge gegeben hat. Miss Adeline, können mir Ihre Söhne vielleicht helfen, eine Arbeit auf einem Schiff zu bekommen, das in einen freien Staat fährt?«

»Sarah, du kannst unmöglich auf ein Schiff voller Männer gehen.«

»Aber meine Mutter hat mir erzählt, dass, als sie mit Mr. Allen in die Nordstaaten gefahren ist, es Schiffe mit männlichen und weiblichen Passagieren und Fracht gab.«

»Das stimmt. Wenn sie heute Abend nach Hause kommen, werden wir das mit ihnen besprechen.«

Ich half Miss Adeline beim Kochen, und als das Abendessen fertig war, rief sie die Kinder herein. Sie waren offensichtlich verwirrt, aber zu gut erzogen, als dass sie gefragt hätten, warum ich nun plötzlich Frauenkleider trug. Nachdem wir gegessen hatten, zeigten sie mir ihre Bücher aus der Sonntagsschule, und ich gab ihnen in der Stube Unterricht. Am Abend schickte Miss Adeline eines ihrer älteren Kinder, um ihre Söhne Steven und Samuel herzuholen. Sie fasste für sie zusammen, was ich ihr erzählt hatte, auch dass ich verkleidet auf einem Dampfer gearbeitet hatte.

»Wir arbeiten am Kai, beim Auf- und Abladen der Fracht, und wir kennen einige der Kapitäne und Handelsmatrosen. Ein paar Seeleute gehen in unsere Kirche, wenn sie Landurlaub haben. Die Sache ist, dass die meisten Schiffe aus England sind, und die Matrosen stammen von den Westindischen Inseln. Ich habe noch nie gehört, dass sie Leute von hier angeheuert hätten. Aber du bist groß, und nachdem du auch einen Freibrief hast, können wir dir vielleicht

Arbeit am Kai besorgen. Da kannst du dann selbst ein paar Seeleute kennenlernen«, sagte Steven.

»Ja, aber wenn sie meine Freilassungspapiere durch das Gericht in Madison County überprüfen lassen, dann finden sie heraus, dass sie nicht echt sind.«

»Das ist ein großes Problem. Dasselbe würde auch passieren, wenn du versuchen würdest, auf ein Schiff zu kommen.«

Sie mussten meine Enttäuschung bemerkt haben, denn die drei tauschten besorgte Blicke.

»In Ordnung, wir sehen, was wir tun können. Mama, vielleicht sollten wir mit dem Pastor darüber sprechen.«

»Könnt ihr noch heute bei ihm vorbeischauen und ihn bitten, morgen früh herzukommen?«

Am nächsten Tag schickte Miss Adeline die Kinder zum Spielen nach draußen, als der Pfarrer erschien. Nachdem sie ihm die Angelegenheit erklärt hatte, meinte er, er habe eine Idee, müsse aber zuerst Erkundigungen einholen, bevor er mit uns darüber spräche. Er kannte meine Mutter und mich noch von unserem Besuch zuvor.

»Hast du gehört, was aus deiner Schwester geworden ist?«

Ich lächelte. »Ja, Sir. Der Master hat sie zurückgekauft.«

»Dem Herrn sei Dank. Die Kirchengemeinde hat deine Familie in ihre Gebete eingeschlossen, und ich weiß, dass der Herr auch deine Gebete erhören wird.«

Als Steven und Samuel am selben Abend wieder vorbeikamen, erzählte Miss Adeline ihnen, was der Pastor gesagt hatte.

»Ich hoffe, er lässt sich etwas einfallen, denn heute am Kai sind uns Suchanzeigen über dich und deinen Mann aufgefallen. Wir haben nicht einmal gefragt, ob es Arbeit für dich gibt. Du könntest natürlich einfach hierbleiben, bis sie die Suche aufgeben.«

Ich hatte vieles, worum ich in meinen Abendgebeten bitten konnte. Am Tag darauf teilte uns der Pastor mit, dass es noch einen Monat dauern würde, bis er die Antwort auf seine Erkundigungen bekäme. Miss Adeline versicherte mir, dass sie und ihre Töchter mich gern zu Gast hätten, besonders da ihren Enkelkindern mein Unterricht gefiel. Ich bat sie, Fibeln, Bleistifte und Papier zu kaufen, und verschaffte mir Arbeit, indem ich Miss Adeline im Haushalt half und die Kleinen unterrichtete.

Den ganzen ersten Monat, den ich bei Miss Adeline verbrachte, ließ mir der Pastor immer wieder ausrichten, dass er mich nicht vergessen habe, und ermutigte mich, weiter zu beten. Eines Sonntags, als Miss Adeline aus der Kirche zurückkehrte, bat sie eine ihrer Töchter, eine Näherin, meine Maße zu nehmen und auf einen Zettel zu schreiben, damit Steven ihn dem Pastor bringen konnte. Niemand nannte mir den Grund für diese Maßnahme, und ich hütete mich zu fragen.

Eines frühen Morgens, ungefähr drei Monate, nachdem ich in Mobile angekommen war, erschien der Pastor wieder und fragte Miss Adeline, ob ihre Töchter und deren Kinder den Tag und die Nacht woanders verbringen könnten. Ich verabschiedete mich von ihnen, als sie sich auf den Weg zu Steven machten.

»Sarah, ich weiß, du möchtest in einen freien Staat, aber das ist kein guter Plan, hauptsächlich wegen des Gesetzes über entflohene Sklaven. Dieses Gesetz erlaubt es Sklavenfängern aus dem Süden, in die Staaten zu kommen, in denen die Sklaverei abgeschafft wurde, und Geflohene von dort zu ihren Besitzern zurückzubringen. Aber die Fänger bringen nicht bloß Entflohene zurück, manchmal entführen sie sogar Freigelassene und verkaufen sie wieder in die Sklaverei.

Ich denke, das beste Vorgehen für dich – und eines, das ich arrangieren konnte – ist, auf britisches Territorium zu fliehen, wo die Sklaverei abgeschafft wurde. Ich weiß, ich gebe dir kaum Zeit, alles zu bedenken, aber wie du ja weißt, ist es gefährlich, zu viele Informationen preiszugeben. Bist du auf der Grundlage dessen, was ich dir gesagt habe, bereit, deine Flucht in die Freiheit fortzusetzen?«

Ich musste nicht lange darüber nachdenken. »Sir, ja, das bin ich. Ich kann mich ja nicht mein restliches Leben drinnen verstecken. Ich habe nur eine Frage – und vielleicht können Sie sie mir beantworten: Woher weiß ich, dass ich in die Freiheit gebracht werde und nicht woanders wieder in Sklaverei ende?«

»Sarah, der Grund, warum ich so lange für die Vorbereitungen gebraucht habe, ist, dass ich dem britischen Kapitän eines Handelsschiffs geschrieben habe, der Mitglied einer christlichen Glaubensgemeinschaft ist, die sich ›Religiöse Gesellschaft der Freunde‹ nennt oder auch Quäker. Als wir uns vor zehn Jahren kennenlernten, erzählte er mir, dass er und viele Quäker die Abschaffung der Sklaverei unterstützen. Miss Adeline kennt ihn auch, da er bereits mit uns den Gottesdienst gefeiert hat. Sein Schiff lag vor einem Monat hier im Hafen, und er hat in der Kirche mit mir gesprochen. Wir haben Vorkehrungen für dich getroffen, die jetzt abgeschlossen sind. Kann ich deinen Freibrief sehen?«

Er las ihn.

»Auch der Kapitän wird deine Freiheitspapiere sehen wollen, weil das Schifffahrtsunternehmen vorschreibt, dass alle rechtmäßig an Bord sind. Sorg also dafür, dass du ihn dabeihast.«

Der Pastor gab mir eine Tasche, in der sich Schuhe und Kleidung befanden, und er sagte Miss Adeline, dass sie mir die Haare ganz kurz scheren solle, wie bei Matrosen üblich. Er eröffnete mir, dass ich mich heute um Mitternacht fertig angezogen bereithalten solle. Dann sprach er noch ein Gebet mit uns und wünschte mir Gottes Segen für die Reise.

Nach dem Abendessen schnitt Miss Adeline mir die Haare, und ich nahm ein Bad. Um zehn zog ich die Uniform der Handelsmarine und die Schuhe aus der Tasche an. Ich packte meine Papiere und saubere Unterwäsche in die Tasche. Dann beteten Miss Adeline und ich zusammen. Wir konnten unsere Tränen nicht zurückhalten.

Etwa zwei Stunden später hörten wir draußen eine Droschke vorfahren. Miss Adeline öffnete die Tür und signalisierte mir hinauszugehen. Ich umarmte sie und dankte ihr und ihrer Familie. Ich bat sie, meiner Mutter, falls sie sie je wiedersehen würde, alles zu erzählen und sie vor allem wissen zu lassen, dass es mir gut ging. Der Kutscher grüßte Miss Adeline und winkte mich zu sich. In der Droschke saßen bereits zwei Matrosen, James Carter und Anthony Eden. Anthony reichte mir ein Dokument und erklärte mir mit freundlicher Stimme, dass ich es dem Zollbeamten vorzeigen müsse, bevor ich die Erlaubnis bekäme, an Bord zu gehen.

»Dein Name ist Bradley Ebanks. Wir drei werden betrunkene Seeleute mimen. Ich und James werden uns so benehmen wie sonst auch, wenn wir Landurlaub haben, nach einer mit Mädchen durchzechten Nacht. Aber diesen Rucksack kannst du nicht mit an Bord nehmen, sonst glauben sie nicht, dass wir auf Sauftour in der Stadt waren.«

»Ich habe meine Papiere und …«

»Die steckst du dir einfach in deine Socken, so.«

Ich wünschte mir, ich hätte das Messer dabei, das Henry und Oliver mir geschenkt hatten, denn ich hatte dieselben Befürchtungen wie in der Nacht, in der LeRoy und Arthur mich an der Straße nach Chambers zurückgelassen hatten. Es war zu dunkel, um das Dokument zu lesen, das mir der Matrose gegeben hatte, und ich traute mich nicht zu fragen, was darauf stand. Um mich zu beruhigen, betete ich und sagte mir den Inhalt des Freibriefs vor, den ich mir selbst ausgestellt hatte:

Freibrief, William Campbell
Bescheinigung: Hiermit erkläre ich, dass ich, Gregory Campbell aus Madison County, meinen Negerburschen namens William Campbell, Alter achtzehn Jahre und in der Lage, zu arbeiten und seinen Lebensunterhalt zu verdienen, aus der Sklaverei entlasse und ihm die Freiheit schenke. Ich erkläre besagten Neger hiermit zu einem freien Mann und entbinde ihn für immer von jeder Art der Dienstbarkeit mir, meinen Nachlasspflegern und Verwaltern gegenüber.

Wir erreichten den Kai zur selben Zeit wie ungefähr dreißig andere Seeleute. Vor einer Bude stand ein Angestellter mit einer Laterne und überprüfte die Papiere, die die Seeleute ihm gaben. James und Anthony sangen ein komisches Sauflied. Als wir an der Reihe waren, reichte jeder von uns dem Angestellten seine Dokumente. Er warf einen raschen Blick darauf und forderte uns dann auf, weiter zur Landungsbrücke zu gehen. Der Kapitän erwartete uns, als wir das Hauptdeck betraten. Ich tat es den anderen nach und salutierte ihm.

»Geben Sie mir das Dokument, das die Deckhelfer Ihnen ausgehändigt haben, Matrose, und kommen Sie mit«, sagte der Kapitän.

Er führte mich in die Kombüse, schloss die Tür und las meinen Freibrief.

»William Campbell, Sie stehen nun im Dienste der Britischen Westindien-Handelsgesellschaft. Sie erhalten sechzig Pfund pro Monat für Ihren Posten als Chefsteward dieses Schiffs. Zwei Gehilfen werden Ihnen beim Kochen und Servieren der Mahlzeiten für die Offiziere und Deckhelfer zur Hand gehen. Aufgrund Ihrer … Situation werden Sie nicht unter Deck schlafen, sondern hier. Morgen früh wird Ihnen Handelsmarinesoldat Ebanks zwei Uniformen bringen. Von da an werden Sie bei Landgängen seine Uniform tragen. Sie sind mir direkt unterstellt. Morgen nach dem Abendessen werde ich unsere Reiseroute im Detail mit Ihnen besprechen.«

»Sir, Captain, kann ich meinen Freibrief zurückhaben?«

»Nein, Matrose. Ich werde ihn in meiner Kassette verwahren, wo er sicher ist. Gehen Sie jetzt schlafen. Ich nehme um sechs Uhr dreißig meinen Tee im Speisesaal der Offiziere ein, und das Frühstück für alle muss um acht Uhr fertig sein. Ihre Gehilfen werden um fünf Uhr dreißig hier sein und ihnen sagen, wie alles zu tun ist, aber sie sind furchtbare Köche, also sind wir froh, dass Sie hier sind. In der Tasche dort drüben befinden sich neue Nachtgewänder und andere Kleidung. Die Strohmatte können Sie tagsüber zusammenrollen und dort in die Ecke stellen. Ihre Kleidung können Sie in dem Schrank dort drüben verstauen. Und schließen Sie die Tür ab, gute Nacht.«

Ich zündete eine Laterne an und schloss die hölzernen Läden. Am Boden lagen eine mit Stroh gefüllte Matte, ein Kissen und gefaltetes Bettzeug. Ich machte mein Bett und kniete mich dann davor, um meine Gebete zu sprechen. Vielleicht weil es schon spät war und das Schiff so schaukelte, schlief ich schnell ein.

Am folgenden Morgen erschienen meine Gehilfen um

Schlag halb sechs. Ohne sie hätte ich unmöglich drei Mahlzeiten für sechzig Personen am Tag kochen können. Bradley Ebanks kam nach dem Frühstück mit den Uniformen eines Chefstewards. Er hatte meine Größe, war aber viel älter, als ich gedacht hatte. Wir waren allein in der Kombüse, und ich dankte ihm dafür, dass ich seine Uniformen tragen durfte.

»Keine Ursache. Meine Neffen hatten Freude an dem kleinen Abenteuer. Ich kenne Sie noch aus Mobile. Sie und Ihre Mutter haben zur selben Zeit wie wir die Kirche dort besucht.«

»Oh, Sie erinnern sich an mich?«

»Ja. Na ja, ich erinnere mich an Ihre Mutter. Was für eine schöne Frau. Also, der Captain wird mit Ihnen reden und Ihnen alles erklären. Falls ich in der Zwischenzeit etwas für Sie tun kann, lassen Sie es mich bitte wissen.«

Wie er vorhergesagt hatte, kam der Kapitän am Abend in die Kombüse, um mit mir zu sprechen. Ich vertraute ihm an, dass ich Angst davor hatte, mein restliches Leben in einem fremden Land zu verbringen, wo ich keine Seele kannte, und dass es mich schmerzte, meine Familie nie wiederzusehen.

»Matrose, ich habe die Erfahrung gemacht, dass junge Leute sich erfolgreich in einer neuen Umgebung einleben. Sie werden nie allein sein, denn der Herr in seiner Güte wird Ihnen immer beistehen, und ich vertraue darauf, dass er Ihnen den Weg zeigen und Ihnen ein Trost sein wird.«

An diesem Abend stand ich an Deck, bevor ich zu Bett ging, und versuchte mich an Mrs. Allens Astronomiestunden zu erinnern, aber es gelang mir bloß, einige wenige Sternbilder zu bestimmen. Da ich nichts anderes zu tun hatte, kehrte ich in die Kombüse zurück. Ich musste an die Bibliothek von Allen Hall denken und empfand es als sonderbar, dass jetzt, da ich meine Schriftkundigkeit nicht mehr verbergen musste, nichts zu lesen vorhanden war.

Am nächsten Morgen liefen wir in den Hafen von Key West ein. Mr. Ebanks kam nach dem Frühstück in die Kombüse und fragte mich, ob ich etwas vom Festland brauche. Als wir uns unterhielten, wurden wir von James und Anthony unterbrochen.

»William, sollen wir dir was aus Key West mitbringen?«

»Danke, ich wollte Mr. Ebanks gerade fragen, ob er mir ein Buch besorgen kann.«

»Ein Buch? Aus Key West? Ich glaube nicht, dass es dort Buchhändler gibt, nur Tavernen. Übrigens haben die Offiziere Bücher, die du ausleihen kannst.«

»Wirklich, das wusste ich nicht. Dann brauche ich nichts vom Festland.«

Der Kapitän hatte mir am Abend zuvor gesagt, dass ich nicht zur Landungsbrücke gehen sollte, um beim Ausladen der Fracht zu helfen. Die örtliche Regierung pflegte enge Verbindungen zu den Sklavenstaaten, insbesondere zu Alabama und South Carolina. Sie verdächtigten britische Schiffe der Unterstützung Entflohener und hatten somit ein strenges Auge auf ihre Besatzung. Er fürchtete, dass jemand vom Kai an Bord kommen könnte, um meine Identität festzustellen, und fragen würde, warum ich nicht von Bord ging. James und Anthony versicherten mir, dass es auf der Insel nicht viel zu tun gab, außer Tavernen zu besuchen.

»Aber, William, schau, dort drüben. Da gibt es etwas Interessantes zu sehen. Diese Insel da heißt Kuba. Hast du je von ihr gehört? Sie gehört zu Spanien.«

»Ja, ich habe sie im Geografieunterricht durchgenommen. Ich kann nicht glauben, dass ich jetzt wirklich auf Kuba schaue. Fahren wir dorthin?«

»Oh nein. Die Spanier sind noch schlimmer als die Südstaatler, falls das möglich ist, und unsere Gesellschaft betreibt nur mit früheren oder bestehenden britischen Kolonien Handel.«

Der Kapitän übertrug dem Ersten Offizier das Kommando und sagte mir, ich solle mich an ihn wenden, wenn ich irgendetwas brauchte. Da ich nichts zu tun hatte, bis es Zeit wurde, das Mittagessen für die wenigen Männer vorzubereiten, die an Bord geblieben waren, ging ich auf die dem Ufer abgewandte Seite und bewunderte das stattliche Schiff mit seiner Takelage aus vier Masten. Dort traf ich auf den Ersten Offizier Nathaniel Trusty, der zu meiner Überraschung ein Farbiger war. Er war älter als James und Anthony, aber nicht so alt wie Mr. Ebanks.

»Ich hoffe, Ihre Unterbringung in der Kombüse ist annehmbar, aber vor dem Hintergrund Ihrer Situation verstehen Sie sicher, dass es die einzig mögliche Lösung war.«

»Ja, Sir. Und so schlimm ist es nun wirklich nicht.«

»Gut. Bitte sagen Sie mir, wenn ich etwas für Sie tun kann.«

»Officer Trusty, wie ich höre, gibt es Bücher an Bord, die ich ausleihen könnte.«

»Ja, wir unterhalten eine kleine Bibliothek im Offiziersbereich. Soll ich Sie gleich dorthin begleiten?«

Die Sammlung war klein, aber interessant. Er ließ mich dort, damit ich herumstöbern konnte, und ich fand Material über die ›Religiöse Gesellschaft der Freunde‹. Es gab weder Romane noch Gedichte, aber eine Ausgabe von Shakespeares Drama *Der Sturm,* was ich für eine eher seltsame Wahl für eine Bordbibliothek hielt, da Clarissa und ich bei Mrs. Allen gelernt hatten, dass das Stück von einem britischen Schiff handelt, das auf den Bermudas strandet.

Ich entschied mich dafür und für ein Werk von Anthony Benezet über die katastrophale Situation der Sklaven im britischen Herrschaftsgebiet. Ich nahm mir außerdem ein Pamphlet über die Sündhaftigkeit der kolonialen Sklaverei mit, ein Auszug aus einem Vortrag, den Robert Halley 1833 im Andachtshaus von Dr. Pye Smith im Londoner Stadtteil Hackney gehalten hatte.

Ich fing mit der Lektüre von *Der Sturm* an. Clarissa und ich hatten das Theaterstück im Unterricht mit Mrs. Allen gelesen und besprochen, und diese hatte uns Shakespeares Sprache anfangs näherbringen müssen. Eines Tages hatte uns Mrs. Allen einen kurzen Aufsatz zu einem bekannten Zitat aus dem Stück aufgegeben, an das ich mich noch erinnerte, obwohl ich mich der Schulmädchenanalyse, die ich dazu verfasst hatte, nicht mehr entsinnen konnte. Das Zitat erschüttert mich noch heute zutiefst.

Unsre Spieler,
Wie ich Euch sagte, waren Geister, und
Sind aufgelöst in Luft, in dünne Luft.
Wie dieses Scheines lockrer Bau, so werden
Die wolkenhohen Türme, die Paläste,
Die hehren Tempel, selbst der große Ball,
Ja, was daran nur Teil hat, untergehn
Und, wie dies leere Schaugepräng' erblaßt,
Spurlos verschwinden. Wir sind solcher Zeug
Wie der zu Träumen, und dies kleine Leben
Umfaßt ein Schlaf.

Ich musste mich zwingen, mit dem Lesen aufzuhören, um das Mittagessen vorzubereiten, und nachdem alle gegessen hatten, saß ich auf Deck, auf der Seite, die nicht dem Ufer zugewandt war, und las weiter. Der Kapitän und der Zweite Offizier kamen rechtzeitig zum Abendessen wieder, aber die Deckhelfer kehrten erst zurück, nachdem ich bereits eingeschlafen war.

Ich erwachte, weil jemand an die Tür klopfte. Ich wickelte mich in meine Decke und machte auf. Es war Nathaniel.

»Der Kapitän möchte, dass Sie sich anziehen, schnell, und in die Bibliothek kommen. Er wird Ihnen erklären, was es damit auf sich hat.«

Als ich dort ankam, hatten sich die Offiziere und vielleicht zehn Deckhelfer, darunter Mr. Ebanks, um einen Tisch mit Landkarten herum versammelt.

»Chefsteward, als der Zweite Offizier und ich an Land waren, haben wir uns mit Offizieren der Kriegsmarine der Vereinigten Staaten getroffen, die uns mitgeteilt haben, dass sie Meldung von einem Schiff in der Nähe von Havanna auf Kuba bekommen haben, das illegal unter amerikanischer Flagge fährt. Das Schiff ist auf dem Weg nach Mobile und mit Afrikanern beladen, die von der Westafrikanischen Küste verschleppt wurden. Wir vermuten, dass wir ganz in der Nähe des Schiffes sind. Die Kriegsmarine der Vereinigten Staaten wird das Sklavenschiff abfangen. Wenn es wahr ist, dass Afrikaner an Bord sind, dann wird die Marine sie befreien und auf ihr Schiff holen. Je nach Anzahl der Menschen, die dort gefangen gehalten werden, werden sie vielleicht nicht alle auf das Schiff der Kriegsmarine passen, und wir haben uns bereit erklärt, einige von ihnen an Bord zu nehmen. Wir haben das schon vorher gemacht, und beide Male mussten wir feststellen, dass die Afrikaner, von denen gut die Hälfte aus Frauen und Kindern bestand, sich dort unter grauenhaften Bedingungen aufhielten. Wenn wir sie befreien und an Bord nehmen, müssen wir sie mit Wasser und Essen versorgen. Die Deckhelfer werden uns bei diesem Einsatz unterstützen, und wir benötigen auch Ihre Hilfe. Aber genug geredet. Uns bleiben noch ungefähr zwei Stunden, bis wir auf das amerikanische Schiff stoßen werden und die Operation beginnt.«

Ich begriff nicht, wie das möglich war. Der Kapitän erzählte mir, dass der internationale Sklavenhandel eigentlich schon 1808 abgeschafft worden war, doch er erklärte mir, dass es sich hier um eine illegale Schmuggelaktion handelte und so etwas weit öfter geschah, als die meisten Leute wussten.

Der Kapitän trug den Deckhelfern auf, so viele Decken zusammenzutragen, wie auffindbar waren, selbst die, die den Offizieren gehörten. Unser Schiff kam zum Halten, als wir uns dem der amerikanischen Marine näherten. Die Signalhörner erklangen, und beide Schiffe fingen das Sklavenschiff namens *Lackawanna* ab. Amerikanische Offiziere in Ruderbooten befanden sich bereits neben dem Marineschiff, das, wie ich später erfuhr, aus New York kam. Wir waren zu weit weg, um hören zu können, was die Offiziere sagten, doch offensichtlich verlangten sie, an Bord der *Lackawanna* kommen zu dürfen, was ihnen auch gewährt wurde. Das Mondlicht war hell genug, um sehen zu können, dass die amerikanischen Offiziere auf dem Hauptdeck der *Lackawanna* mehrere Männer mit vorgehaltenen Schusswaffen in Schach hielten. Dann ruderten Deckhelfer von dem amerikanischen Schiff hinüber und gingen ebenfalls an Bord der *Lackawanna.* Eine Viertelstunde später tauchten die Deckhelfer wieder auf und trugen Kinder auf dem Arm, manchmal zwei auf einmal, oder führten abgemagerte Erwachsene zu den Booten, um sie zu ihrem Schiff hinüberzurudern. Ich zählte an die zweihundert Afrikaner, und wie der Kapitän es vorhergesagt hatte, waren die Hälfte noch Kinder. Die Amerikaner nahmen die Offiziere der *Lackawanna* fest und holten sie ebenfalls zu sich an Bord.

Der Kapitän teilte uns mit, dass unser Schiff nicht gebraucht wurde, da die Amerikaner alle früheren Gefangenen, die Offiziere und die Mannschaft des Schiffs untergebracht hatten. Er sagte, dass die Marine die Afrikaner in ein Land an der westafrikanischen Küste namens Liberia zurückbringen und dass die Offiziere und die Mannschaft der *Lackawanna* mit ihnen fahren würden. Schlussendlich würden die Offiziere jedoch nach New York gebracht werden, wo sie sich für Piraterie verantworten müssten, was seit 1820 für Amerikaner als Kapitalverbrechen galt.

»Diese Gesetze sind schwer durchzusetzen. Die *Lackawanna* wurde in New York gebaut und finanziert, aber leider haben die Gerichte der Vereinigten Staaten und des Vereinigten Königreichs von Großbritannien die Gesetze gegen den internationalen Sklavenhandel und gegen Menschenraub zum Gespött gemacht. Es ist eher unwahrscheinlich, dass sie für schuldig befunden oder gar für ihre Verbrechen verurteilt werden.«

Der nächste Hafen, den wir anliefen, war Bodden Town, die Hauptstadt einer kleinen Insel namens Grand Cayman, die hundertfünfundneunzig Meilen von Jamaika entfernt lag. Sobald wir am Kai anlegten, luden die Deckhelfer Waren aus Massachusetts ab und Schiffsteile, die in Grand Cayman gefertigt wurden, auf. Wir blieben dort nicht lange vor Anker, doch James und Anthony gingen an den Strand und brachten mir eine kleine Schildkröte mit.

»Die kannst du als Haustier behalten, oder du machst eine köstliche Suppe daraus.«

Ich taufte meinen neuen Gefährten Seemann.

Unser nächster Halt war Kingston, eine große Stadt an der Südostküste Jamaikas. Der Kapitän hatte mir in unserem Gespräch am zweiten Abend an Bord bereits gesagt, dass ich dort von Bord gehen dürfte und er und die anderen Offiziere mich die Landungsbrücke hinunterbegleiten würden, damit es unwahrscheinlicher wäre, dass die offiziellen Vertreter vor Ort mich nach meinen Papieren fragen würden. Keiner hielt mich auf. Die Offiziere gingen in die Stadt, und ich schloss mich den Deckhelfern an, die Waren aus Massachusetts, Connecticut und New York ausluden, welche das Schiff in Key West an Bord genommen hatte. Als diese Arbeit erledigt war, luden wir Zucker und Gewürze.

Der Kapitän bestimmte James und Anthony, mir während des Landgangs Kingston zu zeigen, aber er trug ihnen auf, mich früh genug zurückzubringen, damit ich das Abendessen zubereiten konnte. Auch gab er mir Geld, damit ich Lebensmittel für das Schiff einkaufen konnte. Wir gingen zu der hübschen und belebten Harbor Street. James zeigte mir gerade einen Obsthändler, als ich stehen blieb, weil meine Knie ganz weich wurden.

»Was ist los?«

»Mir ist gerade bewusst geworden, dass dies das erste Mal ist, dass ich freien Boden betrete. Stimmt doch, oder? Jeder Mensch, den ich hier sehe, ist frei.«

»Ja, jeder Einzelne, seit achtzehnhundertachtunddreißig«, sagte James.

Tränen traten mir in die Augen. »Und keiner hat das Recht, mich nach meinen Papieren zu fragen?«

»Nein. Keiner«, sagte er.

Es war ihnen bestimmt unangenehm, wie ich die Leute anstarrte und darüber staunte, dass sie frei waren. Mir fiel außerdem auf, dass es keine öffentlichen Aushänge gab, kein Pfosten oder Wände, an denen Suchplakate von Entflohenen hingen.

»William, ach übrigens, müssen wir dich immer noch William nennen?«

Ich lachte. »Seit wann wisst ihr es?«

»Ich hab es mir schon von Anfang an gedacht«, meinte Anthony.

Er senkte die Stimme. »Du bist zu hübsch für einen Mann. Und ich wusste, dass ich recht hatte, als der Captain dich nicht unter Deck schlafen ließ.«

»Ja, ihr müsst mich weiter William nennen. Schließlich ist er es, der bei der Britischen Westindien-Handelsgesellschaft angestellt ist.«

Wir spazierten über die Hauptstraßen und durch Seitengassen. Wo ich auch hinsah, standen Ziegelbauten. James kaufte uns Mittagessen im Haus einer Familie, die Mahlzeiten an Seeleute verkaufte, und zum Essen setzten wir uns unter einen großen Baum im Hinterhof ihres Hauses. Zum Nachtisch probierte ich zum ersten Mal eine Mango.

»Das ist die köstlichste Frucht, die ich je gegessen habe. Wachsen die überall in der Karibik?«

»Ja. Und nicht bloß in der Karibik, sondern auch in Zentral- und Südamerika. Wenn dir die Mango schmeckt, dann warte, bis du die anderen Früchte probiert hast, die auf unserer Insel wachsen, wie Guave, Cherimoya, Papaya, Ananas und natürlich Bananen und Kokosnüsse. Das Beste daran ist, dass wir diese Früchte alle in unseren Gärten haben. Man muss sie bloß pflücken.«

»Sieht eure Insel aus wie hier?«

»In vielerlei Hinsicht, nur dass unsere noch viel schöner und nicht so überfüllt ist.«

Nach dem Essen spazierten wir durch die Stadt. Es war

ziemlich heiß, also fragten sie mich, ob ich an den Strand gehen wollte.

»Klar. Ich war noch nie an einem Strand.«

»Nicht mal in Mobile?«

»Wir waren mit Mr. und Mrs. … äh … unseren Besitzern mal in Orange Beach, aber wir durften nicht auf den Sand oder ins Wasser.«

Als wir an den Strand kamen, krempelten James und Anthony ihre Hosenbeine hoch und zogen Schuhe und Socken aus. Sie sagten mir, ich solle es ihnen gleichtun. Ich fing an zu hüpfen, weil der Sand brütend heiß war, und sie lachten mich aus. Wir rannten zum Rande des Wassers, aber zunächst hatte ich Angst, mit den Füßen hineinzugehen.

»Wenn wir nach Hause kommen, kannst du Großmutter Ebanks bitten, dir ein Badekleid zu nähen, und wir können dir das Schwimmen beibringen«, sagte Anthony.

»Mir? Ich hätte Angst, dass ich ertrinke.«

»Deshalb musst du es ja erst lernen«, erwiderte er.

Nach einer Stunde gingen wir zur Harbor Street zurück, wo wir die Vorräte einkauften, die ich zum Kochen brauchte. Die Händler brachten die Waren mit dem Wagen zum Kai, und wir trafen sie dort, um die Einkäufe mit an Bord zu nehmen. Daraufhin kehrten James und Anthony in die Stadt zurück, um noch die eine oder andere Taverne zu besuchen.

Als alle wieder an Bord waren, machten wir uns auf den Weg zu unserem nächsten Ziel, meinem neuen Zuhause.

Zwanzigstes Kapitel

Theodora Allen

In der Woche, nachdem Mr. Harris uns die testamentarischen Bestimmungen eröffnet hatte, fing ich an, diskret mein restliches Leben zu planen, und überlegte, wie Kenneth und ich mehr Zeit miteinander verbringen könnten – ein Gedanke, der mich immer fröhlich stimmte. Jetzt, da der Nachlass geregelt war, so dachte ich zumindest, konnte ich über meine Gefühle für ihn nachdenken. Kenneth war mir lieb und teuer geworden, und ich hoffte, ich würde ihn bald wiedersehen, nachdem ich aus Alabama weggezogen wäre. Meine Söhne kamen in meinen Plänen nicht vor. Sie waren wütend, weil Cornelius ihnen relativ kleine Anteile am Erbe hinterlassen und der Skandal ihre jungen Karrieren beendet hatte. Ich hätte ihnen geholfen, aber sie behandelten mich nicht wie ihre Mutter, sondern wie jemanden, der ihren Respekt nicht verdiente. Cornelius hatte mich für Clarissas Verfehlungen verantwortlich gemacht, und ich machte ihn für die meiner Söhne verantwortlich. Er hatte sie mir entrissen, als sie noch klein waren, indem er behauptete, dass ich nicht qualifiziert sei, sie zu unterrichten, und dass sie von Männern unterwiesen werden müssten. Danach sah ich die Jungen nur an Feiertagen und im Sommer, wenn wir in unser Haus am See in Madison County fuhren. Als sie die Universität abgeschlossen hatten, entschied mein Mann, dass sie

Geschäftsmänner werden sollten. Er gab ihnen beträchtliche Summen an Geld und machte sie mit Bankiers in Georgia und South Carolina bekannt.

Wäre Cornelius nicht gestorben, hätten ihre älteren Kollegen sie nicht so schnell aus ihren Geschäften verdrängt. Als Paul einen Brief bekam, dass seine Dienste nicht länger gefragt seien, hielt er ihn mir vor die Nase.

»Das ist deine Schuld. Du hast Clarissa immer verhätschelt. Was soll ich denn jetzt tun?«

»Schatz, ich …«

»Rede mit mir nicht wie mit einem Kind.«

»Was willst du denn von mir?«

»Du solltest das Erbe, das du von Vater bekommen hast, mit Robert und mir teilen.«

»Warum sollte ich das? Dein Vater hat euch große Geldsummen überlassen, damit ihr euch etablieren könnt.«

»Dieses Geld ist längst weg. Was weißt du schon vom Geschäft? Einige Investitionen bergen große Risiken.« Er stand dicht vor mir und erhob den Zeigefinger gegen mich.

»Paul, lass das. Wie kannst du es wagen, mich so respektlos zu behandeln?«

Er verließ das Zimmer, ohne mir zu antworten. Ein paar Tage später erhielt Robert einen ähnlichen Brief von seiner Bank. Meine Söhne suchten mich in der Bibliothek auf.

»Jetzt kann keiner von uns mehr in seinen Beruf zurückkehren. Da du dein Erbe ja nicht mit uns teilst, verlangen wir, dass du mit uns zusammen ein Gerichtsgesuch unterzeichnest, in dem wir fordern, dass Clarissas Erbe uns zufällt anstatt ihrem Bastard.«

»Nenn ihn nicht so. Und habt ihr nicht gehört, was Mr. Harris gesagt hat? Wenn ihr das tut, verliert ihr eure Ansprüche.«

»Nein, das werden wir nicht, denn wir haben Informationen über deinen Mr. Harris und sein zweifelhaftes Interesse an Vaters Vermächtnis.«

»Das ist absurd. Das Gericht hat alle Dokumente überprüft und sie für rechtmäßig und tadellos befunden. Als Familienvorstand verlange ich, dass ihr dieses Vorhaben aufgebt.«

»Mach dich nicht lächerlich. Eine Frau kann nicht den Platz eines Mannes einnehmen. Ich als ältester Sohn habe die Stellung als Familienvorstand eingenommen.«

Als sie gegangen waren, warnte ich Charles und Mr. Harris, die beide der Meinung waren, dass wir sie wohl kaum davon abhalten konnten, Klage einzureichen. Später im Verlauf der Woche informierte Mr. Harris Charles und mich, dass das Gericht in Talladega eine Entscheidung über Mr. Cromwells Antrag gefällt hatte, und gab uns eine Zusammenfassung des Verfahrens.

»Der Richter hat Folgendes signalisiert: Wenn Mr. Cromwell die Vaterschaft an dem Kind offiziell anerkennt, würde das Gericht entscheiden, dass er auch Mrs. Cromwells Anteil am Nachlass ihres Vaters erben kann. Mr. Cromwell hat das abgelehnt. Deshalb hat sich das Gericht in seiner abschließenden Entscheidung unserer Argumentation angeschlossen, dass Mr. Cromwell nicht behaupten kann, die Ehe sei gültig zum Zwecke, das Erbe von Mrs. Cromwell anzutreten, aber nicht um die Vaterschaft an dem Kind anzuerkennen.«

Charles und ich lächelten zufrieden, und ich schätzte mich glücklich, ihn auf meiner Seite zu wissen. Wenn er Cornelius auch nur ein bisschen ähnlich gewesen wäre, dann hätte er sich wohl mit meinen Söhnen gegen mich gestellt und mit mir um das Erbe gerungen. Er war so ganz anders als sein Bruder; Charles war vornehm und freundlich. Ich war so froh, dass Mr. Harris sich an Cornelius' Letzten Willen hielt, mich in seinem Testament fair zu behandeln.

Charles und ich setzten meine Söhne und Martha über den Ausgang des Falls in Kenntnis. Am nächsten Tag brachen Paul, Robert und ihre Familien nach Talladega auf, und meine Schwiegermutter kehrte nach Montgomery zurück. Die liebe Martha blieb bei mir. Ohne sie hätte ich den Abschied von Bessie und Dottie wohl nicht gemeistert. Reverend Townsend brachte alle freigelassenen Bediensteten und deren Familien nach Ohio, still und heimlich mitten in der Nacht, damit die anderen Sklaven nichts von ihrer neu gewonnenen Freiheit erfuhren. Mr. Harris hatte ihre Freibriefe verfasst, die der Richter unterzeichnet und sein Schreiber dann versiegelt hatte. Emmeline und Belle gestanden es sich nicht zu, vollauf glücklich zu sein.

»Mrs. Allen, wenn Sie irgendetwas von Sarah hören, können Sie es uns wissen lassen? Und wenn man sie zurückbringt, können Sie sich bitte um sie kümmern und sie dorthin schicken, wo wir sein werden?«

»Emmeline, ja natürlich. Ich will, dass ihr wieder mit ihr vereint seid.«

Anfang der folgenden Woche versetzte uns Mr. Harris mit der Nachricht einen Schock, dass Paul und Robert in Talladega nicht nur einen Anwalt beauftragt hatten, um Cornelius' Testament vor dem Gericht in Benton County anfechten zu lassen, sondern dass sie sich außerdem noch Mr. Cromwells Klage angeschlossen hatten.

»Aber heißt das nicht, dass sie ihre Ansprüche verwirkt haben?«

»Noch nicht. Sie sind recht klug vorgegangen. Sie behaupten, dass, als Mr. Allen sein Testament geändert habe, um Emmeline, Belle, Bessie, Dottie und Eddie freizulassen, er nicht mehr bei klarem Verstand gewesen wäre und diese Änderungen deshalb gar nicht vornehmen wollte. Das Problem ist: Die Klausel, die festlegt, dass die Anfechtung jeder Bestimmung im Testament zur Preisgabe des Anteils der anfechtenden Partei führt, steht im selben Zusatz zum Testament wie die über die Freilassung der Sklaven. Weiter machen sie geltend, dass Mrs. Allen und ich unzulässig auf Mr. Allen eingewirkt und ihn dazu gezwungen hätten, diese letzte Änderung vorzunehmen«, erklärte Mr. Harris.

»Warum können sie das von Ihnen behaupten, Mr. Harris?«

»Einige Plantagenbesitzer werfen meiner Kirchengemeinde vor, dass sie Sklaven bei der Flucht behilflich sei, und sie verfechten die Meinung, dass die Kirche Verbindungen zu den Sklavereigegnern aus den Nordstaaten pflegt.«

»Ist dem so?«, fragte Charles.

»Ich habe meine Ausbildung im Norden genossen, und das mag der Grund sein, warum sie das annehmen.«

Ich setzte die Vorbereitungen für meinen Umzug in dem Wissen fort, dass sich, selbst wenn ich bloß ein Viertel des Erbes erhielte, meine Pläne für meinen Enkel und mich auch mit dreihunderttausend Dollar umsetzen ließen. Charles beauftragte für mich einen Immobilienmakler in New Orleans, der zudem damit betraut wurde, Bedienstete für meinen Haushalt einzustellen. Ich wählte die Möbelstücke aus, die ich mitnehmen wollte, und überließ den Rest Martha und Charles. Den Inhalt der Bibliothek und des Studierzimmers teilte ich mit niemandem, da ich vorhatte, meine Sammlung in meinem neuen Zuhause noch auszuweiten und die Kinderbücher meinem Enkel zu schenken. Mein einziges Bedauern darüber, Alabama zu verlassen, bestand darin, dass mein geliebtes Kind dort begraben lag.

Der Richter am Gericht von Benton County entschied über die Klage, die Mr. Cromwell und meine Söhne angestrengt hatten, innerhalb von zwei Wochen. Mr. Harris brachte Charles, Martha und mir eine Kopie des Urteils, das kurz ausfiel. Mr. Harris erklärte uns den Rechtsjargon.

»Der Richter hat entschieden, dass die Kläger, Paul, Robert und Mr. Cromwell, ihre Klage zu spät eingereicht haben, da der Erbschein bereits ausgestellt und der Nachlass verteilt worden sei. Er hat außerdem geurteilt, dass Paul und Robert ihr Anrecht auf das Erbe verwirkt haben. Folglich behält Mrs. Allen ihre Hälfte des Vermächtnisses, ein Viertel geht an Mrs. Cromwells Sohn, und das restliche Viertel fällt zu gleichen Teilen Mr. Charles und Mrs. Laurence zu.«

Wir dankten Mr. Harris für seine Arbeit. Er versprach, uns weiter zu unterstützen, bis der Besitz veräußert wäre. Nachdem er uns verlassen hatte, um in seine Geschäftsräume zurückzukehren, sagte ich Charles und Martha, dass ich nicht mehr wünschte, meine Söhne zu sehen.

»Ich habe euch nicht erzählt, wie sie sich mir gegenüber benommen haben. Einmal fürchtete ich sogar, sie würden mich schlagen. Ich möchte nie wieder in meinem eigenen Haus Angst haben müssen. Jetzt, wo sie nichts von dem Erbe erhalten, sind sie sicher noch wütender. Ich möchte, dass sie hier keinen Zugang mehr bekommen.«

»Es tut mir leid, Theodora, und ich wünschte, Sie hätten mir das früher gesagt«, meinte Charles. »Ich werde gleich mit Davis sprechen. Sie werden das Grundstück nicht mehr betreten dürfen.«

Die Bediensteten packten mein Porzellan, die Kristallgläser, das Silber, die Bücher und die Bilder ein, doch sie benötigten meine Hilfe beim Nummerieren der Kisten und Truhen. Als ich mich dieser stumpfsinnigen Arbeit widmete, fiel mir ein, dass ich schon eine Weile nichts mehr von Mrs. Tutwiler gehört hatte, noch hatte ich Besuch von den Frauen der benachbarten Plantagenbesitzer bekommen. Ich schrieb Mrs. Tutwiler einen Brief, den ich ihr am nächsten Morgen schickte. Darin fragte ich sie, wann ein passender Zeitpunkt wäre, ihr einen Besuch abzustatten, und ich wies den Kutscher an, gleich auf die Antwort zu warten. Als er zurückkehrte, teilte mir Davis mit, dass Mrs. Tutweiler eine Antwort abgelehnt hätte.

»Das ist seltsam. Glauben Sie, dass der Kutscher auch korrekt weitergegeben hat, was sie gesagt hat?«

»Madam, ich denke schon. Normalerweise ist er zuverlässig.«

»Ich kann mir nicht vorstellen, warum sie so etwas sagen sollte. Ich werde ihr morgen früh einen Besuch abstatten. Bitte sagen Sie dem Kutscher, er soll die Kutsche – die meines Mannes – um elf Uhr bereithalten.«

»Madam, Ihre Söhne sind mit dieser Kutsche nach Talladega gefahren.«

»Wer hat Ihnen denn die Erlaubnis dazu gegeben?«

»Ich weiß nicht, Madam.«

»Also gut. Dann nehme ich eben meine.«

Als Charles an diesem Abend von den Feldern kam, erzählte ich ihm, was meine Söhne getan hatten. Er meinte, er sei davon ausgegangen, dass sie die Kutsche auf dem Nachhauseweg zurückbringen würden.

»Ich schätze, nun müssen wir sie doch noch einmal aufs Grundstück lassen«, sagte ich.

Als ich am Haupttor der Tutwiler-Plantage ankam, teilte

ein Wachmann dem Kutscher mit, dass Mrs. Tutwiler keine Besucher empfange.

»Fahren Sie weiter zum Haus«, sagte ich zum Kutscher.

Ein Bediensteter hielt mir die Kutschentür auf und begleitete mich in den Salon. Etwa dreißig Minuten später erschien Mr. Tutwiler mit einigen Kuverts in der Hand.

»Mrs. Allen, wie geht es Ihnen?«

»Ich grüße Sie, Mr. Tutwiler. Geht es Mrs. Tutwiler nicht gut?«

»Mrs. Allen, ich denke, ich schulde Ihnen Offenheit. Ich kann meiner Frau nicht gestatten, mit Ihnen in Verbindung gebracht zu werden. Das Verhalten Ihrer Tochter war moralisch verwerflich. Und der Ruf meiner eigenen Töchter würde besudelt, wenn meine Frau weiterhin sozialen Umgang mit Ihnen pflegte. Ich bin sicher, Sie verstehen das. Und Mrs. Allen, hier sind Ihre Briefe. Bitte teilen Sie Ihrem Galan mit, dass er Ihnen nicht mehr hierherschreiben soll.«

»Mr. Tutwiler, leben Sie wohl.«

Ich hielt meine Tränen zurück, bis ich wieder in der Kutsche saß, und ich wartete, bis ich zu Hause war, bevor ich Kenneths drei Briefe las. Er schrieb, dass er in Sorge sei und nicht verstehen könne, warum ich nicht auf seine Korrespondenz geantwortet hätte. Mit jedem Brief hatte er mir ein Gedicht geschickt. Ich antwortete ihm unverzüglich und erzählte ihm beinahe alles, was geschehen war, und schrieb, dass ich nach New Orleans ziehen würde. Am selben Abend, nachdem ich mich bereits zurückgezogen hatte, kehrten meine Söhne und ihre Familien zurück. Sie verlangten nach einer Unterredung mit Charles und mir am nächsten Morgen. Als wir sie in der Bibliothek trafen, waren ihre Prahlerei und ihre herablassende Haltung verschwunden. Sie waren voller Reue und wählten ihre Worte mit Bedacht.

Sie fragten mich, ob sie mit mir nach New Orleans ziehen könnten, da es für sie keine Möglichkeit gab, nach Georgia und South Carolina zurückzukehren.

»Was würdet ihr in New Orleans anfangen?«

»Vielleicht können wir uns dort neue Stellen im Bankwesen suchen.«

»Ich werde darüber nachdenken und mich mit eurem Onkel beraten, bevor ich eine Entscheidung treffe. Ich werde mich davon leiten lassen, was für eure Kinder das Beste ist, weil sie, genau wie Clarissas Sohn, unschuldig sind.«

Sie dankten mir und empfahlen sich, damit Charles und ich die Angelegenheit besprechen konnten. Dann rief ich meine Söhne wieder herein.

»Mein Vorschlag ist folgender: Euer Onkel wird euch dabei helfen, euer restliches Geld aus den Banken herauszuziehen. In der Zwischenzeit werdet ihr beide lernen, wie man eine Plantage leitet. Euer Onkel wird zu Beginn der Ernte noch hier sein, und ihr seid dann für ihre Durchführung bis zum Schluss verantwortlich, bis auch die letzte Schiffsladung Baumwolle verschickt ist. Ihr werdet eure Frauen nach Hause schicken, damit sie dort alles packen und euren Umzug auf die Plantage eures Onkels abwickeln können. Ich werde euch dort auf meine Kosten Häuser bauen lassen. Ich werde hunderttausend Dollar in Charles' Plantage investieren, und ihr werdet all das an Geld hineinstecken, was ihr noch retten könnt. Akzeptiert ihr diese Bedingungen?«

Sie erklärten sich einverstanden und fingen an, mit Charles auf den Feldern zu arbeiten. Ihre Frauen brachen am nächsten Morgen nach Hause auf und ließen ihre Kinder vorerst bei Martha und mir. Im weiteren Verlauf der Woche fand Charles Käufer für einen Großteil des Besitzes, der für den Verkauf in kleinere Parzellen zerteilt werden musste. Ich trennte das Stück Land heraus, auf dem sich die Grabstätten befanden, und behielt es in meinem Besitz. Ein Mittelsmann erstand Allen Hall für einen anonymen Käufer. Einer der Plantagenbesitzer, der Charles gut kannte, verriet ihm, dass das Haus zu einem günstigen Preis von Mr. Tutwiler für dessen Sohn erworben worden war, der bald heiraten würde.

Ich verließ Alabama eine Woche vor Erntebeginn, nachdem fast all mein Hab und Gut verschifft worden war. Martha und Charles versprachen mir, mich oft besuchen zu kommen, und sie und meine Enkelkinder brachten mich zur Anlegestelle, wo ich an Bord eines Bootes nach Mobile ging. Von dort aus nahm ich ein Schiff nach New Orleans. Ich hatte ein Haus außerhalb der Stadt gemietet, während meine Häuser im French Quarter und in St. Tammany Parish gebaut wurden.

Drei Tage, nachdem ich in Louisiana angekommen war, fuhr ich nach New Orleans, um meinen Enkel zu sehen. Cornelius hatte ihn ins Waisenhaus des Klosters der Ursulinen in der Chartres Street geschickt. Er hatte vereinbart, den Nonnen jährlich siebenhundert Dollar zu zahlen, bis das Kind siebzehn Jahre alt wäre. Nachdem ich das Dokument darüber in der Kassette auf Allen Hall gefunden hatte, hatte ich der Mutter Oberin geschrieben, um mir bestätigen zu lassen, dass Clarissas Sohn dort war, und sie darüber zu informieren, dass ich nach New Orleans ziehen würde. Cornelius hatte das Kind Francis Parker genannt, zu Ehren von Clarissas zweitem Namen und meinem Mädchennamen. Ich sagte der Mutter Oberin, dass sein voller Name Theodore Francis Parker laute.

Das hübsche Kloster der Nonnen war sauber und ordentlich, und die Kinder, die ich sah, trugen makellose Kleidung. Eine Nonne brachte Theodore in das Büro, in dem ich die Mutter Oberin getroffen hatte, und reichte ihn mir. Als sie sahen, dass er bei mir zufrieden war, ließen sie uns allein, und ich war froh darüber, weil sie so meine Tränen nicht sehen konnten. Er hatte Clarissas Augen. Ich erzählte ihm von seiner Mutter, die ihn so sehr geliebt hatte, dass sie ihn in Sicherheit gebracht hatte, bevor sie starb. Nach einer Stunde fing er an zu weinen, und ich brachte ihn zu einer Nonne, die ein Fläschchen für ihn bereitete, damit ich ihm Milch geben konnte. Sie zeigten mir das ordentliche Heim, in dem die Kinder untergebracht waren. Als es Zeit für mich wurde zu gehen, sagte ich der Mutter Oberin, dass ich Theodore vorerst einmal pro Monat besuchen käme und dann wöchentlich, sobald mein Haus in New Orleans fertig wäre. Sie fragte mich, ob ich Interesse hätte, ihnen beim Unterrichten der Kinder behilflich zu sein. Ich war von ihrem Ansinnen begeistert.

Als ich mein neues Zuhause im French Quarter bezog, wusste ich, dass meine Entscheidung, nach Louisiana zu gehen, die richtige gewesen war. Ich war auch nicht einsam, denn Charles hatte Empfehlungsschreiben an einige Familien vor Ort geschrieben, die entfernt mit den Allens verwandt waren. Es gab viel zu tun, und wenn ich nicht gerade mein Tagebuch führte, mich der Gartenarbeit widmete, las oder meinen Enkel besuchte und die Kinder im Waisenhaus unterrichtete, besuchte ich Konzerte und die Oper.

Kenneth und ich schrieben uns einmal pro Woche. Er versuchte, mich zu überreden, nach New York zu ziehen, doch ich teilte ihm den Grund mit, warum ich in New Orleans leben wollte, und fragte ihn, ob er sich nicht vorstellen könnte hierherzuziehen. Er lehnte ab mit der Begründung, dass er sich an das Leben im Norden gewöhnt habe, wo die »abstoßende« Institution der Sklaverei formal abgeschafft sei. Ich sagte ihm, dass all meine aktuellen Bediensteten befreite Sklaven seien, aber ich gab zu, dass ich in die Plantage meines Schwagers investiert hatte. Kenneth besuchte mich in den Semesterferien, doch er wohnte im Hotel. Wir gingen ins Theater, und er verlas seine Gedichte in literarischen Salons. In der zweiten Woche seines Aufenthalts in New Orleans fragte er mich, ob ich ihn auf eine Sklavenauktion begleiten würde.

»Kenneth, willst du mich über die Übel der Sklaverei belehren? Ich bin mir dessen bewusst, dass Sklaverei unrecht ist, aber du musst wissen, dass ich in die Plantage meines Schwagers investiert habe, weil er ein guter Master ist. Ja, er ist streng, wenn es sein muss, aber hast du jemals darüber nachgedacht, was mit den Sklaven passieren würde, wenn sie alle auf einmal freigelassen würden? Wer würde sie dann mit Essen, Kleidung und Unterkünften versorgen?«

»Theodora, ich werde dir keine Predigt halten, aber ich will, dass du diesen einen Aspekt davon, Menschen in Sklaverei zu halten, selbst beurteilst. Meine Motive dafür sind zugegebenermaßen teilweise eigennützig, weil ich dich überzeugen möchte, mit mir in den Norden zu ziehen. Du könntest deinen Enkelsohn mitnehmen, weißt du?«

»Ehrlich gesagt sehe ich keinen enormen Unterschied darin, wie der Norden und der Süden von der Sklaverei profitieren, Kenneth. Es ist einfach nur so, dass der Süden bereit ist, sich einzugestehen, dass wir ohne kostenlose Arbeitskräfte nicht florieren können. Schließlich ist es unsere Baumwolle, die die großen stoffproduzierenden Unternehmen im Norden und in Europa versorgt. Du und ich und jeder, den wir kennen, verwendet Baumwolllaken und trägt Kleidung aus Baumwolle.«

Am Ende willigte ich doch ein, mit ihm auf die Auktion

zu gehen, doch ich bat ihn, nach seiner Lektion nie wieder von diesem Thema anzufangen. Er war einverstanden.

Die Leute auf dem Sklavenmarkt waren in einer großen Lagerhalle in Pferchen untergebracht, unterteilt nach Alter, Geschlecht und je nachdem, ob sie besonders qualifiziert waren oder nicht. Alle Sklaven waren sauber und trugen neue Kleidung und Schuhe. Die Männer hatten Jacketts, Anzughosen und Hüte an und die Frauen Baumwollkleider. Sie sahen gut genährt aus. Der Auktionsleiter gab den Sklaven ein Zeichen, und sie liefen abwechselnd auf und ab, damit alle Käufer sie betrachten konnten. Die jungen Leute tanzten für uns, während ein Negerjunge auf der Fiedel spielte. Auktionsbesucher zeigten auf bestimmte Sklaven, an denen sie interessiert waren. Der Auktionator rief diese Sklaven nach vorne, wo die potenziellen Käufer ihre Zähne untersuchten und sie manchmal sogar aufforderten, ihre Oberbekleidung auszuziehen und ihre Rücken zu zeigen, damit man sah, ob sie Narben hatten oder nicht, das Zeichen für aufmüpfige Sklaven. Es war mir nicht wohl dabei, sie halb nackt zu sehen, und ich wandte mich ab.

Mehrmals beim Verkauf von Kindern hörte man deren Mütter klagen und darum flehen, zusammen mit ihren Söhnen und Töchtern verkauft zu werden. Ein Junge sagte zu seiner Mutter, sie solle nicht weinen, weil er tapfer und brav sein werde. Ich dachte an Emmeline und wie sie sich gefühlt haben musste, als Cornelius Belle verkauft hatte, oder nachdem Sarah geflohen war. Nach einer Stunde sagte ich zu Kenneth, ich hätte genug gesehen, und wir gingen. Kenneth respektierte meinen Wunsch, und wir sprachen nicht darüber, was wir an diesem Tag gesehen hatten.

Während seines Besuchs verbrachten wir die Nächte gemeinsam bei mir zu Hause, doch er ging jedes Mal vor Tagesanbruch. Wir glaubten, uns diskret verhalten zu haben, wenn wir allein in meinem Haus waren, aber eine Allen-Cousine warnte mich, dass die Nachbarn bereits Bemerkungen über meinen Lebenswandel machten. Doch mir machte es nichts aus, was sie sagten, denn niemand hätte mich zwingen können, damit aufzuhören, und ich wusste, dass der Witwenstand mich vor der sozialen Kritik schützte.

Epilog

Sarah Campbell

Nathaniel, Mr. Ebanks, James und Anthony trafen mich auf dem Hauptdeck. Sie hatten zwei Wochen lang Heimaturlaub. Alle anderen fuhren aufs Festland nach Tierra Firma oder, wie sie es nannten, Spanisch-Honduras und dann weiter nach Britisch-Honduras. Am Abend vorher hatte mir der Kapitän einen Rucksack für meine Habseligkeiten gegeben und zehn Bücher aus der Offiziersbibliothek. Ich trug Seemann in einer Kiste bei mir, die James für mich gezimmert hatte. Ich hatte ein Kleid an und Frauenschuhe, die der Pastor in Mobile dem Kapitän für mich mit an Bord gegeben hatte. James zeigte auf den Horizont.

»Das ist es. Da leben wir, und du wirst von jetzt an auch dort leben, in Roatán.«

Ich musste ihnen recht geben, es war wirklich schön. Ich ließ den Blick über das Wasser schweifen, das die Insel umschloss, und sah Schwärme von schillernd bunten Fischen. Wir gingen in Cox Hole vor Anker, das seinen Namen, wie ich später erfuhr, einem Piraten verdankte, der an diesem strategischen Vorposten nach spanischen und britischen Schiffen Ausschau hielt, die er plündern konnte. Mr. Ebanks' Vater und Nathaniels Bruder erwarteten uns mit Kutschen am Kai und brachten uns nach Flowers Bay, wo achtzig Familien von freigelassenen Sklaven aus Grand Cayman ein

Dorf gegründet hatten, nachdem die Sklaverei 1838 in Britisch-Westindien vollständig abgeschafft worden war.

Bei unserem ersten Halt lernte ich die vier Generationen des Ebanks-Clans kennen, von denen alle bis auf die Jüngsten auf den Cayman Islands geboren waren. Großvater Ebanks und seine drei Brüder hatten einen Betrieb für den Bau und die Reparatur von Booten in Port Royal an der Ostküste von Roatán gegründet, wo sie die Fertigkeiten nutzten, die sie sich zuvor in ihrer Heimat angeeignet hatten. Die Männer der Familie waren entweder bei der Handelsmarine oder arbeiteten im Betrieb. James und Anthony waren Söhne von Ebanks' Töchtern. Die Ebanks-Frauen waren Näherinnen, abgesehen von zweien, die Hebammen waren. An dem Tag, als wir ankamen, hatte sich die Großfamilie im Haus der Großeltern für ein Festmahl zu meinen Ehren versammelt. Alle stellten mir Fragen über mein Leben in Alabama. Ich erzählte ihnen eine Kurzfassung meiner Flucht aus Benton County. Ich fand es interessant zu erfahren, dass alle früheren Sklaven ähnliche Erinnerungen an ihre Zeit in Leibeigenschaft hatten. Diese Erkenntnis linderte mein Heimweh ein wenig. Nach dem Essen setzte sich ein kleines Mädchen auf meinen Schoß.

»Miss Campbell, Sie sind doch unsere neue Lehrerin, oder?«

»Ja, das bin ich, aber ich freue mich auch schon darauf, von dir und meinen anderen Schülern mehr über meine neue Heimat zu lernen.«

Zwei Mädchen hielten mich an den Händen, als Großmutter Ebanks und die anderen Frauen mich zu meinem Haus auf der anderen Straßenseite begleiteten, das zuvor von einem anderen Lehrer und seiner Familie aus Grand Cayman bewohnt worden war. Der Lehrer und seine Familie hatten ihre Insel jedoch sehr vermisst und waren nach einem Schuljahr dorthin zurückgekehrt. Seitdem hatte der Pastor der Kirche in Flowers Bay die Kinder unterrichtet, aber es war keine ideale Situation, denn er war außerdem auch noch der Pfarrer von zwei weiteren Inseln, Guanaja und Utila, und deshalb sehr beschäftigt. Der Kapitän hatte dem Pastor vorgeschlagen, dass ich die Stelle der Lehrerin übernehmen könnte. Da ich keine anderen Möglichkeiten hatte, willigte ich ein.

Mein Haus, das sich neben der Kirche und dem angrenzenden Schulzimmer befand, verfügte über Möbel, Kochgeschirr und Bettzeug, das Großmutter Ebanks für mich genäht hatte. Ich dankte Gott für mein neues Zuhause, das nur einen Katzensprung vom Strand entfernt lag. Ich setzte Seemann in meinen Garten und sah zu, wie er auf den Sand zulief. Alle Dorfbewohner hatten Geld beigesteuert und zahlten mir im Voraus fünfzig Pfund als erstes Monatsgehalt. Bevor Mr. Ebanks wieder zur See fuhr, begleitete er mich auf die Bank nach Port Royal, wo ich ein Konto eröffnete und meine Ersparnisse einzahlte, das Geld, das meine Mutter und Mr. Adams mir gegeben hatten und dazu auch das, was ich auf dem Dampfer und dem britischen Handelsschiff verdient hatte, sowie mein erstes Lehrerinnengehalt. Ich musste keine Lebensmittel kaufen, da meine Küche voll ausgestattet war und die Eltern meiner Schüler sehr großzügig waren. Sie schenkten mir ein Huhn für Eier, und jeden Morgen stellte mir eines der Kinder eine Flasche frische Milch auf die Schwelle. Ich konnte mein Glück kaum fassen: In wenigen Monaten war ich von einer Sklavin zu einer Lehrerin mit eigenem Haus geworden.

Der Kapitän hatte Lehrmaterial für die Schule gekauft, als wir in Kingston vor Anker gegangen waren. Im Sonntagsgottesdienst, bei dem ich der Kirche beitrat und zur Taufanwärterin wurde, lernte ich die restlichen Dorfbewohner kennen und meine Schüler, dreißig an der Zahl, im Alter von sieben bis sechzehn. Am Tag darauf begann der Unterricht. Die Schüler, sogar die jüngsten, waren im Lesen und Schreiben geübt, aber der Pastor hatte nicht viel Zeit auf Mathematik und andere Fächer verwendet. Der Kapitän hatte mir, noch bevor wir nach Roatán kamen, gesagt, ich solle ihm schreiben, um Bücher oder anderes Unterrichtsmaterial zu bestellen, sobald ich die Fähigkeiten der Kinder ermittelt hätte.

»Die britische Regierung hat Geld für die Ausbildung Farbiger in den westindischen Kronkolonien zur Verfügung gestellt. Ihr Gehalt wird aus einer parlamentarisch bewilligten Beihilfe bezahlt. Da der Unterrichtsraum in Roatán sehr klein ist, habe ich noch Geldmittel der Londoner Missionarsgesellschaft beantragt, um ein freistehendes Schulhaus errichten zu lassen. Außerdem zahlt das Parlament für Ihre Weiterbildung in der unterrichtsfreien Zeit. Einmal im Jahr werden Sie zusammen mit anderen Lehrern aus den britischen Kronkolonien zu Schulungen nach London reisen.«

James' Mutter Marva und Mrs. Winthrop waren die Hebammen des Dorfes, und als ich ihnen erzählte, dass meine Mutter und die Hebamme der Plantage mir beigebracht hatten, wie man schwangere Frauen behandelte, erkundigten sie sich nach den Heilmitteln, die wir verwendet hatten. Sie freuten sich, dass viele davon dieselben waren, die auch sie kannten. Als ich von meiner Mutter und Miss Mary sprach, musste ich an sie und Belle denken und daran, wie sehr ich meine Familie vermisste. Im Stillen betete ich, dass der Schmerz, den ich empfand, immer wenn ich an sie dachte, eines Tages nicht mehr so durchdringend sein würde. Die

Hebammen nahmen mich mit in den Wald, wo wir Stunden auf der Suche nach Heilpflanzen verbrachten, die wir ausgruben und dann in unseren Gärten wieder einpflanzten. Ich hatte viel zu tun. Wenn ich nicht gerade unterrichtete oder Stunden vorbereitete, brachte mir Gran-Gran Ebanks, wie sie von allen genannt wurde, bei, wie man das hiesige Essen kochte.

Nathaniel, Mr. Ebanks, James und Anthony kehrten nach zwei Monaten zurück. Sie brachten mir Unterrichtsmaterial und Bücher aus Boston, Philadelphia und New York mit. Nach der Kirche am ersten Sonntag, als er wieder zurück war, fragte mich Nathaniel, ob er ein Stück mit mir gehen dürfe.

»Der Kapitän hat mich gebeten, Ihnen auszurichten, dass er leider keine Gelegenheit hatte, mit dem Pastor in Mobile zu sprechen, um Neuigkeiten über Ihre Familie zu erfragen. In Mobile, New Orleans und Charleston haben die Zollbeamten den Kapitän davor gewarnt, die farbigen Mannschaftsmitglieder überhaupt von Bord gehen zu lassen. Es herrscht Unruhe im Land, weil Sklavereigegner aus dem Norden sich in Washington mehr und mehr Gehör verschaffen. Die Südstaatler sind dadurch natürlich streitlustiger geworden und haben in ihren Staaten noch strengere Gesetze für Farbige erlassen. In Mobile und New Orleans wurden farbige Prediger verhaftet, weil sie sich von der Kanzel aus gegen die Sklaverei ausgesprochen hatten. Einige Kirchen mussten sogar schließen. Einer der Zollbeamten erklärte dem Kapitän, dass dessen Besuch in der Kirche in Mobile den Pastor und seine Gemeinde in Gefahr bringen könnte. Es tut mir leid, Sarah, dass ich Ihnen nichts von Ihrer Familie zu berichten habe. Der Kapitän meint, dass er, falls sich die Umstände verbessern sollten, den Pastor das nächste Mal treffen will. Ich dachte mir, es wäre vielleicht interessant für Sie zu lesen, was die Zeitungen aus dem Norden zum Thema Sklaverei berichten, also habe ich Ihnen Ausgaben der *New York Daily Times,* des *Pennsylvania Inquirer* und des *Boston Herald* mitgebracht. Auf nationaler Ebene gibt es noch immer Kontroversen über die Aufhebung des Missouri-Kompromisses. Kongressabgeordnete halten Reden gegen die Sklaverei, und ein Anwalt aus Illinois namens Abraham Lincoln, der bereits eine Amtszeit im Repräsentantenhaus in Washington gesessen hat, ist wieder auf den Plan getreten, um die Ausweitung der Sklaverei in freien Territorien zu bekämpfen. Immerhin kann ich Ihnen mitteilen, dass die Sklavereigegner aus dem Norden durchaus Einfluss auf die öffentliche Meinung gewinnen.«

»Danke für die Zeitungen. Und bitte sagen Sie dem Kapitän, dass ich ihm für seine Bemühungen dankbar bin. Aber ich bin nicht besonders optimistisch, dass sich hier etwas ändert. Reden im Kongress werden den Süden nicht dazu bewegen, die Sklaverei abzuschaffen. Aus der Bibel wissen wir, dass die Israeliten vierhundertdreißig Jahre in Knechtschaft lebten, und sie hatten immer bloß einen Pharao nach dem anderen. In Amerika gibt es viele Pharaonen, und jeder ist schlimmer als der andere. Ich fürchte, es wird noch tausend Jahre dauern, bis die Farbigen frei sein werden.«

»Beten wir, dass Sie unrecht haben. Aber Sarah, da gibt es noch etwas, das ich gerne mit Ihnen besprechen wollte, und ich hoffe, es kommt nicht allzu überstürzt. Sarah … ich … ich musste an Sie denken, Tag und Nacht, während ich auf See war, und … würden … würdest du mir erlauben, dir den Hof zu machen?«

Nathaniel hatte zwei junge Töchter, Angelina und Ann, die auch meine Schülerinnen waren, und einen kleinen

Sohn, Jonathan. Seine Frau war nach langer Krankheit gestorben, als der Junge ein Jahr alt war. Nathaniels Eltern zogen die Kinder nun groß, da er die meiste Zeit auf See war.

»Sarah, das schockiert dich doch jetzt nicht, oder?«

»Nein, Nathaniel, überhaupt nicht. Ich möchte, dass wir zusammen sind, aber du weißt so wenig über mich. Du weißt, dass ich verheiratet war. Na ja, eigentlich war er nicht mein Ehemann, weil wir nicht heiraten durften, aber es gab schon mal jemanden in meinem Leben.«

»Sarah, das kümmert mich nicht. Ich verstehe das vollkommen. Vergiss nicht, dass auch ich als Sklave geboren wurde.«

»Aber es gab Dinge in meinem Leben, über die ich nicht sprechen kann, Dinge, die ich getan habe.«

»Sarah, was zählt, ist, dass du jetzt frei bist. Du musst nicht in der Vergangenheit leben, und du kannst versuchen, all das Schreckliche, was du durchlitten hast, zu vergessen.«

»Es ist schwer, all das zu vergessen, besonders weil es doch gerade erst passiert ist. Aber ja, Nathaniel, du hast meine Erlaubnis, mir den Hof zu machen.«

Nathaniels Antrag kam unerwartet und verdeutlichte mir, dass ich »erwachsen« war, wie meine Mutter zu mir gesagt hatte, als ich eigentlich noch ein wissbegieriges Kind war und nicht länger das fröhliche kleine Mädchen, das seine Mutter so gern unterm Kinn kitzelte. Nein, jetzt war diese ausgelassene Jugendliche von einer gesetzten Frau abgelöst worden, die ihre Freude darüber, dass ein Mann ihr einen Antrag machte, nicht zeigen konnte.

»Ich werde mein Bestes geben, um dich glücklich zu machen, Sarah. Du bist doch glücklich, oder?«, fragte Nathaniel.

»Natürlich bin ich das, Nathaniel. Ja – ja, ich bin glücklich, aber weißt du, mir wird meine Familie immer fehlen, und ich hätte mir nie träumen lassen, dass ich das einmal sagen werde, weil ich froh bin, dass ich entkommen bin, aber mir wird sogar Alabama fehlen und all die vertrauten Gesichter und das Essen dort. Doch ich bin dankbar, dass alle hier so gut und gastfreundlich zu mir sind, besonders du.«

»Sarah, auch wenn du deine Familie natürlich immer vermissen wirst, bin ich mir sicher, dass du dich hier eingewöhnen wirst.«

Es gibt ein paar Bewandtnisse, die ich niemandem erzählen kann. Die Wahrheit ist, es gibt da eine Kugel aus Stahl, die in meinem Herzen sitzt, und nichts auf der Welt wird diese Kugel je zum Schmelzen bringen. Die Stahlkugel hat über die Jahre an Größe zugenommen, aber sie war schon da, solange ich denken kann, von dem Zeitpunkt an, als ich etwa sechs Jahre alt war und schreckliche, derbe Männer mit ihren Waffen unsere Hütte durchwühlt haben, auf der Suche nach Beweisen dafür, dass wir versuchen könnten, aus dieser Hölle zu entkommen. Die Stahlkugel besteht aus Schmerz, und sie ist immer da, selbst wenn ich unbeschwert bin oder sogar glücklich. Wenn die Stahlkugel nicht in meiner Brust sitzen würde, dann würde ich das Leben sicher anders sehen, als ich es jetzt tue. Ohne die Stahlkugel wäre ich vergnügt und würde oft lachen, und doch hätte ich ohne die Stahlkugel paradoxerweise nicht gelernt, den Wert der Freiheit zu würdigen.

»Sarah? Sarah? Woran denkst du?«

»Entschuldige, ich musste an zu Hause denken. Tut mir leid, was hast du gesagt?«

»Da ist noch etwas, das ich dir sagen möchte, und ich will, dass du die erste Person hier zu Hause bist, die es erfährt, abgesehen von Bradley, James und Anthony natürlich, die es bereits vom Schiff wissen. Nach fünf Jahren als Erster Offizier bei der Britischen Westindien-Handelsgesellschaft wurde ich zum Kapitän befördert.«

»Nathaniel, das ist ja wundervoll. Glückwunsch. Ich freu mich ja so für dich! Seit wann?«

»Der Kapitän hat es mir auf dem Schiff mitgeteilt. Meine offizielle Ernennung wird Ende nächsten Monats in London stattfinden. Kommst du heute Abend zum Essen zu uns? Da werde ich es allen anderen verkünden.«

Als wir zu den Trustys heimkamen, waren auch ein paar Leute aus dem Ebanks-Clan dort, darunter James und Anthony.

Offenkundig hatten von Nathaniels Plänen, mir den Hof zu machen, alle schon vor mir gewusst. Ich gestand mir zu, mir ausnahmsweise keine Sorgen über meine Familie in Alabama zu machen, zumindest für den heutigen Tag. Alle waren um mich bemüht und gaben mir das Gefühl, sie schon seit Jahren zu kennen. James und Anthony erinnerten mich daran, dass ich ein Badekleid brauchte, damit sie mir das Schwimmen beibringen konnten. Die Kinder wollten überhaupt nicht glauben, dass ich nicht schwimmen konnte, und fanden es lustig, dass ich in meinem ganzen Leben erst mit den Füßen im Meer gewesen war.

Nathaniel hatte einen Monat Heimaturlaub, von dem wir jeden Tag gemeinsam verbrachten. Wir aßen fast jeden Tag zusammen mit seinen Eltern und Kindern zu Abend, wenn wir nicht gerade bei den Ebanks zu Gast waren, denen ich mich mittlerweile schon sehr verbunden fühlte. Eines Abends, als er mich nach Hause begleitete, hatte Nathaniel eine weitere Angelegenheit mit mir zu besprechen.

»Sarah, wir haben doch schon über meine Kinder gesprochen und wie du dazu stehst, sie mit mir gemeinsam aufzuziehen. Als Kapitän werde ich noch seltener zu Hause sein. Meine Eltern kümmern sich gerne weiter um sie, also wenn du es nicht willst, verstehe ich das.«

»Nathaniel, ich habe deine Kinder bereits ins Herz geschlossen, und ich wäre ihnen sehr gerne eine Mutter, solange deine Eltern mir dabei helfen. Es gibt da eine Sache, und vielleicht ist jetzt der richtige Zeitpunkt, sie anzusprechen. Ich hatte bisher noch nicht den Mut, es dir zu sagen, weil ich Angst hatte, dass du es dir dann vielleicht anders überlegst.«

»Sarah, ich bezweifle, dass es etwas gibt, das mich davon abbringen könnte, dich zu heiraten.«

»Ich möchte, dass du es für dich behältst, und ich kann dir die Umstände nicht im Einzelnen beschreiben, das wäre viel zu schmerzhaft. Es passierte, als ich noch in Allen Estates war und ein Kind erwartete. Da war viel Blut, und ich hatte Fieber … Das ist nicht die ganze Wahrheit. Die Wahrheit ist, ich wollte kein Kind, denn ich wusste, wenn ich eines hätte, würde ich nicht mehr fliehen können. Ich weiß, dass das, was ich getan habe, eine Sünde ist. Aber … die Hebamme hat … alles herausgeholt, und sie hat gesagt, dass ich vielleicht nie wieder Kinder bekommen kann.«

»Sarah, mein Liebling, es tut mir leid, dass du das durchmachen musstest. Das muss niederschmetternd gewesen sein. Aber wie ich schon gesagt habe, es gibt nichts, was meine Liebe zu dir ändern könnte. Was meinst du? Sollen wir einen Hochzeitstermin festsetzen?«

Nathaniel zauberte ein Lächeln in mein Gesicht. »Ja, lass uns das tun. Weißt du schon, wann dein nächster Heimaturlaub sein wird?«

Am nächsten Tag lud er mich ein, mit ihm zu einem Kliff zu spazieren, von dem aus man die Bucht überblicken konnte.

»Sarah, ich habe dieses Stück Land gekauft, um hier unser Haus zu bauen.«

»Wirklich? Wir werden unser eigenes Haus haben?«

»Natürlich. Was glaubst du denn? Die Lehrerin und der Kapitän müssen doch ein eigenes Haus haben, und das hier ist der perfekte Ort dafür. Es wird nie zu heiß wegen der Passatwinde, und wenn man morgens aufwacht, ist das Erste, was man sieht, das Wasser. Es gibt genug Platz für deinen Blumen- und Gemüsegarten. Und, Sarah, du wirst dafür zuständig sein, den Tischlern zu sagen, was du im Haus haben möchtest.«

»Ich will ein Zimmer mit Regalen für meine Bücher und einem Tisch, an dem ich schreiben und Arbeiten benoten kann.«

»Was immer du willst, sollst du haben.«

Nathaniel lief wieder mit dem Schiff aus, und ich vermisste ihn, aber es gab so vieles zu Hause zu tun. Er schrieb mir aus jedem Hafen, an dem er vor Anker ging, einen Brief. Ich war froh, dass er nicht allein war, denn Mr. Ebanks, James und Anthony segelten nun unter seinem Kommando. Als sie zwei Monate später für eine Woche auf Landurlaub nach Hause kamen, beschlossen Nathaniel und ich, dass wir mit der Hochzeit nicht warten wollten, bis das Haus fertig war. Wir wurden in unserer Kirche in Flowers Bay getraut. Ich trug ein Kleid, das Gran-Gran Ebanks und ich aus einem Stoff genäht hatten, den ich in Port Royale gekauft hatte. Mr. Ebanks gab mir die Ehre, mich bis zum Traualtar zu führen und dem Bräutigam zu übergeben. Spät am Abend, nachdem die Festlichkeiten vorüber und alle Gäste gegangen waren, nahm Nathaniel meine Lieblingsdecke, und wir verbrachten unsere Hochzeitsnacht in einer kleinen Bucht in der Nähe unseres zukünftigen Hauses.

Ich bin glücklich mit Nathaniel und dankbar, dass Gott mir bei meiner Flucht aus der Sklaverei beigestanden hat. Aber mein Glück wird immer getrübt sein von den Gedanken an meine Mutter und Belle. Ich bete, dass sie ähnlich glücklich sind wie ich. Ich bete auch für meine neue Familie und bitte Gott, mir zu vergeben, dass ich Nathaniel nicht alles über meine Vergangenheit gesagt habe.

Ich erinnere mich oftmals an die Zeit, als ich noch Clarissas Anstandsdame war und Isaac und ich mit ihr auf Reisen gingen. Damals behauptete Isaac fast jede Nacht, er müsse im Stall bleiben, um sich um die Pferde zu kümmern, doch wenn er morgens zu mir zurückkehrte, nahm ich Clarissas Geruch an ihm wahr. Ich verbarg meinen Schmerz und meine Wut, so gut ich konnte, und sagte nichts, weil ich mir nicht eingestehen wollte, dass er mich mit meiner Besitzerin und Schwester betrog. Als ich Clarissas Kind das erste Mal sah, hatte es Isaacs Nase, Lippen und sein helles, lockiges Haar. Da begann ich, meine Rachepläne gegen Isaac zu schmieden.

Ich redete Isaac zu, zu fliehen, und stellte ihm einen Schein aus, den er für eine Reiseerlaubnis hielt. Doch stattdessen forderte das Schreiben jeden, der es las, auf, Isaac gegen eine Belohnung von zweihundert Pfund nach Allen Estates zu bringen. Doch damit endete mein abscheuliches Handeln nicht. Um ihn davon abzuhalten, ein Dokument zu vollenden, das die versprochene Freilassung meiner Mutter, Belles, Bessies, Dotties und Eddies zurücknahm, und um mich für Belles Verkauf an die Reynolds-Plantage an ihm zu rächen, brachte ich Cornelius Allen um, indem ich ihm tödliche Dosen Blutwurz in seinen Brandy mischte.

Lieber Leser, ich bitte dich, mich nicht strikt zu verurteilen und meine Taten nicht im Spiegel deiner, sondern meiner Zeit zu sehen. Es stimmt: Das, was ich getan habe, ist verwerflich, aber das erkenne ich erst jetzt. Damals war ich ein Kind, das sich seiner Stärke nicht bewusst war. Jetzt, da ich niemandes Besitz mehr bin, weiß ich, dass ein Sklave es seinem Herrn nicht gleichtun muss und dass Vergeltung einzig Gott zusteht.

Jeden Tag, von der ersten Nacht an, die ich auf der Flucht in den Wäldern verbracht habe – als Gott mich Demut lehrte, indem er mir eine Angst zeigte, die ich nie zuvor gekannt habe und auch seither nicht mehr kenne –, bete ich für die Vergebung meiner Sünden. Ich glaube, er hat sie mir erlassen, doch die Gedanken, die mich quälen und mich bis zum Morgengrauen wach halten oder mich bis in meine Träume verfolgen, sind eine ewige Mahnung, dass Gott dennoch nie das Unrecht vergessen wird, das ich beging, als ich meinen ersten Mann zurück in die Sklaverei gebracht und den Mann getötet habe, der nicht nur mein Master war, sondern auch mein Vater.

Danksagung

Mein besonderer Dank gilt meinem Ehemann, Timothy Rogers, meiner großen Liebe und meinem Fels in der Brandung. Ich danke meiner weitläufigen Familie für die fortwährende Unterstützung und Ermutigung, die sie mir über all die Jahre entgegengebracht hat: allen Boddens, Rogers and Lambes; Lynne Burgess, meiner ersten Leserin, für ihr Adlerauge und ihren Tiefblick; Mildred Berendsen, Marilyn Lambe, Lucy Abbot, Virginia Dean, Frances Peake, Bianca Proctor, Joshua Goldfein, Jane Bock, Amanda Moretti, Sensimone Williams und Meredith Sue Willis.

Quellenangaben

Gedicht auf Seite 61 f.:
William Wordsworth (1770–1850), *Auswahl aus seinem Werk: Englisch und Deutsch*
Übertragungen von Dietrich H. Fischer, 21. April 2003, www.william-wordsworth.de

Textpassage auf Seite 380:
William Shakespeare, *Der Sturm,* 4. Aufzug, 1. Szene Übersetzt von August Wilhelm Schlegel; Edition Holzinger, 2013